英语诗歌教学研究

A Research on English Poetry Teaching

郎琴芳 著

北京师范大学出版集团
BEIJING NORMAL UNIVERSITY PUBLISHING GROUP
安徽大学出版社

图书在版编目（CIP）数据

英语诗歌教学研究 / 郎琴芳著 .—合肥：安徽大学出版社，2022.9

ISBN 978-7-5664-2451-8

I. ①英 ... II. ①郎 ... Ⅲ . ①英语诗歌—教学研究—高等学校 IV. ① I106.2

中国版本图书馆 CIP 数据核字 (2022) 第 123095 号

英语诗歌教学研究

YINGYU SHIGE JIAOXUE YANJIU

郎琴芳 著

出版发行：北京师范大学出版集团
安 徽 大 学 出 版 社
（安徽省合肥市肥西路 3 号　邮编 230039）
www.bnupg.com
www.ahupress.com.cn
印　　刷：合肥远东印务有限责任公司
经　　销：全国新华书店
开　　本：710mm×1010mm 1/16
印　　张：18.5
字　　数：381 千字
版　　次：2022 年 9 月第 1 版
印　　次：2022 年 9 月第 1 次印刷
定　　价：64.00 元
ISBN 978-7-5664-2451-8

策划编辑：李　雪　　装帧设计：李　雪　李　军
责任编辑：李　雪　　美术编辑：李　军
责任校对：葛灵知　　责任印制：赵明炎

序言

Preface

郎琴芳老师拿她的新作《英语诗歌教学研究》书稿请我作序。我为她高兴，心里也有不少感慨。

多年前我在安徽大学外语学院执教时，郎琴芳曾是我班上的学生。当时她学习很认真，对英国文学，特别是对英语诗歌痴迷。10 年前的一天，郎琴芳给我送来了她 26 万多字的著作《英国浪漫主义诗歌赏析》，当时我心中着实吃了一惊——大学年轻教师一般教学任务都很重，教学之余仍能不断钻研，出版专著，确实不容易。古人云:“盖有非常之功，必待非常之人。”取得这样的成绩需要怎样的热爱和执着啊！

《英国浪漫主义诗歌赏析》的最后一章是在中西诗歌比较的语境里探讨英语诗歌的教学，并谈及诗歌的音乐性、绘画性、舞蹈性特征，而这些正是《英语诗歌教学研究》的重要内容。可以说，《英语诗歌教学研究》是《英国浪漫主义诗歌赏析》的延续。10 年的时光淬炼使得作者对于英语诗歌教学研究又有了很多新的深入思考。

打开书稿，扑面而来的是一如既往的对于英语诗歌（以下简称“英诗”）的激情。无论是作者行云流水的叙述，匠心独运的教学方法，还是师生一起对英诗格律、艺术特色等的探讨，无不透露出她对英诗的热爱。这种热爱融入了作者对英诗教学的价值思考。作者相信教师应通过英诗教学传授人生道德与哲理，阐发英诗显在或潜在的道德蕴意、生活情趣和人生哲理，将真善美的理念植入学生的心田，将英诗教学与学生的人格培养结合起来，在英诗中探索生命的美好和价值。作者从教师的道德、学问、智慧、涵养4个方面探讨了英诗课程的教学思政，强调立德树人，契合时代的要求。此外，作者将英诗放到西方文化传统中进行剖析，使英诗的欣赏和教学具有了一种深度。特别是本书结合诗歌讲解分析了希腊神话传说在英诗中的创造性使用，发人深思。本书还运用了中西比较的视角。书中章节标题透露着浪漫的诗意，而正文中随处可见的中国古诗词则表明作者对于诗词的熟稔，这使得她的中西比较教学法具有扎实的基础，常有出人意料的成果。本书对于英诗的音乐性、绘画性、舞蹈性等艺术特色的赏析是其《英国浪漫主义诗歌赏析》相关内容的延伸。在某种程度上，英诗欣赏的多维度拓展增加了英诗学习的趣味。

本书中有很多具体的英诗教学案例描述，包括师生共同探讨、合作、表演英诗的课堂教学模式，甚至还有学生的英诗习作。这些生动的案例对于英诗课堂教学应该有很好的借鉴作用。

在这个时代，喜欢诗歌并愿意以诗歌来对抗生活的庸俗和琐屑是很不容易的。郎琴芳老师浪漫唯美的英诗教学无疑在这方面取得了很大的成功。“爱生活、爱诗歌”的生活和工作态度不仅使其生活获得了一种诗意，也使其教学工作取得了一种超越现代工具理性的人文关怀和哲理色彩。郎琴芳告诉我，她的很多学生上了英诗课后都变成了英诗的拥趸，不少人还走上了英诗研究之路。她的英诗教学也因其创新性于2020年获评教育部首批国家一流线下课程。这个成绩是值得骄傲的。

《英语诗歌教学研究》是郎琴芳老师多年来潜心揣摩英诗欣赏与教学的新成果，可喜可贺！凭借这种“咬定青山不放松”的精神，她还会继续在英诗领域辛勤耕耘，不断取得新的成绩。

南京大学外国语学院教授、副院长　陈兵

2022年4月25日于南大和园

前言

Preface

我国普通高校的英语专业高年级课程中都设置了必修课“英国文学”“美国文学”，“英语诗歌欣赏”往往作为高年级英美文学方向的选修课程。一直以来，由于权威教材不统一、课程非必修、教学内容复杂、课程难度高，英诗教学成为各大高校英语专业的薄弱环节，英语专业的学生也对英诗敬而远之。国家核心期刊中每期都有不少关于英诗的评论和翻译的文章，但有关具体教学方法的探讨则占相当少的比重，远没有形成英诗教学所应有的大气候；关于英诗教学的文献和期刊并不多见，已有的研究注重诗歌主题，比如粗线条的宏观对比、归结与梳理，而中西具体诗作的诗艺、诗美之异同也只见于少数研究；关于英诗诵读教学、英诗的艺术性教学的文献更是寥寥无几。

这种状况一方面制约了学校的整体科研水平和学生的整体素质，另一方面无形中降低了中西方文学的交流层次。英诗具有很高的思想价值和很强的教育功能，而学习英诗对于启迪学生心智、陶冶情操、活跃思维、健全人格方面大有裨益。作为即将在国际化和跨文化环境中工作的大学生，学贯中西势在必行。因此，专家和学者呼吁向英语专业和非英语专业的学生提供旨在提高英诗素养的各种课程（含“英语诗歌欣赏”必修课），此举得到广大师生的认可和赞许。

本书不囿于传统和主流之见，结合多年的教学和科研实践，本着对学术创新的原则，旨在生动细致、系统全面地介绍英诗教学的理论和实践。其创新之处在于多角度的思维模式、多元化的解读形式以及对诗歌内容多方位的把握与对比，整体脉络清晰，内容安排合理，框架结构科学，论据充分，点面结合，语言自然流畅。诗歌教学着重将诗人生平与诗作内容和思想紧密结合，用多种艺术方式动态地填补和赏欣诗歌中的留白，重新诠释诗歌的意蕴，引导读者一起参与各种形式的语言交流新模式，形成和谐的诗人—读者共同体，实现审美的升华。本书分析角度新颖，具有想象力和个性表现力，使得英诗教学的知识性与系统性统一、学术性与艺术性并存。书中有很多赏心悦目的图片，其中的诗配画都由学生创作而成，这使得全书图文并茂、可读可赏。

本书第一章重点梳理英诗思政教学的4个方面——道德、涵养、学问、智慧，细致论述了英诗教学的“千姿百态”，尽可能为读者创造一个明晰、优雅、舒适的阅读空间，并给予读者史论结合的阅读快感。其中所介绍和阐述的理论及教学方法深受学生的青睐，对于提高高校英语专业英诗教学质量大有裨益。英诗教学实例部分既有课堂实录教学台词，也有慕课和微课的教学台词，因字数所限，台词译成中文出版。本书绝大多数内容是作者从未公开发表的研究成果，少部分内容虽已在学术期刊上发表，但本次写作时进行了大幅修改和整合。

特别感谢安徽农业大学给我们课程提供了平台，感谢孙志农院长和王玉明副院长对书稿提出的一整套建设性意见，其关切之情令人动容与铭感。感谢学院领导方章东书记尽心尽责的组织与积极高效的推动。感谢胡学文教授高屋建瓴的指导，胡教授扶掖后学，不遗余力，深得同行推崇与尊敬。诚挚地感谢陈兵教授赐序予我，给全书画龙点睛。陈兵教授作为英国文学研究的领军人物，在百忙之中仍然关注我的微薄努力。他热情洋溢的推介之词，鼓舞、激励和鞭策我在英诗教学上继续砥砺前行。感谢一直鼓励和支持我的詹全旺教授、许有江教授、洪增流教授和姚莉书记，感谢我的恩师伍俊萍和陈文圣，是你们教会了我何为自信自强。谨以此书向我的硕士生导师华泉坤教授深鞠一躬，怀念他在世时对我的谆谆教诲。我始终记得他为我的第一本专著《英国浪漫主义诗歌赏析》作序时对我说的一句话：“你做了一件有意义的事情。”我唯有继续努力，将教学与写作坚持下去，方能不负老师们的殷切期望。

感谢外国语学院教师们切实而中肯的意见与建议，感谢同仁们平日里各种温暖的关爱和实际的教学帮助，感谢课程组教师们的大力配合和倾心付出。感谢外国语学院英语系同学们用精进的学艺，敏锐的思维，独到的眼光，透辟的观点，满腔的热情，横溢的才华为英诗课增光添彩。感谢父母和爱人对我的呵护陪伴和鼎力支持，他们浓浓的爱意始终是敦促我奋发向上的力量源泉。若没有他们生活上的帮助、精神上的慰藉，没有他们的鼓励与鞭策，便不会有这本书的诞生。这本拙著不仅倾注了我对各位读者的爱，也灌注了我们对彼此的爱。我的父母让我明白人生的意义、信念与爱，我始终觉得我在世上经历过最幸福的事，就是做你们的女儿。如果能有任何一点点微不足道的成绩，那全部是你们的功劳。我的爱人鼓励我走上写作的道路，追寻自己想要的人生。特别感谢我的小宝贝，他和我一起录制了大量背诵和演唱中英文诗歌的亲子视频，给英诗课堂增添了俏皮可爱的元素，也让我们收获了满满的欢乐和意想不到的教学激励效果。本书得以付梓，更得感谢安大出版社的全力支持和李雪编辑的热情帮助。她以深厚的文字经验，从写作角度和理论高度为我提供了诸多有益的建议，使全书臻于完善。

本书是2020年教育部首批国家一流线下课程“英语诗歌欣赏”（编号804）的研究成果，也是安徽省教育质量工程教学示范课“英语诗歌欣赏”（编号974）、2021年度安徽农业大学繁荣哲学社科基金重点项目“中国舞蹈文化对泰德·休斯之美学意蕴的影响研究”（编号2021sk11）、2021安徽农业大学质量工程项目英语诗歌虚拟教研室（编号2021anxnjy09）的研究成果。

希望这本书成为同学们自主阅读的材料，在拓展知识面的同时，领会独立和多方位思考的方法。本书适用于从事英美诗歌教学的教师和从事诗歌研究的青年学者和学生、英诗爱好者和自学者。

这本书并不完美，在反复整理修改书稿时，作者意识到自己的知识结构还有完善的空间。写这本小书只是英诗教学研究方面的一个初步尝试，书中所述可能会存在这样或那样的不足，甚至是错讹，失当之处在所难免。在此意义上，我和各位亲爱的读者一样，还须在漫长的人生旅途中继续努力。错漏之处，也希望广大读者与学界前辈、同行不吝赐教，多多包涵指正。

郎琴芳

2022 年 5 月

目 录

Contents

第四章　英诗的艺术化教学

第五章　英诗教学实例

第一章 英诗的思政教学

第一节
桃李不言，下自成蹊
——教师之道德

“英语诗歌欣赏”是教育部首批国家一流线下课程。该课程的思政教学以英诗主题为切入点，让诗词讲解与社会主义核心价值观和谐相融，教会学生感悟诗人蕴藏在字里行间的人生追求和思想情感，提升学生的人生境界，升华学生的生命观和价值观，同时，以诠释、欣赏英诗的形式提升文化资本，实现文学互鉴。道德、学问、智慧、涵养的教师之道是英诗教学思政的具体表现形式。

教学有道，得大道者，必有大道德、大学问、大智慧、大涵养，四者结合，方为教师之道。教学之道，既要有艺术感染力，也要有思想渗透力。教学艺术表现在智慧和涵养两方面，而思想则表现在道德和学问两方面。

一、立德树人、价值引领

“大道德”指高尚的师德，为师者道德高尚，以身作则，以德服人，以课示范。观其课，识其人，课如其人。英诗课是一门人文兼具的学科，课程需彰显对人的关怀，目中有人，课程方有生命力。

英语类课程的教学定位从一开始就承担了读懂历史变迁、推动民族奋起自强的重任，被赋予培养“外语精湛，专业突出，高素质的复合型、复语型的国际化人才”（教育部副部长郝平）的教学目标。在波澜壮阔的新时代面前，我国高等教育和学术发展与时俱进，随着全球一体化而走向国际化。

“中国灵魂、世界胸怀、现代意识”是英诗课程的核心素养。“中国灵魂”指的是人与国家的关系，大学生首先要在学习英诗的过程中理性爱国，树立家国情怀，正确表述与展现传统文化，自觉参与现代中国社会的文化转型进程。“世界胸怀”指的是人与世界的关系，大学生要用“海纳百川，有容乃大”的国际视野、既独立又开放的心态以及跨文化交际能力，关注全人类共同面对的诸如气候变化、疫情的问题。“现代意识”指的是人与自我的关系。大学生要追求自我完善，修身自持，赋予个体生命实际意义。把握西方文明之精髓、传承今日之国学、交流中西方思想是英语专业学生所追求的最高境界。

英诗的价值与意义何在？如何在分析诗艺时领略其诗味？如何让诗性的文化濡染彰显莫大的功用？诗歌在世界文明起源和发展中占据着异常重要的位置，西方的《圣经》是诗，东方的《诗经》也是诗。诗词的创作和赏析蕴藏在各自民族文化与生活的血脉里。英国大诗人华兹华斯说："诗是一切知识的开始和终结。"将诗的功用与价值提升到了承载整个人类文明的高度。德国哲学家海德格尔则强调说："每个人都要诗意地栖居。"

张保红教授说："研习诗歌便是研习不同民族诗意地抒怀之'源'与'流'的生动演绎图景，探求不同民族诗性文化流播真谛的绝好途径，这对生活在今天经济全球化中的我们来说，无论是学习、传承民族文化，还是较为深入地进行不同民族间的文学、文化对话与交流，以便相互借鉴与补充，共同提高与发展，其意义尤为重大。"

人们为何爱诗？因为诗是美的事物。俄国文学评论家车尔尼雪夫斯基说："美的事物在人们心中所唤起的感觉类似于我们面对亲爱的人时所洋溢的愉悦。"朱光潜在《诗论》中说："诗是人生世相的返照。"那么什么是诗？难以一言以蔽之。Poetry 一词源自希腊语的一个动词，意思是 to make（制造）。美国著名诗人弗洛斯特说："一首诗是在顿悟中被抓住的某一理念。"奥登说："诗是复杂感情的清晰表达。"诗是语言的艺术，是一种阐述心灵的文学体裁。诗歌是橄榄，经得起慢慢咀嚼。古人云，"为求一字稳，耐得半宵寒""为人性僻耽佳句，语不惊人死不休"。由此可见，诗歌即极精致的讲话，是智慧的本质、圣人的话语，是文学王冠上闪亮的珍珠。《辞源》对诗的定义为"有韵律、可歌咏的一种文体"，严羽在《沧浪诗话》中也提到"诗者，吟咏情性也"。简言之，诗歌即心灵纯化与情感韵律化的语言表现。诗歌生命的脉搏即情感，其本质乃情真至美、有感而发。

我们为何而读诗呢？因为感动。诗歌是现实静态的模仿，它述说人内心深处最沉默又最敏感的东西。"诗歌启发我们，向我们揭示人们自身的秘密事物，令我们着迷。"（帕斯，1999：82）莎士比亚说："真善美，就是我全部的主题，三题合一，产生瑰丽的想象。"诗人用最生动的艺术，吟唱心灵最微妙的颤动和充满灵性的万事万物，读者在获得真善美的洗礼的同时，也会无意识地在心灵空间回忆起往昔岁月。诗人是"人性最坚强的保卫者、支持者和维护者，他所到之处都播下人的情谊和爱"（刘意青，2006：20）。诗家各有其妙，他们运用多种笔调或兴或叹或叙或抒。读者同诗人一起，观宇宙之浩渺、叹岁月之匆匆、感人世之沧桑。因此，诗歌最大的魅力莫过于"使万象化为美丽，使至善至美成为不朽"（雪莱）。好诗肯定是动人心弦、感人肺腑的。

孔子曰："不学诗，无以言。"意思是不学诗连话也讲不好，学了诗，说话就美，就雅。英国散文家培根在《论读书》中说："读诗使人灵秀。"灵秀的气质将你打扮得光彩照人、风度翩翩。读诗是接近文学的捷径，对于从事文学的人来说，诗是不可不读的。朱光潜说："诗是培养趣味的最好媒介，能欣赏诗的人不但对于其他种类的文学有正确的了解，而且也不会觉得人生是一件干枯的东西。"美国的兰姆说，诗是"用文字表现的人生经验"。任何文学作品都是直接或间接地写人的，反映的是人的情感和生活，即使作品描写"假、丑、恶"，那也是生活的路标，提示"危险！""小心！"列夫·托尔斯泰说："赏诗是美育的一部分，美是文艺的本质。"黑格尔说："人类本性中有普遍爱美的要求。"所以艺术家们用各种艺术形式记录美、播种美、宣扬美。苏联教育学家苏霍姆林斯基说："美是道德纯洁和精神丰富健全的强大源泉。"诗如镜，你在这面镜子里可照见自己。寻求共鸣感的同时寻求做人之道，这就是品诗的最大乐趣。

教师通过英诗教学传授人生道德与哲理，阐发英诗显在的或潜在的道德蕴意、生活情趣和人生哲理，将真善美的理念植入学生的心田，将英诗教学与学生的人格培养结合起来，拓宽英诗的容量，将一种浩然正气和人文情怀带入课堂，在英诗中探索生命的美好和价值。在这样一首首以乡愁、亲情、爱情、大自然、动物、友谊与生命为主题的英诗中，学生获得真善美的洗礼，同时也会回忆起往昔岁月，唤醒心中久违的温情与热望。教师带领学生们"读、悟、创、赏"英诗的过程其实是一次次发现"美"的旅程。在品读和讲授英诗中教会学生感受乡愁、爱情、亲情、友情，如春风化雨，润物无痕。一课终了，学生的感受不是飘忽的，而是实实在在的。

二、美师优课、意美辞丰

"美师优课、意美辞丰"就是要求教师在讲授英诗时体现一个文人学者高尚的人格和美丽的精神世界，让课堂上有一股清流和正气，即满怀深情于社会，满怀深情于人类命运，满怀深情于广大人民，将思政教育和师德师风建设贯穿于课程体系和育人体系。该教学目标与钱钟书的"中西打通"和陈裕光的"中西并举、贯穿融会、为我所用"，以及其培养"双语"和"双文化"博雅之士的崇高理想不谋而合。换言之，"双语"指学生的能力视角，听说读写的能力，思辨和跨文化交际的能力；"双文化"指人文视角，即语言与社会文化的结合，将中国的"五德"（仁义礼智信）、"五育"（德智体美劳）在课程中细化和表现为"六养"（人文底蕴、科学精神、学习能力、健康生活、责任担当、实践创新六大素养）。这种讲解就是在积极地引导学生以中国学者的文明互鉴视角分析中西方文化内涵、价值观表现和意识形态的差异。学生在如此格调崇高、意美辞丰的课程中耳濡目染，集腋成裘，逐渐成长为有“大能”“大德”“大爱”“大情怀”的社会主义事业建设者和接班人，形成人类社会波澜壮阔的文明图谱和激荡人心的文明华章。

习近平总书记在全国高校思想政治工作会议上再次强调：“要用好课堂教学这个主渠道，思想政治理论课要坚持在改进中加强，提升思想政治教育的亲和力和针对性，满足学生成长发展需求和期待，其他各门课都要守好一段渠、种好责任田，使各类课程与思想政治理论课同向同行，形成协同效应。”这种“守渠种田、协同并进”的重要性和迫切性在外语类课程教学中更加凸显。“新时代的外语人才培养以立德树人为根本任务，需要在直面西方意识形态这一特殊背景下进行价值观引导。”（杨金才，2020：11）

党的十九届四中全会开辟了新时代“中国之治”的新境界，“外语教育作为国家战略的重要组成部分，也需重新思考在‘中国之治’新语境下的新定位、新目标和新内涵。”（戴炜栋，2019：2）本课程与时俱进，另辟蹊径，创立了英诗的多维度互动式教学体系，其教学总思路是社会主义核心价值观与课程思政的完美相融。教学大纲所选用的英诗阳光向上，社会责任、家庭伦理、生命感悟、励志哲理是课程的主旋律，也是课程思政的要点。

课程所选英诗音美、形美、意美皆备。比如，勃朗宁的《海外乡愁》属于爱国篇，教师在课上和同学们分享了自己的乡愁。学习叶芝的《当你老了》的时候，每位同学都给父母写了一首诗，并做成微课。该课程不是单纯地在教授诗歌，而是通过诗歌传达人生的美好情感。让课堂充满了家国情怀和人文之光，点亮学生那颗向上向善的心。每学完一节课，欣赏一首诗，师生对生活、对生命、对国家、对世界就会多一份大爱。

“思想政治教育是一种特殊的教育活动，通过思想凝聚力量，推进共识，实现最大程度的社会整合。”（孟庆楠、郑君，2018：139）在该课程中，课程思政的传递方式不是刻意的或者排山倒海似的灌输，而是润物无声，春风化雨似的浸润。

再比如，在兰斯顿·休斯的《黑人谈河流》一诗中，诗人通过四大河流回忆了黑人的辉煌历史，从而表达出对民族的热爱。教师授课时可导入中国故事元素，譬如“四大发明”“敦煌莫高窟”“一带一路”“中国制造”“高速铁路建设”“天眼工程”“脱贫致富”“建设全面小康”等，让学生了解中国历史和国情，增强民族自豪感。“把中国文化作为外语专业课程思政的基点，是实现课程思政的基本路径。”（曾艳钰，2019：4）英诗课程的思政内容恰恰是人类命运共同体思想的体现，我们的大国担当和情怀主张坚持各国相互尊重、平等相待，坚持合作共赢、共同发展，坚持不同文明兼容并蓄、交流互鉴。

“教育者，非为已往，非为现在，而专为将来。”精准选择教学内容是培育“教师之德”的第一步。英诗课一学期 16 周只有 32 节课，“教什么（学什么）”远比“怎么教（怎么学）”更重要。教学终点的选择直接决定了学科价值的高低，因此教师要设置好教学目标，研精极虑方能吹沙见金。英诗的教学目标除了应有知识目标，还须有道德目标和情感目标，即促进学生的人文素养与思辨能力相统一的身心发展，在品鉴英诗的情感美中寻找共鸣，让心灵浸染着墨韵书香，找回最初的世界。有德方有情，有情方有教学之心。英诗课程隶属于文学板块，只有融知识、价值、理念和情感于一体的讲课才能使学生掌握英诗中所蕴含的深层信息。课程所选英诗博大精深，教师传授的知识是益于学生终身成长的精神财富。正是这样的一种人生态度的灌注，才能调动学生昂扬的生命激情。

优秀的教师是一位有着深厚文化积淀的学者，也是一位热爱学生、具有满满正能量的人。教师要给英诗定性归类，如道德篇、生态篇、情感篇、励志篇、动物篇，以此挖掘出英诗的正能量思想，培养学生良好的道德情操，实现大学课堂“知识多多、乐趣多多、受益多多”的目标。比如,《海外乡愁》让学生爱国爱家，弘扬伟大的爱国主义精神;《黑人谈河流》讲述黑人历史，呼吁民族平等。《我如何爱你》和《灿烂的星》讲述真爱，这是青少年修养课; 弗罗斯特的《雪夜驻足林边》和《未选择的路》讲述生命哲学。教师是学生的彩虹桥，一头连着英诗文本，一头连着学生的思想。读诗，让我们与世界呼应。学习英诗就是让学生与一个个鲜活的生命进行一次次的哲理性对话。

传道有术，授业有方，解惑得法。教师要以英诗中的动情点为突破口，以接地气的热点话题增强英诗的生活性和时代性，引导学生凭借自身阅历和文化积淀，在留白处补白，以“破镜重圆”的解读方式触摸英诗的灵魂，多角度、多层面地品读诗词音韵之精美和意蕴之深广，并在诗词的长期濡染中培养优雅的文化风度，发现平常世界中的哲理，做到文道合一。英诗教学可以展现出教师高深的思想，渊博的知识，但是必须坚守诗歌文本本身，不偏不倚。这才是英诗思政教学的康庄大道。

教师讲解思政内容时，充分挖掘思政元素，要将诗歌主题和内容同自己的亲身经历相结合，以心灵鸡汤的方式娓娓道来，潜移默化地给学生灌输正能量。教学中应该避免整堂课和学生大谈三观，把英诗课变成政治课。如果过度关注英诗文本的人文内涵，异化或泛化英诗教学为架空文本的道德说教，轻视对文本语言的玩味涵泳，对英诗艺术手法、语言风格等的具体理解，以思想说教取代文学性则有失偏颇。过度的强调极易贬低课程的教学价值。比如讲授《海外乡愁》时，若是一味地讲乡愁，把学生感动得涕泪横流，课堂就会滑进人文过度宣讲的沼泽。英诗赏析课毕竟不是政治课，不能总在忆苦思甜中完成教学任务。同样，偏离英诗文本主题，比如高谈深奥的哲学问题，则会搅乱全局，无法有序地推进教学。

而今微课比赛、说课比赛、教学思政比赛、教学创新比赛等各种赛事层出不穷，大有“乱花渐欲迷人眼”的态势，而比赛的核心就是“教学有德，教学有情，教学有心”，也就是教学的德育目标、教学的激情、教学的真情，这是教学的精髓、真谛和本源。有了感情，教师自然而然会全力以赴地备课磨课。大道至简，教学要的是教师的德和心。

高水平大学的建设需要提升教师的理想信念、道德情操、扎实学识、仁爱之心。教师应坚定“为党育人，为国育才”的信念，立德修身，潜心治学，开拓创新。言传身教，从严要求自己，当好学生的引路人，培养出更多合格的社会主义建设者和接班人。英诗具有很高的思想价值和教育功能，其蕴含的丰富的德育元素对于加强修养、健全人格方面大有裨益。教学中，教师首先对课程教材进行多元化整合，选用外语专业的权威教材与教师自己的专著相结合，系统全面地介绍英语诗歌的杰出作品，传授语言知识、升华诗歌的主题思想，培养学生的人文素养和英诗素养，拓宽其批判性思维，提升中西方思想交流的高度。教师的学识具体表现学术水平、科研成果、课程建设、教研成果、大纲的课程设计、各级大学生创新基金成果。教师的仁爱之心表现为对学生个性的尊重，教学和育人讲究方式方法。尊师重教是中华民族的优秀传统，对教师而言，重教才会有尊师。一支粉笔，两袖微尘，三尺讲台，四季耕耘，老师们应给予学生追寻真理与梦想的力量。师者，正其谊明其道。寻路，认路，赶路，带路，让路，是每一位高校教师的教学历程。

第二节 粗缯大布裹生涯，腹有诗书气自华——教师之学问

教师的学问不但指教科研水平和能力，还指教师笔耕不辍，潜心钻研，于教学细微之处体现教师的文字功力和文化积淀。教学就是一场不断读书、研究、反思、写作的修行。教学的灵感往往来源于平日的阅读以及一次次独

到的领悟和精妙的创造。精粹平和的教学语言看似信手拈来，实则千锤百炼。扎扎实实地阅读与思考是教学的基本功。如果备课不钻研，就没有精彩的讲课、精巧的提问、精致的教学环节、精深的主题挖掘。碧波深处有珍奇，剔石披沙所获稀。如果教师缺少对读书的敬畏，学生就会忽略这些安静却极有分量的文字；教师浮躁，课堂也轻飘无力，因为急不可耐的人很难嗅到诗词的芳香。诗意盎然的课堂必定会有一位才华横溢、博学睿智、出口成章、下笔能文的教师，一位精神世界的“美食家”。读书和备课一如酿酒，静静酿造，慢慢发酵，教师用毕生才学做文火来熬炖课案。课前潜心精酿，课上慢品细酌，浸透醇香的甘酿方能缓缓沁入学生心中。

一、科研是教学的升华

英诗课内容庞杂，教师在由点到面、由外到内地深挖诗词内涵时既得言简意赅，又得有精辟见解。广博的文理知识、深厚的文学素养会让教师从容淡定，旁征博引，出口成章，表达生动，经典哲理信手拈来。其缜密严谨的教学设计，丰富多彩的教学方法和诗意盎然的教学语言，一路奔涌而来，让学生每次听完课都觉得回味无穷。教师引经据典、触类旁通时的机智潇洒以及飘逸儒雅，都能产生强大的吸引力、向心力和凝聚力，让学生深感“语不惊人死不休”的魅力，激发学生的阅读渴望和对英诗的热爱。

科研，是一个教师从“匠”走向“家”的必由之径。钱伟长院士曾说：“你不教课就不是老师，你不搞科研就不是好老师。”（郭九苓，2010：25）学者王力说：“别人都是买书来教学生，我们是自己写书来教学生。”（郭九苓，2010：27）由此可见，教书与科研是一个整体，应呈互相烘托之势。“教学科研双肩挑”的理念可以促进教师逐步加深自己的知识沉淀，不断改善教学艺术。教师每每深入挖掘一首英诗的教学方法，可为撰写出相应的科研和教研论文提供素材，而这些科研成果反过来又能极大地提升教学质量。

我们的英诗课程自开课以来始终坚守着艺术化教学这块“一亩三分地”。教师带领学生以海纳百川的方式走进英诗，回归文学课堂。教可教，非常教。学生怀着满腔的热情投入英诗课，以音画时尚来诠释英诗。画诗，唱诗，舞诗，戏曲诗，情景剧诗，以多种艺术形式诠释英诗，为学生营造一个明晰、优雅、舒适的欣赏空间，从而使诗歌赏析的知识性与系统性相结合，学术性与艺术性并存。英诗课变得生动有趣，一改千篇一律的读诗、讲诗程序。教学中时时有特色，处处可圈点，大家卯足了劲，在美育原创作业和采风诗歌诵读视频中用尽了十八般武艺。师生们的才艺给课程注入了活力，提供了“新鲜的刺激”。

用中国传统文化诠释英诗，即给英诗课程思政引导和植入中华文化元素。这是一种创新，更是一种文化资本。文化资本是法国社会学家布尔迪厄提出的。对一个国家来说，文化资本和经济资本同样重要（Bourdieu，1986：243）。可见，用中华元素诠释和赏析英诗就是用中国的文化演绎英诗，其具体方法包括中西诗学对比，用中国戏曲唱英诗，用中国舞跳出英诗意蕴，用中国画画出英诗内涵。中国传统文化的各种艺术形式是文化的物体形式，以中国传统艺术美育形式促进英诗教学，也是一种积累和增值文化资本的手段。“文化资本可以通过多种文化形式进行传播和调节。”（Lefevere，2001：44）

英诗课程从国家意识形态的战略高度出发，在教学环节中凸显“中国性”，充分挖掘“中国元素”，注重价值观的引导。在师生互动和师生的个性化美育作业的展示中，教师应运用伦理价值观审视英诗欣赏时涉及的人类普遍关注的问题；运用中国传统文化倡导学生以开阔的视野审视中西文化交流，提升学生对中华传统的文化自觉和文化自信，培养其“讲好中国故事”的责任和情怀。

英诗课以诗歌的人文情怀与美育的多种艺术形式形成优质的师生共同体。美育原创作业要求学生结合自身爱好和特长，以音乐、美术等多种艺术形式赏析英诗，凸显中华文化的元素。而今的大学生多才多艺，美育与英诗教学的结合是大势所趋。在诗歌《我如何爱你》的教学中，学生用黄梅戏唱英诗，用中国舞跳出英诗的内涵，自编自导自演勃朗宁夫妇爱情的情景剧，对比分析中西爱情诗歌。中国舞和黄梅戏所蕴含的中国文化以及美学风范对英诗形成了有力注解，这些为英诗鉴赏提供了新的美学途径，也让中华文化在英诗意蕴中流韵溢彩。“文化交流是一把双刃剑，即可促进世界文化多样化，也能加速全球文化的同一化。”（裘禾敏，2019：18）可见，融入中华元素的美育作业既能增强学生学习中华优秀文化的使命感，也能让学生自觉地站在中国立场，以“为我所用”的视角发表见解，提升用外语讲好中国故事、推动中国文化走出去的能力。

二、中英诗学比较

读英诗时，极易想起中国古诗词，于是顺势而下，在英诗教学中培养学生比较分析中西诗学的能力，从而领略文化之美。英诗与中诗的异同也是学生关注的焦点。中国人对诗歌的热爱在世界上首屈一指。诗歌在中国是如何诞生的？鲁迅说：“诗是韵文，从劳动时发生的。”中国第一首讲述原始社会打猎的诗歌《弹歌》：“断竹，续竹，飞土，逐宍。”翻译成白话文就是：“砍竹子，竹子与竹子对接，弹出去，啪叽打到。”

西周时候，周公实行礼乐制，朝廷官员和老百姓都爱好音乐，还设立了采诗机构，采诗官到民间收集各种反映民情的民歌。汉代的采诗机构变成了乐府，此时的五言诗就是汉乐府。在英国，“桂冠诗人”久盛不衰、代代相传，逐渐成为君主青睐的御用文人的专称。他们受到王室恩宠和大众喜爱，享受贵族抚恤金，有点像中国古代的国子监祭酒一职。英国在文艺复兴时期出现了“保护人制度”，也叫“恩主制”，保护人相当于当时作家的经纪人。莎士比亚大部分的十四行诗都是写给他的保护人，目的就是提高作品的曝光度，获得声望，从而在文坛飞黄腾达。

唐朝诗歌盛行。科举考试就是作诗大赛，把唐诗推向巅峰。中国最早的诗集分别是《诗经》和《楚辞》,《诗经》中最经典的《国风》和《楚辞》里最经典的《离骚》合成“风骚”，成为中国文学的代称。《国风》代表现实主义，朴实无华。《离骚》代表浪漫主义，天马行空。之后的诗词就在此基础上发展。汉魏时期的三曹（曹操、曹丕、曹植）、唐朝的杜甫属于现实主义；李白则属于浪漫主义。这个浪漫主义和英国文学史上的浪漫主义完全不是一个概念。

同中诗相比，英诗是后起的，公元 5 世纪（中国南北朝时期），盎格鲁撒克逊入侵英国，8 世纪（中国盛唐时期）英国进入封建社会。诗论始于 16 世纪中叶的菲利普·西德尼，他说“诗是一种再现，即说着话的画图，目的在于教育和怡情悦性”，颇似中国《诗大序》中提倡的“厚人伦，类教化、移风俗”。“诗言志”是迄今中国历史上最早的诗论，其原始意义即向神明昭告功德，记述政治历史大事，发挥诗为统治阶级服务的功用。孔子是“功用诗学”的最早代表，他提出诗可以兴（鼓舞人心），可以观（观社会），可以群（同道之人相切磋），可以怨（批评时政）。诗乐的雅颂特性和中和之美能感动人之善心。亚里士多德诗论的高明之处即诗对人的净化和教益作用，这点与贺拉斯的“寓教于乐”论不谋而合。

三、品诗的要点

Poetry 诗

—Eleanor Farjeon 依列娜·法吉恩

What is Poetry? Who knows? 什么是诗，谁能讲得清？
Not a rose, but the scent of the rose; 它不是玫瑰，却有玫瑰的芳香；
Not the sky, but the light in the sky; 不是天空，却有天空中的亮光；

Not the fly, but the gleam of the fly; 不是流萤，却如流萤般闪亮；
Not the sea, but the sound of the sea; 不是大海，却有海涛的轰响，
Not myself, but what makes me 不是我自己，却使我能看到、听到
See, hear, and feel something that prose 感受到散文难以描绘的景象，
Cannot: and what it is, who knows? 什么是诗，谁能讲得清？

在这首诗中，诗人把说不清的诗用具体、形象、蕴藉的语言，通过某事某物让人们感到诗的真实存在。这与 T. S. 艾略特的观点不谋而合，“Not the assertion that something is true, but the making of that truth more fully real to us.”而美国诗人阿契博得·麦克列许写的《诗艺》是一首以诗论诗的诗，全诗似静还动，前 4 节讲诗是沉默的言说，中间 4 节讲诗意的动与静，后 4 节是对诗本质的定义。此诗把抽象的“诗”具体化了，强调诗的实体存在及其深刻的意蕴。从诗之可感论到诗的时间意识与意境，其“不置一词，好像飞鸟”的概念与我国严羽诗论“羚羊挂角无迹可求”的旨趣相似。

品诗品诗，关键在“品”。通过感官和想象力解读内容，品思想、品语言，品评艺术。艾青说：“没有想象就没有诗。”雨果说：“想象就是深度。”品诗的关键是要领悟其内在的力量、深厚的情感和伟大的思想，品诗人特有的遣词造句方式。品诗时要留心诗人如何表达思想或感情，要深入推敲比喻和典故、象征和意象的运用，细细辨别和研读其明朗的节奏、井然的章法，研读形式和格律、语音和词义乃至一个超常规的大写字母、标点符号、字距、行距等。诗是简单的押韵语录吗？不是。“诗就是诗人写的东西”“分行写的就是诗”，这样的回答未免太简单。分行写的，有的只能算顺口溜。英国诗人约翰·卡莱尔说：“诗歌是有意思的思想。”法国诗人保尔·瓦雷里说：“Poetry is to prose as dancing is to walking.”把诗和散文的区别比喻成跳舞和走路的区别，很具体，很生动。英国诗人蒲柏说：“思想内容是大家熟悉的，语言表达形式却是空前绝后的。”英国诗人科勒律治说：“诗是最佳词序中最佳词语的组合。”一如英国散文家威廉·哈兹里特所言：“合适的地方用合适的词。”诗性的语言使我们的整个灵魂跳动起来。

诗中最能表现感情内涵的字或词叫“诗眼”，而诗中处核心地位、起统率作用的句子叫“诗骨”。历代诗人留下了诸多珍词秀句，可谓奇笔。画龙点睛的一个字或词让平凡的场景灵动起来，如王国维所言：“着一字而境界全出。”有些余响千载的绝词缘自“旬月踌躇”，百般锤炼因而字字千钧；有些是诗人遇合得之，不费雕琢，实乃无形中达到遣词造句的最高境界：“炼字精确而又无迹可寻。”“诗之好者，不在于有多少新意，而在写法奇妙”是英国古典主义诗人创作的标准。诗人胸中有丘壑，他们搜肠刮肚、大费周章地遣

词造句，甚至自创新词汇，这样的例子在中国古诗中比比皆是。比如，“几处草莺争暖树，谁家新燕啄春泥。”“争、啄”二字把玲珑小巧、憨态可掬地扑着翅的鸟儿们的逗态表现得栩栩如生。

品诗一定要懂得领会比喻、象征、通感等方法。酣畅的欣赏引发多姿多彩的联想，形象上的通感让诗歌像音乐、像画境、像梦。通感运用错觉感官，使诗歌别具情趣。比如“一首优美的歌”和“甜美的嗓音”，前者运用视觉意象“美”来代替听觉意象，后者却运用味觉意象“甜美”来修饰如蜜糖一般的嗓音。这种修辞手段称为“通感”。列宁说：“不通过感觉，就不能知道实物的任何形式。”聪明的诗人往往利用感官的魅力来博得审美者的好感。诗人大多描写传神，巧用拟人、比喻、通感、幻化等手法，将视、听、触各感官间相互作用产生的奇妙感受扩大化和深入化，赋无情之景予灵性之美。“通感”最著名的例子是李贺的《李凭箜篌引》，“昆山玉碎凤凰叫”是听觉，形容弹箜篌之声清脆高雅；“芙蓉泣露”是视觉和听觉，让读者感受荷花滴露般低沉的呜咽声；“香兰笑”是嗅觉和听觉，让读者能感受空谷兰花绽蕊、徐吐芬芳时开怀大笑的轻快音色；“十二门前融冷光”是触觉，此诗让人浮想联翩的原因即以两物的相似点为契合点，以此喻彼，非常贴切。

第三节 文能提笔安天下，武能上马定乾坤——教师之智慧

教师“智慧”指的是“灵动”的教学手腕或者教学策略，包括精湛的教学艺术、精妙的教学构思、缜密的教学逻辑、文采飞扬的课堂语言。疏密有趣、张弛适度、意趣盎然的课堂跃动着生机和活力，涌动着师生的汩汩智慧。古人云：“慷慨以任气”“气扬采飞”（刘勰），“生气远出，不着死灰。妙造自然，伊谁与裁？”（司空图）“气韵生动是也”（谢赫）。“灵动”强调机变和互动。

英诗课程思政教学是平中见奇，平中见巧，小巧入手，小中见大。浅诗深教，教出“平淡”诗句中深藏的珍奇。短诗文长教，教出“短小”诗篇中潜伏的大道理来。其具体教学形式应该如吹面不寒杨柳风，“不煽情，却动情”，风轻气和地、润物细无声地让学生将读英诗和读社会、读自己联系起来。

我国教育家吕叔湘曾指出："成功的教师之所以成功，是因为他把课教活了，他的教室是生机勃勃的。"领着学生蹦蹦跳跳、图个热闹的观点，是对"灵动"的一种极大误解。按部就班的模式、僵化刻板的讲述都与灵动无缘。

精心构思、匠心独运、异彩纷呈的教学设计是"千里之行"的第一步，它是极具创新意识的智力劳动。要让课堂首尾圆合，结构严谨，环环紧扣，浑然一体，教师前期的课堂铺垫和引导至关重要。简单自然又别具匠心的导入，牵一发而动全身的问题设计，循学生天性而教。教师能举重若轻地驾驭课文、课堂和学生，必然会对教学目标和重难点、教法设计和语言使用、学生基础等有透彻的了解、明晰的剖析和准确的定位。苏联教育家马卡连柯说："教育的技巧就在于随机应变。"精于剪裁、巧于设计的教学安排在给学生注入活力、点燃激情的同时，也让课堂绚丽灿烂、文采飞扬。

一、英诗教学的智慧

英诗往往分成两大类，一类篇幅短小，表意直白；另一类篇幅较长，艰深难懂。

第一类英诗如儿童诗歌般简单可爱，文本形式一眼到底，一览无余，篇章结构整齐划一，诗句平淡如白话文，用词浅显易懂，写作技巧既不曲折，也不精致，文本形式的跳跃性、曲折感和起伏感更是无从谈起。教这样的诗歌难以表现深度和高度，教师备课时很难寻找教学切入点以填补教学空白，学生捧着诗词咀嚼多遍，也无法深入文字，愣是品尝不了个中滋味。盘活全诗的教学就要求教师解读精巧，以意料之外、情理之中的方式授课，于平常的文字间发现文字的不寻常处。教师要在诗文中跳跃寻觅，抽丝剥茧，找到合适定位，把丰富的信息整合，聚焦成一个中间问题。诗歌欣赏的切入点是教学出口，也是诗歌文本教学的最佳"缝隙"，它往往通过一个主问题来呈现，而这个精准的切入点既要有角度，又要有力度，还要笃定教学重点。一个人指路，一群人探路。

值得一提的是，这类英诗中，有些诗歌看似简约，实则意蕴丰厚，大有来头，大有讲究。比如休斯的《黑人谈河》，每段的开头第一句就直白讲出诗句意义，近似"流水账"。传统教学是通过语音语调层、韵律格律层、诗句意义建构层和修辞格层逐步走向"意象意境层"和"思想感情层"。《黑人谈河流》虽语句简单，却能于寥寥数行之中，将黑人所遭遇的冷待，不慌不忙地描写出来，讽刺又不露骨，有大家风度。在讲授这首似是浅薄但又耐人寻味的诗歌时，会有几个拓展视频给同学们课下观看。这些视频用 PPT

和EV录频软件制作而成，专门讲解黑人历史、美国文学的经纬线——美国梦和清教主义的来龙去脉。教师要把英诗课上出滋味、上得精彩，就要围绕英诗做文章，寻找诗词中的空白点，大到主题的推进和发展，小到意象、修辞、音韵等细节产生的缘由。接受美学的著名观点是："作品意义的不确定性和意义空白促使读者去寻找作品的意义，从而赋予他参加作品意义建构的权利。"（彭吉象，2006：60）英诗的理解方式"犹如一个花瓶的碎片，若将彼此不同而又相互吻合的碎片沿着裂痕粘合起来，就形成一个完整的花瓶，文本越多，花瓶也就越完整"（廖七一，2000：77）。有时候，英诗爱"隐藏"内涵，作"犹抱琵琶半遮面"的含蓄姿态。学生不断猜度思考就是在与诗人的灵感相遇和交流，在主动参与文本意义的重建。叶圣陶先生所说的"教是为了达到不教"正是让学生多想、先想。这种多元化的"教可教，非常教"的灵动之法，也给英诗本身带来了无形却而有力的质地。

第二类英诗往往都是"大部头"，其谋篇布局、行文风格稀奇古怪，组词造句艰深晦涩，一如后现代的意识流小说，要么话语少得惊人，让你去猜度；要么篇幅极大，让你看了又看还是稀里糊涂。比如艾略特的《荒原》、西尔维娅的《爸爸》、雪莱的《西风颂》、济慈的《夜莺颂》等。博尔赫斯曾经说："文字即游戏，尽管是一种严肃的游戏。"诗人拼命地虚构场景、堆砌文字。这类诗歌较为晦涩，不太好懂，而且诗味也不浓，远不像古典汉语诗词那样，读起来朗朗上口，音韵铿锵，意境幽远，让人沉浸其中，陶醉不已。有的英诗则无病呻吟，"起"的没来由，"结"的也没道理。

这样的英诗已然在辞藻和篇幅上"盛装出席"，让学生理解起来相当费劲，难以驾驭。诗句虽有声有色，情趣与美感兼具，可疑难杂句频频出现，闪烁其词的词句，以及出自《圣经》《希腊神话》的引用比比皆是，生词量之大让人惊心动魄，这一切挑战着读者的文学功底和阅读耐性。越是难懂的英诗，教师就越要化繁就简，化难为易，深入浅出，用明确聚焦的教学目标和简约清晰的教学思路做一道简单清淡爽口的语言菜。平铺直叙，则毫无美感。如果一节节去分析讲解，一行行去字斟句酌、咂摸品味，稍微一点旁征博引和旁逸斜出，那课堂时间根本不够用。因此，长诗短教的关键就是精心取舍和预设教学内容。诗句已然繁难艰深，讲解就应清晰透彻。教师教授此类英诗时，为了帮学生厘清思路，往往撷取其中的一个诗节进行重点讲解或者对全诗的几个点集中研读，让学生瞬间捕捉到诗歌的核心内容。

歌德说："艺术家要通过一种完整体向世界说话。"解英诗往往从两条经纬线双管齐下，音韵节奏、选词造句、分行分节、诗行诗体、意象修辞、标点停顿等"实"的经线和审美情趣、历史语境、文化底蕴等"虚"的纬线。二者相互联接，互为表里，彼此推演转化，共同建构诗作文本丰沛的诗意蕴涵。

“读文先读题”，教师可以通过题目这双诗歌文本的“眼睛”巧牵妙引带领着学生，看到诗文中潜藏的玄机和风景。比如，西尔维娅的《爸爸》表达了女诗人对爸爸又爱又恨的情感。“爸爸”，寥寥两字，却字字千金，这是一条通往文本深处的幽径。

《爸爸》的诗句非常长，那就需要抓住文本中最重要的东西来教学，这个东西就是“纲”。要明确主题是什么，具体细节有哪些。有针对性地抓住其突出特点来研讨便可做到有的放矢，达到纲举目张的审读功效。这个目标链条分别涉及文体特点掌握、表达特点分析、人物形象把握、主旨理解。教师就好比一个既专业又聪明的导游，到了一个景区，能从往来的游人、杂乱的景点和满布的荒草中劈开一条简捷、清晰的小径，带着游客直达目的地，而几个主要景点又没有错过。换句话说，重点揭示诗作“情感逻辑”的脉络，见微知著、回环往复地选行细致分析、推演与归结。如此处理，一下子“举重若轻”。这些词语和诗句，像蛛网一样织就了文章的清晰氛围，像毛细血管一样贯穿于全诗的肌体，乃至形成诗的血肉。

教师抓住了这些关键词句进行教学，通过各种语言训练，方能引领学生深度理解诗句的内容和情感。

该诗也可以大刀阔斧从诗篇中间切入，聚焦于典型诗节，以看似毫无设计，其实背后大有想法的问题数度点化学生，顺势引导出诗歌主题，浑然天成。大面积的文本找寻容易导致东一锤西一棒，走向思维混乱，也会让品读流于表面，难以收拢，从而草草收场。

也可以扣住诗节中的关键词来解玄机，对作者生平和时代背景的介绍可以夹杂在诗文的梳理中。引导学生立足于关键词环视全文，自主理解，创意表达。多元开放的问题，也帮助老师更好地了解学生已有的阅读视野。“补白”活动引出了学生一连串各不相同的解读。老师一点火，学生就能绽放出思维火花，师生的思维一起“回环转折”，精彩至极。

在实际教学过程中，也可反其道而行之，让低频词语替代高频词语成为教学抓手，“万绿丛中一点红”，“绿”与“红”都可以是教学灵感之源，都可以四两拨千斤，巧妙地将阅读落到实处。此外，老师还可以反弹琵琶，着墨于结尾部分，以倒叙方式向前顺而推导，在诗文最摇曳多姿和风光旖旎处稍作强调。

以上的讲解方式有点像不按规则生长的大树，旁枝斜逸，看似“形散”，实则“神聚”，因为树干也就是教学目标突出，能让人一眼找到。总之，灵动跳脱的讲解虽不拘一格，但能让学生豁然开朗、收获顿悟。

精巧的切入，牵一发而动全身的主问题，逐层深入的连环问题，无不体现教师的智慧。有“含金量”的问题是撬动思维的杠杆，师生“你问我应”这种浅层次的短问答要层层递进，引起学生的求知欲望，而精心设置的启发性问题要能精准约估和捕捉学生思维的“生长点”，并引导其思维从凝滞走向贯通。师生的问答在和谐轻松的氛围中逐层推进，由己及彼，教者貌似在和学生拉家常，其实在追问中引导学生逐层思考，在一步步“逼近”目标。教师循循善诱，以“看得见，摸得着”的精心点拨和贴心暖心的谆谆教导，让学生的信息提取能力和思维度螺旋上升，让学生彻底从沉闷刻板的教学程序和练习、考试、分数的枷锁中解脱出来，如此，学生产生对英诗的情感美、文体美和语言美的认同与赞赏，课堂也呈现出畅然的生命力。

二、英诗教学互动的智慧

英诗课堂上要多一些调动学生主动探索欲的、多元化的、趣味化的互动活动。教学中可用诸如即兴演讲、拟写对联、时文点评、即席赋诗、把诗变成散文或歌曲、学生自主教学和点评、让学生复述教师的讲课内容等多样化的语言转换练习，把呆板的文字材料变成充满哲理光辉的思辨材料，提升思维角度和感悟秉性，让学生揣摩英诗之美。英诗课可以“始于乐，终于智”，其教学的最佳境界应该是一种吸引学生参与智力活动的思维活动。

教学互动难在开发和引导上。要想把主旨问题发挥到淋漓尽致，教师就要对这首诗歌尽可能多地进行不同角度的阐释。教师要自始至终紧扣诗句展开教学，通过精当的提问引导学生一步步熟悉和走近诗歌文本。粗枝大叶地浅浅一问，没有厘清意识流内在的情感逻辑、表达逻辑，就不可能真正培养丰满厚重的语言表达能力。

讲课新颖是独门绝技，考验的是教师的功力和机智。精彩教学片段往往得益于幽默机智的语言，而这种教学急救恰恰考验平日的读书功底。阅读的匮乏直接导致心灵的干涸和语言的贫瘠。丰厚的知识储备和教学投入方可形成足够的教学智慧和日臻绵密的教学体系，体现英诗课程的丰富与灵秀。教师总想把教学节奏把控得很科学，但课堂上还是会摇摆。这就是上课，站上讲台，就如船行水上，随风漂荡又必须贴合水平面。有时候学生轻轻一问，即如炸雷在听课者心灵深处震响，也会让教师后脊背顿生凉风。

教学出口是“挤”出来的，小而能大，点而能面。简简单单的数词、量词，进入我们的视野，也从我们的眼角溜走。突破口和文字背后的情感都需要教师在文本的褶皱中和缝隙处用心感受、着意捕捉。在课堂上，教师不看书本，但不论学生讲到何处都得“无缝衔接”接过话头，并且随手拈来，毫无压力地举出具体的文本细节。这种神奇的本领源自无数次地阅读文本，正所谓“读书百遍，其义自见”。教学灵感是知识、经验、追求、思索与智慧综合实践在一起而升华了的产物。思考深入透彻，课堂操作方可游刃有余，收放自如，毫无生涩感，顺畅大气而又变换多姿、波澜不惊。“绚烂至极而归于平淡”，有时候绚烂的高级形态往往是平淡的回归。

教学问题分为两种，一种是针对诗句的精准发问，一种是类似读后感的大问答题或者论述题。这种问题的提出首先得不蔓不枝，有的放矢，思维含金量高，还要一直尊重、顺应和贴合学生的理解和思考，接着师生一起往更深处漫溯。“从哲学的角度看，这首诗给了我们什么？”面对这样高大上的提问，学生不看遍期刊也不敢回答，所以只好“心领神会”地听听课而已。关于诗词讲解的师生对话看似轻描淡写、漫不经心，实则层层递进、环环相扣、意蕴丰富。有效的课堂提问即以小问题直击大话题。如果问题的思考容量和空间小，就会缺乏思考价值，所以要允许学生作出多种可能的解释和回答的话题，并且有一定难度。学生回答和表述时，教师要适当点拨，进行互动。如此分析英诗，批文入情，沿波讨源，诗境的水到渠成之感恰恰是通过这些看似简单的师生的提问和回答获得的。

鲁迅说：“我以为一切好诗，到唐已被做完。”宋代严羽《沧浪诗话》云，“诗必盛唐。”“盛唐诸公之诗，如颜鲁公书，既笔力雄壮，又气象浑厚。”“太白之飘逸，子美之沉郁。”诗情、诗境、诗风和诗语迥异，或雄壮浑厚，或飘逸若飞，或沉郁悲壮，此乃红霞满天、光耀万代的“盛唐气象”。唐诗宋词，简约而不简单，寥寥几句，却流芳百世。大学生们自幼饱览唐诗宋词万紫千红的盛况，初次面对浅显单薄的英诗，很难读出唐诗那样的深情。如何读懂，巧读，妙读？解读英诗，既要通俗易懂、准确到位，又要生动有趣，更要启迪心智。这看似容易，其实非常不易。绝大多数大学生对英诗的认知往往停留在片言只语的似曾相识，即便会背全诗，也对格律韵律、诗词内容缺少精准、细致、独到的理解。英诗解读的重点即主要问题以简驭繁、以易克难、层进深入，精准地指向了教学目标，顺利地推动了教学进程，保证了教学重点落到实处，又促进了学生对诗歌的整体把握，简单高效。

开课伊始，没有噱头，直入诗歌标题，波澜不惊。英诗的导入环节（Lead-in Part）可以是一幅图片，一首歌曲，一个小视频，一篇引人入胜的精致散文，也可以是一连串悬念十足的问题。图片的展示，提高了学生的视觉感受，便于教师提问，引导学生递进思路，深化思维。教师可以整合教学资源，将与英诗主题和背景知识相关的人物传记、小幽默、电影、诗歌、谜语、歌曲、佳联、谚语、成语、典故甚至图片等巧妙衔接，或塑造形象，或创造气氛，让课堂荡漾着激情、诗意和趣味的前奏，从而化机械刻板为灵活生动，化冷漠僵化为情趣盎然。

标题是文章之窗，从“析题”入手，以解析标题领悟章法之妙。这原本不稀奇，如何才能高妙至极就在于通过层层叠加的方式跌宕起伏、摇曳有致地析出标题的意蕴。以《我如何爱你》的授课为例，该诗歌的所有教学环节都围绕“我如何爱你”展开，第一部分一反常态，将诗人的爱情故事与诗词解析紧密结合，学生的情思依脉络而行，解析就像观看一部电影。若按传统的诗人简介、韵律格律、修辞结构的顺序依次去教，自无不可，只是难免干涩无趣，也多少会有画地为牢之嫌。该部分是授课重点，教的智慧在读的视野中步步引导，逐渐深入。后半程的诗歌解析开始发力，以“上帝”“太阳”“烛光”“自由”“纯粹”“昔日的剧痛”“死后更爱你”为关键点，千淘万漉，吹沙见金，精准选择教学内容，并抽丝剥茧，层层深入、循循善诱，缜密设计教学流程。

读后感、采风和学生自拍的微电影都是言语实践活动。学生采访环节很生活化，但细细琢磨，曲折有致。两位同学从大学生的身份出发，从时事出发，真实又自然。该环节直接嵌入学生的“所思所想”，非常实在。而微电影这种品读方式分外显眼，它既是诗歌情感脉络的延展，更是学生的理解和再创作。

比如《海外乡愁》一诗，“诗人的乡愁如何在诗句中一一展现？”诗句分析在这一贯通全文的问题中展开。真是轻轻一问，看似不经心却暗藏玄机。本课的顺畅和起伏都表现在主问题的引领上。“主题”一旦确立，随后的教学便如行云流水，一条清晰的课脉得以显现。一词定题，一锤定音。这一主问题是一块探路石，使得教师不急不躁地轻拨繁杂的草丛，找到最亮丽的一株种成课堂的大树。电子课件呈现比萨斜塔的图片，教师问学生，这是哪里？意大利。“海外”（abroad）就是指这里。诗人勃朗宁国籍是哪里？英国。诗名之所以为《海外乡愁》就是表达诗人的绵绵思乡情和悠悠思乡意。

诗词解析有点类似中考语文的阅读分析，既要抓住文本的主旨，又要鉴赏其中的文学手法。诗词解析中有很多中西诗句的对比，而跨文化的比较常常可以让司空见惯的细节焕发光彩。学习不同文化不只在于有趣、好玩，惊叹世界的博大与富丽，也在于用不同文化来丰润我们自身的传统。带着解析和共鸣再读此诗，文字仿佛自己获得了生命，在师生的心里跳着迷人的回旋舞。学生在比较中西诗词时发言踊跃，广阔的思维空间给大家带来无限的审美想象和精神乐趣。古今文化并蓄、东西风华相映，此法对于丰富教学内容、提高教学效率、拓宽学生视野大有裨益。

诗句赏析结束后，课堂的重点和难点已经学习结束。我们请同学们欣赏师生的美育视频作业，张瑶琪同学用日本电影《血疑》的主题曲翻唱了这首诗，教师和范萌同学也用《黄梅悠悠》的曲调进行翻唱。这个环节让同学们在优美的歌曲和美丽的校园风景的画面中稍事放松，准备进入课堂的尾声——学生的诗歌创作和读后感。

用黄梅戏唱英诗，诗歌在音乐和画面的烘托下，令人惊艳。但英诗的艺术化教学仅仅为了“热闹”的效果吗？非也。用中国文化演绎英诗，体现的是一种文化品位。能够在英诗学习中奠定学生的文化底蕴，帮助学生提升文化素质。教师从此入手，帮助学生亲近文化，建立文化观念，将对文化的感受深深融入英诗学习中。民族文化是一个民族能够屹立于民族之林的根本，离开了民族文化就可能失去民族的精神，民族的脊梁。

至此，教学的盛宴就该结束了，可是一句“很久没回家，不是不想家”又在平静的湖中掀起涟漪。该环节是小结归纳，亦是新的开始。“乡愁”是此诗最具教学价值的生长点，是教学的有力抓手，它在诗歌文本、学生和教师之间搭起桥梁。用“你的乡愁”引导学生更进一步思考和认识，更是一种举重若轻。你是否客行他乡、心系故园？你的乡思之情是否挥之不去、拂之还来？像树木花草一样，谁能没有一个根呢？谁能忘掉故乡，忘掉亲人师友，忘掉童年呢？来吧，谈谈你的乡愁吧。这个问题看似不经意，实则有精细的设计和考量。

故乡不仅牵动着每一位游子的情思，更坚定着每一个地方的文化自信。拥有独特文化意义的乡愁，它是中华文化独特的精神载体和情感归宿，让中华民族之魂得以扎根，让中华传统文化得以弘扬和传承。精妙的提问有助于探寻这个桃花源的入口，从而有效建立起学生与诗歌文本之间的联系。这个环节师生先是观看了学生互谈乡愁的采访视频，学生语句真实可爱，轻松幽默。有男生说我刚上大学时，乡愁就是妈妈做的美食，它“长”在胃里，可是现在我恋爱了，我的女朋友就是我的乡愁；有女生说，乡愁就是寒暑假回老家看看爷爷奶奶，然后带一大包土特产回家。这类讨论题是开放式题型，没有标准答案，只要学生言之有理，都是好答案。授课至此，教师不紧不慢、张弛有度、层层深入、步步推进，力行“细节见功力，慢中有奇珍”的教学原则。

在分享自己的乡愁时，看着视频中那山清水秀的故乡风光，仿佛听到了那充满乡土气息的方言，感受到了萦绕在家乡天地间的人文气韵。每次上这首诗，我总是热泪盈眶，当我说道：“爷爷奶奶不在了，故乡于我，没有四季，只余清明。爹爹奶奶，我带宝宝来给你们磕头了。”“不管你取得的成绩如何，只要回家了，家人们就会很开心。忙不是借口，无论你们多大了，都别忘了多陪陪父母和家人。”同学们都默默低着头，偷偷流着眼泪。我记得15级英语董亚婷同学听完课，就红着眼圈一边哭着，一边和我们分享她的乡愁：“我以为这样小小的年纪，哪里会有那种深入骨髓的乡愁。可是老师，听完您的课，我发现我错了。爸爸妈妈在上海打工，寒暑假、逢年过节，我只好做代表回老家看望乡下的爷爷奶奶，对我来说就是完成任务。我从小在农村长大，是年迈的爷爷奶奶一直照料着我。在进入大学这个缤纷的世界，接触都市生活后，我深深被其吸引，逐渐忘了从前宁静快乐的乡村生活，甚至对至亲的爷爷奶奶也日渐冷淡。我不想，也不喜欢回老家，讨厌那种蹲坑厕所，到处都是嗡嗡的苍蝇。可是刚刚听课，灵魂受到洗礼，想起爷爷奶奶对我的付出，我瞬间觉得自己好不懂事，也愈发思念家乡。端午回老家待了三天，奶奶一天杀一只鹅给我吃，而家里只养了三只鹅。回学校前，奶奶把一树的栀子花都摘了给我带来学校，我却往桌上随便一扔。我这样太不应该了。此刻，我就开始想家了，眼泪潸潸流个不停，恨不得马上回家，给牵挂我的奶奶一个大大的拥抱。我发誓，以后一定开开心心回老家，真心真意陪爷爷奶奶说说话。”爱家乡，爱家人，还有什么比这更好的教学效果吗？

此刻，课堂变成了一种断肠的还乡。乡愁一杯家万里，细品慢饮显深情。故事性的描述让和谐温暖的场面再现眼前，学生在读与思中品出了感情，领悟了真情。年少不知乡愁滋味的心灵深深地浸润在教师的文字中：思盼、自豪、怀念、享受、追忆、遗憾、痛惜……

此环节，师生同唱双语版的《念故乡》，“念故乡念故乡，故乡真可爱。天清清风凉凉，乡愁阵阵来。故乡人今如何，常念念不忘。在他乡一孤客，寂寞又凄凉。我愿意回故乡，再寻旧生活。众亲友聚一堂，同享从前乐。”（Going home, going home，I am going home. Quiet like, some still day, I am going home. It’s not far, just close by, through an open door. Work all done, care laid by, never fear no more. Mother’s there expecting me, father’s waiting, too. Lots of faces gathered there, all the friends I knew. Morning star lights the way, restless dreams all gone. Shadows gone, break of day, real life has begun.There’s no break, there’s no end, just living on. Wide awake with a smile, going on and on. Going home, going home, I am going home. Shadows gone, break of day, real life has begun.）电子课件背景图片为教师故乡的美景图片，习近平总书记的“两山论——绿水青山就是金山银山”赫然出现在故乡的宣传墙上，深沉的思乡之情和伟大的爱国主义情怀再次把课堂推向高潮。这个歌曲是一个颇有

嚼头的设计，借词悟词，不漏痕迹，是一种干净洗练、水到渠成的转换和提升。那满满的乡愁已经溢满师生的心头，只等高歌一曲去释放那思念之苦和乡愁之痛。故乡遥，何日去？无穷无尽是乡愁，天涯地角寻思遍。好久没回家，不是不想家，游子身在外，乡思终难忘。怀念故乡欲归不得，吾心归处是吾乡，何人不起故园情。悠悠天宇旷，浓浓故乡情。思乡、思水、思人。故乡的一切都在我们的记忆里活色生香。无论我们身处何方，心里总是有那么一块角落是留给家乡的。家乡是我们人生的起点，无论走到哪儿，都不会忘却。诗人华兹华斯说，诗歌是强烈感情瞬时而发的自然而然的流露。此诗之中，这种感情就是乡愁。虽然我们都不在海外，但大部分同学都来自五湖四海，身处异乡，这首诗无疑唤醒了我们对家乡的思念之情。诗歌就是这么奇妙，不经意间就能触动你内心深处的情感。授课在高潮处戛然而止。

课堂高潮，用"我的乡愁"转折和提升，点化学生。教师并没有刻意地煽情或者无节制地放纵情感，却把学生搞得涕泪横流，群情激昂，好像讲台就是剧场。教师只是平静地叙述故事，好像翻阅了一本旧相簿，一张张泛了黄的相片都承载着记忆与怀念，浓浓的乡情洋溢在师生的心间，少时的一情一景，如此的鲜活，如此可感。感人心者，莫过于情。师生一起走向深情的美的世界。主题词"乡愁"一直处于情感的张力中，并引导学生怀着对自然的亲近，对家乡的热爱，对文化的尊崇，对历史的敬畏，去阅读诗歌。同学们能感受一颗驿动漂泊的心的律动，能看到一个少小离家老大回的孤独怅惘的身影。

整堂课以"乡愁"平缓导入，且在这个"乡愁"上做足了工夫。师生以"情"字统领整个课堂，用"情"推进课堂的流程。师生一起在反复的诵读中体会、感悟，让情绪慢慢酝酿，让乡情静静发酵直至弥漫整个课堂，沁入心间，这，应该就是这首诗歌的最佳状态。

再比如《当你老了》的课堂伊始，师生一起观看奥黛丽·赫本年轻时的照片。她是谁？奥黛丽·赫本。她美吗？太美了。那晚年的赫本还是光彩夺目吗？一如既往的优雅迷人。同学们有没有想过，你希望自己是优雅地老去还是平凡地老去呢？当你的爱人老了，满脸皱纹，背也弯了，头发和牙齿也掉光了，步履也蹒跚了，你还会一如既往地爱他或她吗？当你的父母老了，你会如何陪伴他们，如何爱他们呢？诗词讲解结束，回到之前的问题，"你希望自己如何老去？"

第 1 个问题，我给大家分享了自己的散文《那一年，我大一》。

"那一年，我大一，回首往事，历历在目。我的大学生活从脚步踏进大学北门开始，像盛夏的绿叶，正青春。一脸稚气的我与母校的第一次相逢。我带着对未知世界的无限憧憬和向往，好奇地、迫不及待地开始另一种生活，期待在大学遇见更美好的自己。一幅绮丽的人生画卷即将在我面前舒张，我向往已久的象牙塔之门已经开启。

两排高大的梧桐树，硕大的枝干把道路遮盖得严严实实。走在下面，丝丝凉意，神清气爽。苍翠松柏在莫斯科风格的主教学楼携伴着一股沧桑感傲然独立，坚毅的目光穿过层层叠叠的青青树叶，仿佛一排坚守岗位的战士。青砖黑瓦，灰墙红窗，冰凉坚硬的花岗岩，线条流畅的浮雕，朱红的木门不再有光滑的皮肤，银灰的防盗窗被岁月侵袭得锈迹斑斑，绿苔正悄悄寻找安家的角落。风过树梢，我们正当年少。

郁郁葱葱的一片清凉，驱走了夏日里那份风尘仆仆的燥热。那些古老的建筑和这些古树相依衬，突出了校园的历史厚重感。我喜欢她的厚重与博大，她的清新与淡雅。她的诗意、绿意、情意无不令我心醉。我喜欢在漫步校园时感受阳光细细碎碎从树叶中透落下来的静谧，感受它把金色的光辉悄然又俏皮地披在棵棵俊俏的小树上，感受它在每一个角落洒下灿烂的印章，给所有生命以温暖的怀抱，嫣然间满是风景。

我喜欢倚在外语楼的墙边大声背诵，在鹅池边的石凳上埋首静读。清晨书声琅琅的小树林有我，傍晚霞光铺满的小路上有我，我不要多优秀的成绩，只想自己的生活有自己的模样。总爱一个人戴着耳机背着书包朝教室走去，或者在赶家教的途中，在来去匆匆的人群中穿行，寻找属于我的一隅。我一直在路上，这一路有自己的阳光。

时间老人总是用轻盈的步伐轻轻地掠过看似平淡却美好的青春，每天都有大大小小、多多少少的感悟。秋叶的堆积，花朵的凋零，或是某个路口一个随心的微笑。爽朗温和的天空，在骤雨的疯狂洗涤下，让人伤感又期待，恍然间升起诸多感慨。北门的黄叶凌空蹁跹、随风飘舞不知不觉中洒满了一地，落满一地的树叶一片一片地堆积在一起，形成了美丽，让人觉得很暖心，我正幸福地享受着烂漫的校园生活。偶尔回头一瞥，看到的正是五彩斑斓。

坐在鹅池旁的草坪上静静地凝望着湖边美景，微风吹皱了湖面的彩虹，澄静的湖水晃过眼角的阳光，风儿轻柔地托起丝丝的柳絮。树叶随风飘舞，花瓣在空中悠悠地打几个卷儿再轻轻泄满石板凳。谁在读诗，谁在拨弄吉他弦，谁在听着音乐回忆着、思念着。悠悠地溜达在眼镜湖的小桥上，给心灵一个休息的空间。微风拂过脸颊，凌乱了我的长发，不禁浮想联翩。满满一池塘的睡莲舞蹁跹，我的心中也泛起阵阵涟漪。守着一缕芬芳，我虔诚地等待自我的绽放。

有人说，春天离开了，夏天不是一样地姹紫嫣红、百花盛开吗？可是炎炎夏日里，纵然鲜花齐放，却绝不会再有春天那种嫩绿青涩稚气的味道了。人生的轨迹只能单方向地往前走，不能倒退。成长是破茧成蝶，挣扎着褪掉所有的青涩，在阳光下抖动轻盈美丽的翅膀。

那一年，我大一，回首当年，宛如隔世。那是我一辈子的美好回忆，永不褪色。我愿这一段回忆，永存心间。”

第 2 个问题，当爱人老了，你会怎样爱对方？我给同学们读自己的诗歌《就喜欢这样走着》:“就喜欢这样走着，和你一起，大手牵着小手，掌心握着掌心，指尖传递着温柔。最好是夜晚的那种，最好是在风景如画的水边，或是徜徉安静甜美的小区。微风习习、明月晃晃，星星一颗颗沉沉睡去。在不经意的对视中，醉了两双深情的凝眸和两颗温存的心。我微笑着低头，将欣喜的羞涩揣在手指间揉搓。我怯怯地抬头望你，两朵粉霞甜甜地从我的双颊飘起。暖暖的心田融化在心与心的爱语，你的眼神轻轻地吻了我的心。就让我们这样走着吧。路漫漫、情切切，就让我们这样走下去吧。能走一生的话，就走一生。”

第 3 个问题，当人处暮年时，头发苍白，老眼昏花，该庆幸有一个灵魂伴侣。当人正年轻时，意气风发，朝气蓬勃，该庆幸父母虽老却身心健康。

从孝敬父母的角度解析《当你老了》，我们自然会联想到一首替千古儿女抒情、传唱千载的古诗——孟郊的《游子吟》。诗歌开场是一个细致入微又感人至深的生活细节的特写——母亲挑灯缝衣。我们应该都有过这样的经历，自己坐在书桌旁写作业，妈妈在旁边穿针引线、缝缝补补。一根线，牵动着母子的心。这根线，就是母子之间长长的情丝。

下两句 :“临行密密缝，意恐迟迟归。”母亲的爱子之心融进这细密的针脚中，经了母亲的手，衣服就结实。

“谁言寸草心，报得三春晖。”所谓三春，就是全部的春天，包括孟春、仲春和季春。母亲恩深如海，游子对慈母的孺慕之情，正像小草对春晖的依恋之意。小草在春日的照耀下茁壮成长，可是，小草如何能报答太阳的恩情呢？这不正是《诗经 · 小雅 · 蓼莪》中的“欲报之德，昊天罔极”!“父兮生我，母兮鞠我。拊我畜我，长我育我。顾我复我，出入腹我。欲报之德，昊天罔极 !”9 个动词，9 个我，9 次句尾重复（epiphora）, 全方位地描绘出父母对子女的保护和照顾。这种高天厚地之恩，永生难报！此诗是献给去世父母的挽歌，字字血、声声泪。《游子吟》描述诗人迎接母亲的欣慰。读着此诗，仿佛就体味到了阳光洒在身上的感觉，体味到了母亲温暖的怀抱。

《千字文》言：“夙兴温凊。”孝顺父母要早起晚睡，尽心尽力，让他们冬暖夏凉。当爸爸妈妈年纪大了，我们应该如何爱他们？同学们有为父母亲洗过脚吗？你给他们梳过头吗？捶过背吗？你教过他们如何使用新手机吗？还是直接把你的旧手机下放给他们用呢？同学们还记得大一的时候，你们刚刚经历军训，自以为自己很坚强，其实都偷偷摸摸躲在被窝里想家，想得在被子里偷着哭，哭得直抖。想念那个“自此再无春秋，只余冬夏”的家乡，更想念爸爸妈妈。当了18年的娇宝宝，看着父母把一切安顿好转身回家的背影，不禁鼻子一酸，潸然泪下，甚至有就此拜别大学、打道回府的冲动。凄凄长夜更是难熬，回想父母的宽容和无微不至的关爱，真为自己的任性、娇气和淘气感到内疚。离家千里，一边大口吃着爸爸做的菜一边挑三拣四已是一种奢侈，牵着妈妈的手逛街是一件多么幸福的事。时间啊，你可不可以放慢你的脚步，让我们的父母老得慢一点。父母在身边的时候，我们总是各种不懂事。如果我们拿着父母的血汗钱却没有真正意义上对得起付的学费，随意挥霍父母的汗水，这是何等愧忏。父母倾其所有供我们读书，我们实在应该自信快乐地学习，为了报答他们而努力奋斗。我们再不是两耳不闻窗外事，一心只读圣贤书的乖宝宝，我们已经成长为一衣一食全靠自理的大学生。告诉爸爸妈妈，我们在大学里，一切安好。告诉父母，当你们老了，青春不再，白发苍苍，步履缓慢，我们会用自己的双臂搀扶着，就像多年以前，你们带着幼小的我们蹒跚学步。当你们韶华已逝，我们会宽慰他们，就像很多年前，你们鼓励我们。当你们年华垂暮，我们会耐心地陪你们聊天，就像很多年前，你们教导我咿呀学语。爸爸妈妈，我们会像你们爱我们那样永远爱你们。爱父母，别等待，爱父母，就现在，让他们被我们的爱温柔以待。

这首诗有两个作业，第1个作业是请同学们为父母写一首双语的《当你老了》的诗歌，结合自己从小到大的全家福照片，做成微视频。想起自己渐老的父母，很多同学说，自己一边给父母写诗一边感动得稀里哗啦。观看同学们的微视频时，大家都笑脸盈盈，泪花闪闪。第二个作业，请同学们课下给父母打电话，大声说：“爸爸，我爱你。妈妈，我爱你。”并请同学拍下视频，课堂播放。

很多同学以前读过此诗，但也只是读了而已，并没有太多感觉。听过课，为父母写了同名诗歌以后再次读它，竟然被抓住了心灵，于是，一读再读，就会爱上读诗。而这个给父母打电话说“我爱你”的作业真是让同学们既期待又害怕，心里五味杂陈。我们可以用“爱你”一词很轻松地和朋友打趣，也能很自然地向喜欢的人吐露心意。但唯独对父母，我们最应该感激的人，“我爱你”三个字却耻于唇齿间。很多同学从来都没亲口对父母说：“我爱你。”不知道自己能否说出口，也不知道父母会是什么反应。这句看似简单的话，真正说出来，竟然是如此难以启齿。拨通电话的那一刻，同学们忐忑不安、紧张万分，心脏狂跳不止，和爸妈唠嗑、磨叽半天，还是很羞涩，张不开嘴，肉麻不起来，真正红着脸鼓起勇气说出来后的那一瞬间，眼泪夺眶而出，想要抱紧爸妈，狂喊上一百遍……事实证明，这次“行动”非常值得，很多爸妈也愣住了，一时不知道说什么好，有的不好意思地“嗯嗯”，有的半天回复：“女儿，我也爱你”，有的问：“今天怎搞的，这么关心我，又要买什么东西，我发红包给你。”爸爸妈妈都是激动又喜悦的。这首诗恰恰给我们提供了鼓起勇气向父母表达爱的契机，去温暖那些爱我们的人。大家把所有视频剪辑到一起，在课堂上展示的时候，再一次感触深刻，忍不住动容。

师生课堂活动得顺应学生学习心理在时间线条上的运动规律，不能杂乱无章，而要简洁流畅。问题重点突出，主干清晰。前后环节之间要衔接流畅，经得起逻辑推敲。

“主问题”是立意高远的课堂教学问题，是深层次课堂活动的引爆点、牵引机和黏合剂，在教学中显现着“以一当十”的力量。在主问题上做足工夫，借助于此问题顺势以点带面，从而荡成一片。英诗教学不是生硬地让学生掌握一个又一个具体的诗歌常识，而是要讲出大想法，学出大道理，训练大逻辑，提升大思维。一门课程结束以后，应当在学生头脑中形成几个大概念。45 分钟的实录课程、15 分钟的慕课、7 分钟左右的微课也应该是这样，要努力让学生形成一个或者几个核心概念。关注学生、授之以法，让知识形象化、立体化、明朗化。清晰的教学思路就是简单有效的教学方法。习近平总书记说：“教师不能只做传授书本知识的教书匠，而要成为塑造学生品格、品行、品味的大先生。”最好的教育契机应该都在生活中：见过的人，听过的歌，做的事。英诗教学也可以从生活入手，在点滴中去浸润同学们的心。

第四节
随风潜入夜，润物细无声
——教师之涵养

教师涵养指以学生为中心的教学方式以及对学生的人文关怀，教师用良好的教学氛围以及期待效应教学法和因材施教所表现出的教学良心、教学激情、教学耐心。

一、眼中有人

教师不但要有朗朗乾坤之正气，还要有温文尔雅的书卷气。教学语言、教学节奏、教学提问、教学情感是教学氛围的重要表现，也彰显着教师的教学涵养。课程不应该是教师一个人的独舞，而应该是师生间的互动。直来直往、一览无余的填鸭式灌输，故弄玄虚、艰涩隐晦的讲析，强拉硬拽的说教，只会导致课堂沉默。

教师眼里有学生，心中无自我，内容“得其要”，形式“得其体”，听课的学生自然会感到舒服。教师授课时需要有条不紊，侃侃而谈，更需要坚定不移地捍卫学生的主体地位，引导学生自己发现并鼓励学生自由表达观点。助长，但不拔苗。不刻意的提升，才是自然的成长。教师说一点，学生说多点，教师不掺和学生能做的事，学生已知已懂的知识一带而过。当学生的回答显出些许亮点，即以充满感情的语言加以褒奖。丹麦语言学家奥托·叶斯泊森说：“学习语言就如学习游泳，教师不应该仅仅满足于在岸上教学生泼水戏水，而应直接把他们投入语言的大海，使他们沉浸在外语之中，而不是偶尔接触一点点。”（任绍曾，2002：259）学生只有持续不断地进行语言训练才能逐步积累起扎实的语言基本功，不断提高英语的综合运用能力。

英国语言学家埃克斯利说：“语言教师最大的缺点就是讲得太多，以教代学，结果学生什么也学不到。”（奥马列，2001：70）教学中越是强调工具性和实用性，就越会削弱人文性，这种教学模式直接导致的结果就是人文基础差，批判性思维能力弱，更别提培养高质量的外语人才。单一刻板、千篇一律、匠气十足、照本宣科的教学流程只会抑制学生的心智发展。花里胡哨、机关枪似的教学节奏只会让师生都疲惫不堪。矫揉造作地卖弄，搞噱头，说每一句话都绕弯子，反复故意设置教学障碍，支离破碎、杂乱无章、笼统架空、纲目脱离、繁琐无聊地乱问，未必能够激发学生思维的锋芒。教师一个人唱独角戏，口若悬河、滔滔不绝地指点江山，实行咄咄逼人、居高临下的“霸权主义”和絮絮叨叨、喋喋不休的“填充倒灌法”，在韵律格律、诗词重点意象的讲解上不惜工本地重锤敲打，过度集中于语言的外壳或字句细节，让照本宣科似的纯语法或者词汇型讲解占据课堂的半壁江山，硬生生地给诗歌主题和写作技巧贴上标签，把诗歌文本肢解为一大堆知识的拼盘，学生自然会生厌，毕竟课堂不是教师炫耀文采和口才的地方。大匠无痕的教学氛围必定具有很高的教学艺术价值。豁达温和、谦逊博爱的教师授课时行云流水，舒徐从容。张弛有度、收放自如、缓而扎实的教学节奏方能把品赏语言的步调调到最佳。这看似简单的行为背后，则是教师不简单的功力和涵养。

精准巧妙、内容简约、形式简洁、精致隽永、意味深长的问题能显露教师对诗歌钻研的深度以及对教学的投入与执着。而既通俗易懂又清新朴实、既细密精准又要言不烦、紧扣文本的教学语言，不但能把英诗讲得有纲有目、有理有条、有声有色，还能给学生以立论有据、脉络清晰之感，让学生获得言之有理、言之有物、言之有情的美学享受，更能显现教师对学生的仁心。有品质的教学语言需要长时间的沉淀、修炼和积累。教师要使用平实易懂、干净流畅的语言，剔除闲言碎语、口头语和含糊不清的表达，激发学生的思考和情感。

二、期待效应教学法

期待效应教学法又叫皮革马利翁式教学法，指教师对学生有所期待，学生会表现得更好。皮氏教学法提倡教师与学生一起主动创设不同的情景任务，师生共同参与各种形式的语言交流新模式，形成和谐的“共同体”，实现师生和生生之间的优化配置。

英诗课是“良心课”，娴熟缜密的教学设计就是教师良心和情感的最佳表现。备课时往往殚精竭虑，以学生的基础和个性为根本，灵活地创设情境，耐心启发，循循善诱，引导学生在有限时空内获得更多系统化的知识，并探求有思考价值的问题。“教师应根据教学内容和学生特点选择适当的教学模式。”（钱祖荣，2001：67）每一种教学模式都要让学生感到学习该课程能够开阔思路、扩大知识面、建立知识结构、提高综合素质。

为了引起学生的共鸣，教师要和学生进行情感交流，了解学生已具备和欠缺的知识、不同的爱好和需求，并捕捉学生思维发展的脉络和闪光点，根据学生的动态信息创设分层次的教育环境，面对不同层次和悟性的学生，为学生量身设定弹性问题，预备多种路径，次第展开个性化、人性化的教学方案。

“教师扮演学生学习的引导者、督促者、组织者、鼓励者、建议者和评估者。”（朱丽骏，2008：47）学生是知识探讨的同路人，是教材的具体实施者和掌握者。教师则是在课堂上起教导、指导、辅导、诱导等串联作用的“启蒙者”、教练和导演。师生双向交流的过程就是对学生倾注人文关怀、和学生一起探索和协作的民主过程。聪明的教师懂得合理规划课堂，优化课堂效益，在活动中渗透不同的教学任务和内容，为学生提供示范以减少讲授时间、增加学生参与语言活动的时间，做到以点带面、重点突出、详略得当、讲练结合，让每一节英诗课都上得充实且有创意，像苏格拉底一样精心又不失自然地把学生引领至问题的关键，这是教学策略，更是教学涵养。

教师在师生问答中应时刻关注学情，对学生表现出最大的尊重和等待，帮助学生慢慢抵达思维的彼岸，让师生问答时时闪现出智慧碰撞的火花，结出共生的果子。“按对阅读理解深浅层次的不同要求对教学提问进行了 3 大分类，分别是：字面层次类、解释层次类和应用层次类。”（朱丽骏，2008：46）教师在课堂提问方面可结合诗词内容，对不同水平的学生进行不同形式的提问，这样既能检测学生的预习效果，又能照顾不同学生的心理，让每个学生都有受关注的感觉。师生一起“贴着心”地阅读和品味英诗，在语言文字中来来回回地行走。教师要大胆放手，让学生畅所欲言，并要求学生每分析一个问题都要在诗歌文本中找到依据，即贴着文本问答，让学生感受文章词句的温度。学生在教师指导下填词、阅读、讨论，最终获得丰富的体验和感受。

教师应琢磨和设计出课堂螺旋而上的思维路线，课堂提问要出自诗词文本又高于文本的思维梯度，让一个问题激发学生努力走向最出色的自我。教师可以独辟蹊径地让问题改头换面，引导学生层层剥笋、“跳一跳”再摘到树上的果子。而教师的适时点拨要点出深度和智慧，把英诗向纵深推进。

教师语言应该是经过消化、理解、提炼、归纳、总结出来的学习精华。照着 PPT 课件逐字逐句地读，PPT 就成了“骗骗他”。因为教师应该是纳百家之长，成一家之说的原唱者，把味同嚼蜡的知识变为营养美味的“精神厨师”，而不是“转手交货”的二道贩子。想让学生的回答丰富，教师题目的设置就得出彩。和谐共生的课堂，风生水起，魅力无穷。

不露痕迹的点拨尽显对学生阅读体验的尊重，而毫无原则和目的地称赞学生，顺着学生的回答“脚踩西瓜皮——滑到哪里就算哪里”，这对学生的成长是没有任何意义的。学生需要的是对表达流畅度、内容充盈度、情感浸润度、理性思考度等方面具体、细致、到位的指导。

当学生回答不到位时，教师应第一时间带领学生回到诗句中读了再读，品了又品，“三分文章七分读”，在声情并茂、字斟句酌的诵读品鉴中，让学生披文入情，沿波讨源。此时教师再进行缓缓恰到好处的追问和顺势而就的启发，引导着学生的思维流程，并拨动学生心弦，以情说事，一线贯穿，最后进行及时的课堂回顾、补充和小结，为学生的语言感知、文体阅读方法留下深深的印迹。看似朴素的英诗就这样在反复朗读和轻松交流中散发出诗歌的芳香。

当学生在思考上出现疙瘩时，当学生对诗句没有感觉时，教师应不急不躁，静静等待学生的领悟和成长，这是一个优秀老师的胸怀。教师要一直鼓励和鞭策学生，可以先和学生进行浅层次的短问答来解开症结，跟学生进行如话家常的交流，气氛轻松，亲切自然，从而让学生获得成功的体验。

对于学生的回答，教师不是简单地点评正确与否，而是追问到文章细处以实现言之有据。然后逐步提升难度以指点迷津，耐心等上十几个回合，再“印证”或“肯定”学生的发现，前呼后应、连贯递进，让结论在学习过程中自然流淌出来，把学生向深处引导，给学生搭建精神成长的舞台。贴着文本和学生细读，不紧不慢，看似浅浅地教，却是深深地悟。思维是可以这样鲜活生长的，这份等待是一种陪伴，这种漫谈式的引导平和温润，如时节之好雨，当春乃发生。经过教师的细细引导和循循善诱，学生在这个知识点上经历了一次脱胎换骨似的成长。

不紧不慢地地走进学生的心灵世界，学生心中自有一种熨帖感和舒适感，因为教师教得低调又精致，教得细腻又智慧，教得温情脉脉。教师带领学生抽丝剥茧，指导学生以多重的方式咬文嚼字、逐层解读，采用描述事情—特征表达—内涵挖掘—语言表达的教学流程，让学生用自己的语言进行解析，教师则顺势推进，在涵咏揣摩的同时进行多角度的延伸，引领学生不断挖掘平凡生活的物象背后所隐藏的东西，培养学生高格调的审美情趣，提升其人生境界，并教会他们提取自己所需的写作素材。

教学不仅是认知活动，也是情感活动。文本、学生、教师都离不开情。教育学家夸美纽斯说：“教师应采用一切可能之法，通过情趣盎然的表述，鞭辟入里的分析，入木三分的概括，恰到好处的点拨，激发孩子的求知欲。”

饱含深情的朗读、精彩飞扬的演说，教学的每一环节都必然打上情感的烙印。德国教育家第斯多惠说："教学的艺术在于激励，唤醒，鼓舞！"苏联教育家苏霍姆林斯基也说："教学效果大都取决于师生的精神状态如何。有激情的课堂能让学生带着一种高涨的情趣从事学习和思考。"精神振奋则收效百倍。教师应让学生以一种轻松愉快的心态和兴奋乐观的情绪参与教学活动，而学生所表现出的高涨热情和创新精神也会让教师大加赞叹。

如此，英诗教学把思想、情感、情趣有机地统一在一个生动活泼的语言教育过程之中，真正实现了所谓的"工具性和人文性的统一"。

第二章
英诗的音律教学

第一节 嘈嘈切切错杂弹，大珠小珠落玉盘
——英诗单词的发音

要读好英诗，首先得吐字清晰，字正腔圆，发音精准到位，这种清晰的发音在英语中叫 articulation。

发音的精准性，无论怎样强调也不为过。实践教学中，笔者发现听力好的学生口语一定优秀。听力课是很多学生的软肋，以至于一上听力课，全班都害怕。学生上课都是苦瓜脸，抱怨不已。一个音的辨析让人晕头转向、纠结万分，就是反应不过来，思绪在云雾里穿梭，十分忧伤，只有几个简单的单词能听懂。题目看不懂，只能听到自己沉重的呼吸，于是眼冒金星、思想呆滞。只能连蒙带猜，错得一塌糊涂。

一、英语发音与音律演奏

英语发音与音律演奏具有较多相似之处，笔者以钢琴演奏举例。

钢琴演奏讲究一指二腕三臂四身五耳六心七气八神。英语发音讲究一鼻二口三咽四喉五颚六舌七齿八唇，这些是英语的基本发音器官。

钢琴演奏讲究“坚石、沉石、浮石”。坚石指音色坚定不移、坚如钢铁，沉石指雄浑沉厚，浮石指娓娓道来。同样，英语发音也要像宝石一般坚定有力、掷地有声，其强度、音质、音量应恰到好处，让听者通过声音感受到灵气，被音色中的磁性所吸引。

钢琴演奏讲究前挺后松，即指尖力量坚挺集中，而手腕是放松的，无论速度如何。倘若用钢琴演奏中的站、走、跑、跳、飞类比英语的发音流程，那就是音标、单词、句子、连读（省音）。

钢琴演奏讲究整体感，音断声不断。而英语中的连读技巧除了讲究让发音更加圆润地连绵不断，也要求突出实词、虚化虚词以分辨重读和省音，并正确地略读和连读。

英语的音节类似于音乐中的音符。比如 man 相当于全音符，good man 相当于 2 个二分音符，good and bad man 相当于 4 个四分音符，以此类推。而 wonderful，nobody 则是三连音。

二、中文和英语的发音

简单地说，中英文发音的最大差别即中文字正腔圆，英文则省略多、连续性强。中文发音一板一眼，讲究“五音”唇、齿、舌、牙、喉和“四呼”开（a、o、e）、齐（i）、合(u)、撮（ü）。而英文发音饱满浑厚、连绵不断。其爆破音省略时的含混就好像花朵含苞待放。连读的技巧就是学会三种连读的吞音。辅元连读拼起来（如 come on），辅辅连读弱化前项（如 let’s go）；辅音中的爆破音和辅音中的爆破音连读，摆口型不发声音（如 and play）。

这种区别恰恰与中文的直线形结构和英语语法的螺旋形或圆圈形结构密切相关。连音、连读、省音让英文蕴含小夜曲般的美感，能形成余音绕梁、美感不绝的艺术魅力。

英语其实就是说话的音乐。语言是声音的艺术，没有声音，学不好语言。

中文发音重点在口腔前部，所以中国人夸人说话“溜得很”用“耍嘴皮子”来形容，而说英语的关键是发音部位在口腔后部，即舌根靠后，声门及声带要张开。所谓“长元音更长，短元音更短，双元音更饱满”是要求夸张地运用后颚的力量，嘴巴张到张不开为止，用后腔发声，这样才能有“洋腔洋调”。世界级的演讲高手演讲时表现能力强，“声中有字，字中有声”，用气柔顺又底气十足，关键就在于用口腔后部发音，从而让听众觉得话语真切动人，摄人魂魄。

说英语最忌讳两种极端，一种是颠簸音，也叫拖拉机音，简单地说就是不会爆破。说起英语来坑坑洼洼、高低不平、趺趺撞撞。一紧张就把单词的后半部分字母“贪污”了，比如“representative”省略“tive”“climate”省略“mate”。

另一种是撒娇音，细声细气、扭扭捏捏的。读英诗需要投入情感，但是英语发音绝对不可以通篇如此，这是不会用气，元音不饱满、不到位，没有一锤定音的自信感。举例来说，把“I love you”发成“爱老虎油”，将“I like China”发成“矮来客拆那”，听起来很别扭小气。只有准确又快速稳定的发音才能说出浑厚动听地道纯正的英语。“长元音更长、短元音更短”的发音方式能形成固定的肌肉记忆，让音色悦耳动听。

声音发沙、发抖、发硬、发僵，都是气息运用不当造成的。谁能运用好呼吸，谁就会让“声音竖起来”，就会把英语说得顶呱呱。用“底气”说英语，听来才更地道、更洋气、更大气。发音是基石，值得终身操练。发音不过关是大部分人英语学习失败的罪魁祸首。因为发音不过关，单词就读不准，语感就跟着出错。各种方言英语更是让老外瞠目结舌、一头雾水。说话者本人也痛苦不堪，然后就越发不愿意、不好意思、不敢说英语。好的语音自然沟通零距离，让说话者的语感和自信心都有巨大提升，所以发音的重要性怎么强调都不过分。连读的基础是以意群、气群和停顿来形成表意重音、逻辑重音和情感重音。没有了连读，就没有了英语的灵魂。

三、英诗诵读中的男女生音色的音乐性

“此曲只应天上有，人间哪得几回闻。”人们总是用“天籁之声”来形容一个人说话好听。其实每个人都有自己的独特音色，只要平时多加留意，都是“中国好声音”。

女生在说英语时会有“大珠小珠落玉盘”般的音响效果，明亮又晶莹剔透。想让声音自然轻盈地穿透出喉腔，我们平时可以用积极的联想法自我训练，比如想象自己是一方美玉、一池春水、一缕春风。

男生在说英语时，要想象自己的共鸣腔有如钢琴般雄伟厚重，要让自己的共鸣器如磬钟般低沉，以表现男士音色的坚如钢铁、雄浑沉厚。要想声音有魅力，平时无论是上课还是日常生活中就要多加练习，时刻留意自己的音色和音质。男生可以想象自己字字千金之重、句句铿锵有力。

无论男生还是女生，都要让自己的声音达到诗歌性与歌唱性相融合的新境界，这样才能音入人心。

四、读英诗时“百转千回、牵肠挂肚”的气流

“气为生之本，无气不成声”。无论中文还是英文，两者的发音也有相似之处，即气运丹田、腹式发音，强调气和舌的完美运用。用气发声能让声音的整体感有珠圆玉润、活色生香的效果，声音的磁性、穿透力、魅力能达到最大化。中国武术中的太极、中国书法和绘画、中国古典舞和身韵舞都讲究中庸内敛的内涵和气运丹田的技巧，气顺畅才能形流畅。身体和气流圆转结合，这点与芭蕾舞和瑜伽中的“以静制动”有着异曲同工之妙，即双唇紧闭、腹式呼吸，强调气流的圆润、流动与爆发，利用隔膜美化嗓音，先憋气再吐气。这种厚积薄发的发音法就像打拳时的“嘿”“哈”之声，气流顺势而出，以破竹之势冲出高音。说形象点，说话时仿佛面前有根燃烧的蜡烛，一开口就能吹灭小火苗。说英语有如唱歌，吸气深则气量足。英语新闻播音员能快速一口气读一长篇新闻稿，有效均匀的呼气状态至关重要。英语“一气呵成”全靠呼气肌群和吸气肌群灵活地运动。美声之所以意为“美好的歌

唱”是因为良好的气息控制和完美的共鸣，产生了辉煌的音色。而有意识、有控制的呼吸运动——气息是说好英语的动力。说英语就是歌唱的艺术，而歌唱的艺术就是呼吸的艺术。英语用 enunciation 这个词表示发音清晰，它是“顺畅的气”“清晰的唇”“灵活的舌”的三位一体。

在练习腹式发音时，最好的方法就是先高后低地练习吐字，从后腔发音。这不仅要用口腔吐字，还要靠头部共鸣以美化音色、提亮高音，靠胸腔充当共鸣箱，以加深加厚低音。不管语言环境如何，训练者可以始终模仿民族唱法或美声唱法讲话，即朗诵式的歌唱或者歌唱式的说话。说话时气往脑门上顶、肚子用劲收、腰两侧往内收紧，脑腔鼻腔产生共鸣，也就是英语所提倡的胸腔式联合呼吸法。长时间的练习迫使横膈肌工作以加强呼吸控制能力。“高音之王”帕瓦洛蒂说：“吸气时横膈膜非常有劲地扩张，像武士发功，也可以说是像妇女生孩子。”（周新华，2002：28）这样所形成的声音是以口腔共鸣为主的上下贯通，有整体感和有穿透力的混合共鸣。咽腔、鼻腔、胸腔、喉腔同时发力，口腔、鼻腔产生共鸣。女生往往采用胸式呼吸法，横膈膜张力不够，吸气量小，底气不足，声音发虚、发白、发直，力不从心，气喘。男生多用腹式呼吸法，吸气太深，力量过大，但嗓子易疲劳，声音易沉闷浑浊。科学合理的呼吸方法是胸腔式联合呼吸法。发音时，气息冲击、摩擦声带产生音波，音波再到咽腔、口腔、鼻腔产生共鸣，形成声音。

要想发音清晰，高音调和低音调同样重要。要想高音上去，先得把低音唱好。声乐教程中有很多长音练习、母音转换练习、慢快速音阶练习、音程练习、跳音练习、八度大跳练习。吉诺·贝基说：“要想克服声音抖，最好的方法是练长音，越长越好。”（周新华，2002:30）任何一种练习，喉咙都要充分打开，就像打哈欠的状态，把声音弹向上腭。跳音时，声音有颗粒感，像哈哈大笑时那样轻快地迸发出来。歌唱家的最大特点就是鼻音格外清晰，音色如银铃动听、如磬钟般深沉，声乐课中的音阶、琶音和视唱练习就能练出好嗓音。歌唱家经常通过照镜子矫正表情姿势、美化口型，让语气和表情自然结合，从而练就从容和自信。这个技巧也可以为英语爱好者所借鉴，所谓“以镜为鉴，可以知正误美丑”。可见，一旦注意回声和共鸣效果，说英语时还能练出一副好嗓子。

如果想要加强呼吸训练，寻找气息与声带最佳的摩擦力度，平时就要有意识地控制呼吸，将气息组织成一股集中有力的气流，均匀地与声带摩擦。首先要把声音调整到完全自然的状态，像闻花一样地呼吸，其次多做开口打哈欠状态的喉降肌训练慢吸慢呼、慢吸快呼、快吸慢呼、快吸快呼（比如平躺着，腹部放厚书本）的膈肌灵活性训练以及吹起嘴前的小布条并保持飘动状态（保持呼吸训练法）的膈肌保持性练习，这样喉头下降，可扩大共鸣的腔体，获得更多的泛音，共鸣的品质也更为丰富。再次，做印度瑜伽中的缓和或神经进化呼吸法，以四拍为标准，轮流用食指按住鼻孔一侧，另一侧做吸气呼气训练，以便最大限度地减少各种情绪的侵扰。想要形成通畅无阻的发音管道，就得保持第一个音到最后一个音都圆润并无挤、卡的现象，平日可多做无声的开口练习，像咬苹果一样张嘴，保持下巴不动，用保持打哈欠、喉结下降的状态说话发音，用气托住声音，声音坐在气上，做“啊↗”“啊↘”的滑音训练，感受声带开合时一张一弛的状态以稳定喉结。对远处熟人用“哎、噢、咿”喊高音，打开并稳定喉结，保持气息推送。

音乐界有句行话叫“饱吹饿唱”，也就是强调气息的正确使用。用科学的方法指导练声，就能拥有运用自如、令人羡慕的喉咙，所谓“工欲善其事，必先利其器”。实践教学中，很多少儿英语教师戴着“小蜜蜂”、含着“金嗓子喉宝”，嗓子还是痛，因为说话音量过大，且没有正确使用气息；也有的老师连上四节课嗓子不痛，因为正确使用气息，说的每一句话都在教室里形成音响般的效果。

说英语就要做到夸张、大声、清晰、快速。夸张是为了强行锻造口腔肌肉，大声是为了形成高音调和音响。人的肌肉就像弹簧，力量够大才变形，就像形体训练中的劈叉和压腿练习，人的韧带和肌肉都是越拉越长。清晰是为了杜绝所有磕巴、口误、舌头和牙齿打架，就像练乐器一样，要弹清每个音符、每个节拍。快速是因为练得越快越多，言语越连贯，能力才越强。用这四个“最”去读一段话，看看需要多少口气，练习“一口气发音法”，比如深吸一口气，用尽量少的“口气”读完一篇文章。比如一口气能说多少个“葫芦”“化肥”“七个八哥”“八个八哥”“粉红凤凰飞”“红粉凤凰飞”“黄灰凤凰飞”。这种方法赋予英语气势逼人的特色。训练者本人的声线会逐渐变得优美，音域逐渐变广，声音变结实，变得有张力、弹性和厚度。

五、英语发音技巧之连绵不断的舌头

英语说得溜，应该把一句话当一个单词，一段话当一句话。训练舌头的柔软性，就用“含糖”发音法，感受舌系带的作用。含水发音法能有效训练音质的清晰性和爆破式的中气。希腊的大政治家、雄辩家德摩斯梯尼为了克服早前声音微弱、吐字不清和气喘吁吁的问题，坚持含石子说话，以此克服唇齿缺陷。为训练流畅性，他边爬山和跑步边背诵，一口气背好几行字。为抑制出门的欲念，他剃了半边头，在家头悬梁、锥刺股地苦练。

要想拥有完美的音质音色，平时就要下苦功，要天天练习、时刻嘴不停，吃饭前后、上课前后、睡前醒后、闲暇时刻，立刻张嘴，说练就练、疯狂操练。要飙高音也要压低音，各种戏曲名段和高难度的流行歌曲都是很好的模仿对象。英语学习就等于嘴巴动的次数，量的积累才能产生质的飞跃。

读英诗最忌讳一成不变、千篇一律地朗读，没有情感输入，就毫无美感可言。应该打破单一语调，根据诗词内容不断改变音量、音速、音高和音调，形成语音的多样性。

第二节 书味在胸中，甘于饮陈酒——英诗朗读的关键

一、以心悟心、以情动情

英诗课以“读”字一窥英诗教学之门径，驾着诵读之船，驶向教学的瑰丽桃源。原生态地诵读文本是理解英诗最朴素有效的方式。

吟诗读词，需用心用情，“心凝”方能“形释”，把自己埋在诗歌里安静地阅读，深入地思考，在诗句中迂回，发现文本的言语秘妙，沿着文字的隧道走进思想的内核和诗人的心灵深处，慢慢唤醒自己的情感意识，产生深层的情感共鸣，在深情含蓄的文字中一点点丰盈自己的思想和生命，感受言与意的妙合无垠，此为涵咏英诗之道。声出于口而发于心，心不至则音不到。心里没有春天，刻意地拉高声音拖长调子，仅仅粗枝大叶地泛读，无论声音多么富丽堂皇也只是在诗词表面游移，读不出丰富的情感。读英诗需要细细品读，随着心中的音乐和共鸣感有韵律、有节奏地反复吟诵，体会词义和文意，进而感知、理解、质疑、探究，最终建构自我心灵的空间。

“熟读唐诗三百首，不会作诗也会吟。”这个“吟”不是小和尚念经有口无心地重复，而是声情并茂地诵读，读出其韵律之优美、其节奏之明快、其意境之新奇，读出其抑扬顿挫，其精深华妙，其气韵流转，读出其声乐般的艺术效果，切实领会“心有灵犀一点通”的共鸣之妙。古人云：“涵泳工夫兴味长。”讲授英诗时，涵咏、诵读是教学常规，让课堂留下读书声是必须的。从读通到读懂到品味，从正音正词到美读（流畅地读出韵味和美感），其目的是在读解文意、体会文气的同时剖析诗歌的行文脉络和思维路径、激发敏锐的语感、读出诗人至真至诚的内心所感。当学生了解了诗人生平再去读《我如何爱你》《灿烂的星》《当你老了》时，就会产生诗人在用一生沧桑和一世情怀在和自己交谈的感觉。华兹华斯的《我孤独地漫游，像一朵云》需要教师引导学生感受诗人的心境，体会诗人的精神苦痛和从山水中找到精神契合的内心愉悦。教师应情随文涌，情动而辞发，用或似江水奔腾或似清流舒缓的情感恰到好处地表达出来，正如叶圣陶先生所言的“激昂处还他个激昂，委婉处还他个委婉”。

英诗课堂，一“读”字贯穿始终。无读不成课，师生用朗读支撑和推进英诗课堂。在品读过程中积累语料，形成语感，悟得英语诗歌的语言规律，发展语言表达和创作的能力。英诗深处有珍奇，珍奇只在读诗中。采风视频中有教师的范读和学生的背诵，课堂讲解时有集体的朗读和男女生交错朗读。一堂课下来，琅琅书声不断。轻读、重读、默读、念读、背读等各种读法轮番上场，围绕“读”字做足了文章。读法会变，各有巧妙。这是用最语文的方式来教英诗，用最家常的教学方式，紧扣字词，有诗词解析处就有朗读，有朗读定有指导，以读促析，以品助读。初读时可能生涩僵硬，情感疏离，反复诵读后方渐入佳境。师生一起或朗读或歌唱或对话或点评，在每一个细微处咬文嚼字，促进对诗词内容的理解。一个标点、一个单词入味又有情地品读就能掀起一个个高潮，对音韵字词的吟咏品味能让隐藏于词语、诗句背后的深层情感渐渐明朗。用天地之心和自我之心深情朗诵出诗歌语言的美感、思想的碰撞和感情的炽热，不断深化对文本意蕴的体味，在字里行间感悟诗人情绪的密码，并读出自己的心境、岁月和经历。非品读难以感其意，非领悟难以入其心。当面对一个精彩诗句时，集中全部热情反复诵读。大量反复背诵英诗名篇以温故知新。长期的、不断的刺激能形成稳定的语感和记忆力，日后在课堂回答问题和公共演讲时自然会出口成诗，锦绣连篇。如果把一节课比喻成一幢精心设计的建筑物的话，朗读是它赖以支撑的根基。课堂上的诗句分析亦是在琅琅的读书声中层层推进，最后进入文本深处。诗句解析环节则老老实实地引领学生品读和分析诗歌，诗词创作则呼吁孩子们投身于写和说的实践中。

二、留白补白，深度共鸣

“诗歌意蕴是指深藏在诗歌作品中内在的含义或意味，具有多义性、朦胧性，体现为一种哲理、诗情或神韵，要用全部的激情去领悟。”（彭吉象，2006：327）“通过整体的艺术形象，可显现出一种内在的生气、情感、灵魂、风骨和精神。”（黑格尔，1979：25）作为纯粹的语言艺术，诗歌也是想象的艺术，具有间接性，若是读者调动多种心理功能，与诗歌主体之间形成互动，以思维的发散性和创造性为媒介，运用多种艺术元素主动创设情境，海纳百川地欣赏诗歌，赋予其多重化的精神气质和艺术魅力以及活泼灵动的生气和神韵，原本看不清、摸不着的诗歌形象便会在读者内心悄然唤醒，最终完成诗歌意蕴的解读、传达和接受。“读诗之法，将此意境缔构于吾想法中。”“诗是一种多度的语言，诗在理解度之外，还有感官度、感情度和想象度。”（劳·坡林，1985：9）

读诗无法“速成”，需要大量地阅读和理解，要想对英美诗歌意蕴的解读驾轻就熟，就要在美与乐中体会其音乐性和艺术性，下工夫对诗人生平、时代背景、注释、译诗、赏析了如指掌，只有积淀渊博的学识修养才能纵横古今、横跨中西地旁征博引，审美经验才能日益丰厚，长期用心积累的各种艺术方法才能信手拈来，为己所用。

诗是一扇打开的门，需要读者去填空。“在搜求诗的内容时，必须追究自己的生活，看其中有什么特别尖锐的感觉，一吐为快。”（汪流，1986：264）诗人写诗会给读者留下耐人寻味的想象空间，一气说完则失之浅露，妙就妙在不说破，英诗解读也就难在如何获得“神启”，切实体味这种“妙”。英诗的每一个单词皆指向诗人的内心情感。墨西哥诗人帕斯说：“诗歌是瞬间的决裂，转瞬间愈合，被他人的目光重新打开”。（王军，2004：128）读者的职责就是走进诗歌，在诗人写下的诗句间感悟没写下的东西，也就是学会阅读诗句中的创作空白。“诗歌不说，我是你，而是说，你是我的自我。”（王军，2004：184）诗歌语言的模糊性使得诗句不像说话那样直线性流动，而是让位于圆形、球体或螺旋形。读者要及时通过关键词对诗句进行联想性的排列组合，触摸这些燃烧着的话语，穿越想象的森林，深入体会诗歌的言外之意。读者穿行于诗歌语言当中，必定会有闪耀性的意念闯入，而这一刻就是与诗人灵感相遇和交流的共鸣时刻。

第三节 五音六律十三徽，龙吟鹤响思庖羲——英诗的韵律和格律

读好英诗，除了要有正确的发音、优美的语调、恰当的情感，基本的英

诗常识也必不可少。诗歌的韵律格律就是英诗的节拍，是英诗的诵读支架。中国古诗讲究其平仄缓疾、强弱顿挫，英诗也有韵律格律，读起来也是抑扬顿挫。正如帕斯所评论的："诗歌的世界里首尾相接，周而复始，循环不息。节奏，犹如潮汐一样起伏不息，涨落不止。"要读出英诗的无穷韵味，就要在音节的数量、重音和停顿的基础上深入理解其内容。

一、英诗的分类

英语诗歌按内容可分为：史诗、叙事诗、戏剧诗、故事诗、民谣、抒情诗、颂诗、田园诗、爱情诗等。

古英语文学最杰出的史诗是《贝奥武甫》，又译《贝奥武夫》(*Beowulf*)。诗中的英雄贝奥武甫杀巨魔、斗毒龙，最后在征服恶势力的过程中为民捐躯。Beo，是"熊"的发音简写，寓意为像熊一样强壮以及像狼一样勇猛的男人。全诗长 3183 行，以斯堪的纳维亚的英雄贝奥武甫的英勇事迹构成主要内容。本诗以西撒克斯方言写成，是现存古英语文学中最古老的作品，也是流传至今的欧洲最完整的一部史诗。

中国古诗分为风、雅、颂。风，也叫国风，指各地民歌，英语里叫民谣。15 世纪兴盛的文体是民谣，即民间歌谣。这种短小的叙事诗有歌咏的性质，也配有音乐和舞蹈，常以叠句和重复来增强音乐效果（民谣一词 ballad 来自法文词 baller，意为"跳舞"）。其情节单纯并富戏剧性，通常由一连串简单的场景或者长故事的片断组成，几乎没有细腻的描写和道德说教。民谣诗节是适用于叙事的诗体，其基本步律是一三行四音步，二四行三音步，抑扬格，韵律是 *abcb*。雅指大型宴会时演奏的曲子。颂指重大场合如国家庆典、婚庆典礼、葬礼仪式演奏的曲子，作用为歌功颂德、悼念致哀。英语的颂诗范围很广，除了喜歌、祝婚歌，悼亡诗、挽歌，还有对自然界各种人事物的歌颂，比如济慈的《秋颂》《希腊古瓮颂》，雪莱的《西风颂》等，题材丰富多样。

英诗按传统诗节分为：一行诗节，两行诗节（又叫"对偶句"），三行诗节，四行诗节，五行诗节，（包括"五行打油诗"或"胡说诗"，固定的韵律为 *aabba*，短小精悍且幽默风趣，深受儿童喜爱），六行诗节，七行诗节（又如漫画称"王韵"），八行诗节，九行诗节（又称"斯宾塞诗节"，每节前八行是抑扬格五音步，最后一行采用六音步）和十四行诗节（即"十四行诗"）。不同诗节有不同的韵律。

所谓"诗节"就是诗中重复出现的结构形式，相当于散文中的段落。英诗中的三行诗节又可分为"三连韵"和"连锁韵"。"三连韵"诗节是每三行押同一韵，韵律是 *aaa*，接下去是 *bbb*，*ccc* 等，连锁韵的韵律是 *aba bcb cdc ded*，其诗节之间韵律前后连环相扣，雪莱的《西风颂》就是此种韵式。

四行诗节是英诗中最常见的传统诗节，适合抒情和叙事，以四音步和五音步诗行最多，常见的韵律是 *abab*（隔行押韵），*aabb*（双行押韵），*abcb*（民谣韵律），*abba*（抱韵），*aaab*（三连韵加另一个韵）。其中，双行押韵（*aabb*）和隔行押韵（*abab*）最常见。

四行诗节是指一个诗节有四句话，而中国的四言诗是指一行诗句有四个字。中国第一部诗歌总集《诗经》，也叫《诗三百》，因为其经孔子删削后共有诗歌 305 首。它基本都是四言诗，采取“二 / 二”的形式，比如：“关关 / 雎鸠，在河 / 之洲，窈窕 / 淑女，君子 / 好逑。”汉代出现了五言诗，比如《孔雀东南飞》。魏晋南北朝出现了七言诗，曹丕的《燕歌行》是现存最古老的七言诗。

从诗体来讲，自由诗、格律诗、无韵体等都是诗的不同形式。从诗的结构来讲，组成一首诗最大的形式单位是诗节，次之是诗行，再小一点就是音步，单词的音节是最小的单位。中国诗歌是一行表达一个完整的意思，而英语中有跨行句，即两行甚至多行才构成一个意思完整的句子。读跨行句的诗时，行末停顿较短。押韵的诗叫 rhymed verse，不押韵的诗称无韵诗或白体诗，多用在戏剧和叙事诗中。无韵诗不同于自由诗 (free verse)，无韵诗虽不押韵，但是有固定的节奏，以扬抑格五音步最常见，而自由诗节奏不固定，如同白话。

二、英诗的节奏与格律

诗歌中的节奏是一种有规律的强弱相继、快慢再现的现象。重读和轻读的音节，按一定模式反复再现组成诗句，形成诗歌的节奏，让读者听起来跌宕起伏、抑扬顿挫。多音节单词有重音和次重音，次重音根据节奏既可视为重读，也可视为轻读。英语本身就是一种重音语言，英诗就是用重音和非重音相间排列的方法来体现诗歌节奏的，正如音乐中的强弱拍一样。英语诗歌中节奏的度量单位是“音步”，指某种固定的轻重搭配，相当于乐谱中的“小节”。根据重读与轻读搭配方式的不同，可以划分出不同的音步类型。

抑扬格指一个音步中有两个音节，前者为轻——“抑”，后者为重——“扬”，即重音在第二音节，比如 adore, excite, above, around, appear, besides, attack, supply, believe, return。抑扬格很符合英语的发音规律，所以在英文诗歌中用得最多，能表现出由不肯定到肯定的语气，显得稳重踏实，特别适用于表现沉思、回忆、庄重等内容。

As fair ｜ art thou, ｜ my bonnie lass.
So deep ｜ in luve ｜ am I:
And I ｜ will luve ｜ thee still, ｜ my dear,
Till a' ｜ the seas ｜ gang dry.

扬抑格指一个音步中有两个音节，前者为重——“扬”，后者为轻——“抑”，即重音在第一音节，类似于音乐中四二拍“强弱”的节奏，如 happy, many, holy, yonder, headlong, flaming, upper, grandeur, failing。这类词与英文的语言规律不吻合，所以扬抑格诗不多。莎士比亚的诗句 Present ｜ mirth has ｜ present ｜ laughter 就是扬抑格，用于表示肯定的语气。

Tyger! ｜ Tyger! ｜ burning ｜ bright.
In the ｜ forests ｜ of the ｜ night.

抑抑扬格指含三个音节，即轻—轻—重，如cavalier, intercede, disbelieve, reappear, disapprove, indistinct, on the hill，此类型一般表达某种积极向上的行动或激情。

Like a child ｜ from the worb,
Like a ghost ｜ from the tomb,
I arise ｜ and unbuild ｜ it again.

扬抑抑格指含三个音节，即重—轻—轻，如 happily, merciful, eloquent, messenger, merrily, properly, accident, quantity，再如诗句 Dragging the ｜ corn by her ｜ golden hair 扬抑抑格运用在描写急速运动时，有时也表现情绪低落。

Touch her not ｜ scornfully,
Think of her ｜ mournfully.

抑扬抑格指含三个音节，即轻—重—轻，有点类似于圆舞曲“强弱弱”的节奏。如 O hush thee ｜ my babie ｜ thy sire was ｜ a knight。

扬扬格指含两个音节，即重—重，其目的是突出和强调，比如 retell，再如：

I saw thee weep—the big bright tear came o'er that eye of blue.

这行诗以抑扬格为主，在第六、第七音节发生变格，为扬扬格。

抑抑格，指含两个音节，即轻—轻，比如 Ănd thĕ 和 ŏf thĕ，再如：One for the ｜ master, and ｜ one for the ｜ dame。

上述的几种格律中，抑扬格和抑抑扬格被称为升格，扬抑格和扬抑抑格被称为降格。升格和降格具有弹跳性的节奏，常用于喜剧诗歌。扬扬格和抑抑格两种节奏一般不单用，常插入其他格律的诗行中间，使节奏有变化，或是起突出或强调的效果。

格律（meter）又称“步格”或“步律”，由一首诗的音步类型和诗行所含的音步数目构成。Meter一词源于希腊语，是“度量”的意思，在音乐中称“拍子”。诗行长短以音步数目计算，音步的种类根据诗行所含音步数目可分为：一音步、二音步、三音步、四音步、五音步、六音步、七音步、八音步。

英文诗行最多的是四音步、五音步的诗。以蒲板的诗作An Empty House为例。

这两行诗的重读与轻读的模式是轻—重。一轻一重，就是这两行诗的音步。在每行中再现五次，形成了这两行诗的节奏。一行诗中轻重搭配出现的次数叫音步数，这两行诗的音步数都是五，所以就称其为五音步诗。此诗的基本音步是抑扬格，每行五音步，那么此诗的格律是抑扬格五音步。

中国诗人在南北朝时期就开始研究诗的格式和音调。到了唐代，就形成了格律诗，讲究平仄、押韵和对仗，有了这三大元素，读诗就更有激情了。所谓平仄，一二声就是平声，三四声就是仄声。押韵和英语差不多，对仗就是上下两句句式相同，平仄相反，词语如对联般呼应对照。比如：大漠孤烟直，长河落日圆。

三、诗歌韵律的种类

韵律是指一首诗中韵式的安排，常用一个斜体字母代表诗行末尾某个相同的韵。诗歌有了韵律，读起来就更顺口。

1.英诗韵律按照韵脚的不同要求通常分为全韵、半韵，半韵分为元韵、辅韵、眼韵、耳韵。

全韵是严格的押韵，要求：(1)韵押在重读音节上，其元音应相同；(2)元音前的辅音应不同；(3)如果元音之后有辅音，应相同。(4)重读音节之后如有轻读音节也应相同。比如hate—late，fight—delight，powers—flowers，today—away，ending—bending。

半韵，也叫不完全韵或近似韵，是指一个短语或句子中同一元音音节的重复，它可发生在单词的词首或词中。和头韵一样，它也使篇章富于音乐性，余味悠长。比如在爱伦·坡的《乌鸦》中，And the silken sad uncertain rustling of each purple curtain，uncertain，purple和curtain三词中均有元音/ə:/，为押半韵。再如，Try to light the fire，try，light，fire押半韵/aɪ/。And the moon rose over an open field，rose，over，open押半韵/əʊ/。

广义上说，半韵是指仅辅音或元音相同的押韵方式，分为元韵或谐元韵和辅韵或者谐辅韵。谐元韵也叫元音迭韵或半谐韵，指两个或两个以上词的重读元音音素相同，而末尾的辅音音素不同，如make ready，make ready， my merry men，再如 It's hot and it's monotonous. /Try to light the fire. /He gave a nod to the officer with the pocket。

谐辅韵也叫腹韵、和声音、谐音，是指元音不同，其前后的辅音相同，如 black—block，creak—croak，reader—rider，despise—dispose。在诗行的两个或多个单词的开头、中间、尾部重复某个辅音亦属此韵，尤其是词尾的辅音重复，比如在“sun—bone—moon—rain—green—thin”中，它们的元音读音不同，但每个词的词尾都有辅音“n”。再如：

And the afternoon, the evenings, sleeps so peacefully!
Smoothed by long fingers.
Asleep tired or it malingers,
Stretched on the floor, here you and me.
(T.S. Eliot: *The Love Song of J. Alfred Prufrock*)

/s/ 和 /l/ 在不同单词不同部位多次出现，创造了一种宁静且令人昏昏欲睡的音响气氛。

眼韵也叫形似音，形韵，指字母相同，但发音不同，如“blood—hood; there—here; gone—alone; daughter—laughter”。类似于汉语中的形同音不同，比如：朗读，浪花，郎才女貌。

耳韵（ear rhyme）指从拼写上看起来不押韵，而读起来却又押韵的韵律，即音同形不同，比如：right—write，weigh—way，fit—feet，sheep—ship，spy—buy。

2. 根据韵律的位置可以分为头韵、尾韵、行内韵、旁韵、首尾韵。

头韵指的是在一句话中同一辅音的重复，多发生在单词的第一个音上。汉语称此韵为“双声叠韵”，比如：辗转。

头韵在词组、诗句和演讲稿的出现频率较高，如 sound and safe 安然无恙，sound 与 safe 的第一个音均是辅音 /s/，押头韵。再比如：fair and square 堂堂正正，part and parcel 主要部分，hide and hair 连皮带毛，green as grass 幼稚无知，pride and prejudice 傲慢与偏见，sense and sensibility 理智与情感，starlight on skyline, galaxy of glamour 高楼摩天，星光灿烂；火树银花，瑰丽绝伦。

头韵可以增强语言的节奏感，使其富有音乐性，因此在诗歌中应用广泛。爱伦·坡的诗歌以其音乐性见长，在他著名的诗歌《乌鸦》中，Once upon a midnight dreary, while I pondered, weak and weary，weak 和 weary 押头韵 /w/。再如《西风颂》中的首句 O wild West Wind。除诗歌之外，头韵也常用在谚语、警句、习语、广告、书名或报刊文章标题中，产生幽默轻快的效果，以吸引读者注意或加深印象。

尾韵，也叫脚韵，指韵押在诗行最后一个重读音节上，是英诗最常见的押韵部位。以四行诗（quatrain）的尾韵为例，通常分为五种：*aabb*（双行押韵），*abab*（隔行押韵），*abcb*（民谣韵律），*abba*（抱韵），*aaab*（三连韵加另一个韵）。其中，双行押韵和隔行押韵最常见。

双行押韵（*aabb*）也叫“两行转韵”或“联韵”，比如：

I shot an arrow into the air,
It fell to earth, I knew not where;
For so swiftly it flew, the sight
Could not follow it in its flight.

(Henry Wadsworth Longfellow: *The Arrow and the Song*)

隔行押韵（*abab*）也叫“隔行交叉押韵”或“交叉韵”，比如：

Sunset and evening star,
And one clear call for me!
And may there be no moaning of the bar,
When I put out to sea.

(J. Alfred Tennyson: *Crossing the Bar*)

民谣韵律（*abcb*）顾名思义，在英语民谣诗节中常见，是适于叙事的诗体，基本步律是一三行四音步，二四行三音步，抑扬格。比如：

O my luve’s like a red, red rose
That’s newly spring in June:
O my luve's like the melodie,
That’s sweetly play’d tune.

(Robert Burns：*A Red*，*Red Rose*)

三连韵加另一个韵（*aaab*），即前三行押同一个韵，第四行换韵，给人以一种尘埃落定的终止或结束感。比如：

Spring, the sweet spring, is the year’s pleasant king;
Then blooms each thing, then maids dance in a ring,
Cold doth not sting, the pretty birds do sing,
Cuckoo, jug-jug, pu-we, to-witta-woo!

(Thomas Nashe: *Spring*)

抱韵（*abba*），即第一和第四行同韵，又把两行同韵诗行抱在中间。比如：

When you are old and grey and full of sleep，
And nodding by the fire，take down this book，
And slowly read，and dream of the soft look，

Your eyes had once，and of their shadows deep.

(William Butler Yeats: *When you are old*)

行内韵指诗行中间停顿处的重读音节与该行最后一个重读音节押韵，如：Hey Jude, don’t make it bad. Take a sad song and make it better. Remember to let her into your heart. Then you can start to make it better，再如：Spring, the sweet spring, is the year’s pleasant king. 汉语中称此韵为“腰韵”，比如：“剪不断，理还乱，是离愁”。

倒韵，也叫逆韵，指开头的元音和辅音都押韵，如：take—tale，great—grazed，student—studio，time—tide。

头尾韵，也叫侧韵（Pararhyme），指开头和结尾的辅音都押韵，如：take—took，hill—hell，send—sold，great—groat，sit—sat，love—live。

3. 韵律按音节数目可以分为男韵、女韵、三音节韵、四音节韵。

男韵也叫单韵（masculine rhyme），指所押的韵音局限于诗行中重读的末尾音节上，听来强劲有力，如：late-fate，hill-fill，sat-hat，hate-late，wide-hide。

女韵也叫双韵，指押韵押在两个音节上，后一音节非重读音节，两个词的最后两个元音和辅音的读音相同，听起来轻快幽婉，如：ringing—singing，water—daughter，leather—together，waken—forsaken，audition—redition。又如：I am coming，little maiden，With the pleasant sunshine laden，With the honey for the bee, With the blossom for the tree. 前两行押女韵，后两行押男韵。

三音节韵，指押韵押在三个音节上，如：quivering—shivering，glorious—victorious。

四音节韵，指押韵押在四个音节上，如：eligible—unintelligible。

押韵的语言像音乐一样美妙且易于记忆，读者朗读押韵的词语时一般应该重读、慢读，或稍稍停顿思考一下。不管诗人采用什么样的韵式，其目的都是为诗歌的主题服务。

英诗教学的韵律格律是扎扎实实的基本功，教师既要于平实中教出细腻，又要教得灵动新颖、趣味多多。实践教学中，可以多设置知识抢答的小游戏，让学生拍摄单人讲授或者双人互问互答的微课以强化知识点的记忆。英诗的韵律格律属于教学的基本内容之一，也是教学难点之一。其内容纷繁杂乱让学生望而生畏，很多以语言学和翻译为考研方向的学生没有选修文学课、诗歌课，然而在考研复试时又会考到文学常识，学生自学起来感觉这些知识点难度颇大。磨刀不误砍柴工，耐下性子多看多读，把韵律格律的每个知识点捋顺了再来欣赏英诗就会事半功倍。

第三章 英诗的特色教学

第一节
红花绿草满园栽，风送花香蝶自来
——校园采风视频

校园采风视频是“英语诗歌欣赏”课程的一大亮点。采风视频大致分为两类，一是背诵或演唱英诗，二是英诗读后感的采访视频。其中第一类既有原汁原味的英诗朗读，也有个性化和中国化的诗歌演绎作品。第二类是学生两人或多人一组互拍视频，以采访问答的形式谈论诗词学习的收获，通常形式轻松，表述有趣味性，同时要有一定的思想深度，鼓励学生表达和分享诗词学习的正能量和思政元素。室内课堂教学与室外拍摄采风视频巧妙有机地结合起来，由此增加课堂吸引力，活跃教学气氛。

一、海棠树下的诗歌之约

正月十六开学，正是开春过后，一场场花期接踵而至，偌大的校园就是我们的“世外桃源”，二月至六月，学生们在各种花期拍摄英诗采风视频，有同学弹着吉他、拉着二胡演唱英诗，有同学为英诗跳拉丁舞、中国舞，有同学三两一组互谈英诗的读后感，有同学根据诗人生平自编自导拍摄微电影。学生的多样化大作让诗歌课熠熠生辉。因此英诗课堂的采风课程亦能折射出中国传统哲学的精髓：顺时而动，天人合一。师生一起在四季景致的变换中赏读诗人笔下的春花秋月，在梅苑和蔷薇墙踏青和辞青，细细领略那穿越青春的风花雪月，品味人生的苦辣酸甜。如此演绎，英诗中的春景怎能不明艳如斯，怎能不句句入人心？学生和各种花儿争相吐艳，共处一隅又相亲相爱，正是各美其美，美美与共。

图 3.1 课程实录

图 3.2 学生集体在校园背诗

图 3.3 教师内景慕课

图 3.4 教师外景慕课

三月中旬是海棠季，我在课下带领同学们开展了为期一周的海棠采风课。师生一起在海棠春景中用英语吟诵春天的诗歌。勤学楼的垂丝海棠、外语楼的银杏大道、茶学楼的梅苑、校医院的蔷薇墙都是我们的拍摄外景地，我们在这里，在明媚的阳光和鸟语花香中背诗吟歌。“九重春色醉海棠”，春色正浓，海棠逞艳，仿佛喝醉了酒一般。在海棠树下背诵英诗的学生们眼前霎时透亮起来，春风卷着缤纷的落花飞舞，英诗中的立体画已经跃然眼前，诗词变得轻灵跳脱、神采飞扬。我们沐浴在飞花中，也沐浴在诗词的光辉里，以清丽之音歌承平气象，音调格外委婉动人。采风视频推出后大受欢迎，让大家耳目一新，精神一振。多年之后，同学们也许不记得诗词的内容，但会记得镜头中巧笑嫣然的我们，记得我们在海棠树下的诗歌之约，记得那句早已烂熟于心的“爱生活、爱诗歌”。

图 3.5 教师背诵《海外乡愁》

图 3.6 教师演唱《海外乡愁》

图 3.7 申芮萌、周瑞、朱俞琴三位同学的采风视频作品

图 3.8 王玉琪、蔡强、高霁雯、王昕乐三位同学海棠树下的采风视频作品

张袁同学用中国舞演绎了《我如何爱你》时，她被勃朗宁夫妇的爱情深深吸引，更沉醉于他们的爱情奇迹。悠扬的音乐，感人的词藻，她身着红裙，纵情起舞，将身心融入这秋的金黄和诗的美妙。范萌同学用黄梅戏唱此诗，让同学们眼界大开。杨泽一同学用《凉凉》的曲调唱出叶芝的《当你老了》，刘紫悦同学在海棠纷飞中用伦巴演绎舞蹈诗。有同学戏说我们是以拍摄采风视频的形式过着“上巳节”。读诗赏花并作一处，共赏花开，同享生趣。

图 3.9 张袁同学演绎《我如何爱你》

图 3.10 教师演绎《我如何爱你》

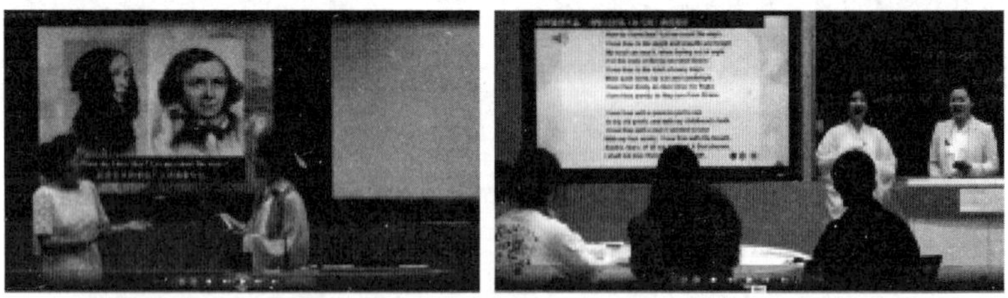

图 3.11 师生以《女儿情》和《黄梅戏》同唱《我如何爱你》

图 3.12 刘紫悦同学用伦巴演绎《当你老了》

图 3.13 闯入镜头的小猫咪

图 3.14 学生演唱布莱克的诗《春天来了》

图 3.15 学生背诵纳什的诗《春》

以下是我们在海棠花期拍摄采风视频的 3 首关于春天的诗歌。

Spring Song 春歌

—William Blake 威廉·布雷克

Spring is coming, spring is coming, 春天来了，春天来了，
Birdies build your nest; 小鸟儿，把你的巢筑好；
Weave together straw and feather, 每一只都尽心又尽力，
Doing each your best. 用稻草和羽毛编好巢。

Spring is coming, spring is coming, 春天来了，春天来了，
Flowers are coming too: 千万朵花儿正绽放：
Pansies, lilies, daffodillies, 紫罗兰、百合花、水仙花，
Now are coming through. 一朵一朵笑弯了腰。

Spring is coming, spring is coming, 春天来了，春天来了，

All around is fair, 春光明媚处处美。

Shimmer and quiver on the river, 河面上微波在荡漾

Joy is everywhere. 山河处处喜洋洋。

图 3.16 学生的诗配画

威廉·布雷克的《春歌》小而精、小而优、小而美，看似没有发力，实则绘声绘色。诗歌从鸟、花、美景三个角度分三个诗节描绘春之歌，使读者的目光流转，让美景片片展开。鸟儿筑巢时，百鸟鸣唱，呈现出悦耳的音响美，“百啭千声随意移”，让人自然而然地联想到初春时残雪消融、嫩芽初发、万物复苏的景象。花朵竞相绽放，垂柳含翠、桃吐丹霞，春风送暖、蜂蝶竞闹，莺歌燕舞、啁啾其间，“乱花渐欲迷人眼”“千里莺啼绿映红”，好一派“百花吐艳争芳，欲把春留住”“自在花飞轻似梦，花不知名分外娇”的景象，读者仿佛走进陶渊明笔下那“芳草鲜美、落英缤纷”的世外桃源。第三诗节是波光粼粼的水面，“一道艳阳铺水中”，折射出“湖上春来似画图”“水光潋滟晴方好”的“淡妆浓抹总相宜”的和谐大自然。春光盈盈、风和日丽，一丝和风吹到河面，“河面波光粼粼”，光影流转。这声和色、光和影是“淑气催黄鸟，晴光转绿蘋”，是法国画家莫奈的《睡莲》。

在大自然美丽的怀抱中，快乐无处不在，人们的心情也无比舒畅。百鸟啁啾好似小提琴的柔音，春天永恒的生机和活力恰如大提琴深沉的低音。

布雷克也是版画家，他以绘画起家，从诗画相融的角度谈想象，注意色彩和形象美的高度统一，深知惟妙惟肖的图像能激发人们的共鸣，同时感受音调和节奏也是人们的天性。他的每首诗仿佛一幅幅纹路细致又气韵横生的版画，品来口角噙香、余味不断。其诗句与画意俱美，韵味醇厚，平淡中有灵动的思致。他像杜甫一样，“以画法为诗法”“总得画法经营位置之妙”，并以此抓住诗的“神”和“魂”。情景交融，意与境浑，于是欣然命笔，一挥而就。这首《春歌》欢乐活泼，朗朗上口，充满音乐的美感，完全可以用《铃儿响叮当》中的高潮部分哼唱，其字数相搭，情韵相配，天衣无缝。字里行间充满着春意，其欢乐之情含寓其中、跃然纸上。

Spring 春

—Thomas Nashe 托马斯·纳什

Spring, the sweet spring, is the year's pleasant king; 春，甘美之春，一年之中的尧舜；
Then blooms each thing, then maids dance in a ring, 处处都有花树，都有女儿环舞，
Cold doth not sting, the pretty birds do sing, 微寒但觉清和，佳禽争着唱歌，
Cuckoo, jug-jug, pu-we, to-witta-woo! 啁啁，啾啾，咯咯，割麦、插——禾！

The palm and may make country houses gay, 榆柳呀山楂，打扮着田舍人家，
Lambs frisk and play, the shepherds pipe all day, 羊羔嬉游，牧笛儿整日在吹奏，
And we hear aye birds tune this merry lay, 百鸟总在和鸣，一片悠扬声韵，
Cuckoo, jug-jug, pu-we, to-witta-woo! 啁啁，啾啾，咯咯，割麦、插——禾！

The fields breathe sweet, the daisies kiss our feet, 郊原荡漾香风，雏菊吻人脚踵，
Young lovers meet, old wives a-sunning sit, 情侣作对成双，老妪坐晒阳光，
In every street these tunes our ears do greet, 走向任何通衢，都有歌声悦耳，
Cuckoo, jug-jug, pu-we, to-witta-woo! 啁啁，啾啾，咯咯，割麦、插一禾！
Spring! the sweet Spring! 春，甘美之春！

托马斯·纳什的《春天》音韵和谐，叮当入耳。此诗是1593年写的《夏天最后的遗嘱》一剧中的一首诗，表达了春天给人们带来的欢乐和喜悦之情。我国著名翻译家屠岸认为该诗“语言平易、清新、活泼，意象丰满而优美，尤其是每节诗行最后那悦耳的鸟鸣声给人以深刻的印象和美的享受，春天美丽的图像充满了生活的欢乐，自由的空气传遍了全诗。它突出地表现了文艺复兴时期人们的精神面貌和积极向上的情绪”。(屠岸，2006:12)

此诗语言朴素，以词衬韵，头韵、象声词的巧妙使用配上施特劳斯那欢快优美的《蓝色多瑙河》，让春的气息和魅力一跃前进，展现出一副鸟鸣报春、鲜花欲醒兆春的优美画卷。诗歌开篇“春天，甜美的春天”给人一种“无边光景一时新”“诗家清景在新春”的快感。看百草回芽、百花孕育，观远天归燕、近水游鱼。“花儿吐蕊”就是“黄四娘家花满蹊，千朵万朵压枝低”，是“春在溪头荠菜花”。静景的植物，动态的禽鸟，动静相宜，情景交融，读者瞬间有了观景的感受。鸟儿的叫声更是飘逸灵动，风软云轻，啼鸟欢歌，正是“绿遍山原白满川，子规声里雨如烟”。子规蹄鸣、夜莺欢唱、燕蹄鹂鸣。布谷鸟的 cuckoo 声，夜莺的 jug-jug 声，田凫的 pu-we 声，猫头鹰的 to-wittao-woo 声，就是“燕燕于飞，差池其羽”，就是群莺乱飞，群鸟

欢舞，就是唐代王维的《听百舌鸟》:“入春解作千般语，拂曙能先百鸟啼。万户千门应觉晓，建章何必听鸣鸡。”鸟儿们隐匿在树冠中通过鸣叫声来吸引配偶，也仿佛在提醒农民伯伯莫误农时，“快快播谷”。

整诗洋溢着欢乐的气氛，大自然的明媚春光和人们的欢腾景象互相辉映，从万紫千红的鲜花到翩翩起舞的姑娘，从隔叶啭鸣的小鸟到满山奔跑的羊羔，从相亲相爱的男女到太阳下悠闲自得的老妇，动觉和视觉意象的每个细节均可让读者体会欢乐向上的情绪，作为听觉意象的鸟的啼唱鸣啭声和悠扬的牧笛声更是增添了几分自然而浓郁的生活气息。轻寒的春风和温暖的阳光是触觉意象。甜美之春、田野里的芬芳代表着嗅觉意象，诗人用声、色、形、味为读者展现出一幅春之全景图。诗中的意象丰富多彩、清新悦目，其自然律动让读者深深地陶醉在这生机盎然的迷人春色中。“羊羔嬉游”是“平冈细草鸣黄犊”的英式诠释，“郊原荡漾香风，雏菊吻人脚踵”“情侣作对成双，老妇坐晒阳光”又分别与中国古诗中“春在溪头芥菜花”和“黄发垂髫、怡然自乐”有契合点。纳什的《春》与布雷克的《春歌》有着异曲同工之神韵，其语言简洁，几近童谣，色彩明艳，而造境开阔，形神俱出。其取景看似随意、略事点染，实乃精心巧妙。远近高低、动静相间的景物圆转多变，腾挪变幻的景色与人们的心中之情在互动中交融，显得全诗山水有情人有意，“出门俱是看花人”，好一派闲适温馨的生活情趣。

这“吹笛吹箫的牧羊人”不知是否神似那横笛骑牛的牧童，是否是袁枚《所见》中那骑着黄牛，“歌声振林樾，意欲捕鸣蝉，忽然闭口立”的牧童，也是那“归去横牛背，短笛无腔信口吹”的牧童，是那“遥指杏花村”的牧童，是那“笑问客从何处来”的可爱小童。这个牧羊人所吹的笛子起源于希腊神话中的山林荒野之神潘的名字。Panic 一词亦起源于此。就表示在荒山野岭突然感觉到的莫名恐慌感。潘喜欢追逐仙女，仙女无处可逃，幻化成了一丛芦苇。潘就用芦苇制成了一种乐器——排箫，也叫牧羊人的神笛。春天不仅仅属于花鸟鱼虫，还属于男男女女、老老少少，属于这吹笛吹箫的牧羊人，这围圈跳舞的少女，这晒太阳的老妇人。这相会的年轻人岂不正是中国古诗中的“春风得意马蹄疾，一日看尽长安花”，不正是“去年今日此门中，人面桃花相映红”吗？这老妇人不正是“白发谁家翁媪”？这各忙各的情景岂不正是辛弃疾《清平乐·村居》的“大儿锄豆溪东，中儿正织鸡笼。最喜小儿无赖，溪头卧剥莲蓬。”春天就应该是这样的生龙活虎。好一幅处处洋溢着和谐的人间仲春图。

纳什是伊丽莎白时代一颗璀璨的明星，当时英国的文艺复兴已进入鼎盛阶段，文人墨客们有着自由的空间去发挥他们的想象力，正是在这种惬意的创作环境下，纳什含着积极向上的情绪创作了《春》。诗篇字里行间充溢着诗人对生活和自然的挚爱。

纳什的《春》以五步抑扬格为节奏，韵脚是 *aaac*，此诗是用三连韵的诗节写的，只是每节最后增加了一行描摹鸟鸣的诗行，为全诗增添并强调了欢乐的气氛。作者非常逼真地摹拟了各种禽鸟的鸣叫声，如杜鹃的 cuckoo、夜莺的 jug-jug、田凫的 pu-we 以及猫头鹰的 to-witta-woo，一共重复 3 次，重复运用的象声词使全诗流动飘逸、音义两美，增加了诗歌的节奏感、音乐感和真实感，强烈地刺激了读者的听觉，产生音义联想的效果，使读者耳边仿佛奏响了一曲百鸟齐鸣的春天交响乐。形容鸟叫的拟声词还有喜鹊喳喳叫（a magpie chatters）、鹦鹉咯咯呱呱叫（a parrot squawks）、鸽子咕咕叫（a dove/pigeon coos）、夜莺啾啾叫（a nightingale jugs）、猫头鹰唬唬叫（an owl hoots/whoops)、麻雀叽叽喳喳叫（a sparrow twitters/chirps/chirrups)、云雀啭鸣（a lark warbles）等。

最后一个诗节多出一个诗行是为了与诗首（第一诗节第一行）达到首尾呼应，表现了诗人在谋篇布局上的功力，同时也强调了春之美。诗的词汇朴实，句式简单，以简单句为主（即名词＋动词＋名词，或名词＋动词）。诗中运用了许多圆润、响亮的“强化音”以帮助强化诗意。大量的含有长元音的单词用来表达快乐、悠扬的感情，如 sweet，bloom，dance，birds，palm，gay，ay，tune，meet，greet 等。大量的辅音 [s，z，f，v，r，l，θ] 给人以风吹水流、平滑流畅的联想。莎士比亚在一首题为《情歌》的诗中这样写道：“青年人欢乐嬉戏，老年人气短嘘唏”，而《春》中的“Old wives a-sunning sit”，正是老妇人“气短嘘唏”的喘息声，正所谓“音义默契，情景交融”。本诗的朗诵配乐可选用维瓦尔第《四季》中的《春》、约翰·施特劳斯的《春之声圆舞曲》、贝多芬的《春天奏鸣曲》、门德尔松的《e 小调小提琴协奏曲》等。

Spring 春

—William Blake 威廉·布雷克

Sound the flute! 把笛子吹起！
Now it's mute. 现在它无声无息。
Birds delight 鸟儿们喜欢
Day and Night. 白天夜晚。
Nightingale 有一只夜莺
In the dale, 在山谷深深，
Lark in Sky 天上的云雀

Merrily, 满心喜悦，
Merrily Merrily to welcome in the Year. 欢天喜地，迎接新年到。

Little Boy 小小的男孩
Full of joy. 无比欢快。
Little Girl 小小的女孩
Sweet and small. 玲珑可爱。
Cock does crow, 公鸡喔喔叫，
So do you. 你也叫声高。
Merry voice, 愉快的嗓音，
Infant noise, 婴儿的闹声，
Merrily Merrily to welcome in the Year. 欢天喜地，迎接新年到。

Little Lamb, 小小的羊崽，
Here I am, 这里有我在，
Come and lick 走过来舔舐，
My white neck. 我白白的脖子。
Let me pull 你的毛柔软，
Your soft Wool. 让我牵一牵。
Let me kiss 你的脸娇嫩，
Your soft face. 让我吻一吻。
Merrily Merrily we welcome in the Year. 欢天喜地，我们迎接新年到。

威廉·布雷克的这首《春》和他的《春歌》一样，动态地描写春天的“欢天喜地”，截取三个简短的自然片段，凝练升华，起落无痕，寥寥几下勾勒，“不用一二闲字”，春的意象便跃然而出、宛然在目了。此诗句句用韵，韵味密集，换韵频繁，充满灵活流宕之感。出于画面又超乎画面的巨大审美感受让读者陶醉于鸟语花香中，倍感赏心悦目，好一幅“春来似画图”，这美图即是人与自然和谐相处的整体。

诗作以“鸟—小童—小羊”为脉络。第一诗节首行的“笛声加紧”有着“未见其人，先闻其声”，但闻其声亦可联想其人的趣味，读者仿若看到“牧童遥指杏花村”的图景，听到“牧羊人整天吹笛吹笳”的美妙旋律。一句“Sound the flute”仿佛是一个优美的前奏，引领着富丽堂皇的春之声，这一个小小的开场白，又仿若舞台上领舞的清纯小姑娘，牵引着芳菲怒放的春之乐章。谷中的夜莺和天上的百灵泛指百鸟的欢唱，让读者心旷神怡地想

象“日上花梢、莺穿柳带，蜂媒蝶使、时叩窗隔”的动态图片，读者仿佛被带入“柳浪闻莺”的西湖胜境中，看万条柳丝迎风摇曳，听呖呖莺啼余音绕梁，这叫声把中国读者带入“燕子飞时，绿水人家绕”的乡间美景。“自在娇莺恰恰啼”的鸣唱让读者冥想“万壑树参天，千山响杜鹃”的音响效果，想象“穿花蛱蝶深深见，点水蜻蜓款款飞”那振翅翩跹的轻盈意态。第二诗节描写灿烂春景中孩子们的欢乐，雅趣的语言如此清新活泼。小童们在灿烂的春景中心情愉悦、笑声吟吟，尽管诗中没有提到老人，读者仍然可以想象“黄发垂髫、怡然自乐”“良田美地鸡相闻”的景象。第三诗节让读者进入与小羊羔同乐的角色转换中，活泼灵动的《紫竹调》旋律仿若叮咚入耳。此诗也能看出布雷克“从一粒沙子看一个世界”的美学观点，小中见大，虽小犹大，有限中显示无限，丰富的想象由此产生，人与自然由此相容。

这 3 首春天的诗均既从大处着墨，又从细处入笔，写景有层次，远近大小，动静结合，立意既气势壮阔又细腻柔和，如特写镜头一样徐徐展开。全诗并无惊人之语，但都可在通俗中见其妙处。诗句浅白易懂，仿佛儿歌，然意境深远，有如天籁，有道是：用语寥寥，却情意长；明白如画，语谈而味终不薄。3 首浪漫天真的春诗音韵铿锵、意象俱足，又各有其妙，以跌宕生姿的旋律、跳跃的结构和小巧玲珑的姿态屹立于千年锦绣之诗林，在众多以“春”为主题的诗作中脱颖而出。诗作最高的境界莫过于全诗洋溢着童心与真心，缩万里于咫尺，“清和纯粹，可颂而可法”。春天一到，好山好水看不足，诗人们都想以诗为媒，“一日看尽长安花”，其眼中满含着情意，难怪说诗人是春天的第一位知己，正是“诗家美景在新春”。

二、采风视频的秘密

“自古逢秋悲寂寥，我言秋日胜春朝。”英诗的采风视频中，海棠和银杏的出镜率最高。上半年的花期，我们在梅花、海棠、樱花、蔷薇花期分别录制《海外乡愁》《春天组诗》《我如何爱你》《我能把你比作夏日吗》《静午》等诗歌的外景慕课。下半年的采风视频从紫薇和桂花树开始。金秋时节，丹桂飘香，满园尽飘黄金香，路人相逢各自醉。看着满树的花瓣，隔着屏幕，我们仿佛都能闻到花香。

十一月，我们翘首以待，几乎将所有的拍摄热情都倾注在银杏大道上。一句“碧云天，黄叶地”将秋日长空湛湛、黄叶飘飘之景象一笔括尽。秋高气爽，云天收夏色，木叶动秋声。《当你老了》和《秋颂》的外景慕课就此拉开帷幕，外国语学院旁边的银杏大道在秋日的英诗课堂出足了风头。银杏是树之寿星，长寿中包裹着长情，落叶时满地铺金，故世人钟爱高大壮美的吉祥树，以期长生不老、福泽人间。在银杏之景中从孝敬父母的角度讲解《当你老了》，语言和画面高度统一。

图 3.17 校园银杏大道航拍

图 3.18 陶思雯同学演唱《西风颂》

图 3.19 同学背诵《当你老了》

图 3.20 张睿同学吟诵《秋颂》

图 3.21 同学们背诵《西风颂》

图 3.22 徐从政、吴阳演唱《秋颂》

我们连续四年盛情邀约同学们来济慈《秋颂》的采风课堂做客，诗歌中秋天的种种景象在眼前呈现，我们仿佛身临其境，享受着收获的愉悦和惬意。我们携最真挚的心灵感受诗歌，用最美的歌喉吟唱诗歌。我们的心儿如枯叶一同轻轻摇摆，沉醉在动人的秋风里。我们仿佛看到金黄的麦浪，温暖的田地，丰收的果实，想象与诗人济慈一起漫游乡野，一同感受秋意荡漾。毫无悲凉萧瑟之意，满目都是秋天的欢喜。录课之余，笔者把车停在在银杏大道旁的停车场小憩，天窗开着，听闻鸟鸣花香，坐看风拂云移，静静感受自然的节奏和美妙。抬头就是云卷云舒，眼前是沐浴在秋日暖阳的银杏树，一阵风吹过，银杏果噼里啪啦簌簌落下，像是在世外桃源。《秋颂》就这样融入了我们的生活。

17 英语 1 班同学为《秋颂》录制的采风视频，总导演是王笑晨同学。她搜罗了各类资料来了解“剧本”，然后布置各组同学去校园各处取景，让校园景色和诗句内容，以及同学的特征和个性巧妙衔接。为了拍摄第一诗节“雾气洋溢、果实圆熟”的秋景，女生们特意赶在清晨，手拿苹果、葡萄、葫芦和榛子来配戏。为了拍摄第二诗节“秋神”的发丝随风飞扬，特意在正午时分，让一位长发女生迎风吟诵此句的台词。最后两句诗词，大导演躺在小树林的长凳上闭着双眼，轻轻柔柔地说出“燕子呢喃”，然后睁开双眼，全诗终了。余音袅袅，回味无穷。看着一帧帧画面到一个个片段完整地呈现，我们骄傲又激动。虽然每一组同学都有很多花絮，但是最后的整体效果超棒。这个视频历久不衰，每次播放都带给同学们深深的感动和沉醉，让人感叹英诗课是一场爱与美的邂逅。

《秋颂》中没有情感的直接抒发，而是将欢愉富足的情绪寄托在即将逝去之景物的精彩描绘中。秋天的美是长久积累后的心满意足，秋天的欣喜藏在了数不尽的收获背后。我们在录制采风视频时，眼睛和心情都是欢愉惬意的，思维也变得开阔。身边竟有如此众多被忽略的美，多多留意，身旁自有鲜花盛放。大课间，一波波的学生和教师赶往不同的教学楼上课，人声鼎沸。每个安农人都坚守自己的岗位，谱写着专属于安农的秋日赞歌。采风视频的拍摄带领我们走进了一个明澈、美好的秋天。

银杏大道上，我们齐声背诵济慈的《秋颂》和雪莱的《西风颂》，我们的课堂因为这一树树耀眼的金黄而摇曳生姿。朗朗上口的韵律，抑扬顿挫的格律，我们究竟是在诵读诗歌，还是在音韵中舞蹈跳跃？这一行行英诗就是一片片的青山绿水，我们诗意而高雅地游览着。

采风视频既有“九九那个艳阳天”的快乐，也有“三九严寒何所惧”的豪迈。千里冰封、万里雪飘、雪满空山，校园也一改平日的热闹，呈现别样的清幽。梅花、雪花，看松雪两相映，好一幅春满人间图。静静领略冬之美，细细观赏花树雪中的姿态，慢慢咂摸天地人间的滋味。

图 3.23 孔晨晨同学雪景采风视频《雪夜驻足林边》

图 3.24 教师雪景采风课

德国哲学家海德格尔曾说过，人可以诗意地栖居在这大地上。诗意，也许就是此情此景。而诗意的生活恐怕就是放慢脚步，留心细碎的美好，听风声，闻花香，看岁月静好、叶影斑驳。

拍摄采风视频是对诗歌课的一种预习。其目的是应对教学时颇感棘手的问题：大学生课业压力很大，外语专业作业繁多，学生们面对多如牛毛的课堂展示、课堂测验，很少能静下心来，反复朗读英诗。拍摄采风视频能充分调动学生的积极性，全身心投入诗歌的有效预习。没有预习，就难有课堂上的深入互动。

采风视频提倡大声地、有感情地诵读英诗。诵读成功了，英诗教学就成功了一半。有同学会问，预习为什么非要拍摄采风视频不可？因为面对镜头，你会敬畏你的观众。因此，你不会读得很随意和平淡，你会尽全力展现最美好的一面。

采风视频帮助学生背诵英诗。以“背诗”促“悟诗”，以“悟诗”促“品诗”。要想从容自信地面对镜头，就要事先把诗歌背到滚瓜烂熟。因为学生不会专门去借提词器，也不方便在拍摄外景时接入电源；勉强使用手提电脑提词，眼神会飘忽不定。一旦背诵时磕巴，眼神就会闪躲，会露怯。

采风视频督促学生获得英诗的整体感知，这也是师生双向备课的基础，更是教学中师、生、文彼此沟通的起点。为了拍摄好采风视频，学生不得不一读再读，句句读到心里去。网上的音频资源丰富，模其声容易，动其情则难。诵读要读出自己的理解，带着感情去阅读，让观众通过你的声音和表情感受到你的心。英诗教学是诵读之中的教学。在反复诵读中，我们会思考诗歌的主题是什么，主题是如何通过韵律、格律、修辞、意象逐一展开的。如此，每一次诵读都有着新鲜的变化提升，最后带来扎实充分的个人阅读体验。

值得一提的是，拍摄校园采风视频还有助于很多同学有效地克服舞台恐惧，或者说镜头恐惧。有的班级还特意把同学们第一次拍视频的拍摄花絮剪辑在一起，原来镜头恐惧有如此繁多的花样。最初拍摄时，没有人不紧张，于是，耸肩的，抓头的，咬紧牙关的，使劲眨巴眼睛的，表情木讷的，不停做手势的，语无伦次的，声音发抖的，机关枪语速的，说着说着突然扑哧一笑的，比比皆是。有的同学一忘词就身体左右摇摆，有的一磕巴就鼓着腮帮，眼睛往上看，萌态十足。3 次以后，同学们的笑容就明媚温暖起来，仪态优雅，风度翩翩。背起诗句，镇定自若，字字铿锵。对着镜头，展现四“S”原则：真诚（sincere），稳定（stable），持续（steady），强烈（strong）。同学们用手机记录了太多美好的东西。一开始大家会羞涩，看到屏幕上同学尴尬的表情会哈哈大笑，但后来勇于展示自己，同时也得到了师生鼓励和艳羡的目光。

在鸟语花香中诵读诗歌不仅浪漫唯美，且非常行之有效。实践教学中，传统的室内空间和绿意盎然的采风视频相得益彰，让课堂焕发出勃勃生机。英诗的美感在琅琅的书声里荡漾出来。

我在观看同学们的采风视频时，经常感动于他们深情的诵读，看到巧妙自然的运镜和剪辑，不禁在心里为孩子们暗暗叫好。我自己的采风视频一般都是在一个固定景点笑意盈盈地看着镜头背诗。而00后的同学们的采风作业标榜着两个字，个性，非同一般的漂亮。其画面、构图、运镜的巧妙，令人赞叹。采风视频让学生对文本有了兴味盎然的阅读，通过文本细读，学生向文体走去，文体向学生走来，两者相互找到知音，文本的意义得以生成。

采风视频中，一个又一个自信的女孩在我们的诗歌课堂出现了，一个又一个精彩绝伦的英诗欣赏作品诞生了。看着同学们的各种视频，我仿佛看见他们挥舞着青春的手臂一路奔跑，她们把一朵花的微笑读成祝福。诗词在明媚春光和鸟语花香中一路逶迤而行，而播放采风视频环节的课堂正是走近这“花一般的英诗”，走近“花一般的自己”。通过拍摄采风视频让自己更美一些，让英诗世界更美一些，让生活更加美好一些。这不正是“爱生活，爱诗歌”吗？

所以采风视频的拍摄环节不是一种可有可无的点缀，它体现了对诵读诗歌的异乎寻常的重视。学生把琅琅书声读给大自然听，读给自己的心灵听。

书读百遍，其义自见。口而诵，心而惟。朝于斯，夕于斯。反复吟诵方可出口成诗，唇齿留香。朱自清先生曾言：“古文和旧诗、词都是不同自然的语言，非看不能知道它们的意义，非吟不能体会它们的口气。”叶圣陶先生一再强调：“学习文言，必须熟读若干篇。勉强记住不算熟，要能自然成诵才行。诗词贵吟读，非读不解其味，遑论境界。”汪曾祺说：“探索一个作者的气质、他的思想，必须从语言入手，并始终浸在作者的语言里。”叶圣陶先生说：“教师能引导学生俾善于读书，则其功至伟。”以“其功至伟”4字评价教师引导学生读书之功，可谓振聋发聩！可见，学习语言，重视诵读，用朗读亲近文本，方法一以贯之。为学者，必有初。凡训蒙，须讲究。详训诂，明句读。多读以后，就是多背，千万不能只是默看。颠倒语序甚至完全无序的句子，字词的因果、并列、递进等断裂的关系，初看不知所云，细读才发现妙处。不读，不想，任你掉头苦吟，叹赏良久，也无法进入诗境。诵读之功能，可谓大矣！

读后感采访视频中，两位同学一组，一问一答，互相交流。结果发现学生的读后感采访视频满是童真，俏皮可爱的对话中透出智慧和敏锐，以家常琐事似的语句显出优雅和趣味。这些精美绝伦的作品就是至情至性的同学们所发出的感人肺腑的文字。

学生录好，我就在旁边小憩，静心体味似箭光阴。养眼的好景致总是会洗却一肚子的小郁闷，千斤的担子也要放在花下歇一歇。静心赏花，潜心花鸟，虫吟蜂鸣，惟静有思，惟思有得。唯有你与大自然亲密接触，才会不断催发出人与自然休戚相关的信念。

我对同学们说，在我们懈怠懒散、苦闷无聊的时候，不妨在采风现场溜达一圈，故地重游，想想拍摄采风视频的好时光，你一定会出口成诗。回忆当时外景拍累了，便坐在树下，看新嫩的芽叶、碧绿的树影，看阳光从叶缝间碎碎点点地洒下来。

就这样，春华秋实，寒来暑往。采风视频成了师生身体力行的一场百花盛宴，一个个单词仿佛有了生命，我们也仿佛变成了一朵朵花儿。视频作品一个比一个好看，学生都很上镜，花与花相映，美与美相生。师生一起促膝树下，读喜欢的诗，想似水的流年，惜同在的当下。在拍摄中释放平时的学业压力，感受天地运化的节奏和生命的活力。

采风课堂成功向大学生普及了英诗。当文字遇见声音，当思考遇见实践，这便是多元化、立体化读英诗。学生一届又一届，年年岁岁花相似，岁岁年年人不同。几年来，学生佳作迭出，铺锦列绣。每年上诗歌课时，再次看到毕业生的优秀采风视频作品，既有许久未见、甚是想念的感慨，又有老友重见的意外之喜。每一次相遇，都似久违的欢喜。花好情长，这些于四季中尽寻美好的采风视频成为了最长情的陪伴者，它是对英诗课和母校花花草草的温情告白，也为我们的青春留下了一份念想，守住了一个情结。当时制作时的焦头烂额、头晕眼花，记不清多少次反复调整，值了。

以后回看这些采风视频，回想起英诗课堂，一定会多处定格，就像影片里的特写镜头。望着这些令人心满意足的作品，你一定会骄傲，不知不觉，嘴角就会上扬。一看到满树嫣红的海棠，就会想背英诗，那水灵鲜活的岁月仿佛又回到眼前。

让诗意浸润生活和学习，琐屑的日常，需要诗书的化解。在自然中寻一份雅兴，一份欢喜。走进自然，感受美好，催人畅想，促人愉悦，播种心田，桃李春风，化育心灵。生活需要仪式感，这些小仪式就是我们的小欢喜，这些点滴的小确幸温润着平凡的琐屑，让课堂也变得多情，让生命从容和熨帖。

总有一些遇见，令人难忘。它们完整地藏在记忆深处，连同当时的天地岁月、风味气息。采风视频，留住我们岁月的美好。

第二节
宝剑锋从磨砺出，梅花香自苦寒来
——英诗教学的写作环节

英诗教学有三个写作环节，诗人生平微课创作、同名诗作创作和英诗读后感写作。实践教学中，学生不但撰写，还脱稿演绎自己的诗作和文章。

英语专业极其考验学生的耐力，听力课容易云里来雾里去，写作课更是千头万绪无从下笔。谁都想分析问题时指点江山、激情飞扬、高谈阔论、满腹经纶，可实际上还是经常语无伦次、磕磕巴巴、思想混乱、笨嘴拙舌。

实践教学中，学生经常反映写作困难。没有写作素材，只能硬写。这都是因为读书少、积累少。没有输入，怎么可能有输出。无论怎样绞尽脑汁、冥思苦想，都写不出来，一脸茫然。黔驴技穷的语法，捉襟见肘的词汇量，佶屈聱牙的拼写。好不容易凑完字数，感到筋疲力尽。

要想写得好，就得读得多。有输入的积淀，才有输出的挥洒。思维和言语是同维度的，你看了多少书，你就能表达多少思想。You are what you read, you are what you talk and write. 读书破万卷，下笔如有神。书读百遍、其义自见。多阅读，拓展知识面；多思考，提高自己判断、分析、归纳、推理的能力。

英诗课程是英语专业高年级文学方向选修课的重头戏。英诗读后感在实践教学中的课堂比重虽然不大，但其重视听说读写译各项技能之间的相辅相成，所以也是检验学生功底的综合性教学环节。

教育部 2004 年颁发的《大学英语课程要求（试行）》明确提出："各高等学校应使英语的教与学可以在一定程度上不受时间和地点的限制，朝着个性化和多元化的方向发展。"英诗的教学目标之一也是启迪学生的心智、培养其思辨能力。所以英语专业教学大纲明确提出："在外语教学中机械的语言技能训练和模仿是必要的，但一定要注意培养学生的综合分析、批评和论辩的能力以及提出问题和解决问题的能力。"英诗的讲解要融知识、价值、理念和情感于一体，才能使学生掌握英诗中所蕴含的深层信息。

在英诗读后感撰写中培养学生的"情感式思辨"能力，贵在形成学生的批判性思维能力，提升学生思考的质量和深度。

先说同名诗词创作。诗歌创作没有清规戒律，"活"是打开诗歌创作之门的钥匙，正所谓：创作有方，方在灵动。

有些同学文学功底深厚，文学修养高，书读得广博，自然文章写得好。祝青云同学创作诗歌行云流水，文思泉涌。

再说写读后感。如何有效地表达自己的批评性思维呢？学完一篇课文，我们应该用刚学的新鲜灵动的词组和句法归纳课文主题并简述情节，犀利地点评课文，提出有见地的问题，用批判性思维回答这些问题，并让自己每一篇读后感都成为高质量的演讲稿。大部分同学能够复述课文，但是思辨缺席症很常见，写高质量的带有批判思维的演讲稿还是颇有难度的。

以英诗的读后感为例。如何点评英诗呢？仅仅复述诗歌内容显得太过单薄，但是好像除去内容，无从写起，因为韵律、格律、修辞、意象很难长篇大论。诗歌的主题，诗人的情感就是最好的切入点。比如勃朗宁的《海外乡愁》，勃朗宁夫妇爱情美满，在意大利生活得悠闲舒适，他们的乡愁是甜蜜的。我们可以结合自己的乡愁有感而发。

英诗读后感的评分，和英语作文的批改一样，通常分为五个档次，分别是：完美无缺、漂漂亮亮、像模像样、马马虎虎、一塌糊涂。高考、公共英语四六级、英语专业四级、八级和考研英语的阅卷，都是按档给出大分，按关键点给具体分。第一段看语言，第二段看结构。聪明的同学往往先点题，学了哪首诗，主要内容是什么，哪个方面让他们有所感悟。这样的结构看似投机取巧，实际上已基本合格。但要想锦上添花，就还需要一些技巧。写作是 70% 的基础加上 30% 的技巧，不积小流，无以成江海。

主题方面，建议“大情怀加上小故事”，其精髓是“真善美”。大情怀指的是家国情怀和国际视野，二者美美与共，平时要关注时事政治，了解文章里的文化拓展，要用满满的正能量把文章主题与此和谐相融。英语写作有一个“SEE-I”原则，即主题阐释，详细说明，举例说明，图解说明。其中，举例可以来源于日常生活的事件，时事政治，新闻报道，各种网络资源得到的信息或者故事，但必须是与主题高度相关的。同学们的小故事就是专属于自己和身边普通人的故事，表达起来语气亲切，听众也觉得接地气。这些小故事可以关于如何挑战自我克服困难，最终如何获得成功；或者虽然失败但仍然收获了精神财富。

结构方面，英语写作讲究“三段论”：开头、正文、结尾，一目了然，能做到“凤头豹尾”最好。正文部分可细分段落，主题句最好写在段首或段尾，方便读者寻找“闪光点”和“兴奋点”。总体上要求层次分明、重点突出。拿到题目构思策划，确定大致主题，而不是一个确切的题目，不然可能会限制写作思路。可以在发散思维之后确定初稿，再确定题目。正所谓“点点心思得高分”。行文可以采取线性的组织方式，包括开头，主题阐释，预览，正文，综述，结尾。主题需要鲜明突出，一语中的，其目的是告知、劝说和娱乐大众。预览的目的是大致浏览文章的脉络，可以用指示标语词，比如第一点、第二点，或者通过疑问句、反问句表示段落的要点，或者使用有标记意义的句子如“我今天讲的重点是……”正文部分需要占据 90% 的篇幅，可以包括举例、数据、理论、证据、逻辑等。

语言表达方面，不能有硬伤，人称、时态、单复数三一致，尽量避免最低级的语法错误。首句若出现小错误，那就大跌眼镜了。完美分数的秘密就是词汇的丰富与否。尽量不用太过口语化的词，不用搞笑、有歧义的中式英语，多用使动意义的词。句式多样化，长短句、松散句、圆周句、倒装句交叉使用，一样一句。碰到不会表达的词语，无须绞尽脑汁、冥思苦想，用上下义的词。写完稿子还要进行反复的修改、润色，找到稿子中的语法错误，逻辑漏洞，包括还要在稿子中穿插亮点，吸引读者的注意力。好文章是改出来的。文章写好还没有功德圆满，还得在文字的小溪边、在语言的丛林里，在思想的巅峰上千锤百炼，精雕细琢，修改润饰。

有同学认为自己语句空洞，思想匮乏，实在写不出一句漂亮话。究其原因，是缺少阅读量。如何快速写好读后感呢？多研读好作品，抄下最震撼自己灵魂的几句或者是一段话，并背下来。平时多背重点词汇、精彩句子、经典篇章，摘抄美词美句，多写日记和读书笔记，如此才能有米下锅。

写感想的时候要注意不要俗气，要接地气，要引起读者的兴趣。具体就是文章中要有大气的内容，也要有精致的点滴。比如，我们有时进行爱国情怀的主题描述，有时使用铺天盖地的排比句，英语叫“对称结构”，有时书写画龙点睛的绝妙诗句，有时讲述小故事。这也像电影语言，排比句是大写意的长镜头，小细节是特写镜头，远近景一结合，文章就张弛有度，丰满圆润。如果每一首英诗的读后感都这样写，进步是指日可待的。

写好读后感并非万事大吉了，还需要背下来。有一定演讲能力的同学要对着镜子以舒缓、激昂、娇嗔等各种调子练习表达情感的能力。如果各门重点课程的学习中都能够大量背诵相关文章，就能提升同学们的自信心和竞赛能力。

写读后感的习惯要坚持，坚持是以年为单位的。最关键的不是知道好的学习方法，而是究竟能坚持多少年。

写作有时苦，有时乐。妙笔生花之才，非一日之功。厚积薄发，才能倚马可待。写作需要无数次的雕刻打磨，想写、敢写、勤写才能写得好、写得美。写作虽难，但只要反复斟酌、日日苦练学习，就能写出理想的佳作。

我们给英诗读后感提出了一个“情感式思辨”的写作原则，以培养大学生的批判性思维为最高目标，通过采用深入挖掘和升华英诗的主题思想，训练学生应用语言的能力，提升其人文素质和中西方思想交流的新高度。这就为英诗教学赋予了新的课程定位，即“重人文、重思辨”。

每一首英诗都是文质兼美、文情并茂的优秀作品，其见解精辟、情感真实、绘景状物逼真、哲理丰富。经典的诗歌文本是学生写作的重要参照或借鉴对象，教师指引学生认真诵读和涵咏咀嚼文本，让学生从中吸收到诸如优美意象、严谨结构、优美语言等精华。好的文字本身就蕴含着感情温度，有温度的文字能建构情感磁场，融化坚冰和隔阂。

英诗读后感的“情感式思辨”教学，就是师生一起走进蕴藏在英诗中的那份生生不息的感动。每学完一篇英诗都会让学生对生活中的真善美多一丝热爱和留恋、多一份向往和追求。这一篇篇英诗最大的魅力莫过于“使万象化为美丽，使至善至美成为不朽”。

第三节 身无彩凤双飞翼，心有灵犀一点通——双向备课与大学生创新基金

一、双向备课的重要性

学生充分的课前预习才能确保课堂上的优质互动。学生不预习，不备课，互动就是碎片化、快餐化、肤浅化的、浏览式的、漫无目的的，如隔靴搔痒。学习新诗之前，教师会给学生一个预习问题的清单，包括诗人生平的微课、韵律格律分析、重点诗句的解析、中西诗学对比、同名诗作创作、采风视频作业六大类型。

其中，诗人生平的微课要求学生撰写双语微课台词，寻找和内容相对应的高清图片，然后录音频，配上背景音乐，最后制作视频并附双语字幕。

韵律格律分析要求学生观看该课程上传在安徽省 e 会学平台的相关教学视频，先自学再归纳学习要点，并设计出系列习题供同学们上课互动使用。上课时负责该环节的同学和教师一起上台教学，讲解设计的题型。“语言形式一经学习者主动用过，学得会更加扎实有效。”（姜琳，陈锦，2015：373）学生观看教学平台的课堂实录视频，自行找出难以理解之处，上课时必然用心聆听。

重点诗句的解析要求学生在知网上下载并细致学习所讲授英诗的相关教科研论文，结合教师上传官网的教学视频设计诗词讲解的重点和难点，提出有批判性的思考题，上课时和教师一起按诗节轮流讲授。学生会对大量信息进行加工和整理，而这种预习方式就是在教师指导下对知识点的主动探索和获取，既有利于激发学生的探究欲，培养其创新意识，又有利于加深对语言的领悟。

中西诗学对比则要求学生在中西方诗歌的主题、风格、语言等各方面进行比较，实现文学互鉴，讲授英诗的同时提升国学魅力。该环节负责人上台结合电子课件进行汇报展示。值得一提的是，该环节通常由教师指导的已经立项的各级大学生创新基金项目的主持人协同组员一起完成。课后要求该组学生撰写相关中文论文（约 4000 字）1~4 篇，交由教师审核修改，之后开始投稿，准备在普通高校学报人文社科版发表。

同名诗作创作既可以是学生们写的双语同名诗歌，也可以是读后感，类似于班级报告，让学生对英诗主题进行 3 分钟左右的公共演讲。这有点类似师生共同举办各种启迪思想、其乐无穷的“读书会”，让不同的思想碰撞飞扬。

采风视频作业分为两种，一种是由学生录制在校园风景中背诵或歌唱或舞蹈所学的英诗，鼓励学生用多种音乐风格，尤其是中国风曲调或中国戏曲演唱英诗，鼓励学生器乐演奏并进行配乐诗朗诵。

另一种是读后感的彩访视频，有些类似课堂讨论中“你说我说”（Free Talk）的环节。采访人一个讨论话题抛出去，被采访学生“自说自话”或与朋友一起讨论，以“内容充实、逻辑清晰”为标准，以演讲、辩论等各种形式营造锻炼口语的氛围，交流对同一问题的不同理解，为学生搭建训练和检验语言综合运用能力的平台，也为日后职场中的团队合作打下基础。其重中之重是讲究用逻辑思考问题，即分析问题清晰、流畅、有条理。学习英诗时进行全方位思考并及时学以致用，根据文本提出有建设性的想法。

诵诗视频在诗词讲解前播放，采访视频在诗词讲解后播放。这两者都是学生的个性化或者美育型作业。优秀的学生个性化作业会由教师上传至安徽省教育厅 e 会学平台和安徽农业大学网络教学平台。这些作品提供了更为宽广的诗歌赏析美学途径，也开阔了师生的赏析视野，从而能提高学生士气，赋予他们新的灵感，激励他们完成高质量的原创赏析作业。

值得一提的是，双向备课指的是教师和学生同时备课，学生可以自行组团，根据自身特长选择一个问题来备课。而教师必须面面俱到，事无巨细，每一个教学环节都要兢兢业业备课，亲自录制诗词讲解的慕课，采风视频，亲自制作诗人生平的微课。教师率先呈现佳作，教师的投入和执着会给学生带来感动，更会引领学生深入研究和思考，用心规划设计，只有让学生积极准备，精心选择和充分整合各种学习信息才能有效提升学生的学习、合作，以及解决问题的能力。在此过程中，学生对专业更认同，对文化理解得更为透彻，学习动机和批判性思维更强，身心更健康，使该课程达到了五育并举的培养效果。

实践教学中，经常会出现教师版微课和学生版微课，师生会边观看边记录，互相点赞，互提不足，以促进今后的微课制作。师生双向备课是优质互动的前提，而师生双向评价是课程提升的有力保障。"教学细节，细而不小"，师生共同设计教学中生动活泼、循序渐进、丝丝入扣的细节，让课堂异彩纷呈。"学习者评价自己的学习目的和学习过程，是提高学习兴趣主要方式之一。"（戴炜栋，刘春燕，2004：18）学生刚开始表述时像挤牙膏一样一点点往外挤，而一个学期之后上升空间很大。

通过翻转教学，学生利用教学平台的在线资源，并进行各类预习测试。在完成才艺展示型的多元化作业的过程中，学生像教师一样备课，对教学环节做足功课。上课时师生的高度专注度、密切活跃度和深度有效的思维互动方能展现认知活动水平高的教学，形成和达到有效的过程性评价。其教学改革成效"理论 + 细节 + 数据"模式的展现方式可以细化为"思政大方向和线上预习 + 个性化和美育作业 + 学习通测试成绩"。

师生在双向备课的过程中成为了个性化学习的指导者、启发思考者、引导探究者、学习陪伴者、心理和情感发展呵护者，学生在翻转课堂中承担学习分析者和提问者的角色，在美育作业中成为了价值引导者、中国文化形象大使等。师生共同准备美育作业，对学习效果进行多元化、多维度的双向评价。教师从教学平台中的学习记录评价学生，学生对师生的美育共享作品提出意见和建议。

师生双向备课是英诗课堂师生互动的关键。如果是教师单向灌输，因课时有限，即便是解析诗句中的重点难点，也无法深入透彻，韵律、格律、修辞等更只能是蜻蜓点水、一带而过，授课过程便如同跋涉泥泞的羊肠小道，步履维艰，单薄而乏味，平淡 / 庸而浮躁。有了双向备课作前提，师生间的和谐和信任溢满诗歌欣赏的每一个环节。从诗句入手，时间，地点，事件，关键词，意象，修辞，韵律，格律，诗眼，一个接一个的问题像连环炮一样抛掷出去，紧紧抓住学生的注意力，师生高度互动。老师潇洒提问，学生轻松作答。全程几乎感觉不到没有貌似"深刻"的教学理论，启迪心智的问题在潜移默化中层层深入。看似"浅浅"的问答展现的是师生间心与心的交流。同学们踊跃举手发言，逐一表达自己的思想。

学生备课的过程会自动内化成心灵深处的自我灌输和对英诗的深度理

解。学生学得轻松又积极思考，师生均胸有成竹，二者有效互动方能从容不迫，一气呵成，步步生花。课堂热闹，师生言而无尽，乐此不疲。师生心底都装着诗歌，"我自拈花笑，清风徐徐来"，这是英诗互动课堂的境界。

精准明确的教学内容，突出教学的引导价值。师生都要知晓课程意识，还要彰显文体意识。仅仅分析诗歌主题是对教学内容本末倒置的错误理解。诗人用怎样的策略和方法构思行文、遣词造句，对诗歌"怎样写"的探究是关键所在。

学生提交的读后感作业有两种方式：读后感采访视频和心灵鸡汤散文稿。前者往往是批文入情的真诚对话，后者则是学生把自己带进诗歌文本所获得的共鸣。这两种作业都鼓励学生去亲历探寻诗歌文本并与之亲密接触，使学生获得人生和人格发展的养料。

有了双向备课，旁枝末节的知识点就可以一带而过，教学重点集中在斟酌与品味诗歌主题和创作方式，从而凸显学生的诵读感知和思考揣摩。学生个人的深刻反思和精神升华显现出教者对学生个性阅读体验的尊重。

诗人心中极为复杂细腻的感受被师生从各种不同角度地感受体验了一番。学生的读后感既绵密深刻，又扎实自然。对作者心境的体味，对文化的咂摸，都是通过一系列学生活动实现的，而不仅仅是教师的讲解与灌输。

老师在学生身边启发，引导学生的拓展思维。讲授休斯的《黑人谈河》时，教师可以给不同的学生布置不同的任务，从各个角度来分析课文主题。学生会自行根据精读、英国文学、文学理论等课程的相关内容进行整合。精读课文《说"是"》一文以一对白人夫妇关于"丈夫是否愿意娶黑人为妻"的话题展开故事。学生从美国梦谈起，以诗歌中的四条河流结合美国奴隶制起源、种族主义、马丁·路德·金和民权运动、豹斑政策、内尔森·曼德拉、黑人文学的代表作《根》《汤姆叔叔的小屋》《奥巴马的胜利演说》等关键点进行信息整理。

学习西尔维亚·普拉斯的《爸爸》时，学生从女权主义的角度谈感想，诠释父权制的定义，介绍性别歧视的具体表现、弗洛伊德的"生理即命运"观、米勒特的"性别即政治"、波伏娃的《第二性》一书，女性被当成弱者的实例（如骚塞对《简·爱》作者夏洛蒂·勃朗特追求文学之路的不屑一顾、美国飓风的女性名字、潘多拉的象征、重男轻女现象、尼采的"带上钱包和皮鞭去见女人"的观点）以及女性"超越论"（伊丽莎白一世女王、维多利亚女王）。

在这种"知识大爆炸"式的讨论中，师生互动达到了最高潮。经过这样的学习和讨论，学生会逐渐形成批判性思维的如下要素：眼界开阔、知识丰富、判断力强、及时发现和提出问题、论证力强、假设力强、界定力强、快速得出结论、综合能力强。

二、双向备课与大学生科技创新基金的结合

双向备课，不仅提升自学能力，更重要的是培养独立思考的能力。网络信息已然多元化、复杂化，泥沙俱下、鱼龙混杂的自媒体信息也如浪潮般扑面而来，人云亦云的复制粘贴型讲解必定索然无味，如何分辨取舍有益信息，推陈出新？独立思考不断创新尤为重要。法国哲学家帕斯卡尔说："人只不过是一根苇草，是自然界最脆弱的东西；但他是一根能思想的苇草。"人会思考，有思想，才变得强大。

大学生科技创新基金（以下简称"大创"）面向各校本科学生，以立项方式进行资助，项目研究成果多为论文、专著、数据库等。

指导大创实践时，教师通常建议学生结合自身爱好和特长进行项目选题和论文撰写，这样会取得事半功倍的效果。比如，茶道和英诗意象的相似之处，中国武侠小说中的诗词与英诗的对比，拉丁舞蹈动作对英诗意象的诠释，绘画技巧和英诗的交融，三毛和毕肖普、勃朗宁夫人和纳兰容若、济慈和李商隐的诗词比较分析。

在英诗教学实践中，教师通常给这些大创学生安排和布置诗词的当堂反思和课后读后感作文，撰写全方位评析的论文。为了充实自己的论据，学生课下会大量下载期刊论文，在图书馆找寻相应的专著译著。这收集整理资料、撰写心得体会的过程既是对自身视野的拓展和对传统课堂学习的有益补充，又教会他们不断思考以精进读写之道，从而练就一双洞悉诗歌文本的"火眼金睛"，获得一支笑傲考场的"生花妙笔"。而他们的读后感、诗人生平、诗词解析等各类作品论述严谨，选文精当，分析透彻，过程有趣，极富启发，令人读之不忍释卷。这种文学思维的激发对培养学生终身的阅读兴趣和批判性思维至关重要。

在讲授泰德·休斯的《栖息着的老鹰》和西尔维娅·普拉斯的《爸爸》时，师生分别撰写诗人生平的双语脚本，以典型事件突出主人翁的品质。关于诗人生平的微课台词可以在诗人和师生之间架起一座文字的桥梁。在撰写、备课的过程中，通过反复品读，引导学生和文本对话，和诗人对话。以下是笔者和学生对休斯夫妇生平的微课部分所作的双向备课的样例。

笔者的微课台词：

> 泰德·休斯与西尔维娅·普拉斯的惊世之恋，是一段如在刀锋上行走的爱情，锐利、锋芒、杀气腾腾。
>
> 泰德·休斯，英国桂冠诗人。他的动物诗别具一格，笔墨酣畅

淋漓，诗句如山石奇绝跌宕，如青松蔚然林立，浑厚雄强，生动清新，一派大家气象。读者无不驻足留恋，扼腕称奇。休斯的故乡在自然景观壮丽豪放的西约克郡。他爱好大自然和动物，并用粗犷、狂野、暴戾的意象刻画天空盘旋的老鹰或原野奔跑的虎狼。

他的诗歌棱角分明，而他本人也是阳刚帅气，仪表堂堂。美国自白派女诗人普拉斯面容娇美，如绽放的花朵水润光鲜，明净通透，气质卓然。八岁那年，她的父亲因病去世，此后心中便是一片断壁残垣。她将父亲的死亡视作一种背叛，是她信仰和价值的幻灭。可以说，父亲的早逝给她埋下了抑郁症的种子。她诗情横溢，以敏锐疯狂的精神直觉和丰富的自我情感进行创作，用诗歌和日记铸造出与男权抗衡的武器。初见前，他拜读过她的至情文笔，她赏识他的翩翩风度，折服于其孤傲高尚的人品。

一个心高气傲，一个早已名声大振。聚会上二人初见，惊鸿一瞥，双双沦陷。四目相对，无须多言。彼此被对方的才情和相貌吸引，于是含笑顾盼，举步流连。二人无可救药地陷入爱河，相处仅仅四个月便走入婚姻的殿堂。

休斯照亮了普拉斯因父亲早逝而暗淡阴霾的心空，温暖了她那颗久已冷寂的心房。二人都敛去一身戾气，迈入了甜蜜的新婚生活。百折千回只忆君，新婚期间，二人的感情恰似灼灼其华、如云似锦的桃林，绽放着令人心旌动摇和令人艳羡的繁华。休斯这样描述他们婚姻早期的生活：“我们每天都写诗，那是我们唯一感兴趣的事，我们所做的就是写诗。”二人的世界如整园的牡丹，娇艳欲滴。“云想衣裳花想容，春风拂槛露华浓。”牡丹艳，美人艳，人映花，花衬人。

然而婚后的甜蜜生活仅仅持续了一年。相夫教子的生活像一盆冷水浇熄了她心中有关女性独立的火焰。事业不顺、创作受阻让普拉斯神经兮兮、喜怒无常。休斯在她歇斯底里的呐喊和专横跋扈的情绪变幻中应接不暇，饱受煎熬。他在诗作《足球街 18 号》中说普拉斯的脸像大海一般变幻莫测、难以捉摸。二人对生活和艺术的热情都被压榨殆尽。

于是，休斯对外面的世界蠢蠢欲动，普拉斯的情网再也不能轻易网住他的脚步，她的精神世界再次坍塌。他们的婚姻也在经历了七年风雨后走到了尽头。“你是我的眼，带我领略世间的风景。”勃朗宁是勃朗宁夫人的药，让她重生，让她幸福。可有些人注定是爱人生命中的癌症，无论你怨且怒，都逃不脱这病症的痛和末路。休斯与魏韦尔的暧昧对普拉斯是致命一击。普拉斯为爱等待，为爱疯狂，心痛到望眼欲穿。休斯的一举一动都踏在她的神经上，他手握着普拉斯的生杀大权。她像秋风中的树叶，在空气的颤动中瑟瑟发抖。

普拉斯心中有太多难以言说的心事，沉甸甸的心事坠得她整个人像《伯兮》中“首如飞蓬”的女子。她敏感得如刺猬，缄默如莲花。所有无法化解的情愫欲递却无从递，这种隐忍，这样一抹和着泪的欣然苦笑到底是一种臻于苍凉、成熟还是望眼欲穿的折磨。品其《爸爸》一诗，如剑如雨。剑如风，泪如雨。抑郁症应该是什么颜色呢？忧郁的氧气蓝，像梵高的《星空》，蜷曲缠绕，无边无尽的烦恼？比飞烟更迷离的灰，还是像鸢尾那般诡异莫测的紫？亦或是寡淡无味的漆黑一片，就像伦勃朗和卡拉瓦乔画中的黑？曾经的美好翻云覆雨般涌现，普拉斯变成了一座孤岛，幻想、祈求在死亡中热闹和壮烈一番。

最终在一个夜晚，她打开了煤气灶，离开了人世。七年后，休斯的第二任爱人也以同样的方式离开。舆论把休斯推向风口浪尖，他瞬间声名狼藉。每年普拉斯生日，他总要写几首诗继续和她交流，年复一年，这些诗作被他保存下来。在休斯逝世之前，他怀着对前妻难以言喻的爱意、愧疚和痛惜，出版了多年来为普拉斯创作的回忆录式的诗集《生日信件》。

笔者指导的安徽省大学生创新基金主持人徐守鑫同学为普拉斯做了一个名为《爱与枷锁》的微课，图文并茂、细致入微地对她的诗歌进行了总体概述。

《爸爸》写于1958年，她自杀的前几个月，在这首诗中，她多次提及战争、鞋子、谋杀等字眼，表达自己内心的绝望和痛恨。“你再也不能，再也不能／这样做，黑色的鞋子／我像只脚在其中生活了30年／不敢呼吸或打喷嚏”，她形象地将父亲比作一双黑色的鞋子，而自己是一双脚，鞋子不合脚，却偏偏要把这双脚包裹住，让脚失去了自由，只能在狭小的空间里畸形生长。她努力地想表现优秀以得到父亲的认可，想挣脱这种束缚和压抑，然而她的父亲不为所动，强迫她做自己厌恶的事情，禁锢着她的自由和梦想。父亲的专制和压迫，占据着她生活中的每一寸空间，黑夜笼罩了她的世界，让她感到彷徨无助。在这场没有硝烟的战争中，她一遍遍地控诉着，一次次地反抗着，却一次次被残酷的现实击垮。面对父亲一次又一次压迫，她麻木了，她被迫适应着父权的统治，她渐渐抛弃自己的自由和尊严，变得谦卑和低下，她以沉默而又乖巧的姿态恭听父亲的指令和教诲，她努力扮演着听话懂事的女孩去取悦他。她怕他，怕他口里的污言秽语，怕他身上的全副武装，更怕他冰冷刺人的目光，所有的一切都让她恐惧惊慌而不知所措。尽管她爱慕着她的父亲，但他却喜怒无常，就像一个暴君。她原以为她已经学会了顺从，学会了在父亲的专制下做好一个讨他欢心的女儿，但命运却如此捉弄人，他在她八岁时离开了人世，她为此感到崩溃和癫狂，上帝怎么能带走让她又爱又恨的父亲呢？父亲骤然离去，她感到的不是庆幸放松，而是一种深深的迷茫和悲愤。八年了，那个她一直视为目标、支柱和引路人的爸爸，如今再也给不了她任何指引和命令，那个她觉得最具有智慧和魄力的男人永远地闭上了他的眼睛。在这样的迷惘中，她企图自杀，去追上她父亲的步伐，她想报复他，质问他为什么掌控了她的人生后却又无情地离去，让她这般浑浑噩噩、手足无措，她想以死来控诉她内心的愤恨与不满。

当她再也感受不到父亲的存在时，她渴望找到一个像他那样的引路人。“我做了一个你的模子，一个黑衣男人长着一张奋斗者的脸”，她愿意接受这种畸形的刑拷式的爱，她最终也找到了她以为的模子。她满心欢愉地享受着这样的爱，可现实却再一次给了她沉重一击，这样的爱终究是昙花一现。丈夫的背叛对她而言无疑是“压死骆驼的最后一根稻草”，他就像吸血鬼那般榨干了她最后一点希望的血液。最终，她在沉默中爆发了，她声嘶力竭地向父亲控诉，“你那颗肥油满满的黑色心脏里有一个火刑柱”，这个火刑柱让她从出生起就受到无情的禁锢，禁锢了她的思维、她的自由，成为她此生无法挣脱的枷锁。他用这个火刑柱让她日日夜夜忍受着焚烧。30多年像大理石一样沉重的生活里，她不敢呼吸，不敢打喷嚏，不敢说话，将自己装进一个套子里，连反抗父亲的机会都没有，而此刻她终于找到了一个报复父亲的最好的方式，用自杀这种壮烈而又决绝的行为，将她所经受的痛苦和绝望千百倍地呈现出来。

在论文撰写的指导过程中，教师反复强调主题的论证性、价值性和创新性，要求大创学生问出一个属于自己的问题，这才算是真正摸到了阅读、诠释和写作的门径。法国著名的文学批评家罗兰·巴尔特说过：“作品完成，作者已死。”教师鼓励学生的深度解析和个性化批评，甚至是一个和权威观点截然不同的结论，只要学生能够找到充分的诗歌文本证据进行论证。所以，不管学生选用哪种文学理论，不管学生如何从一个完全不同的角度看待文本，务必以扎实的文本细节作为论据和支撑，才能言之成理，言之有据。

13 英语的张宝兰同学在创作上屡有建树。她曾经是高考满分作文获得者，屡屡获得全国征文比赛一等奖，也是《学习强国》和《求是》的特邀约稿人。她毕业后去非洲工作了几年，回国后考上了浙江大学哲学系的硕士研究生。她平时注重内在的精神修炼，解读诗歌也自有一套。本科期间，我指导她主持的大创基金，并在《常州工学院学报》上发表一篇相关论文。

06 英语的查王龙同学，08 英语的彭娜娜同学，09 英语的夏永康同学，13 英语的孙玉婷同学，17 英语的朱柳霖同学，18 英语的林如馨同学，等等，他们有的是国家级或省级或校级大创主持人，有的是项目组成员。他们个个品学兼优，认真负责，办事有速度、有水平。他们以大创项目为基础，在教师的指导下撰写有一定理论基础和思想高度的学术论文，并将论文发表在较高水平的期刊上。他们的毕业论文也以此为基础进行润饰完善，有的同学还获得了“校级优秀毕业论文”和“校级优秀毕业生”的荣誉称号。其中，由 15 英语的陈其越、郭莉莹、陈璐玉、钟国章、刘超五位同学共同建设国家级大创项目，结项时一共发表了五篇论文，其中两篇论文发表在普通高等学校学报上。五位同学均以优异的成绩考取了国内和国外一流高校的研究生。

值得一提的是，攻读硕士和博士学位所学习的课程往往都是提交学术论文，评职称也要发表论文，大多是中文的论文，所以教师经常鼓励学生写各类读后感。不要小看平时练笔和发表的小小豆腐块，爱文学、广读书，勤写作，深思索，注重自己内在的精神修养方能克服诸如表达生涩、内容空洞、情感隔膜和思维凌乱的写作惯病，长此以往，专业水准定会稳步提升。

第四节 海上生明月，天涯共此时
——希腊神话、西方诗学与文化的三位一体

希腊神话，众说纷纭，有人觉得美妙绝伦，有人觉得不可思议。大多数刚接触希腊神话的同学都是在云雾里穿梭游荡，错综复杂的人物关系和诸神姓名让人晕头转向、眼花缭乱，荒诞离奇的诸神身世、宗族、情史更是让同

学们一片茫然。

作为欧洲文学的宝库和整个西方文学艺术的源泉，希腊神话是哲学，也是美学，它是古希腊人对宇宙、人类和世界最原始的思考。希腊神话就某些方面说还是一种高不可及的范本，它为现代的欧洲文化奠定了基础。

说起希腊神话，人们印象最深的莫过于十二主神：权威又花心的宙斯，天性善妒的赫拉、美貌的阿芙罗狄忒、智慧的雅典娜、英俊的阿波罗、冷峻的阿提密斯、温柔端庄的灶神赫斯提、爱女心切的农神德墨忒耳、好战的阿瑞斯，丑陋却热心的赫菲斯托斯，狂暴的海神波塞冬，以及神使赫尔墨斯。除了十二主神之外，希腊神话中还有创世五大神，十二提坦，以及各大英雄史迹。每位神都有着与众不同的爱情故事，而这些成了西方油画和雕塑题材的来源，比如截获欧罗巴、爱神母子唤醒阿多尼斯、阿波罗追赶达芙妮、冥王抢亲、凯旋的波塞冬、月神的愤怒等。诸神相互结合繁殖形成宇宙，日月星辰、天地万物都是兄弟姐妹，因此花草树木均有美妙的传奇。

几乎无所不在的希腊神话蕴含了西方文化的精髓、展现了西方人的精神世界。西方近代文明的一切胚胎，譬如政治制度、民主观念、哲学思想、文艺样式等均孕育于古希腊文化。“在希腊这块留存了这些遗迹的地方，植根着西方文明的基础。它的伟大哲学家、历史学家、诗人、制作家、建筑师、雕塑家和画家，至今仍影响着我们的思想、行为和创作方式。”明知是飞蛾扑火仍然不顾一切向前冲的西方爱情至上论，西方文论的“神话原型理论”，尼采的“阿波罗理性精神”和“酒神狂欢精神”，弗洛伊德的“恋母情结”等均出自希腊神话。西方文学更是与希腊神话紧密相连，西方文学的追寻主题与希腊神话息息相关。希腊神话是了解深邃的西方文化的一个突破口。

古希腊文明的前身为克里特文明与迈锡尼文明，古希腊人在不到两个世纪的时间内，发展成一个开明的政体，创造出人类历史上伟大的思想体系，究其根源就是神话中所体现的希腊精神的精髓——对完善个人和享受生活的热爱。希腊神话将现实生活与幻想紧密结合，对人性的真善美和世俗百态进行剖析与展现，交织出一个包罗万象的瑰丽世界。它的核心是“以人为本”，倡导对个人利益率真朴素的追求，对人性解放果断纯粹的向往。古希腊人曾因提倡天赋的理性和贯穿希腊神话的方方面面人本主义精神而闻名，他们对于人性持有的理解与赞扬的态度积极且宽容，全然不同于西方宗教所崇拜的禁欲以及“人本恶”“原罪”的观点。著名的瑞士古典文化学者安·邦那写道：“全部希腊文明的出发点和对象是人，它注意的是人的需要、利益和进步。”古希腊人是第一个将人置于宇宙中心的民族。希腊神话中“神人同形”的思想体现了古希腊人对于人的自然形体的肯定。对人体美的追求是希腊神话人本精神最具特色的体现。男神肌肉发达，体格强壮，女神体态婀娜，光彩照人。这种崇尚肉体健美的观念也形成了奥林匹克文化，影响至今。

意大利思想家维柯曾说："神是人的本质的对象化。"神是人的化身，神与人同形同性，他们具有人类的形象和意志。古希腊人是从现实世界人的感受、需求和欲望去幻想他们心目中的神。诸神已摆脱了兽形妖灵的原型，尽管他们以神力主宰人类，而且在同自然的斗争中建立功勋，体现了劳动者的集体力量和智慧。但他们并非无可挑剔、高高在上、令人敬畏，反而在道德上有许多瑕疵，和普通人一样具有七情六欲。他们是有血有肉、有人情味、接地气的"人类同形者"，其行动更多地听从生命本能的呼唤。神不是圣者，他们也会犯错。希腊哲学家色诺芬尼说："荷马和赫西俄德把一切在人类那里要受到谴责的丑事都加诸神。"对神的人格化使得整个神话栩栩如生，这种"不完美中的完美"是自然人性无拘无束的流露，更是毫无矫揉造作之痕的率真表现。这也解释了无论命运之神的安排是如何不可改变，人都应该以崇高壮烈的英雄气概来承担一切不幸的遭遇，人在精神上应该是不可战胜的，所以为了爱情和自由即便是飞蛾扑火、粉身碎骨也在所不惜。这种磨难与死亡中的顽强抗争也是人性力量的伟大体现。

欧洲的诗人都以援引希腊神话和圣经故事为荣。"引用"也叫"用典"（allusion），是指作者在文中提及其认为读者耳熟能详的著名的人物或事件，用以说明自己的观点。由于这些典故的广为人知性和可借鉴性，作者可以以简洁的方式让读者心领神会。诺贝尔文学奖获得者艾略特的代表作《荒原》全篇都充溢着对希腊神话和圣经的引用，叶芝也是对希腊神话情有独钟。英诗到了浪漫主义阶段已展现出多维度立体式的全面成熟，折射出绚丽的风姿和夺目的光辉。浪漫主义时期是英国诗史上继莎士比亚时期之后的又一黄金时期。

18 世纪末 19 世纪初，英国诗风开始由古典主义向浪漫主义转变。此前天寒地冻，此后春意阑珊。后来就越是"绿肥红瘦"，到维多利亚时期便"无边落木萧萧下"。"浪漫"一词本身从中世纪的民间文学体裁"罗曼史"（Romance，又译"传奇"或"小说"）移植而来。11~12 世纪，大量描写中世纪骑士侠义气概的故事和民谣采用源于南欧一些古罗马省府的罗曼系语言写成，"浪漫主义"一词即起源于此。法语的"浪漫"一词表示"感情丰富、多愁善感"，而英国人 1654 年第一次使用"浪漫"这一形容词以表示"幻想的""不真实的"，其中不乏贬义和否定的内涵。"直到 18 世纪中叶，'浪漫主义'这个词在英国才有了某种形容野蛮、陌生和诗情画意的意义"（吴琼，2000：159）。18 世纪中后期，此词才成为褒义词，用来评价突破古典艺术的清规戒律、通过幻想和复古的手段超越现实、追求自然、强调个性解放和个人自由的作品，并获得"宜人的忧郁"这种附加的含义。

麦格拉斯说："浪漫主义是现代历史上成就最辉煌的思想文化运动。"浪漫主义是综合性的欧洲文化运动，其思想渊源可追溯到古罗马中世纪及文艺复兴时期的文学传统，浪漫主义与理性主义、古典主义以及现代西方社会思潮中的唯美主义、唯灵主义、超验主义都有着内在的呼应和关联。浪漫主义的兴起发生在欧洲民族解放运动高涨的时期，侧重从主观内心世界出发，抒发对理想世界的热烈追求，追求"自由、平等、博爱"。作为一种成型的文艺思潮，"浪漫主义"首先产生在德国，最初的表现形式为人们对中世纪的文学重新萌发兴趣，弗·施勒格尔是最早使用浪漫派术语的德国哲学家。法国的浪漫主义因为法国大革命的蓬勃发展而表现得来势凶猛、蔚为壮观。浪漫派的最初印象是"令人生怀古之幽情的残垣断壁、苍凉婉转的邮车号角和月光照亮的古堡废墟、童话公主、蓝花和在绚丽的夏夜里潺潺催眠的流泉"（刘小枫，2003：193~262）。英国的浪漫主义源远流长，犹如小河流水般潺潺不断，历时达150年之久。早在18世纪末，布雷克、彭斯、格雷的诗中已吐露出浪漫主义的苗头。18世纪后半期，第一、二代诗人使英国浪漫主义达到了高潮。诗人们用情景并茂的奇丽想象和非凡的生命激情把英国波澜诡谲、轰轰烈烈、百川汇海、波翻浪叠的华彩诗坛装饰至最完备，其多姿多彩的句锻字炼、新颖自由的形式和格律、富丽动人的辞藻和比喻让英国的诗歌发出了最强音。

浪漫主义诗人们各具异彩的深刻内容和独特风格以及摄人魂魄的美为英国诗歌鸣响了最为华彩的乐章，给世界诗歌宝库提供了光辉的珍品。诗人们在自然界中寻找灵魂的归宿。大自然犹如种苗，诗人之灵心慧智犹如沃土，两相凭借培育出清新的浪漫主义诗歌。正是因为"将外在的政治和社会革命理想进行内在化、个人化和审美化是英国浪漫派的一大本质性诉求"（张旭春，2004:10），所以浪漫主义的诗词中无不飞扬着他们的凌云壮志和爱国激情，记载着他们的悲欢离合，也倾注了他们对"人"的关注和对世界的思考。

对"人"的关注，对自然的热爱，对希腊神话的青睐成为浪漫主义时期诗歌的最大表征。朴素清新的华兹华斯、瑰奇悦耳的柯勒律治、唯美俊逸的济慈，他们既歌颂缠绵真挚的人间真情，也鞭挞黑暗的社会。他们竭力表现的对象也包括爱情，或咏物或感事或讽喻，且句句情真意切、感人至深、发人深省。

中国诗歌的金色王朝是唐朝，分为初唐、中唐、盛唐和晚唐。英国的浪漫主义时期是"诗歌年代"，是诗国最美的春天。它也不是一步登顶、突破天际的。浪漫主义时代是九位精英的"群雕"，他们是姹紫嫣红诗苑中最鲜艳的奇葩，是无边林海中最抢眼的参天大树。他们的诗作为读者展开了一幅时代风云和民族心灵的历史画卷。个体生命的激扬，“雄”与“力”伴随着各种典雅、刚健、平淡、奇崛、浓丽多样化风格，浪漫主义的天空，真是群星闪耀，各自生辉。论诗词的音乐感，首推彭斯的《红玫瑰》；论诗画技巧结合的天衣无缝和一题双意，当属布雷克的《天真组诗》和《经验组诗》；论挽歌的千古绝唱，首推格雷的《墓畔哀歌》。论诗歌的自然主题和平民化语言，当属华兹华斯和柯勒律治的《抒情歌谣集》；论造境的金碧辉煌，当属柯勒律治的《忽必烈汗》；论拟声词运用的出神入化，首推骚塞的《洛德河水》。论主题的阔大雄伟，当属拜伦的《唐璜》；论想象力的气势磅礴，雪莱的《西风颂》和济慈的《夜莺颂》功力相当，气象万千，辞藻富丽。

墓园派鼻祖、挽歌圣手托马斯·格雷，苏格兰民族诗人罗伯特·彭斯、诗人兼画家布雷克威廉·布雷克是前浪漫主义诗人，也叫“初浪三剑客”“早浪三兄弟”，是浪漫主义萌芽和蓄力阶段的代言人和顶尖高手，相当于“初唐四杰”王勃、杨炯、卢照邻、骆宾王一样的存在。被称为穿着古典主义外衣的浪漫主义感伤诗人格雷的名作《墓畔哀歌》为古典主义唱出了挽歌，也为浪漫主义诗歌的到来吹响了前奏。他有点像中国的苏洵，不慕名利，清高孤傲，一心只读圣贤书，甚至断然拒绝“桂冠诗人”的荣誉。他闭门读书，六年不动笔，最终厚积薄发，下笔万言，一发不可收拾。彭斯那生动活泼、真实质朴、充溢着浓郁乡土气息的抒情诗和妙趣横生又尖锐锋利的讽刺诗给英国诗坛带来一股新鲜的气息。布雷克的诗作想象奇特、意象鲜明、语言清新，其革命性和独特的神秘主义色彩使他成为浪漫主义诗歌的先驱。

图 3.25 从左至右依次为：格雷、布雷克、彭斯、华兹华斯、柯勒律治、骚塞

盛唐是唐诗的巅峰时期，而浪漫主义的巅峰由保守派和激进派两代构成。追求内心恬静的“诗佛”威廉·华兹华斯，风格奇特、放飞自我的“诗魔”塞缪尔·泰勒·柯勒律治和实力派配角罗伯特·骚塞，这三位文人雅士乃“湖畔诗人”，史称第一代浪漫主义诗人，也称消极或逃逸派浪漫主义诗人，简称“盛浪一代”。他们就是英国的谢灵运、王维和孟浩然。他们前期群情激昂，后期却保守退却，消极避世，将社会革命理想内在化，通过“自然之崇拜”的想象力与自然合二为一，这既是源于人类天性中对大自然的爱恋，也是在工业社会压力下对返璞归真的渴望。浪漫主义是对新古典主义的反拨和摒弃，其诗歌内容不再是陈腐、刻板、了无生气的道德说教，而是诗

人内心涌出的真情实感。他们在昆布兰湖区和格拉斯米尔湖区寄情山水，在大自然里寻找慰藉，深居简出、不问世事，成为了欧洲田园诗的鼻祖，掀起了全民用生活化语言写诗的浪潮。王安石在《游褒禅山记》中说：“古人之观于天地、山川、草木、虫鱼、鸟兽，往往有得。”亲近自然，崇尚自然也是浪漫主义的核心理念。他们陶醉在青山绿水之间。费尽心机、追名逐利，不如索居闲处，沉默寂寥。求古寻论，散虑逍遥。在大自然的怀抱中，方可欣奏累遣，戚谢欢招。再安静的诗人，眼睛看到云水，心中也会涌起波澜。

1798 年，华兹华斯、柯勒律治合作出版作为浪漫主义宣言的《抒情歌谣集》，此歌谣集标志着英国浪漫主义文学的开始，也算得上浪漫派的写作指南，给诗歌创作开辟了新纪元。两年后再版，华兹华斯加了一个长序，其中详细阐述了他的浪漫主义文学思想。唐诗史上白居易和元稹也是心有灵犀、写诗唱和，合著有《元白唱和集》。盛唐诗人李白、杜甫、王维、孟浩然也被山山水水、花花草草赋予了无数灵感，在名山大川留下了经典传世诗歌。华柯二人就相当于盛唐大门派——山水田园派的王孟。华兹华斯是英国浪漫主义诗歌的主要奠基人，也是 20 世纪欧美新诗理论的先驱，他在《抒情歌谣集》序言中提出了一系列全新的诗论，把诗和诗人的重要性提到了空前未有的高度。华兹华斯在为《抒情歌谣集》所作的序言中写道：“眼前的万物一瞬间都有了灵性，一切的一切，我在这万物之中、呼吸之间亦能感受到与万物的交融与交流。”这种“天人相通”的“交融与交流”是指人可通过自然（有灵魂的生命体，the holy soul or spirit）与“理性”（即“第六感”）对话，美国超验主义大师爱默生的“超灵观”与之一脉相承。华兹华斯的名垂青史也源于他的多首关注百姓疾苦和国家命运的爱国诗篇，其气势慷慨壮烈，既振奋国魂又激扬民气。他早年也是有政治理想和革命冲动的诗人，拼搏许久未果就索性不问世事，躲在深山老林里隐居闲逛，逍遥泛舟，同时坐禅入定、坐物观化，潜心钻研用普通人纯天然毫无矫揉造作的语言写普通人看得懂的清新自在的自然之诗，以通俗易懂的风格重视读者体验，在诗作中追求淡泊和宁静，让诗歌具有大隐隐于市的气质。他写出了人民的心声，是当之无愧的人民艺术家。他强调，诗歌内容应当是“普通生活里的事件和情景”，语言上无须高雅精致，“选用人们真正用的语言”来写“普通生活里的事件和情境”即可，他首创了一种自然素净、平常又生动的语言，摒弃了“诗歌辞藻”与陈言套语。他用清新淡雅的创作之风引领和铺垫着下一代浪漫主义诗人的走向。

柯勒律治说：“诗是诗的天才的特产，是对诗人心中形象的想象和构建。”可见强烈的感情指挥着形象和语言。他在英国素有“鬼才”之称，他的诗以扑朔迷离的想象和虚幻的哥特式风格而著称，以梦境为归宿神游异域和古代。他在贫病交困和鸦片成瘾的阴影下度过一生，年青时代即患有风湿痛，为求镇痛他长期服食鸦片竟至上瘾，故健康大受损害。其主要作品有《古舟子咏》《忽必烈汗》《克里斯德蓓》《文学传记》等。“他的诗具有瑰丽奇特的想象和神秘莫测的气氛。”（王佐良，2003：357）他吸食鸦片后就进入幻觉，脑洞大开，把想象中的景物描写得炫彩奇幻，把《忽必烈汗》写出了魔幻大片的味道，有如岑参的边塞诗，景物描写奇特壮观，真所谓“旷远绵邈，岩岫杳冥”。所以柯氏的诗作如色彩丰富的油画，华氏的诗作拥有中国水墨画式的意境美，轻描淡写却率真自然，如淡妆素服的少女。宗教、神学和神秘是欧洲诗歌固有、广泛而持久的传统，柯勒律治坚守并弘扬了这种传统，赋予作品宗教和形而上的维度。“以诗歌的形式将奇诡神秘的内容写得瑰丽逼真，是英国哲学和欧洲浪漫主义神学上一股极具影响的力量以及美国超验主义运动的主要灵感之源。”（刘平，2005：27）海兹利特说：“柯勒律治的天分有着天使之双翼的支撑，神赐之食物“吗哪”的滋养，他是唯一能称为天才的人”。（Ashton，1996：320）华兹华斯和柯勒律治的光芒太过耀眼，骚塞就成了一位被官场耽误了的“保皇派”诗人。骚塞早年醉心于法国大革命，与柯勒律治计划在美洲的森林里建立乌托邦社会，中年后政治态度变得保守，热衷于趋附权贵，深得皇室恩宠，成了统治者的御用文人，相当于英国的翰林学士，1821 年他以“桂冠诗人”身份作颂诗《审判的幻景》谄媚英国王室，颂扬去世不久的英王乔治三世，攻击拜伦、雪莱等进步诗人，称他们是“恶魔派”。骚塞说：“关于‘恶魔派’以及《唐璜》的作者是我国的宗教、制度和家庭道德的敌人。”（徐式谷，1997：315）拜伦作同名讽刺长诗一首，对乔治三世和骚塞作了尽情的揶揄奚落。他善于观察时局，抓住机遇，及时依傍皇室，处事圆滑，仕途顺利，文笔欠佳就剑走偏锋，以“拟声大师”的尊称求曝光，最终如愿以偿成为“桂冠诗人”，一生顺风顺水，仕隐两得，在诗坛屹立不倒。

图 3.26 从左至右依次为：拜伦、雪莱、济慈

心高气傲、逍遥奔放却也忧国忧民的“诗圣”乔治·戈登·拜伦，从吃

穿不愁、年少轻狂的公子哥到生活困苦也要仙乐飘飘、仙气外露的“诗仙”波西·比希·雪莱，日子一直苟且，把诗和远方、真与美当成毕生追求的“诗囚”的约翰·济慈，是第二代浪漫主义诗人，也称消极浪漫主义诗人，简称“中浪二代”，他们都英俊潇洒，但也都英年早逝。中唐时期的铁哥们，刘禹锡和柳宗元、韩愈和孟郊经常小酌对诗，情谊甚深。而三位“国民级文艺青年组合”也是不仅有熠熠生辉的文字，互相更有不是亲人胜似亲人的莫逆之情。他们志趣相投，彼此交付真心、抱团取暖。他们对希腊文化和希腊神话的痴迷，仿佛是希腊的形象大使和旅游博主。尤其是拜伦，他在希腊人缘好，过得风生水起。拜伦和雪莱这两位革命诗人一见如故，搭伴旅行，焦不离孟，孟不离焦，走遍希腊，一路畅游欧洲，内心有无限奇丽的风光，所以写得奇伟瑰丽，不同凡响。二人的高调之中其实也带着一点“痛饮狂歌空度日，飞扬跋扈为谁雄”的伤感，带着为国增光、建功立业、不负光阴的渴望。只是当时英国政府不买账，将二人拒之于千里之外。

三位诗人都非常崇拜古希腊文化，喜爱在希腊神话中引经据典，从中摄取大量的创作素材。神话传承自原始社会的人对自然的认识与解释，从某种意义上讲，希腊神话是将自然力量和生活现象不断神化和人格化的产物。三位的神话情结可以用辜正坤之语来解释：“写诗的人，如果运用得当，用一个典故就可以勾起许多联想，因而可以事半功倍地使诗歌本身产生更大的审美效应。”（辜正坤，2004：33）

拜伦出生于伦敦一个古老败落的贵族家庭，自幼聪颖好学，长相俊美。但遗憾的是跛脚，所以他的个性时而亲切时而暴烈，这点与蒲柏相似，二人自幼残疾，唯一的乐趣就是看书，锲而不舍、笔耕不辍。蒲柏成为英国文学史上第一个以写作为生的职业作家，而拜伦成为第二代浪漫主义诗人的杰出代表。拜伦跛足的生理缺陷，有两种说法，一是天生，另一说是母亲气急之下打成这样。母亲之所以脾气暴躁、乖戾、喜怒无常，是因为父亲在豪饮滥赌、荡尽财产后客死他乡。不幸的婚姻刺激了她的神经，迁怒于拜伦自然成了常事。自卑和痛苦让诗人的童年郁郁寡欢，但只要有人嘲笑他的残疾，他便会不顾一切地向对方扑去，以非常的勇气打败对手。挨一下打，他必定回敬两下，这种好斗精神使得他幼年时喜欢阅读军事书籍，体会新奇和兴奋感，成年后他果然成了一支希腊联军的总司令。拜伦这种决不妥协的精神在诗中便表现为对世事尽讽刺之能事进行抨击的勇气。其讽刺长诗字字情真意切、句句肝胆相照，描摹处语语刺激，笔势豪健、雄浑奔放，仿若“骅骝开道路，鹰隼出风尘”，令人闻之欲拔剑起舞。拜伦孤傲寡合、狷介孤高，但有一颗历久弥坚的英雄心，他被认为是“给他那个时代的诗歌文学打上了最后的决定性印记”（徐式谷，1997:409）的英国伟大诗人。他在 37 年的短暂生命中写下了大量的优秀诗篇，其主要作品有长诗《恰尔德·哈罗德游记》《东方叙事诗》《唐璜》，抒情短诗《当我俩分别时》《她走在美中》等。

像贺知章捧红李白，张九龄提携王维，拜伦和雪莱虽然没有对济慈有伯乐之恩，但也是赏识其才华的中流砥柱。济慈是创造艺术美的天才诗人，他一生追求和崇拜“永恒的美”，自觉地将个人情感融入客观事物，让诗人主体与外界客体相互渗透，善于从瞬息万变的现实世界凸显其优美的一面。

雪莱作为“众心之心”，被华兹华斯称为“最伟大的艺术家”。他的第一部长诗《麦布女王》就是抨击英国资本主义制度的专横无道，反映劳动人民的悲惨境遇，引起了英国资产阶级的仇视，之后被迫侨居意大利。雪莱在《云》《致云雀》《西风颂》等抒情诗中，通过描写自然景象寄托自己的思想感情，作品以丰富的想象、和谐的音韵和明快的节奏在英国诗歌史上享有盛誉。雪莱在自驾小艇旅行的途中偶遇风暴，溺水于斯佩齐亚海湾，时年 30 岁。其墓碑上镌刻着莎士比亚传奇剧《暴风雨》中的三行诗句：“他的一切并没有消失，只是经过海的变异，已变得丰富而神奇。”

雪莱以继承西方文化传统而自豪，他曾经宣称：“我们都是希腊人。”可以说，希腊在浪漫主义者的眼里是块宝地，所以他们以不同的方式表达着对希腊的热爱。英国浪漫主义时期的诗人几乎都有希腊情结，拜伦的《哀希腊》，济慈的《希腊古瓮颂》更是直接将希腊作为诗歌的主角。希腊是拜伦心灵的归宿，是他永远的情人，而拜伦援助希腊的独立运动，他除了成为希腊的民族英雄，还是希腊永远的支持者和赞美者。拜伦去世时，希腊独立政府宣布为他举行国葬，全国哀悼三天。他和希腊结下了不解之缘，“几乎每座希腊城镇都有一条拜伦街，他的雕像坐落在迈索隆吉翁英雄花园最引人注目的位置。希腊对拜伦充满了永远的感激，这个国家必须给他国父和恩人的名誉。拜伦勋爵已经成为不幸的希腊永远的保护神”。拜伦为希腊奉献了一切，希腊也成就了拜伦的一世英名。希腊诸神都有自由奔放、独立不羁、狂欢取乐、享受人生的个体本位意识，而在困难面前又表现出艰苦卓绝、百折不挠的精神。希腊神话表现了人类童年时期的自由、乐观与浪漫。而生命意识、人本意识和自由观念，是浪漫主义和整个西方文学的基本内核。

就像安史之乱把盛唐和中唐一分为二，把巅峰的唐朝拉进万丈深渊。雪莱和拜伦也不满当时英国政府的统治，想要扭转乾坤却自感胸怀天下却生不逢时，于是愤愤不平、洋洋洒洒地创作多首诗作不断批判社会治安差，政治腐败，揭露民生疾苦，以文笔祈求国泰民安。二人像杜甫一样，把对英国苍生的情都写进诗中，在诗中兼济天下。随着济慈、雪莱和拜伦相继早逝，英国浪漫主义诗歌由强转弱。直到 19 世纪末，维多利亚女王 (1837~1901 在位) 执政的时代，勃朗宁夫妇的诗中、勃朗特姐妹的小说中，甚至在简·奥斯汀的以“乡村里的幸福人家”为题材的小说中，还能听到浪漫主义的余声，她们也被誉为“晚浪派”。浪漫主义的结束则是以擅长写历史小说的瓦尔特·司各特（代表作《艾凡赫》）的去世为标志。

“浪漫主义的一个方面即受伤的民族情感上升为对于民族意志的肯定。”（吕梁 2008:110）作为积极的浪漫主义诗人，拜伦和雪莱同属于革命诗人，都以诗为政治斗争的工具，尖刻而又积极地反对他们周围不合理的世界。拜伦的自我表现意识强烈，犀利的讽刺与蒲柏式的工整庄重在他的诗作中完美糅合。而雪莱深受柏拉图哲学的影响，憧憬美丽的理想和理念。柔和与感伤不是他们的诗作风格，批判与反抗才是他们奋斗的激情。雪莱和拜伦以革命为核心、以解除世界的忧患为己任，二人那一首首同当时资产阶级民主革命思想与各国的民族解放运动紧密相连的诗作犹如一柄柄利剑直刺腐败的反动政府和封建贵族的心脏，批判的矛头指向资产阶级本身的种种罪恶现象。

我们所选取的浪漫诗人在英国文学史上的分量不可小觑，他们的杰作不是简单的华丽辞藻的排列组合，这一首首好诗彰显着他们高尚的人品，蕴含着真善美的影子。“浪漫诗是渐进的总汇诗，它使诗歌变得生机盎然、热爱交际，它赋予生活和社会以诗意。”（李伯杰,2005:71）正如得谟克利特所说：“诗人以热情并在神圣的灵感之下所作的一切诗句，当然是美的。”

在讲解英诗时，师生结合与希腊神话相关的诗歌把这些经典加以诗意化的润色，戏说诸神，嬉笑怒骂趣谈神话。正所谓读希腊神话璀璨文明，看群神乱舞各领风骚，悟其中深蕴感慨万千。比如讲解雪莱诗歌中的希腊神话时，勃兰兑斯雪莱的创作禀赋是希腊式的，“他的宗教感情、想象和思辨能力的全部表现亦可以归入这同一类型。”（徐式谷，1997：300）雪莱、拜伦和济慈三人的诗歌像是希腊神话的串烧。雪莱创作诗歌时对希腊神话的题材情有独钟。在《被束缚的普罗米修斯》诗剧中，有一个圣人般存在的神，他鹤立鸡群，没有明显的缺点，那就是普罗米修斯，他名字的意思是“先知”，也是“伟大的殉难者”的同义词。他是创造人类和造福人类的伟大天神。天王朱庇特在巨人普罗米修斯的帮助下登上王位，而后实行专制统治，让普罗大众民不聊生、苦不堪言。他帮人类从天庭盗取智慧火种来拯救苍生，从而惹怒了宙斯，受到惩罚，被锁在高加索山的悬崖上，日日承受被恶鹰啄食肝脏的痛苦。但是他仍然凭一己之力顽强地反抗，这种刚毅一如逐日的夸父、补天的女娲、开天辟地的盘古、填海的精卫。3000年后，坚贞不屈的普罗米修斯被大力士赫拉克勒斯从悬崖上解放下来，朱庇特被打败。此诗作中，普罗米修斯成为了世人敬仰的、勇往直前、傲然立于天地之间的英雄。在全篇洋溢着革命主义精神的诗剧《被解放了的普罗米修斯》中，雪莱通过塑造普罗米修斯这个毫不妥协、大义凛然的英雄形象来揭发英国统治阶级的暴虐行为，从而表达自己反抗暴政、展望自由社会的政治理想。诗剧把人类的苦难和解放安置在整个宇宙范围内。雪莱赋予诸神和各种精灵鬼怪生命力，让它们奔驰于天上人间、山川海域，并同普罗米修斯一起参与战争，让该诗剧呈现出雄浑壮丽的魅力。读者阅读起来也能够感受到席卷而来的狂风暴雨、电闪雷鸣，大自然气势磅礴、海天交错的盛景，以及诗人心中沸腾已久的革命激情。诗剧结尾描绘了暴君垮台、人民自由后的幸福世界图景："人类从此不再有皇权统治，无拘无束，自由自在，人类从此一律平等。"而这样的预想在雪莱的其他诗作中也多次出现。他在《西风颂》的第五诗节中用狂放的想象和瑰丽华美的语言设想自己是横扫一切的西风，是新世界的传播者和歌颂者，他豪迈地预言："如果冬天到了，春天还会远吗？"黑暗终将过去，黎明就在前方。难怪恩格斯赞雪莱是"天才的预言家""社会主义的急先锋""诗坛上的普罗米修斯"。他的诗歌像普罗米修斯用火点燃人们的心一样，鼓舞着被压迫、被奴役人民的革命斗争。

雪莱笔下的普罗米修斯既是工人阶级和劳动人民不畏专制统治、争取自由解放的革命精神的代言人，也是自身崇高精神境界的完美写照。雪莱最著名的政治抒情诗《西方颂》鼓舞了成千上万几代革命者。他虽身处极端的窘境，仍然把对自然的热爱与革命精神结合起来，讴歌强劲西风的同时也表达了他深沉强烈且复杂的情感。雪莱出身于贵族家庭，在牛津大学学习的第二年因发表《论无神论的必然性》的小册子被大学开除，为了追求理想，他不惜与贵族家庭决裂。20 岁时，因同情爱尔兰被英国强行合并而携第一任妻子哈丽艾特前往都柏林支持爱尔兰的民主运动。26 岁时与第二任妻子玛丽在意大利积极支持当地的民族解放斗争。对待政治宗教和社会问题，他观点激进、蔑视世俗，在追求自由与理想时他百折不挠、不顾一切地奔走呐喊。诗人愤懑激越的性格、反抗不屈的个性、澎湃的革命激情、坚定的胜利信心在诗作中尽情展现。

雪莱创作《西风颂》时，欧洲各国工人运动和革命运动风起云涌、此起彼伏。英国工人阶级为了争取自身的生存权利，同国内的资产阶级展开了英勇顽强的斗争。1819 年 8 月，英国政府血腥镇压了八万工人参加的声势浩大的为争取普选权的游行示威，酿成了举世震惊的曼彻斯特惨案，被迫流落异邦的雪莱对此无比激愤，写下了著名的长诗《暴政的假面游行》，对资产阶级政府的血腥暴行提出严正抗议。之后的《颂歌》为西班牙革命吹响了进军的号角。这一系列的事件便是《西风颂》的背景，同年秋天，此诗撰写于作者在佛罗伦萨附近阿诺河畔的树林里散步之时。在社会宏观革命的大背景下，诗人借西风表达了思想的源泉与方向。他的诗风豪迈飘逸，他的为人更是有侠客风范。在壮丽的文采之外，还闪耀着儒家人道主义的光辉。

《西风颂》中的五个诗节像五个乐章一样，既独立成篇，又连环扣接，针脚绵密，结构紧凑，共同组成一支气势磅礴的交响曲。此诗好在哪里？一言以蔽之，雄壮。宏大的意象，猛烈的激情，雪莱酝酿满腔，他像匹脱缰的烈马，在诗中放情长歌，驰骋千里，用雄健的笔力和高迈的气象将心中的革命激情一吐为快。现实意象与超现实意象的排列与组合成就了这篇瑰丽神奇的大作。地中海的夏日梦中那宏伟奇幻的境界真是风起云涌，大气磅礴。那云雾缭绕的仙境又是那样浑厚壮阔，气象万千。这个诗节像海洋进行曲，写景奇异，音调铿锵，声调激越，读起来踩着行军的鼓点，煞有“江间波浪兼天涌”的气势。海水澎湃，波翻浪涌，放眼望去，海天相接，好像天也在翻动，这是从地下写到了天上。浓云凌凌，匝地而来，天地之间，到处是惊涛骇浪，到处是萧条阴晦，何等动荡不安，让统治者瑟瑟发抖。被名校、家庭和祖国驱逐的经历让雪莱的人生变得很彪悍，诗作也因“彪悍”而深广、坦荡。“我倾覆在人生的荆棘上”，雪莱仿佛被淹没在愤怒的大海中，在心灵深处形成凶猛的海啸，又仿佛被逼上绝望的悬崖。尾句的“冬天来了，春天还会远吗”又让他登上风光旖旎的峰顶。诗歌结尾积极乐观，而又浑雄壮阔，真有动人心魄的力量。

无神论者、与家庭决裂，一向傲岸不羁、笑傲王侯、才气纵横、豪气干云的雪莱作为贵族后裔，唾弃富贵和世俗。颇有李白那“兴酣落笔摇五岳，诗成笑傲凌沧洲”和杜甫“笔落惊风雨，诗成泣鬼神”的气势。兴酣落笔，能够摇撼五岳；诗成笑傲，可以凌驾沧海。雪莱本人正是普罗米修斯的化身。

无独有偶，拜伦也在其诗作中前后 17 次提到普罗米修斯。拜伦也罢，雪莱也好，他们是诗歌界的叛逆者，二人桀骜不驯的性格一如普罗米修斯。别林斯基曾评价道：“拜伦是我们这个时代的普罗米修斯，锁在山崖上，被秃鹰啄食着脏腑，这个伟大的天才，在他的高山上向前望，但是，他在朦胧闪烁的远方并没有看到什么未来的乐土，于是，他就诅咒当代，宣布自己对当代不可调和的永恒的敌意。他关怀着千百万人的苦难，他热爱人类，但也蔑视和憎恶凡俗的世人，在这些人中间他感到自己是孤独的，是为他们所摈弃的，他骄傲地战斗着，怀着不朽的悲痛。他是新精神的代表，他为人类而战斗。”拜伦和他笔下的“拜伦式英雄”们都是热爱自由和独立，勇于抗争，决不屈服的普罗米修斯。

诗剧中的朱庇特其实就是希腊神话中的天神宙斯，其罗马名字就是朱庇特。九大行星中的木星即起源于此名。宙斯是克洛诺斯和瑞亚之子，乌拉诺斯和该亚之孙，十二主神之一，众神之神，奥林匹斯山的最高统治者。由他的罗马名衍生出来的表达方式“By Jove!”表示“惊讶、强调”，Jovian 表示“如天王般的，有帝王气派的”。

宙斯相貌堂堂，威风凛凛，体形魁梧。他是掌管天界的第三代神王，但他的命运曲折，自打一孕育在娘胎里就要担心出生后是否会被他那残暴专横又狠心的老爹克洛诺斯一口吃掉。当年克洛诺斯推翻了他父亲乌拉诺斯的残暴统治后，领导了希腊神话中的黄金时代，直到他被他自己的儿子宙斯推翻。他和其他的提坦神大多被关在地狱的塔尔塔罗斯之中。“虎毒不食子”在神界老爹那里简直就是空话。善良的妈妈瑞亚用一块石头代替了他，使他死里逃生。这就是希腊版的《石头记》和《石头换太子》。小宙斯在知道自己的可怜出身后心潮澎湃，不愿眼睁睁地看着同胞手足在老头子的肚子里活活受苦。之后他听从大老婆墨提斯（智慧女神雅典娜的妈妈）的建议引诱其老爹服药导致呕吐。众兄弟姐妹被吐出来后，为了感谢宙斯的丰功伟绩，那就把最具威力的武器雷电赠给了他，还齐心协力帮助宙斯打败亲爹，就此夺得王位，成为新一任天王。诸神都住在奥林匹斯山上，Olympus 就表示众神会，首脑会议。Olympian 表示如天神般威严、目空一切的人。

宙斯之所以权倾朝野、手握庙堂，拥有至高无上的权力，一是“帝王之后”（第二代神王之子），二是能用雷电惩罚违反天规者。

这位雷神既是一个公正的王者，又是一位不靠谱的男人。他的私生子数不胜数。他一直信奉“我的爱情我做主”，为了求爱花样百出。他化作白牛截获了美女欧罗巴，欧洲的英语单词 Europe 则直接起源于欧罗巴的故事。他化作金雨与达那厄结合生下了杀死蛇发女妖美杜莎的大英雄珀尔修斯。他变成天鹅与丽达结合生下了双黄蛋，其中一个蛋就孵出引了发特洛伊战争的美女海伦。爱尔兰诗人叶芝就曾以此为题材作诗《丽达与天鹅》。为了追求月神阿尔忒弥斯的侍女，他甚至不惜化作阿尔忒弥斯的模样。

宙斯热衷姐弟恋、迷恋姑侄情，娶了七位仙女老婆，因此子女众多，龙凤胎（太阳神和月亮神）、三胞胎（美惠三女神、命运三女神）、九胞胎（缪斯女神）层出不穷，儿孙满堂。宙斯的第一位妻子是智慧女神墨提斯，也即宙斯的堂姐兼表姐，二人育有女儿智慧女神雅典娜。正义女神忒弥斯是第二位妻子，也是宙斯的姑妈兼姨妈，二人生育三胞胎时序三女神。海洋女神欧律诺墨，宙斯的堂姐兼表姐，是第三位妻子，二人生三胞胎美惠三女神。第四位妻子丰产、农林女神德墨忒尔亦是宙斯的二姐，二人生女儿珀尔塞福涅，即冥王之妻。记忆女神摩涅莫绪涅是第五位妻子，又是宙斯的姑妈兼姨妈，二人生九胞胎缪斯女神。宙斯与第六位妻子，宙斯的堂姐兼表姐暗夜女神勒托生龙凤胎，即日月之神，阿波罗与阿尔忒弥斯。宙斯的三姐，天后赫拉虽是宙斯第七位妻子，但是明媒正娶、位高权重的官方第一夫人，二人育有大儿子火神赫准斯托斯、小儿子战神阿瑞斯和女儿青春女神赫柏。

宙斯还是双性恋者，是神界的“奥斯卡·王尔德”，开创了同性恋的先河。他变成老鹰掠夺人间俊美娈童枷倪墨得斯，并任命他做侍酒童，即仙界的斟酒官，封号为“盛水者”（the water-bearer），让他取代女儿青春女神赫伯之职位。关于这个故事，诗人雪莱在其诗作《坚强的雄鹰》有所描绘。

在雪莱的另一首诗歌《阿波罗之歌》中，诗句“于是我起身，爬上蔚蓝天庭，我漫步在莽莽波涛和群峰”描绘了阿波罗的翩翩风采。

阿波罗全名“福波斯·阿波罗”，意思是“光明”或“光辉灿烂”，十二主神之一。赫拉听说勒托孕肚大，有可能是双胞胎，不禁妒火中烧，派巨蟒皮同追逐即将分娩的勒托，逼着她挺着大肚子不停地逃跑。然而天无绝人之路，她最终找到落脚之地——在大海中漂浮的得罗斯岛。海神波塞冬顺势帮了这个弟妹一把，从海上升起了许多石柱以固定海岛，于是勒托就在一棵棕榈树下生出了太阳神阿波罗和月亮神阿尔忒弥斯，这对龙凤胎的出生之路可真是历经艰难坎坷。

“我是宇宙万象的眼睛——目睹自身，明白自己的神圣；所有和谐的乐器或韵文，一切艺术或造化的明灯，我的一切预言、所有良药；成功、赞美理当是我的歌谣。”阿波罗是风流倜傥、才华横溢的王子，风信子般的卷发垂至肩上，愈发衬托他的华丽绚烂。其姿态之潇洒、气宇之轩昂，飘飘有出尘之表。阿波罗代表的是古希腊格调高雅的文明形态，古希腊神庙的建筑、雕塑及抒情诗等，都是以阿波罗为代表的。精通音律的九位缪斯女神没事在圣地赫利孔山上就喜欢围绕着太阳神转悠，阿波罗弹奏着七弦琴，昂首蓝天、放声高唱，女神们便围着他翩翩起舞，这也是名画《众仙捧日》的题材。

“阳光是我弓箭，射杀欺骗，骗术喜欢夜晚，而畏惧白天；一切作恶或想作恶的人员——逃避我，我的荣光——我的射线——良知和坦荡赢取新的力量，直到夜色笼罩，遮住光芒。”阿波罗也是位大男子主义者，大有顺我者昌逆我者亡的风范，一不小心就总把旁人变成花草树木。海洋女神克吕提厄是河流海洋之神俄刻阿诺斯与沧海女神泰西丝之女，她告发日神与其他仙女的爱恋而惨遭抛弃，可怜痴情的她一连九天不吃不喝，仍然对阿波罗爱慕如初，整日目不转睛地追随心仪之人驾驶太阳车东升西落，日渐憔悴，最终化成了衣带渐宽终不悔，为伊消得人憔悴的向日葵。风信子原为一位美少年，与阿波罗私交甚好。西风神嫉妒其二人的情谊便在掷铁饼比赛中暗中使坏，让风偏了方向，美少年不幸被砸死，之后变成了风信子。乌鸦本是白鸦，因告密阿波罗的情人不忠而受迁怒，雪白的羽毛变得一身漆黑。

日神亦是善射之神，箭法高超、百发百中。一日，他见小毛孩丘比特玩枪弄箭，自然忍不住嘲笑和奚落一番。没曾想惹怒了这位小天使，导致阿波罗此后情路屡屡受挫，一蹶不振。丘比特趁阿波罗不备，射出一金箭，阿波罗立刻醉眼蒙眬，对少女达芙妮一见钟情。丘比特之箭就是月老的红线，金箭将爱人的心紧紧嵌在一起，心心相印，永不分离。而达芙妮偏偏被丘比特射中铅箭，一下子变成了铁石心肠，丝毫不懂半点爱意。阿波罗也不善罢甘休，疯狂地追逐心爱之人，惊慌失措的达芙妮恳求父亲把她变成了一棵月桂树。阿波罗仍痴心不改，抱着月桂树哭泣许久，宣布月桂树为他的圣树，遂折其枝条编成头冠，作为崇高荣誉的象征自戴并授人以作嘉奖。“愿你的枝叶四季常青，装饰我的头，装饰我的琴，让你成为最高荣誉的象征。”由此，古希腊人称之为阿波罗的月桂树。Shy as Daphne 就表示“少女羞答答的样子”。奥林匹克运动会的冠军总会头戴用橄榄枝编成的造型简单的花冠，以象征冠军的荣誉，同时也是在向日神致敬。巴洛克大师贝尔尼尼的雕塑大作《阿波罗的爱恋》以唯美的方式描绘了日神与达芙妮之间你追我跑、你跑我躲的尴尬场面。

阿波罗有两个著名的儿子。一个是天医阿斯克勒皮俄斯，他医术高明，包治百病，还能起死回生，经常手持一条蛇缠绕的权杖，也叫单蛇杖，它象征着神奇的医术，救护车和医学院都以这条蛇缠绕着木棍螺旋上升的图案为标识。因为蛇的蜕皮象征着恢复和更新，木棒代表人体的脊椎骨，双螺旋向上推进的结构又与人体遗传基因的 DNA 分子结构形态非常相似。宙斯怕他泄露天机便用雷电死了他。日神的另一个儿子是神界的巴赫——大音乐家奥菲斯，他和妻子尤丽黛是神界的神仙伴侣，公认的恩爱夫妇。

“浪漫主义在不同的年代和具体作品的面貌中不尽相同，但共同点是就诗歌观来说是想象，就世界观来说是自然，就诗体风格来说是象征与神话。”（张金言，1999：155）浪漫主义第二代诗人均有希腊神话情结，拜伦被希腊人称为名族英雄，其诗作《唐璜》多次出现希腊神话中的人物。诗人济慈亦不例外，其诗作题材很多都是起源于希腊神话。济慈写《夜莺颂》时，只有 23 岁。一个五月的清晨，他在树下听到夜莺鸣叫，灵感大发，不到 3 小时便写成这首 8 段 80 行的诗歌。正如诗人自己说的，他常常想的两件事就是爱情的甜蜜和自己死去的时候，于是心中充满着悲愤和对生命的渴望。贫穷和稍纵即逝的爱情使他永远处在一种心灵折磨的旋涡中。诗人借助于美丽而深沉的想象，用缠绵的笔意、缜密新巧的构思、华丽的词语，寄情思于夜莺，咏莺又抒怀。诗作以缓慢的节奏衬托诗人沉重的心情，其困盹麻木有如饮过毒鸩、吞过鸦片的感官，与轻翅仙灵嘹亮清脆的嗓音形成鲜明对照，诗人被此感染，“你的快乐让我太欢欣”。

鸟儿的歌声即诗人的诗歌，人生的短暂与诗歌的永恒形成对比。夜莺的歌声让诗人如饮佳酿、如痴如醉，“那美妙动人的歌声就像一盅清醇的葡萄酒”，于是想象奔涌、飘然欲仙。诗人在夜莺歌声的刺激下到了一个极其美妙的理想世界。在那里，没有不幸、伤心、痛苦、病态和压迫，没有苍白、消瘦和死亡的青春，济慈乐此不疲地享受着这种种在现实世界中享受不到的美好。夜莺的世界这么好，身心憔悴的他决定借助于诗歌和想象力的翅膀，向夜莺飞去。夜莺的歌声是不朽的，将世世代代地唱下去。在浮想联翩之时，“孤寂如一声晨钟”，敲回最先的立脚之处，“这是个幻景，还是白日梦？”“歌声飞逝了——我醒着还是睡着？”这种神秘扑朔的迷离感蕴含无穷之味。读者能感觉到诗人或喃喃自语、或对着夜莺爱怜地说话，人莺相对、互诉衷曲。诗人以空灵的笔法和意趣表现不为人理解的满腔委屈和良臣不遇的深刻感伤，通过夜莺传达出同病相怜、惺惺相惜、凄凄动人之感。诗人问得奇，夜莺答得更妙。夜莺那引颈婉转的鸣叫中含蕴着回肠荡气之势，体现着诗人所强调的观点，“想象所见得，美即是真”。在忧郁、痛苦和绝望的同时，诗人感受到了快乐。他既感受到了想象中完美的、和谐的梦幻世界的诱惑，又痛切地感受到了现实生活中不可摆脱的沉重的压力。真美结合的审美观强调主观情感的抒发，人之哀情与鸟之“乐”啼虚实相生，各臻其妙又互为补充，清人王夫之说“以乐景写哀，以哀景写乐”“一倍增其哀乐”，其深情绵邈，深得咏物之旨。诗人最终还是回到了冷冰冰的现实，直面惨淡的人生。他不再惧怕死亡，而是希望通过死亡来达到精神上的解脱。意味深长的结尾，也更加体现了“真即是美”的美学认识。诗人一面歌颂夜莺所生活着的世界，一面不断地想到这使他既喜悦于“永恒的美”又痛苦于现实压力的人间。这两种情绪的冲突贯穿了全诗，使得济慈的创作达到浪漫主义和现实主义接壤的地方了。诗歌如小夜曲般优美，欢快轻盈、安详不朽的夜莺歌声是主旋律，而诗人心中深沉凝重的死亡阴影就是那轻拨淡抹的和音，二者交相辉映，使诗篇悲喜交加，汇集出人生短暂与歌声永恒的主题。英国诗人勃朗宁夫人写道：“他死了，但不是夭折——他短暂的一生是长寿的提纯。”而中国的徐志摩在《济慈的夜莺歌》一文中指出：“他是，与他的夜莺一样，呕血死的！”“《夜莺颂》中由一个中心的矛盾，即夜莺做代表的想象世界和诗人所处的现实世界的矛盾：前者处处是音乐、美酒、朦胧光影下的宁静；后者充满纷扰，焦灼不安。诗人听到夜莺的歌声，随着进入了想象的世界，然而在最神往的时候，一声‘凄凉’把他赶回现实世界，这时候的韵律直泻而下，最后以一问结束，留下了余音。在几首颂诗中，此颂最实，‘世界的苦难’也最显。”（王佐良，2003：473）

夜莺在西方象征着孤独，在希腊神话里的美丽传说有两个：其一，底比斯国王泽托斯的妻子埃冬不幸失手杀死了女儿埃苔露丝，从此埃冬陷入了无尽的悲哀和自责中。神祇们出于怜悯就把她变成了夜莺，从此夜莺每个晚上都要悲鸣以表达对女儿的哀思；其二，燕子是由一位名叫普洛克涅的雅典公主变成的。公主丈夫是残暴的色雷斯王，他霸虐着小姨子菲罗墨拉。普洛克涅救出了妹妹，为了报复丈夫的恶行，她杀死自己与色雷斯王的亲生儿子，剁成肉块给丈夫吃。当暴君发现吃的是自己儿子时，发誓要杀掉这两个女人。神帮助他们逃走了，普洛克涅变成了燕子，菲罗墨拉则变成了夜莺。

诗中的“窗里人”既指源自中世纪的一个传奇故事，公主被囚禁海中，骑士涉过惊涛骇浪，救出公主并赢得爱情。诗人想象夜莺的歌声打动了美人心，使她打开窗户，盼望骑士的到来；又指希腊神话的一对有情人希罗与利安德的故事。希罗是爱神的女祭司，居住之地同阿卑多斯隔海相望。对岸的美少年利安德爱上了她，每夜涉海来同她相会，希罗每晚都会在自己住的塔上点一盏灯为他导航。有天夜里风雨大作，吹灭了希罗的灯火，利安德便死在了海中。希罗看到了爱人的尸体，悲痛欲绝，便自杀了。

诗中提到的“诗神的泉水”是阿波罗和缪斯女神长居之地的泉水，飞马珀伽索斯在此扬蹄一击，于是地裂而迸出。珀伽索斯是宙斯之子珀尔修斯割下蛇发女妖美杜莎的头颅后，从她的躯体里跳出双翼飞马珀伽索斯和克律萨俄耳，他们都是波塞冬的后代。这匹飞马在赫利孔山上踏过时踩出了希波克里尼灵感泉，诗人饮之可获灵感，因此它也被视为缪斯女神的标志。

蛇发女妖美杜莎是戈耳工三姐妹之一，也是雅典娜的祭司，因绝色貌美被海神波塞冬觊觎。二人在雅典娜神庙幽会，被雅典娜变成妖怪，满头金发变成毒蛇；无论谁目睹其容貌，都会化作石头。

海神的希腊名是波塞冬，罗马名是尼普顿，十二主神之一。他也是被他父亲克洛诺斯吐出来的孩子之一。在提坦之战后，波塞冬成为了伟大而威严的海神，掌管围绕大陆的所有水域，是神界的“二把手”，屈居宙斯之下。他手持一把主宰水域的三叉戟，生性暴躁，既是风暴之主，又为万马之父。他胸怀大志却怀才不遇，对宙斯的宝座虎视眈眈，一心想造反篡位。宙斯就把他放逐到人间，去修建特洛伊城。

希腊神话是西方人魂牵梦萦的精神故园，是欧洲文化的公分母，是整个西方文明亘古不变的源头和摇篮。古希腊人在艺术、宗教、文学、哲学乃至科学领域达到的巅峰令后人无法企及，被各国人民仰慕和效法。在希腊这个文化古国，寸土寸金、热闹非凡的商业区毗邻着“秦砖汉瓦”般的残垣断壁，现代化大都市和韶华已逝、风采犹存的古代遗址同时映入眼帘，让人感受不一般的浪漫。而说到浪漫超逸，非仰望星空的希腊人莫属。今天的人类依然荫蔽于古希腊文明之下。雪莱说过这样一段话:“我们都是希腊人，我们的法律、文学、宗教和艺术之根都在希腊。”

希腊神话以神和英雄为题材，熔现实和幻想于一炉，描绘了古希腊人的社会生活图景，也为世人展现一个包罗万象的瑰丽世界。希腊人是听着神话来接受文明教养的，于是希腊神话在一代代人的口头和笔端不断传承和流传。希腊神话直接催生了西方文学的开山之作——《荷马史诗》(《伊利亚特》和《奥德赛》)，它们将英雄传说与神界故事融合在一起，向后人展现了一幅波澜壮阔的英雄史诗图景。赫西俄德的《神谱》从混沌神到大地女神盖亚到提坦神族，把三代神的故事写得一清二楚。

之后便出现了抒发对社会和生活的感悟的抒情诗，这是希腊版的《诗经》，情感朴素却深邃动人。有“第十位缪斯女神”之称的女诗人萨福专攻爱情诗和边弹里拉琴边吟唱的琴歌，和国民体育诗人品达一起将抒情诗推向巅峰。

之后，崇高典雅的悲剧在野蛮狂热的大酒神节中诞生。人们模仿酒神的形象，披上羊皮，扮成“羊人”，喝着葡萄酒载歌载舞，以这种“山羊歌”的形式表达对酒神苦难经历和复活奇迹的崇拜之情。“悲剧”的词源就是古希腊语 tragodia，意为“山羊歌”。这种“山羊歌”就是悲剧最早的形式。希腊悲剧随后不断繁荣和规范，到公元前 534 年正式成为酒神节祭祀活动的一部分，并成为希腊文化形态的最高峰，希腊文化由此进入鼎盛状态。

古希腊悲剧对希腊社会产生了巨大的影响。古希腊各城邦都建立了许多大型剧场以满足民众观看悲剧的需要。这些圆形剧场就是罗马斗兽场的前身。希腊人一贯重视公众演讲能力，在公共生活中出口不凡，频频引用经典的戏剧台词，这不是矫揉造作，而是优雅的品位，甚至是跻身政坛的前提条件。观赏阐述命运主题的悲剧就是在完成基本的文化教养。悲剧净化人心，生命的毁灭让人们对自我价值和生命的永恒之美心生敬畏，并提醒人们在道德上保持警觉状态。

悲剧古希腊三大悲剧大师埃斯库罗斯、索福克勒斯以及欧里庇得斯直接从希腊神话取材创作悲剧作品，让后世作家受益无穷。英国戏剧之父威廉·莎士比亚将优美华丽的诗句与民间俚语相结合，而这恰恰是希腊悲剧的特点。莎翁的悲剧《麦克白》中的三个女巫对应着埃斯库罗斯《奥瑞斯忒亚》中三个复仇女神，而《哈姆雷特》对应着索福克勒斯的《奥狄浦斯王》。

希腊悲剧是西方戏剧的源头，还奠定了欧美文艺理论的基础。亚里士多德在《诗学》一书中讨论古希腊的美学思想时着重讨论了希腊的悲剧。

古希腊文学的三大表现形式史诗、抒情诗、悲剧随着时间推移一一登场，悲剧发展到巅峰之后出现世俗化倾向，喜剧随之初露端倪。人们在酒神节上表演那些受难、复活等过于沉重的情节时会插入一些轻松欢快的表演，以放松心情、活跃气氛，而这就是喜剧的最初形态。喜剧大师阿里斯托芬凭一己之力大力推广，将希腊喜剧在文化传承中穿针引线、推波助澜。

抒情诗隶属于贵族阶层的精英文学，而悲剧和喜剧就是希腊城邦公民的通俗文学，表达大众的思想情感。哲学与喜剧是悲剧向不同方向发展的两个分支，最终两者分道扬镳，代表了完全不同的精神内涵和价值取向。悲剧走向了“高处不胜寒”的最高级阶段，希腊哲学诞生。哲学的英文是Philosophy，这源于两个希腊词语“爱”和“智慧”的组合。“哲学”的最初意义就是“爱智慧”。人成长方成熟，足够的阅历方能拥有智慧。理性也好，智慧也罢，就是在混乱中辨清真相、厘清思绪的能力。希腊悲剧已然在呼唤哲学的腾飞，而智慧只有在一个人，一个国家、时代、民族的黄昏时候，才会翱翔。哲学是悲剧的深化和提升，哲学是玄之又玄的存在，是中国道家所说的“道”，是亚里士多德的形而上学。

古希腊各领域先贤在拉斐尔的画作《雅典学院》中荟萃，济济一堂，其主角是师徒三圣贤——苏格拉底、柏拉图、亚里士多德。

马克思曾说：“希腊神话不仅是希腊艺术的宝库，而且是希腊艺术的土壤。希腊艺术的前提是希腊神话，希腊艺术的精神和灵魂是希腊神话。”史诗、抒情诗、悲剧以时间流动的方式表现艺术，而雕塑、建筑、绘画则是空间凝固的艺术形式。如此种种文化形态都深深地打上了神话的烙印，可以说，西方后世的艺术品很多都是对希腊神话的复制粘贴和翻版再现。奥林匹克运动会的初衷是以各种竞技活动祭奠诸神、缅怀英雄。让希腊神话得到最原始的展现场所就是竞技场，之后是神庙，历史学家威尔·杜兰的一段话非常具有代表性：“奥林匹斯山诸神的坦诚人性和他们需要庙宇作尘世之居留，为雕塑、建筑，以及成百的附属艺术开辟了康庄大道。”竞技场上运动员健美的体形与矫健的身姿则成为神和英雄形象的原型。体育与艺术水乳交融、珠璧交辉，就像是身体与灵魂的结合。希腊人以这些原型为诸神塑像绘画以示膜拜。这些作品有名有姓，他们的形象在西方人心中根深蒂固、深入骨髓。奥林匹斯的诸神几乎成为了整个欧洲的图腾，西方人在诸神的雕塑和画像边感到亲切和踏实，这就是他们的文化之根。奥林匹亚竞技会也与时俱进，逐渐增加了赞美神灵和英雄的诗歌诵读、演说比赛和戏剧表演的文娱节目，成为青年人接受体育和文学熏陶的文化舞台。希腊人同时将这些传奇故事以空间凝聚的方式，也就是造型艺术表现出来。

希腊最登峰造极的造型艺术是雕塑，希腊雕塑能够让石头唱歌和舞蹈。很多雕塑历经千年的风蚀雨淋，已然残缺不全，然而即便是缺胳膊少腿的雕塑碎片却依然身姿优美、神态悠然，具有美不胜收的文化意韵。男神雕像高大魁梧，肌肉强劲健硕、肩膀宽厚、躯干粗壮，而女神雕像美丽优雅，健壮丰腴，流畅垂坠的衣服褶皱，飘扬的战袍，可谓处处生辉，人们仿佛能够感受到其舞动的灵魂。诸神精致的身材比例、稳重平衡的运动姿态给人以蓄势待发的力量感，庄严肃穆的表情和坚定平静的眼神，呈现出诸神威严华贵、望而生畏的气度和蓬勃向上的朝气。这些希腊神或希腊英雄一样的身材就是希腊人所推崇的健康与浪漫，米开朗琪罗、拉斐尔、波提切利、提香，他们画的都是形似诸神的男人和女人。这些以诸神为原型的雕塑和绘画也成了后世无法超越的楷模。

著名作家蒋勋在《写给大家的西方美术史》中写了这样一段话："不只是西方美术有太多应该感谢希腊人的地方，全世界的美术都受到了希腊人的启发。他们为人类找到了'美'的起点——美是从个人的身体开始的，肉体的美、精神的美，并不分离对立。一个健康、自信的身体，就应该是一个崇高的精神、自信的生命的开始。希腊艺术提供的人体的自由、健康，更是值得认真思考的美学启示。"

美轮美奂的希腊神话，崇高典雅的悲剧深邃睿智的哲学，一脉相承，恩泽千秋。古希腊哲学又是西方哲学的活水源头。希腊神话是人类历史上最丰富的美学源泉之一，是世界文学中的一颗璀璨夺目的明珠，也是欧洲文明最根本的文化土壤。希腊神话的光芒穿越时空，投射到抒情诗、悲剧、喜剧、哲学、建筑、雕塑、绘画、音乐等多种文明形式之上。希腊神话的光芒闪耀在英诗的浩瀚星空和人类历史的长河中。

第五节
金风玉露一相逢，便胜却人间无数
——英诗与演讲的课程整合

现代教育越来越多地强调各学科的纵向联系，作为低年级专业技能的“英语公共演讲与辩论”课程和高年级的“英语诗歌欣赏”课程也由过去的相去甚远、鲜有交集演变成了密不可分、相依相存。如此可见英诗课“重人文、重思维”的重要性，其与演讲、文学、文化课的整合势在必行。

英语演讲比赛备战阶段的户外排练起源于笔者观察一位学生在校园里无惧众人眼光大声背诵英语的灵思妙想，之后将该法应用在英诗采风视频教学环节。而它的另一个起源也是在指导学生参加外研社英语演讲比赛中“百发百中”的一个秘诀——户外排练，这是克服公共演讲恐惧症的法宝。英诗课程校园采风视频的出发点是让同学们读诗、备诗、悟诗、写诗，同时克服舞台恐惧。采风视频一经推出，便广受青睐。她“一炮而红”的成名史和“经久不衰”的活跃期也让我们演讲课程的老师芳心大动，决定把这种原本演讲比赛特有的户外英语展示活动广泛运用到了“英语公共演讲课程”的比赛和教学中，最终取得了一些成效。

几年前，我曾在校园里经常看到这样一位学生，他总是背着大书包，戴着大耳机，一边走一边大声地反复地说英语句子，如此忘情地大声朗读，无惧任何旁人或是钦佩或是不解的目光。教师们私下赞叹，这个学生的学习精神可嘉。说英语就要这样克服惰性、激发潜能，彻底撬开嘴巴。我在教学之余反思，如果让参加英语演讲比赛的学生在户外排练英语，其胆量和表现力是否会一飞冲天，惊煞众人？我想这样试一下。

英语演讲比赛、英语阅读比赛和英语写作比赛是外研社的三大重要英语比赛。在实践教学中，我们既有低年级专业必修课“英语公共演讲与辩论”课程，也有为英语口语高手量身定制的演讲工作坊，在该坊表现出色的学生能够在外研社演讲比赛校级初赛时脱颖而出，成为省赛的备赛选手。通常，我们都会让参赛学生在不同的课堂和户外环境反复演练，以克服舞台恐惧。

英语公共演讲分为 4 大模式，即兴演讲、半即兴演讲、原文诵读、背诵演讲。其中半即兴演讲一般有准备的范围，可以提前组织要点，往往是根据之前的预习要点来回答问题。外交部发言人根据之前准备的要点回答问题就属于半即兴演讲。

而演讲比赛通常分为有备演讲和即兴演讲。有备演讲要求选手根据规定的赛题提前写好和背好演讲稿，在赛场上进行现场演绎。即兴演讲则要求选手在问题提出的短时间内给予完整回答。课堂上教师临时提出问题，学生随即作答，这就是即兴演讲。而即兴演讲中的所谓“即兴”，其实又有点不即兴，因为我们会在赛前设计很多话题，让学生背诵大量文章，遇到话题就自行分类，并在记忆库中提取。个人库存，通常是个人或者身边人的独特经历和美文背诵的功底。几乎每位参赛选手都有一个豪华的个人库存。然后在规定时间内组织谋划全篇并展现出来。两种演讲结束后，都会有“提问师”进行提问，选手要即兴回答。赛前，通常师生会一起设计多个问题和答案。演讲就是这样一个文争武斗的过程，“文”就是演讲稿，“武”就是表达方式。

2017 年，我指导陈其越同学（现已经从外交学院硕士毕业）参加外研社英语演讲省赛。外研社全国大学生英语挑战赛分成三个板块：演讲、阅读和写作。比赛时间是每年的 5 月份到 11 月份，跨度长达四个月。省赛选手必须是校赛选手中的佼佼者。近几年，主办方在发布定题演讲题目的时候，都会发布一段视频。在视频的结尾，抛出该年的言简意赅的定题演讲主题。外研社的英语演讲有点像中国的高考语文作文。题目与国家的发展紧密相连，比如改革开放周年庆、建国周年庆、建党周年庆、全面建设小康社会、脱贫攻坚、全民抗击疫情等。

备赛期间，师生在校期间除去上课，几乎形影不离。广场、运动场、食堂、池塘边、图书馆门前，排练的身影遍布学校的每个角落。即便这些地点人来人往，陈其越同学仍然尴尬地“厚着脸皮”咬牙坚持。太多次涨红着脸，太多次不好意思，太多次想要钻到地缝里。多次下来，选手已经可以驾轻就熟，收放自如，终于完全克服了之前的胆怯，练就了一身无论在哪个角落都能熠熠闪光的本领。最终，她获得了省级二等奖。赛后她由衷地感叹：“我觉得赛前的排练是一种折磨，而收获荣誉的那一刻，我特别感谢那段时间的心理历练。我能够在赛场镇定自若，宠辱不惊，得益于英诗采风视频的多次拍摄和赛前户外的不停排练。”

2019 年，我用同样的方法指导邵青青同学参加第 25 届“21 世纪中国日报社”大学生英语演讲比赛，她成功地做了一场激情又不做作、简单又不失内涵的演讲，并在抽签不利（第二个上场）的情况下稳定发挥，凭借漂亮的发音、清晰流畅的表述以及甜美的笑容获得了安徽省一等奖。比赛的主题是“No Person is an Island”，这是取自玄学派诗人约翰·邓恩的一句诗词，“No man is an island”。演讲稿的时事背景是祖国 70 周年华诞，举国欢庆，以刚刚结束的国庆阅兵仪式作为文章开头既贴合实际，又鼓舞人心。“A month ago, to celebrate the 70th anniversary of the founding of the People’s Republic of China, a grand military parade was held in Tian’anmen Square.”

这既与时政相关，切合时事，又点明主题，从景到人、由部分影响整体，自然而然地引出演讲主题。接下来邵青青同学联系自我，在正文部分分享自己的独特观点。“In my opinion, a person’s life is like a tree which will diverge when you meet the intersection of life or something you have never seen. So, everyone’s life will be different because there are not two identical leaves in the world. And the country is like a forest, only when every tree grows luxuriantly can the whole forest be full of vitality.”她把人的一生比作一棵不断成长的大树，会在新的分支遇见各种各样的新鲜事物，会与各种各样的人产生联系，将世界比作森林，由此将演讲稿上升一个高度，启发听众。

赛场上，她表现淡定自然，语速不疾不徐，自信又不张扬的甜美微笑如清风扑面，精准到位的发音和恰到好处的连读发挥得淋漓尽致，最后以绝对的高分一直保持到有备演讲的最后环节。即兴演讲和问答环节更是充分发挥自己的语音优势和思维优势。

其实，成功不是一蹴而就的。邵青青同学在教师系会、学者访谈会，还有多个班级的讲台上，当着众多教师和学弟学妹们的面前挥洒自己的激情，不断锻炼胆量，通过听众的表情和反馈来反思自己的情绪是否到位、发音是否清楚、停顿是否得当。从初来乍到的尴尬，经过反复练习，最终华丽转身，“厚脸皮”功力日益增进，最终成就一个处变不惊、胸有成竹的自我。微笑是她成功的法宝，是台上自由挥洒的预热，因为微笑在放松面部肌肉，让她提前进入备战状态。当戴麦员为你试音问你“可以吗”的时候，你得轻轻说出“可以，谢谢”，而不是“嗯”或者点头，得让声音提前发动起来，让声音处在发射临界状态。

教师做的就是点睛式的指导和鼓舞。同学们在镜头前从最初的拘谨、矜持到渐渐活跃，自信也是会传染的。

栾立娇是 2019 年的“外研社杯”英语演讲比赛省级二等奖获得者，她的演讲颇具女王风范，一上场就能够在气场上威慑其他选手。在即兴回答环节她也是聪颖过人，对答如流。她说：“英诗当中的很多技巧潜移默化地影响了我撰写演讲稿的方式。其朗朗上口之韵律美，帮助我在稿件写作中编排出铿锵有力的排比句，这才有了我在演讲台上的淋漓表演。如同诗歌般的演讲句式，不仅收获了台下观众的好评，也使我信心越来越强。”她参赛的题目是“My Big Story in 2049”。备赛期间赶上国庆，她和室友一起去看了电影《我和我的祖国》。看完后她热血沸腾，回到寝室一挥而就，写下了豪情满怀、诗意盎然的演讲稿。她的构思创意十足，开头更是独树一帜，反其道而行之。2049 年，她想象自己当选了中国慈善基金会的主席，正在做就职演讲。演讲开篇，她以风趣幽默、娓娓道来的方式说了一个小故事。

“When I was a kid, my teacher asked the whole class this question. Some kids answered,‘I want to be an astronaut!’Some said,‘I want to be a physician!’‘A scientist!’But I said,‘I want to be rich!’”

当她说出“rich”这个词时，底下坐着的评委都笑了，栾丽娇心里一下子就放松了，因为她已经成功地吸引了评委的注意力。

演讲比赛通常分为有备演讲和即兴演讲。因为有了校园采风视频作铺垫，学生已然背诵了多首英诗，其中的著名诗句张口就来不成问题。所以，在有备演讲稿的稿件撰写中，学生会情不自禁地引用这些诗句，给演讲稿增光添彩。很多同学的演讲稿首尾一致，都是用英诗中的名句开题、点题、呼应主题，此法既简洁又突出主题，给听众以深刻的印象。

我们的诗歌教学有几个独特的教学环节：心灵鸡汤、读后感、诗词创作。每位同学都会选择其一进行创作。在即兴演讲中，英诗课上的习作也就成了个人专属的素材，派上了大用场。面临不同的演讲话题，学生的脑海中会映现这些素材，她们会快速挑选并与话题对接。即兴问答环节中，适时地吟诵两句恰如其时的诗句，不仅能让评委眼前一亮，还能够不动声色地凸显自己的文学积累。

同学们拍摄采风视频已经颇有经验，演讲者得体的着装、优雅的站姿，面对镜头，从容淡定。她们拍摄视频时把镜头当成观众，克服舞台恐惧，不惧怕镜头，与镜头进行眼神交流，这让她们上讲台演讲时依然能够保持良好的精神状态。这无疑会让听众有个很好的第一印象，让评委心生欢喜。

我们的英诗课堂是情理交融的，既教会大家欣赏英诗，又能够联系实际。有好几首诗的教学都让大家感动不已。有同学说：“英诗课好玩、好笑，又好苦。我的眼泪在英诗课上不值钱。”演讲，演讲，要讲好，也要演好，要以情说理，再以理服人。在英诗课上，教师分享自己身边令人感动的事例来调动学生的情感，在引起情感共鸣的基础上，也就是热烈的当口上，以简单明确的概括性语言，一语中的，阐明道理和主题，而这种方法也会让英语演讲效果倍增，可见，英语专业的各门专业课程是紧密相连、相辅相成的。

演讲中最精髓的部分往往就是演讲者动情地演绎出让人动容的故事，而最高潮之处就是那一声高过一声的诗句般的排比句式如瀑布般飞流直下。义愤填膺时，低落悲伤时，激情飞扬时，家长里短时，展望未来时，你得演绎出花样。正如亚里士多德曾经提出演讲应具有三要素：说服性，逻辑性和情感性。

2020 年 9 月，“外研社”英语演讲比赛如期举行。赛题 Challenge to All 要求参赛者从全球视角出发，审视疫情大环境下的国内和国际关系。校级冠军张袁同学从中国面对疫情所采取的行动出发，阐述了构建人类命运共同体的重要意义。开篇张袁引用顾炎武所著的《日知录·正始》中的一句话“天下兴亡，匹夫有责”，短短一句，却字字凝练，言简意赅，有力地开启了全文并奠定了演讲者呼吁群策群力的主基调。汪莹同学为当年省级二等奖获得者。她当时和指导老师围绕赛题反复切磋，总觉得找不到让人眼前一亮的切入点。上完华兹华斯的《我孤独地漫步，像一朵云》，她的思绪豁然开朗。诗人是借助于“黄水仙”这个意象来传递情感、搭建与读者沟通桥梁的，叙述时不疾不徐。这个认识让她幡然醒悟，在演讲稿中，她选择以“梳子”这个意象为主标题和出发点，以疫情期间帮妈妈梳头、见证妈妈对待生命和生活态度的转变为主线，表达了危机时人与人之间应如梳齿一般齐头并进的重要性，以及关于个人与世界、生命与死亡的思考。当我们用诗意的眼睛去看世界，世界也会对我们报以一个诗意的生活。

诗歌向来都是发言稿和演讲稿中的常客。诗词放在开头，能引人入胜，令人耳目一新。正文内容充实丰富，但容易使听者疲倦，而适当地加入诗词，能使演讲富有音乐般的韵律美，自然能使听者提神，消除听者的一丝倦意。将诗词放在演讲稿结尾，能升华主题、激发共鸣，把情感推向高峰。时任总理温家宝每逢答记者问，必引用诗词。2003 年，温总理在十届全国人大一次会议的记者招待会上，引用林则徐的名言，就“工作风格”问题，回答记者提问，开了总理答记者问“引经据典”的先河。之后，在每年的人大记者会上，温总理都以其深厚的文学素养给记者们以及全国人民留下了深刻的印象。如在谈到中美关系时，引用王安石《登飞来峰》中的“不畏浮云遮望眼，自缘身在最高层”。谈中国现代化的进程时引用《新唐书》中的“思所以危则安矣，思所以乱则治矣，思所以亡则存矣”。诗歌的引用无疑为演讲增添了诗意神韵。

2018 年“外研社”杯英语演讲比赛安徽省二等奖获得者张萌欣同学（现为青岛科技大学口译硕士）认为中国古诗和英语诗歌，虽然隔绝千年时光、万里之遥，但内核都是言志。张同学以“诗意”为精髓，用诗意化的语言撰写演讲稿，而诗意般的真情演绎让她在省赛首轮有备演讲的九十二位选手中排名前三。当年的命题是“The Stone,...”，让参赛者自己补全后半句。这样的命题容易沦为千篇一律的政治报告。她认为石头，或者说摸着石头过河，就是一种在不知前路的情况下探索前行的状态，所以她联系自身的自我探索的故事，定题为“The Stone, the Way”。第一段中，她以大背景暨改革开放40周年的话题来引发个人的经历，并连用了三个以“e”开头的单词experience, exploration and evolution，来总结这篇文章可能会涉及的内容。主段落中以自己与病魔作斗争的故事，反复与主题呼应，正文中多次提到stone和struggle这两个单词，将主题与我的故事、国家的命运进行一个整体的串联。她采取TED演讲中的“英雄之旅”的写作技巧，将演讲稿的主人公定义为过着平淡生活的普通人（可以是你，我，任何人），后来不幸降临、灾难入侵，安静的生活被摧毁，然后不得已披甲上阵，进行反抗。她先是迷失或者怯懦，后来遇到了灵魂导师、伙伴和家人，获得了勇气与支持，接下来就是最重要的一环，进行反击。最终她可能战胜了“怪兽”，或者在这个过程中先失败，再进行还击。但无论如何，最终的结局是主人公打败了“怪兽”。最后两段首先联系了国家与个人，同时运用了排比的写作手法，调动了整个的气氛，把演讲推向了一个高潮。最后一句话戛然而止，即主人公收获了爱与经验。结尾段落运用了排比和押头韵的写作技巧使得演讲在最后充满了力量和情感，达到了烘托气氛的作用。“Without social recession, the reform and opening-up policy would never have been introduced. Without exploring the path of economic development, China would never have achieved present glories as an individual without fighting against cancer. I would never have the courage or confidence to stand here to share my story. Thank you, cancer, the stone and the best gift of my life. Thank you.”

张萌欣同学从小我的成长与成就，联系到大国的腾飞与兴旺。自我与国家息息相关，荣辱与共。正是因为讲出了自己独特的经历，才让演讲有血有肉，感人至深。

张同学是个说故事的一把好手，课下喜欢模仿电视剧、电影里的人物发音，能将原声片配到以假乱真的地步，以此来提升语音语调。她在演讲时，是在用话剧演员式的发声技巧美化每一句演讲词。她巧妙化用英诗里的句子打磨和润饰演讲稿。她说：“学习英诗正是在这样的过程中走出了书本，走入了我的生活，潜移默化地给我带来了新的意义。演讲的意义在于分享与传播，将好的思想分享出去，将好的行为传播开来。诗歌学习的意义是爱生活、爱诗歌。二者的共同之处是我们想去思考和表达的欲望，是我们对生活中美的观察与描述，也是把诗文的魅力运用到人生的点点滴滴里的一个美好过程。”

演讲比赛是一段步步拾珍的锻炼生涯。爱生活，爱诗歌，爱演讲，一切都是美的享受。

第四章 英诗的艺术化教学

第一节
此曲只应天上有，人间哪得几回闻
——英诗的音乐性教学

简单地说，英诗的艺术化鉴赏是通过师生的美育作业来呈现的。师生用多种音乐、舞蹈、美术等艺术元素来诠释英诗的意蕴，以此拓宽英诗鉴赏的路径。

有同学把美育作业定义成英诗的音乐解读和美术解读，即运用音乐和美术两种艺术形式，通过视听觉的对接和想象产生共鸣，参与诗歌的诠释和再创作。对于英诗意蕴的这种视听觉双重艺术形式解读，我们用到一个词，“音画时尚”。音乐解读形式包括为诗歌谱曲和创作舞蹈诗，美术解读则主要是解读诗中的意象。诗歌自古就与音乐、美术有着不解之缘。“诗无达诂的文学解读原则即赋予解读者积极主动地参与作品意义重建的权力。”（龙协涛，2004：300）

马克思说：“如果你想欣赏艺术，你必须成为一个在艺术上有修养的人。”要想从初级、浅显的读诗转变到精细深刻的品诗，必须在诗歌上有相当的修养，这也就是古人常说的“曲高和寡”“知音难觅”。赏诗者如果对格律、音韵、情感、意象毫无感觉，对诗也就无从来电。如果对简单的一句“万绿丛中一点红”能品出强烈的色彩对比，品出线条、比例、质感、光感，甚至能听出欢快的音乐，那么就能感触诗中具体可感的生动形象。“想象在创造诗的意象时，有赋予的能力、抽出的能力和修改的能力，并且这三者是联合在一起的，它们把众多合为单一，把单一化为众多。”（马新国，2002:211）同样的诗作，底蕴深厚的人不能感受到诗歌的主旋律，而对各类艺术形式都略通一二的读者常常能看出迷人的光和色，从诗行中听出音乐的节奏、旋律、和声，悟出“淡入淡出”“定格”“蒙太奇”等“画外音”，久而久之，能培养出艺术家般精细的观察能力和惊人的形象记忆能力，迅速准确地摄取事物的各种感性特征。达到这样的水平就要经常驻足沉思，切实打通和联合各种感官，提高“通感”的质量和高度，因为“通感”和对比一样，是和谐的另一种形式，更是一种对敏锐鉴赏力的培养。情趣高尚、内容健康的诗歌会极大地提高审美情趣的高度和档次，无怪乎歌德说：“鉴赏力是靠观赏上等作品才能培育成的。”一首完美的诗歌就是一件完美的艺术品，它是多种因素的有机综合体。“人无定诗，诗无定指”，品读者或鉴赏者的行为是一种再发现和再创造，是“不作而作”。对于一首看似很简单的诗，不同视角的品读能赋予读者新奇且深邃的思考，正所谓“作者得于心，览者会以意”。诗歌欣赏是一种心灵的探索，需要读者的全方位参与，并融入自己的人生感悟，用眼观察和辨别（诗行的排列，单词的拼写，乃至每一个标点符号）。真正的鉴赏更需要用心灵感受、用想象补充、用思考扩展。“诗是一种多度的语言，诗在理解度之外，还有感官度、感情度和想象度。”（殷宝书，1985:9）

一、诗乐一体

Ars Poetica 诗艺

—Archibald MacLeish 麦克利什

A poem should be palpable and mute 一首诗应可触摸得到而又无声响
As a globed fruit, 像一个圆圆的水果，
Dumb 沉默无声
As old medallions to the thumb, 像手指抚摩的旧奖章，
Silent as the sleeve-worn stone 静静地如同窗台的石栏
Of casement ledges where the moss has grown— 被衣袖磨得光滑又覆盖着青苔——
A poem should be wordless 诗应是无言的
As the flight of birds. 仿佛小鸟的飞翔
A poem should be motionless in time 诗应是静止的
As the moon climbs, 像月亮爬上天空，
Leaving, as the moon releases 离开时，像月亮经过
Twig by twig the night -entangled trees, 黑夜中的树 一枝又一枝，
Leaving, as the moon behind the winter leaves, 离开时，像冬夜后的月亮，
Memory by memory the mind 一幕又一幕离开脑际。
A poem should be motionless in time 诗应是静止的
As the moon climbs. 像月亮爬上天空。
A poem should be equal to: 诗应该等于：
Not true. 非真实。
For all the history of grief 对于所有悲伤的历史
An empty doorway and a maple leaf. 它是空寂的门厅和一片枫叶。
For love 对于爱情
The leaning grass and two lights above the sea— 它是依依的青草和海上的两盏灯——
A poem should not mean 诗不应该是意指
But be. 而是事实。

“诗歌是可以被触摸的”，诗人阿奇博尔德·麦克利什在《诗艺》首行提出这一观点，不仅如此，诗歌还是可以被听、被画、被唱的。诗歌这种文学形式，它的独特之处即在于它所具有的音乐美。它由古代的歌曲演变而来，记录个人的真性情。

乐与诗在我国古代原为一体，和乐者为乐，不和乐者为诗。诗歌语言最为凝结，诗人呕心沥血地字斟句酌，用极少的文字完美地表达异常丰富的内涵。古人云：“一名之立，旬月踯躅”“为求一字稳，耐得半宵寒”，由此可见，诗歌即极精致的讲话。

英诗也是音乐。珀西·比西·雪莱在《西风颂》中歌颂大自然的威武雄壮、西风摧枯拉朽的巨大力量以及诗人胸中沸腾的革命激情，其排山倒海之势犹如一曲气势磅礴的黄河大合唱。而他的《爱的哲理》则是一首轻柔的江南小曲，轻吟数遍，余音袅袅。节奏直接影响到音乐的抒情性，是情感的外化。节奏缓慢表达忧郁悲伤的主题，节奏轻快急促则主题轻松快乐。沃特·惠特曼的《船长，我的船长》主题悲怆，充满无法排遣的郁闷，通过一声紧似一声的“Captain, my Captain”，配上柴可夫斯基的《悲怆交响曲》第四章那缓慢的柔板，以沉重的节奏与不协和的和弦，表现出令人悲痛欲绝的剧烈哀伤。

朱光潜说，画图所不能描绘，语言所不能传达，音乐往往能曲尽其蕴。音乐让诗歌变得更加亲切。配乐诗朗诵即在与诗歌感情基调相吻合的音乐中诵读。

既然诗歌是无谱的音乐，不妨给诗歌谱曲，朗朗上口的歌词和优美动听的旋律瞬间活跃了大脑细胞，赏诗时便多了几分激情和陶醉，甚至可以激发创作的火花。很多旋律和英诗无比般配，其曲调风格，内容字数均相得益彰，天衣无缝。亨利·沃兹沃斯·朗费罗的《箭与歌》形式工整，韵律和谐，可用英国儿歌《天上星星亮晶晶》来演唱，在唱诗的过程中，学生心情愉悦，潜意识里表现出很强的求知欲。威廉·布雷克的《春歌》欢乐活泼，充满音乐的美感，完全可以用《铃儿响叮当》中的高潮部分哼唱，其字数相搭、情韵相配。托马斯·纳什的《春》语言朴素，以词衬景、以音衬韵，头韵、象声词的巧妙使用配上施特劳斯的《蓝色多瑙河》或《春之声》，明朗的曲调和清澈的音色体现出春的景象、气息和魅力。

给诗配上旋律、节奏、和声，可增加诗歌的色彩、立体感和时空感。有些英诗本身就是依照音乐而作，比如美国诗人亨利·沃兹沃斯·朗费罗的印第安名族史诗《海华沙之歌》巧妙融合了美国歌谣特别是印第安人和黑人音乐。音乐无处不在，故宫里廊柱间连续不断的排列蕴含着明显的节奏感和韵律感。行书《兰亭集序》，笔势磊落纵横、飞舞跳跃，点画相映、圆转多变、似有神助，错落有致、千姿百态的结构章法演绎着强烈的节奏感。诗词间的排列组合亦“有声有色”，其乐无穷。正如匈牙利音乐家李斯特所言：“音乐是不假任何外力，直接沁人心脾的最纯的感情火焰。”（汪流，1986：327）

图 4.1 张念兹同学吉他弹唱《我如何爱你》

图 4.2 聂子昭同学吉他弹唱《红玫瑰》

二、唱出诗心韵味的美育作业

实践教学中，我们用中国风曲调唱英诗，用中国古典舞跳出英诗意蕴，用二胡、小提琴、古筝为英诗奏乐，用素描和油画画出英诗中的意象和意境。同学们的各种美育作品让英诗课堂变得丰富多彩、摇曳多姿。

大家不禁感叹，原来身边藏龙卧虎，身怀绝技才华横溢的同学真是魅力四射。英诗教学不只有一种姿态。英诗原来可以用如此众多的艺术元素来演绎，英诗课竟然可以这样上，艺术化的英诗课就应当这样上。

记得第一次观看陶思雯和阮星月同学的美育作业，我和同学们目瞪口呆，陶醉许久才报以热烈掌声，忍不住连续播放了三遍。她俩用《Million Years Ago》的曲词翻唱英诗拜伦的《她走在美之中》，并在校园中取景拍摄MV。那清新柔美的音色，那婉转悠扬的声线，如梦似幻。她们边走边唱的唯美画面瞬间俘获了我们的心。这个时候我们几乎感觉不到自己是在听课，而是在回味、享受艺术。

图 4.3 陶思雯同学演唱《我能把你比作夏日吗》

图 4.4 阮星月同学演唱《她走在美之中》

英诗的艺术教学，是信任，是唤醒，是耐心，是激励。即使同学们含苞待放，我也依然等待。为了挖掘他们的特长和爱好，鼓励大家在英诗课堂一展身手，我一下课就和同学们聊天，对于有特殊才艺的同学，就因材施教，单独布置专属作业。于是涌现了一批实力派英诗演唱高手。

王超男同学是国内最大的音乐公司 Hikoon Music 的编录混作词作曲一体音乐人，音乐作品获奖无数，唱功与英语口语俱佳。她为英诗课贡献了七首歌曲，首首都是精品。我和她沟通的时候就直接说我想用什么曲调唱哪首诗，结果第三天她就呈现大作，她的演唱打上了自己的标签，其惊艳效果让我们目瞪口呆。用《Hallelujah》演唱济慈的《灿烂的星》，如泣如诉，让人断肠。她演唱泰德·休斯的《栖息着的老鹰》霸气外露，活脱脱地展现出老鹰的霸道和凶狠。演唱罗伯特·勃朗宁的《夜会》时，歌声甜美悠扬，让人着迷。她演唱弗洛斯特的《雪夜驻足林边》时，空灵缥缈的嗓音直接把我们带入白雪皑皑的仙境。用李健的《当你老了》和欧美歌曲《If I Die Young》两种不同风格演唱叶芝的《当你老了》，余音绕梁，回味无穷。她自己为希腊诸神填词编曲，自创了一首满摇滚风格的《希腊主神曲》，让同学们嗨到巅峰。英诗课整整一学期，都能够源源不断地聆听这样一位音乐女神给我们带来的快乐和温馨，真是万分荣幸。

范萌同学声音柔美轻盈，婉转清脆，善于演唱意境美的、舒缓的抒情歌曲。大学时期她还去过安徽广播电视台录过歌曲节目，她说：“唱词是别人的故事心境，而吟唱出来是自身情感的高度共鸣。”有一次录课现场，她身着汉服，用慕容晓晓的《黄梅戏》演唱了勃朗宁夫人的《我如何爱你》，还配上了戏曲身段，当悠扬熟悉的黄梅戏旋律响起，好似灵光闪现，一下点醒众人，百转千回的声音直击人心，惊艳全场。英诗欣赏此刻体现了浓厚的本土味。我和同学们因为觉得新奇而睁大了双眼，对勃朗宁夫人的爱情这样好听过瘾的演绎怎能不让我们安徽人心生欢喜，而她下场时翘起兰花指迈着小碎步羞答答的可爱步态更是让大家哈哈大笑。

有了第一首黄梅调的英诗作铺垫，我和范萌同学再接再厉，又用《女儿情》曲调唱了英诗《我如何爱你》。之后，我们用斯兰的《黄梅悠悠》翻唱《海外乡愁》，最后一句歌词“一去黄梅寄乡愁”恰好与诗歌主题遥相呼应。可能是因为国人对 86 版《西游记》的情有独钟，在众多同学的歌唱版本中，《女儿情》曲调成为了最受欢迎的改编曲。

图 4.5 范萌同学着汉服用黄梅戏唱诗，弘扬中国戏曲文化

多面手李晨雪同学是个可甜可盐可复古的中低音歌手，在唱歌 App 上录下了几百首歌，被同学们戏称为“中华小曲库”。她翻唱罗伯特·彭斯的《我的爱人是一朵红艳艳的玫瑰》，还特意捧着一束红玫瑰，坐在校园小树林的长凳上，还有一只漂亮的白猫时不时闯入拍摄现场，嗅着玫瑰的芬芳，干脆给它一个大大的特写。

刘磊同学用《声声慢》翻唱此诗，别有一番韵味。聂子昭、张念兹都边弹吉他，边唱此诗。

图 4.6 李晨雪同学演唱《红玫瑰》

图 4.7 刘磊同学演唱《红玫瑰》

总想请个男生一展歌喉，突然发现张睿同学说英语时音色洪亮，掷地有声。我就邀请他小试牛刀，他爽快答应，用《友谊地久天长》翻唱罗伯特·彭斯的《我的爱人是一朵红艳艳的玫瑰》。视频里的他对着智慧广场的小池塘深情地开始清唱，一开口，嗓音之嘹亮，震惊四座，掌声四起。他毕业前夕，我问他当时如何填词翻唱的，他说："老师布置任务的当天晚上，我就赶到一个没有人的教室，一遍一遍地去矫正完善诗中每个单词的发音。不知不觉中，整首诗篇就记下了。我不自觉地咀嚼着如此深情的句子。为了让诗歌中每个词都能在歌里完美契合运行，第二天一下午我都沉浸在改编之中，当然我的室友也被迫沉浸在我的练习声中。反复的练习之后，效果竟还算不错，算是圆满地完成本次创作。当然留下的后遗症就是之后的几天都会不自觉地哼唱出来。虽已至今一年有余，却仍记忆犹新。"

图 4.8 王超男同学演唱《夜会》

图 4.9 梁宇阳同学演唱《天风来自四面八方》

讲解韵律格律时的课堂安安静静，而美育作业一登场，便激情澎湃。我们经常会想，为什么美育作业如此受欢迎。可能是因为音乐让人放松和沉醉，美好的事物使人向善。诗情画意、清风朗月般的课堂容易让我们情绪飞扬，促我们反思。美育作业让学生们沉淀了知识，展示了才华，也享受了美好的诗意青春。

图 4.10 吴欣悦同学为《我如何爱你》伴舞

图 4.11 张袁同学分享舞蹈诗心得

勃朗宁夫人的《我如何爱你》是我们课程的经典一课，很多同学为之创作了精彩的美育作业。勃朗宁夫人在爱人罗伯特·勃朗宁的陪伴与鼓励下，在因病卧床 24 年后，奇迹般地重新站了起来。她选择战胜内心的怀疑与不安，战胜世人的偏见，勇敢地与自己的爱情相拥。张袁同学的舞蹈诗作品再次让我们眼界大开。她的身后黄叶满天，一地斑斓，开阔而宁静，热烈又内敛。观看她翩然起舞的那一刻，我们的心中澄澈无比，生活和学业上的烦恼都随风飘散。张袁同学说："我敬佩勃朗宁夫人的这份勇敢。带着对这首诗的热爱和对自己的期许，我选择用优美的民族舞诠释这首诗歌。站在金秋暖阳之下，我将自己想象成勃朗宁夫人，跟随着音乐时而转身小跑表达内心的羞怯；时而伸展四肢表达热烈的情感；时而肆情旋转，仿佛想要甩掉周身束缚，勇敢地拥抱爱情。一曲末了，诗情盎然，我鲜红的裙摆与满地的金黄杏叶交织相融，诗与舞也在此刻融为一体。那一刻我仿佛就身处他们的爱情之中，仿佛自己就是诗歌的一部分。"

事实证明，美育作业既是在解剖原作，也是在塑造新作。它不但能充分激发学生的学习兴趣，提高整体美学素养，也有利于学生自信和独立精神的培养。张袁同学曾经获得外研社英语演讲比赛校级一等奖。她站姿挺拔，气场强大，自信满满。当我得知她学舞多年，擅长多个舞种时，便邀请她为英诗编舞。她告诉我其实准备诗歌和舞蹈时，很担心自己做不好，也很害怕路人好奇的目光。但事实证明舞动起来融入诗歌氛围中时，是十分自然且享受的，完成演绎后的成就感也是非常强烈的。自从那次拍摄舞蹈诗以后，她开始积极参加学院组织的各种比赛，不重结果，但求过程。面对未知的挑战和困难，无所畏惧，笑脸相迎。她再三感谢英诗课堂给她提供了这样的机会，并号召爱跳舞的同学鼓起勇气，挑战自我，大胆用各种舞蹈形式演绎经典英诗。"诗歌的多形态演绎对知识的获取和心态的调节都十分有益。与其说我呈现了诗歌，不如说诗歌促进了我，日后我希望自己可以继续诗歌舞蹈的演绎，在此我也呼吁更多的英专生将诗歌之美以舞蹈的形式演绎出来，以此带动所有学生对诗歌的学习热情。"

作为一名舞蹈爱好者，我也用中国舞演绎了这首诗歌。在海棠花前，我身着粉红色的舞蹈汉服，在阳光下翩然起舞。其实摄影机旁边总是有来来往往的学生。想着还不够熟练的舞蹈动作，我也很羞涩，很胆怯，最终硬着头皮，鼓足勇气开始舞蹈。因为当时没有带音响设备，只能用手机播放音乐，户外一放，声音特别小。有时候一个动作没有做到位，或者突然忘记了哪个动作，就得重拍。反反复复，一共拍了十遍。我的最大的感受是，当我用心用舞蹈动作诠释诗歌意蕴的时候，我一心想着音乐、诗词和舞蹈动作，完全忘记了旁人的存在，我感到与大自然合二为一，内心是很感动的。以舞蹈的形式演绎诗歌的韵味，肢体美与语言美比翼双飞，诗句中的悲欢离合、喜怒哀乐与诗句交织相融。

第二节 清娥画扇中，春树郁金红——英诗的绘画性教学

一、吟诗作画

诗情画意的课堂是少不了精美绝伦的图片的。我们在英诗教学中，要么让学生用素描和油画展示出英诗意蕴，要么直接用世界名画诠释诗词内容。

比如，雪莱的《西风颂》篇幅长、难度大、用词正式，尽管辞藻偏难偏华丽，但读来激昂有力，相比“湖畔派”平直的诗句多了一份晦涩和艰深，其流畅的韵律中蕴含着起伏和变化，如西风一般灵动。诗篇情景交融，仿若电影镜头似地表现西风声色光影的立体感。秋风肃肃、西风飒飒，其形劲且刚，颇有进行曲的音响效果。在一场暴风雨的触发下，诗人的革命激情一泻千里，全诗可画出五张意象图：西风扫除林中残叶，西风搅动天上的浓云迷雾，西风掀起大海的汹涌波涛，诗人在西风中抒发对西风的热爱和向往，最后的“冬天来了，春天还会远吗？”让读者与诗人共同走入画卷深处，并肩看那蓓蕾吐馨、草长莺飞、春光明媚、万物盎然的新世界。在图画的审美体验和创作中，读者可加深对整首诗的意境的理解并咀嚼体会出诗人造词之精妙。诗中一词活则全句活，全句活则全诗活。诗中有画，画中有诗，诗画结合，在一幅幅水墨丹青中，读者内化了诗歌的意境，横跨了时空界限，悄无声息地走进雪莱的内心。

再比如，拜伦的《当我俩分别时》一诗不说相思，不说离愁，却道出刻骨铭心的离别之情怀和挥之不去、欲说还休的惆怅之感。诗篇饱含感情，前面的诗节平淡无奇却蓄积力量，让高潮喷薄在最后一句，其味道越咂摸越浓厚，思念之情在美妙绝伦、有大智慧而不言的最后一句达到顶峰。邂逅重逢，心绪绵细，回忆纷沓，“心似惊弓鸟、念如千端麻”是情到深处已无语的见证，是“执手相看泪眼，竟无语凝噎”的中国版写照，其悲戚程度不亚于“多情自古伤离别”。既有“相见时难别亦难，东风无力百花残”的哀伤，又有“此情可待成追忆，只是当时已惘然”“天涯一望断人肠”的痛心疾首，更有“便纵有千种风情，更与何人说”的感慨。

图 4.12 学生为《西方颂》画的油画

诗中“誓言破碎，你的行为轻浮”暗示美人的威力有如利器，使其心中的伤口疼痛欲裂，似爱似忘的微妙情感如同无情美人的回旋曲一样在心中盘根错节地纠缠，爱的迷茫与伤感、矛盾与复杂让作者欲罢不能。此诗最感人之处就是作者写实地道出了恋人的心愿，刻画了恋人既怀念深情往昔，却又不得不面对事实的无奈，因此此诗成了无数颗纯真心灵的逼真写照。首尾对照的重复让无言的伤痛在一次次回忆中强化升华，随着时间的推移，渐行渐远又终生难忘。爱之深，恨之切，恋爱之人无法作出裁决。“我又默默悲伤”的情感就像玄学派诗人乔治·赫伯特所言：“I will complain, yet praise, I will bewail , approve; And all my sour sweet days, I will lament and love.”又如阿尔弗雷德·丁尼生所言：“So sad, so strange, the days that are no more.”“默默”二字隐隐透露出诗人是不愿意分手的，就像迈克尔·德莱顿在《爱别离开》中所提到，虽然分手，然回忆往昔，忠心和纯真依然充满柔情蜜意，“如果你愿意，尽管爱情将死去，你可以让它康复，再次充满生机。”落句似有千言万语要倾诉，依依的留恋之情溢于言表，情到深处，哪种离别不伤悲。此诗韵式为 *ababcdcd*。朴实的语句恰似诗人无心的喃喃私语，悲伤、缠绵又亲切，引发读者心中一丝温暖又无奈的牵动与感伤。“So sweet bitter, so bitter sweet.”此情此感，美得让人痛心。通过这样一个遗忘与记忆的矛盾，读者仿若看到一个在深情中痛苦挣扎的灵魂，让人不禁回味美国诗人莎拉·蒂斯伊尔的：“把它忘掉吧，像忘掉一朵花，像忘掉歌唱过黄金的火苗，把它永远忘掉，时间是仁慈的朋友，使我们变老。如果有人问起，就说已忘掉。在很久以前的时光，像花，像火，像无声的足迹，被遗忘已久的冰雪埋葬。”而忘记一个深爱的人又是何其痛苦，需要多少次的“泪流默无声”啊。

When We Two Parted 当我俩分别时

—George Gorden Byron 乔治·戈登·拜伦

When we two parted 昔日依依别，
In silence and tears, 泪流默无言；
Half broken-hearted 离恨肝肠断，
To sever for years, 此别又几年。
Pale grew thy cheek and cold, 冷颊何惨然，
Colder thy kiss; 一吻寒更添；
Truly that hour foretold 日后伤心事，
Sorrow to this. 此刻已预言。

The dew of the morning 朝起寒露重，
Sunk chill on my brow— 凛冽凝眉间——
It felt like the warning 彼时已预告：
Of what I feel now. 悲伤在今天。
Thy vows are all broken, 山盟今安在？
And light is thy fame; 汝名何轻贱！
I hear thy name spoken, 吾闻汝名传，
And share in its shame. 羞愧在人前。

They name thee before me, 闻汝名声恶，
A knell to mine ear; 犹如听丧钟。
A shudder comes o' er me— 不禁心怵惕——
Why wert thou so dear? 往昔情太浓。
They know not I knew thee, 谁知旧日情，
Who knew thee too well— 斯人知太深。
long, long shall I rue thee, 绵绵长怀恨，
Too deeply to tell. 尽在不言中。

In secret we met— 昔日喜幽会，
In silence I grieve, 今朝恨无声。

That thy heart could forget, 旧情汝已忘，

Thy spirit deceive. 疾心遇薄幸。

If I should meet thee 多年离别后，

After long years, 抑或再相逢，

How should I greet thee?— 相逢何所语？——

With silence and tears. 泪流默无声。

图 4.13 学生的诗配画作品

威廉·布雷克是诗人、画家、雕刻家，他的诗歌中有明显的宗教性、预言性、哲理性和艺术性。前期诗作包括《诗歌素描》(Poetical Sketches)《天真之歌》(Songs of Innocence) 及《经验之歌》(Songs of Experience)，其诗作语言简朴、意象鲜明、象征性强、富有哲理，也充满着对现实的揭露与批判。后期诗作中象征性和神秘色彩的结合让读者如入迷宫。“布雷克的诗一点也不复杂，而是惊人的简单：文字简单，全是基本词汇；形式简单，不是儿歌，便是谣曲，多的是迭句和重唱，音乐性很强。”(王佐良 2003：255) 布雷克习画早，习诗也早，1783 年他出版《诗的素描》时才 26 岁。布莱克 1789 年发表的《天真之歌》和 1794 年发表的《经验之歌》中，语言简单，然而象征性很强。在这两卷诗集中，很多诗采用相同的题目，但反映的却是两个不同的世界，是感觉和视觉的对立状态，即“人类灵魂中两个相反的状态”。批评家把布雷克列为英国文学史上与乔叟、斯宾塞、莎士比亚、弥尔顿、华兹华斯齐名的最伟大的六位诗人之一。布雷克和艾略特、华兹华斯一起，并称为英语诗歌的三大革命先锋。

他的画大多是经过精心设计后的变形人体或他幻觉中所见到的人物。由于他的画在文艺复兴以后开启了“不重形似而重精神力量”的新路，他又被赞誉为“英国艺术方面最重要的人物之一”。1788 年开始，布雷克采用浮雕蚀刻的办法出版他的诗集，并且诗画结合、互相映衬，这些图文并茂的作品需要解释性和想象性的阅读。布雷克曾为但丁的《神曲》、乔叟的《坎特布雷故事集》、班扬的《天路历程》、弥尔顿的《失乐园》和《复乐园》、华兹华斯的《诗集》等创作了精美的插画。布雷克用充满智慧的诗篇和画卷来抵抗那个物质世界的一切压力。当时有人称他是一朵诗苑奇葩，一个“怪异”的天才、神圣的“疯子”。

Love's Secret 爱的秘密

—William Blake 威廉·布雷克

Never seek to tell thy love, 千万别想把爱情倾诉，
Love that never told can be; 爱情只能深藏在心里；
For the gentle wind doth move 因为，那柔风的吹拂
Silently, invisibly. 无声无息，无形无迹。

I told my love, I told my love, 我把整个心迹
I told her all my heart, 向她表白；
Trembling, cold, in ghastly fears— 我颤抖、冰冷、害怕，
Ah! She did depart! 可她竟然走开！

Soon after she was gone from me, 她刚刚从我这儿离去，
A traveller came by, 一位过路人经过身旁；
Silently, invisibly. 无声无息又无形无迹
He took her with a sigh. 凭一声叹息被她爱上。

图 4.14 学生的诗配画作品

此诗精致凝练如一篇神秘优雅的小品文，表达出爱情变幻莫测、无形无

迹、难以理喻的一面，让人不禁感叹："What is love? Can love be told? What's the secret of love?"此诗风格如涓涓溪流般纤细，又似水中之月、镜中之像，言有尽而意无穷。语言似清茶般清新雅致，意味如古琴曲般隽永悠长，轻淡的笔触交织着细微的柔情。

诗歌的前八行像是诗人在经历了哈姆雷特式的内心独白后得出的结论，"Say or not to say, that is the question.""Love that never told can be."爱只能深藏在心，一旦说出便不复存在，仿佛爱情是"见光死"的玩具。你越是千里万里地追寻，越是被困在云里雾里，越是千般企盼万般柔情地倾吐，反倒得到心仪之人不屑一顾地弃你而去，无怪乎诗人叶芝说："Never give all the heart, for love will hardly seem worth thinking of."诗歌的后四行是个强烈的对比，萍水相逢的路人仅凭一声叹息，便悄无声、渺无踪地赢取了芳心，正应了中国古诗词所言："有心栽花花不开，无心插柳柳成荫"。这其中类似悖论的哲理和幽情若不是亲身经历，谁又如何能读懂爱情的奥秘呢？爱情真的是妙不可言吗？诗歌结句斗绝，有一落千丈之势，诗意突然变得奇突转折、起伏跌宕。结尾处的基调虽然有点沉闷，但其出乎意料的反转仿若一个高八度的跳音，让世人思考爱情的神秘，这种轻开重合的表述方式，像圆周句一样，把重心放在最后。这种技巧和保罗·劳伦斯·邓巴中给人的启迪如出一辙。"I grew a rose within a garden fair, And, tending it with more than loving care… Too late! Some thoughtless child had plucked my rose and fled!"诗人精心护理着一朵玫瑰蓓蕾，眼看它一天比一天火红完美，可赶去看时，一个自私的小孩已摘花逃走，作者对花所倾注的充沛情感实际就是他自己所期望的生活中的爱情。如此变化多端、让人捉摸不透的爱情，让诗作落笔处多少有几分伤感，但依然回味无穷。布雷克另一首小诗《我可爱的玫瑰树》（*My Pretty Rose Tree*）可以说是此诗的一首续诗，同样的短小精悍，同样的透亮深刻、富含哲理。前四行如同中国歌曲《迟到》中所唱："我的心中早已有个她，她比你先到。"诗人拒绝那朵美丽的小花，精心伺候"my pretty rose-tree"，谁知"我"忠贞如一的美德非但没有得到回报，反而"my rose turned away with jealousy"。即便如此，她的刺就是"我"唯一的快乐，她因"我"而嫉妒岂不正是爱的证明？

宏观上分析，这首哲理小诗探讨了理论和道德，告诫世人对爱情应有的责任态度以及婚姻中理解和宽容的重要性。值得思考的是，爱情遇到了挫折时，究竟应胸怀大度的包容，如兰斯顿·休斯在《没有后悔》（*No Regrets*）中所言，"Out of love, no regrets, though the return be never."因为爱的无需回报性而让感伤之情萦绕终生，还是像美国诗人萨拉·蒂斯代尔在《就让它被忘记》（*Let It be Forgotten*）中所说："Let it be forgotten, as a flower is forgotten, Forgotten as a fire that once was singing gold, Let it be forgotten for ever and ever, Time is a kind friend, he will make us old. If anyone asks, say it was forgotten Long and long ago, As a flower, as a fire, as a hushed football In long forgotten snow." 或是如美国诗人约翰·古尔德·弗雷彻在《别哭泣》中所说:"Weep no more, nor sigh, nor groan, Sorrow calls no time that's gone… Grief is but a wound to woe." 失恋的少女是否应振作精神、忘记痛苦，去开拓美好未来呢？此诗虽小巧可爱，却有质朴真实、字字如金、全无艺术化的痕迹，有"粗服乱头，不掩国色"的美感。诗好就好在"有意无意、可解不可解之间"。

色彩和构图能说出英诗中所有的语言。别林斯基说:"诗歌用形象和图画说话。"（别林斯基，1987: 429）巴乌斯托夫斯基说:"不重视色彩和光线的作家作品色调暗淡、苍白、无生气。"绘画表现动作时"寓动于静"，即选取动作发生的一瞬间，诗歌表现物体时"化静为动"。绘画与诗歌互为补充、交相辉映、息息相生。中国古典园林的布局之美特别注意从诗词歌赋中吸取精华，追求情景交融、心物合一的审美境界。中国画的题画诗即款书或指明画意、或增加画趣。中国古代的名人墨客都是对诗书画融会贯通的高人。比如清代扬州八怪之一的郑板桥既有画家特有的造型能力，又有诗人特有的情趣天真。苏轼评价诗人兼水墨山水画家王维的诗画:"诗中有画，画中有诗。"

作家叶圣陶提出读诗，就要"在想象中张开眼睛，看着文字构成一幅图画"。读者作画时根据视觉性强、画面感强的语言画出最高潮的一瞬间，即最能表现诗歌中心思想，将到达顶点前的那一刻，"愈看下去，愈想象无穷"（莱章）。比如古希腊米隆的雕刻作品《掷铁饼者》，就是抓住了运动员把铁饼掷出前最紧张、最有力一刹那。画出诗中所绘景物的一个局部，"于无声处听惊雷"，读者的认知、体验能力一旦活跃，诗句和想象便环环相生。所谓"意存笔尖、画尽意在""虚实相生，无画处皆成妙境"。诗歌创作"言有尽而意无穷"的艺术感染力与中国绘画"留白"的手法渊源相通，这种含蓄又得体的美，给人无限的遐思。

英诗是意念、意象和意境的综合体，三者相辅相成。意念是指诗人的情感，意象即诗人表意时借用的形象，即客体映入主体内心的物象，意境即情意和物象相契合所达到的艺术境界。"节奏、形象和意义同时存在于一个紧密的、不可分割的整体中，这才是诗句，这才是诗。"（王军，2004: 30）在英诗意境中徜徉，吟诗作画这种"尚意"的审美观就要求用意境来解读英诗。诗配画除了追求西方绘画的真和美，还追求中国绘画的以形写神、神形兼备。诗境浅绘，就是唤醒文字附载的意象、暗孕的哲理、流逝的音韵、跃动的情趣。

《学习的革命》一书中强调，把知识串联成图表更有助于加深和巩固记忆。同样，把诗歌与美术结合起来对于读者参与诗歌的诠释和再创作，消除对诗歌的距离感有不可低估的神奇功效。在图画的审美体验和创作中可加深对整首诗意境的理解并咀嚼体会出诗人造词之精妙。诗中一词活则全句活，全句活则全诗活。一画一世界，诗画结合，在一幅幅水墨丹青、流光溢彩中，融进并内化诗歌的意境，横跨时空界限，悄无声息、水到渠成地走进诗的意境。吟诗作画，这种多元性的诗歌解读方法，如静物写生尤其适用于有绘画美的诗歌，教会读者展开想象的翅膀来补充诗人的“留白”，还原诗歌场景，使简练的语言成为联想的依据，把诗歌语言形象化、具体化。品诗画诗是一种意、一种情、一种韵，很多诗只可意会不可言传。浸润其中，会感到一种巨大的艺术享受。

二、华兹华斯诗歌中的画意探究

在英诗历史上，很多诗人也是身兼数职的才艺多面手。英国诗人威廉·布雷克，但丁·罗塞蒂，美国诗人肯明斯都是诗人兼画家，其诗如画，其画如诗。湖畔派浪漫主义诗人威廉·华兹华斯虽然不是画家，但其诗歌诗意和画意俱佳，就像中国唐代诗人王维，“诗中有画，画中有诗”。

威廉·华兹华斯与柯勒律治、骚塞同被称为“湖畔派”诗人。“湖畔派”三诗人中成就最高者为华兹华斯。华兹华斯生于律师之家，1787 年进剑桥大学，曾在 1790 年、1791 年两次访问法国，其间与法国姑娘阿内特·瓦隆恋爱，生有一女。他对自然有着“虔诚的爱”，视自然为精神家园，在自然风光和平民事物中寄托着自我反思和人生探索的哲理思维。华兹华斯是英国浪漫主义诗歌的主要奠基人，也是 20 世纪欧美新诗理论的先驱。他最著名的作品包括:《我孤独地漫步，像一朵云》《写于威斯敏斯特桥上》《露茜组诗》《孤独的收割者》《我心荡漾》《高原女孩》《致布谷鸟》等。“华兹华斯思路广，意境高，精辟，深刻，令人反思，令人向上；而又一切出之于清新的文字，确是英文诗里三或四个最伟大的诗人之一。只是他后期诗才逐渐枯竭，诗作变得冗长沉闷，又使人无限惋惜。”（王佐良，2003：321）妹妹多萝西与华兹华斯最为亲近，一直与他做伴，终身未嫁。1802 年 10 月，华兹华斯和相识多年的玛丽·赫金生结婚，从 1797 至 1807 年是他创作生命最旺盛的 10 年，其间佳作迭出，之后渐趋笔涩神枯。1843 年被封为桂冠诗人，1850 年，诗人刚度过 80 寿辰不久便悄然辞世。

优美的自然风光培育了华兹华斯对大自然深切的热爱。作为湖畔诗人，他定居于英格兰北部的湖区威斯特莫兰郡。风光绮丽的天光云影和平静安逸的山容水态成为他的灵感和想象之源泉。“华氏以其用词质朴、风格清新、节奏明快、意境优雅的作品向世人展示了崭新的诗歌创作模式。”（刘守兰，2003：5）他的诗作与王维的山水诗、陶渊明的田园诗和齐白石的鱼虾画都有着异曲同工之妙。华兹华斯喜欢写清新的自然诗歌，歌咏大自然的美。当一首清新淳朴的自然诗歌展现在读者面前时，人们就不能否认它的绘画性。画意是诗歌自然而然的流露，而华兹华斯诗歌中的画意主要表现在以下三个方面。

其一，唐代张彦远提出“意存笔先，画尽意在，所以全神气也”的著名观点。在作画之前，画家心中要明确画作的立意何在，能给观者带来什么样的视觉效果或情感共鸣。同样，在诗歌创作之前，诗人要清楚此诗想要表达什么样的意境，传达什么样的思想感情。若想达到以某种情感感染读者的效果，诗人自己首先要被这种情绪所感染。一幅真正的好画不是画尽意尽，而是画尽意犹存。虽然画的形式是有限的，但意味却是深远隽永的。诗歌也是一样，文字有限，字里行间的诗意却可以无限。正是因为这种深远的意味，绘画和诗歌才得以成为人们精神上的追求。在《孤独的割麦女》中，诗人把少女割麦子的流动瞬间凝为永恒靠的就是意蕴，诗尽意犹存。华兹华斯就是一个用意的高手。莽莽高原上的空旷之感，少女独自割麦子的动作以及那回荡在高原上的歌声将读者的视觉与听觉一起触动，读者仿佛能够亲眼看见那情景，亲耳听见那动人的歌声。意蕴的描绘是一首诗的灵魂，它能够传达给读者一种缥缈悠远的时空感，时空无尽，诗意永恒。

其二，“主景突出、客景烘托”是绘画中的一条重要的布局章法。诗歌与绘画是共通的，只不过绘画用的是线条、颜色等，而诗歌用的是文字。在诗歌的创作中，写景的诗要突出主景，抒情的诗要体现主要的思想感情，不可宾主不分。主景突出、客景烘托并不是说客景不重要，客景要安排得恰到好处才能更好地突出主景。以华氏的《威斯敏斯特桥上》为例，此诗描写的是伦敦清晨的景色，这是主景，也是读者关注的重点。但开篇有两句：“如果有人路过这里却无动于衷，无视这美丽的晨景，那他一定是个愚钝的人。”这两句没有直接写景，而是从侧面烘托出了景色之美，激发了读者的想象。

其三，“在绘画中，有画处为实，无画处为虚”“虚实相生，无画处皆成妙境”。在诗歌中，虚表现为虚写，即描写想象之景，非眼前之景；实是实写，即描写诗人眼前所见之景。虚实相生、虚实结合的手法使诗歌在不同的时间与空间中畅游，扩大了内涵与表现力，增强了诗歌的感染力。华兹华斯对于诗歌中的虚与实也有自己的一套见解，他认为诗人在创作中应“再现日常生活，使用生活语言，辅以多彩想象”。他曾在《抒情歌谣集》的序言中指出，“诗歌是强烈感情的自然流露，它来自宁静的回忆。”在这里，日常生活是实，想象与回忆是虚，虚实结合，诗意皆出。在《孤独的割麦女》一诗中，诗人描写苏格兰少女独自割麦的情景时运用了非凡的想象来衬托少女歌声的悠扬。其中诗人联想到阿拉伯大沙漠里疲惫的旅人和夜莺的啼啭，扩展了全诗的意境。诗人还对这位割麦女在唱什么进行了猜测，是在歌唱那些遥远的往昔，还是尘世间的悲伤、痛苦和损失？还是战争的纷扰？抑或是那些曾经出现或许还会重演的片段？这种猜测丰富了诗歌的内容，增强了诗歌的意蕴以及时空感，让读者的思绪随着诗人的描述纷飞，从而体现出艺术的永恒。

华兹华斯诗歌中的指导思想也与中国山水画的基本理论不谋而合，具体表现在以下三点。

第一，崇尚自然，师法自然。人类对自然美的认识和追求经历了漫长的历史发展过程，从最初的畏惧自然，到利用自然、改造自然，再到人与自然的和谐相处，人类在一步步地发现自然。先秦时期，老子第一次提出了“自然”的概念——“道生一,一生二,二生三,三生万物”“人法地，地法天，天法道，道法自然”。庄子继承并发展了老子的思想，认为自然界本身是最美的，“美在天地间”“天地有大美而不言”。中国道家崇尚自然，老庄的“法天贵真”比英国浪漫主义的自然诗早了 1400 年，英国湖畔派诗人对田园风光和乡村生活的讴歌与赞颂也说明了自然作为一种寄托感情的安顿之所在文学中的地位。“华兹华斯曾经谈到，‘我通常都选择微贱的田园生活作题材，选择普通生活里的事件和情境，尽可能通篇都选用人们真正用的语言来叙述和描绘它们，同时又给它们以想象力的色泽，使得平常的东西能以不寻常的方式出现于心灵之前。’华兹华斯喜欢认真地观察大自然的一草一木，并在他那非凡的记忆库里储存起来。”（胡经之，1988：25）华兹华斯的自然诗纯用白描，寓巧于朴，淡笔取胜，其诗句如淙淙的流水，其语言极浅极淡、不破不露，然气韵横生、令人神往。他坚决摒弃 18 世纪古典文学的陈词滥调，提倡用民间文学生动活泼的语言，并从最平凡的事物和现象中挖掘出深刻恒久的诗意，正是“凡情无奇而自佳者，景不丽而自妙者，韵使之然也”（陆时雍《诗境总论》）。在他的诗中，基调是静的，画面是动的，流畅而不事雕琢的动态诗句让人想象摄像机的移动。大量的山水描写背后有一颗对政治失望的心。“感人心者，莫先忽情；情动于衷，莫贵乎真”“真情真景，无斧凿痕”，自然是心境的反映，于普通琐屑之中发现美，这本身就是一种境界。或许崇尚自然、师法自然就是一种返璞归真，是对质朴之美的追求。华兹华斯在自然山水中安顿自己的心灵，宁静致远、淡泊自适、洒脱飘逸。

第二，天人合一，物我两忘。天人合一是中华民族五千年来的思想核心与精神实质，此思想主张人与自然要建立起亲密和谐的共存关系，强调天与人的融合、自然与心灵的融合，抛弃杂念与烦恼，抛去功利之念、名誉之心，从而达到物我两忘的境界。天人合一的思想指导着华兹华斯诗歌的灵性，帮助诗歌塑造不朽。《我孤独地漫步，像一朵云》一诗就很明显地体现了这种思想。诗人把自己比作在空中飘荡的一朵云，俯视着人间景色，突然发现一片金灿灿的水仙。他细腻生动地描写了大自然带给他的震憾感，并深刻地表达了孤寂虚空时灵动的水仙所给予的慰藉感。感受着大自然的气韵，诗人的孤寂也变得生动起来，此刻，诗人的精神与水仙共舞。金灿灿的水仙是自然气韵之所集，而这种自然的气韵强烈地吸引了诗人，与诗人的内心世界融为一体，达到了“天人合一”的境界。在读此诗时，透过这洋溢着芬芳气息的诗句，读者也可以假设自己是诗人所比喻的一朵云彩，想象这一簇簇迎风摇曳、婆娑起舞的黄水仙如何地百里绵延、欢快无边。读者感受诗歌本身清丽流畅的风格之时，能体会到诗人脱离世俗社会和投入大自然怀抱的美好愿望，更能深入理解那气韵生动的水仙如何在孤寂时让诗人神往，给予无限慰藉和欢畅，这种加深理解的过程能极大地提高对英诗的领悟力。

华兹华斯的诗中，山容水态是诗篇的主角，青山绿水、鸣禽芳菲是诗人的宠儿，诗人以此表现对闲适和隐逸生活的向往。《致雏菊》有诗句：“鲜艳的花呀！你到处为家，在大自然的慈母般的关怀下，你勇敢大胆，一年到头呀，不管它欢乐或忧愁。”大自然成了万物的母亲，雏菊的“鲜艳”“勇敢”“大胆”“无忧无虑”都是出于大自然慈母般的关怀。在《致蝴蝶》中，诗人这样描写：“你是在吮蜜还是在睡觉，如冰封的大海纹丝不动，微风一吹便翻飞起来。”正是“万物静观皆自得”。《不朽颂》有诗句：“宇宙万物都具备灵性”“最微贱的花朵给人深刻得眼泪也无法表达的思维。”可见，华兹华斯的自然诗中满是“掬水月在手，寻花香满衣”的情趣，以及对所赞之事物伫立凝神、久久驻停的想象。此中，“一切景语皆情语”（王国维《人间词话》）。

第三，融情入景，情景交融。一幅呆板的画不是好画，要让画灵动起来就要融入画者的感情，使画以情感人、以意感人。诗歌的创作也一样。在诗中，有的诗句用景物描写来寄托感情，有的诗句则通过渲染景物来烘托感情，还有的诗句以景物作为思想感情的某种象征。融情入景、情景交融自古以来就是诗歌的一大法宝。《威斯敏斯特桥上》一诗中，诗人用清新的笔调描绘了伦敦清晨的静谧景色，这种宁静的景色实际上也反映出了诗人内心的宁静。诗与画的这些共通之处不是文人墨客们的有意而为，而是诗画在发展过程中由于性质要旨的相似而产生的在手法技巧上的融合。《早春抒怀》是一首描写自然的代表作，在这首诗中，诗人对人与自然界的隔阂与差异进行了思考。“穿过丛生的樱草，在绿荫如盖的村落，蔓延的长春花围成花环；我深信，每一朵花都会为吸入的芬芳空气而满心欢喜。”“柔叶嫩枝如巨扇般展开，去招惹那阵阵清风；我费尽心思去想，终于明白，那里，快乐永恒。”这样唯美与细腻的自然描写除了体现诗人对自然的崇尚与热爱外，也体现出了诗人的悲伤与对人类社会的不满。

再以华氏《孤独的割麦女》为例解读绘画技巧在其中的应用。《孤独的割麦女》是一首清新的劳动赞歌，采用民谣体写成，读来亲切自然，让中国读者想起歌唱家李谷一所唱的《思念》中的歌词：“你的身影、你的歌声，永远留在我的心里。”全诗总共32行，分为4个八行诗节，采用四步抑扬格，韵式或为 *abcbddee* 或为 *ababccdd*。

姑娘的身影和歌声与田野多重交织，赋予诗歌流动的色彩和线条的美感。“其飘逸质朴的文笔汇同大自然的旋律，读来朗朗上口，清晰的节奏在统一中又有变化，既有规律又不单调”。（王佐良、丁往道，1987：54）

The Solitary Reaper 孤独的割麦女

—William Wordsworth 威廉·华兹华斯

Behold her, single in the field, 你看！那高原上年轻的姑娘，
Yon solitary Highland Lass! 独自一人正在田野上。
Reaping and singing by herself; 她一边收割一边在唱歌；
Stop here, or gently pass! 你停下吧，或悄悄走开！
Alone she cuts and binds the grain 她独自在那里又割又捆，
And sings a melancholy strain; 她唱的音调好不凄凉；
Oh listen! For the vale profound. 你听！你听她的歌声，
Is overflowing with the sound. 在深邃的峡谷久久回荡。

No nightingale did ever chaunt 在荒凉的阿拉伯沙漠里，
More welcome notes to weary bands 疲惫的旅人憩息在绿荫旁，
Of travelers in some shady haunt, 夜莺在这时嘀呖婉转，
Among Arabian sands; 也不如这歌声暖人心房；
A voice so thrilling ne’er was heard 在最遥远的赫伯利群岛，
In spring-time from the cuckoo-bird, 杜鹃声声唤醒了春光，
Breaking the silence of the seas 啼破了海上辽阔的沉寂，
Among the farthest Hebrides. 也不如这歌声动人心肠。

Will no one tell me what she sings? — 谁能告诉我她在唱些什么？——

Perhaps the plaintive numbers flow 也许她在为过去哀伤，
For old, unhappy, far-off things, 唱的是渺远的不幸的往事，
And battles long ago: 和那很久以前的战场？
Or is it some more humble lay, 也许她唱的是普通的曲子，
Familiar matter of to-day? 当今的生活习以为常？
Some natural sorrow, loss, or pain, 她唱生活中的忧伤和痛苦，
That has been, and may be again? 从前发生过，今后也这样？

What'er the theme, the maiden sang 不论姑娘在唱些什么吧，
As if her song could have no ending; 歌声好像永无尽头一样；
I saw her singing at her work, 我见她举着镰刀弯下腰去；
And o'er the sickle bending;— 我见她边干活儿边歌唱——
I listened, motionless and still; 我凝神屏息地听着，听着，
And, as I mounted up the hill, 直到我登上高高的山岗，
The music in my heart I bore, 那乐声虽早已在耳边消失，
Long after it was heard no more. 却仍长久地留在我的心上。

此诗写的是苏格兰高原地区一农家少女独自在田间边劳动边歌唱的情景。此情此景深深地触动了诗人的心弦。为了让这淳朴勤劳的女孩尽情地抒发她的内心世界，诗人不忍心惊动她，他想，要么就此止步，要么悄悄走开。诗人说割麦女的歌声比夜莺和布谷鸟的歌声还要动人、纯真和自然。农家女孩没有受到城市生活的污染，"清水出芙蓉，天然去雕饰"。此诗的意境空灵飘逸，感情高洁真挚，极富浪漫气息，没有丝毫庸俗的情调。语言上，他努力排除新古典主义式的"诗歌辞藻"，从日常语言和民谣中汲取养分，并赋予其美妙的音乐感。

第一诗节采用现在时态，使整幅画面显得生动直观、栩栩如生。"Single, solitary, by herself, alone"用以渲染割麦姑娘的孤寂和艰辛。在第二诗节中，丰富的想象和宁静的追忆传达出神秘、缥缈、幽远的美。歌声的通感把人们带入荒漠里夜莺的嘀呖婉转和初春时赫伯利群岛的杜鹃啼鸣，但鸟儿的歌声怎么也不如姑娘的歌声"暖人心房、动人心肠"，如此优美的歌声不禁让诗人在第三诗节猜测歌的内容，为何"她唱的音调好不凄凉"？诗人对歌词内容做了探索，不经意地提到一些人类永恒的话题，于是歌词的主题就在时间和空间上得到无限扩展，哀歌也因此而上升为人类永远吟唱的生命悲歌。最后的诗节是诗人的抒情，"那乐声长久地留在我心上"，诗人极大地扩展了诗歌中时间的内在张力，使画面脱离了琐碎的现实世界，展示出艺术的永恒和

不朽。

一首充满画意的诗歌不仅仅是用来读的，更是用来观赏的。读一首诗，脑海中便铺展开一幅画卷来，这样的诗比单纯的文字更为形象生动。这就意味着一些绘画方法可以在诗歌中得到运用和体现，或者说一首充满画意的诗会自然而然地体现出一些绘画方法。勾、点、染是绘画的基本技巧。用文字来勾、点、染是一种抽象的绘画，需要辅以想象力。

绘画中的勾是线条的勾勒，而诗歌中的勾是思维的勾勒，以便给整首诗奠定基调：写景的基调、状物的基调、抒情的基调。在《孤独的割麦女》一诗中，诗人开篇几句描写的是实景，着墨不多，却很好地描绘出了高原上的这位姑娘一个人一边割麦一边歌唱的情景。"Field，highland" 勾勒出了地点——高原上的田地里，"reaping" 勾勒出了姑娘割麦的动作，而 "singing" 则描画出了姑娘唱歌的情景。4 个词，不是线条，却胜似线条。

"'点'主要是指山水画中的点叶、点苔、点树、点山等技法，可表现气势的完整，或点睛提神，或掩盖毛病。"（李锦盛，2002:28）在诗词中，给其添色点题的字、词或句称为"点睛"之笔。以《威斯敏斯特桥上》为例，诗的开篇描绘了伦敦夏秋之交的清晨：船舶、尖塔、剧院与教堂都沐浴在金色的晨曦之中，显得清新、宁静、美好。最后的一句为："那颗伟大的心也在静静地休憩！"在这里，"诗人把伦敦比作一个有着强壮心脏的巨人，那喧嚣的生活恰如巨大心脏的跳动。而在这清晨，一切尚未苏醒，那强壮的心脏也正在安然休息"（刘守兰，2003:128）。当喧嚣与浮躁都消失的时候，宁静与和平便成为主导。诗人在描写这样宁静的清晨的时候，实际上也点明了自己的心境如同这清晨的景色一样庄重而恬静，此乃点睛之笔。

"染"是用来表现事物的色调，加强景物的厚重感、质感和空间感，丰富、协调、统一画面各部分之间的关系。很多文章里都可以看到烘染与渲染的运用，如某景物渲染了什么样的气氛、心情等。以《孤独的割麦女》为例，诗人在第一诗节中连续用了 4 个同义单词和短语："single，solitary，by herself，alone"。4 个同义词同时使用，重叠反复，恰似色彩的不断加染，层层地渲染出割麦姑娘的孤寂，也给全诗烘染出一种孤寂的灰色调。

在作画的过程中品诗，就是一种从对景物的客观描述过渡到对心灵意境的开拓，自然景观与人物内心与读者感受和谐融为一体，达到"天人合一"的境界。意境是种若有若无的朦胧美，一种空灵的境界，是人通过艺术对世界本体的体悟。从刹那见永恒，以咫尺见千里，言外之意、弦外之音、画外之情，一切囊括在有限的诗句中，读者通过视听觉的感悟和互动如临其境，通过有限的艺术形象达到无限的情韵浓郁的艺术意境。

二、用名画赏英诗，诗情画意两相宜

英美意象派诗歌更具有中国绝句式的美感，有些诗歌虽短小精悍，其白描似的叙述后亦暗蕴着丰富的审美体验，比如意象主义大师埃兹拉·庞德的杰出代表作《地铁站一瞥》的 2 行 14 个单词含蓄、凝练，就像中国古典诗词“人面桃花相映红”“梨花带雨”的意境。他以意象为客观对应物诠释了关于意象的定义：“一刹那思想和情感的复合体”。三言两语的魅力，让人不得不感叹：“若不是妙手偶得，便是经过锤炼的语言的精华。”关于意象最经典的解释莫过于帕斯的：“这是羽毛，那是石头。石头就是羽毛。这个就是那个。”（王军，2004：36）有了意象，许多对立的事物就能并存，词语间出现神奇的组合。正如刘勰在《文心雕龙》中指出，意象贵在单纯（凝练地传神）和变异。

改诗寥寥 2 行，14 个单词，只有两个鲜明的意象，“幽灵”与“枝条上的花瓣”。

In a Station of the Metro 地铁站一瞥

—Ezra Pound 埃兹拉·庞德

The apparition of these faces in the crowd; 这几张脸在人群中幽灵般闪现；
Petals on a wet, black bough. 湿漉漉的黑树枝上花瓣数点。

庞德回忆说此诗的灵感来源于巴黎协和广场的地铁站出口，阴冷而潮湿，他置身于熙熙攘攘的人群中，行人如潮水般迎面涌来，又匆匆而过。突然间一张张儿童和贵妇的美丽的脸闪现在昏暗的人潮里，如花朵般明艳的脸庞就是诗句中的“花瓣”，昏暗的人潮就是“黝黑的树枝”。这“花瓣”忽隐忽现，这如幽灵般闪现的美丽面孔又让人联想起乘客的脸庞和阴森的冥界，产生人生短促的哀伤。诗人以两个并置的意象描述了这样一个瞬间，色彩强烈，神秘而优美。这一刻，因为诗人奇异的才华，世界也不得不在匆忙中停下脚步。

细细读来，蓦然发现，这两句诗岂不正是两幅名画的并置——法国印象派画家雷诺阿的《阳台两姐妹》和挪威画家爱德华·蒙克的《呐喊》。雷诺阿画的儿童和贵妇如花朵般美丽，其色彩明媚，充满快乐和青春，仿佛自带美颜效果，这正是诗句中的“湿漉漉黑树枝上的花瓣数点”。而表现主义绘画代表作《呐喊》的主体是一个痛苦惊悚、极度夸张的可怕表情，其线条扭曲，与桥的粗壮挺直形成鲜明对比。这让人感到恐惧、恶心、沉闷、焦虑的表情，正是诗作中的幽灵。

图 4.15 从左到右依次为《阳台两姐妹》《呐喊》

以这两幅图来欣赏和解读《地铁站一瞥》就可以更深入地感受和理解诗人在捕捉这些习而不察的美好瞬间的敏锐观察力和画家般精湛的艺术构思。湿漉漉的黑枝头上有着传递美感的片片花瓣，枝头被比作阴暗的地铁站，花瓣则是美丽的脸庞，象征着自然界的生死轮回，让人看到希望和再生。人群中的脸和黑色枝条上的花瓣并置，人在地铁站那密密麻麻人群中的沉闷窒息感转为看到时隐时现美丽面孔后的活力感与愉快感。两幅本无关联的画面同时闪现，形成俗陋与优美、潮闷与清新的强烈对比。诗歌既表现出都市人生活的忙碌和焦虑，又表现出心灵对自然美的依恋和向往。美好的瞬间被定格在这意象画中，生动形象、诗画合一地引起无限联想。

美国诗人肯明斯诗风大胆，不拘一格，诗歌布局一如错落有致或者无章可循的画面。美国诗人艾米丽·狄金森曾频繁使用破折号来树立简约自然的风格。而肯明斯在图案诗中则把标点符号用到了极致，其诗行排列也是稀奇古怪、标新立异，诗歌的整体造型让人叹而观止。如果读者不看释义，只有不停地胡思乱想。

l(a 孤

le （一
af 片
fa 树
ll 叶
s) 飘
one
l 落）
iness 独

诗歌《孤》，英文名是“l(a”，也翻译成《落叶》或者《叶落》，一对括弧，4 个词，这到底是诗，还是谜语或图画？答案是图画诗。

横向来看，其括号内是 a leaf falls，括号外是 loneliness（寂寞孤独），被解构成 l-one-l-iness。题目和诗句连在一起就成了 l-(a- le- af- fa-ll-s) one-l-iness，即 l(a leaf falls) loneiness。

诗人把 a leaf falls（一叶落下）藏在 on loneliness 里面，把抽象概念 a loneliness 具象为 a leaf falls，孤叶在寂寞包围中飘落。

整首诗一眼望去像一棵树，从上至下呈垂直外形，展现出树叶飘转下落的全过程，有画境与雕塑的效果。诗人对小写字母情有独钟，连自己的大名也写成 e · e · cummings。很多诗歌的题目首字母都是小写，而此诗这小写的“l”恰恰状若树梢发叶之初，语义与形式不谋而合，一举两得。树干上的字母正好像一片片的树叶纷然飘下，坠至根蔓，在吟哦间零落成泥，即 5 个字母的组合 iness。中间的 affa 是从红字标出的，表示刮起拂拂之风（f 音），风吹树叶，同时 af 和 fa 的颠倒组合展现出了叶子随风飘荡的情景。倒数第四行的 s 音则表示咝咝的风再次吹起，树叶再次飘落。单词 a 和 one 贯穿全文，突出孤独之感。字母组合 iness 暗示树叶落在地上，孤单的一片树叶与孤独相接，暗示孤独感潜滋暗长，愈趋强烈沉重。

此诗着重突出 one 来表示孤独，这点与清代诗人王士祯的《题秋江独钓图》有相似之处。“一蓑一笠一扁舟，一丈丝纶一寸钩。一曲高歌一樽酒，一人独钓一江秋。”从此层意义上说，首字母 l 就像数字 1，生命旅程从开始就面向归宿，这一连串的字母就是人生的沟沟坎坎，是脚印连缀的行迹。渐进终点，依然是 loneliness，每个人都是孤独地来，孤独地去。人生总会经历“青叶—绿叶—黄叶—枯叶—落叶—归根”的过程，人生注定是一去不返的寂寞旅程。至此，通过耐心细致的形意组合，诗意终于得解。此诗被誉为英诗中最孤单的诗，和中国最孤独、最冷的诗《江雪》遥相呼应：“千山鸟飞绝，万径人踪灭。孤舟蓑笠翁，独钓寒江雪。”

卡明斯独特的诗形实验初看似支离破碎，破坏传统，细细品来方懂得其中韵味，他“不惜一切，离经叛道地另样表达诗情与画意”。他简直就是诗歌界的毕加索，诗歌就是他的立体性作品。他对单词进行灵活多变的层层分解，把字母随心所欲地重叠组合，痛痛快快地玩文字游戏，读者只好煞费神思地猜来猜去。西班牙立体派画家毕加索在画面上用雄浑有力的、宽广而有概括性的平面造型的手法，对物体的结构进行多角度重叠画作。他画作中的人物像好像照片洗重了一样，正面、侧颜，统统放在一个平面。也许肯明斯想和毕加索一样，从事物的内涵去解析事物，也许这就是肯明斯的画意语言。

美国诗人威廉·卡洛斯·威廉姆斯的“静物写生小诗”也是诗情画意完美融合的经典代表。他主张写实，以事物特有的特征教会人们认识和体味日常生活中的美。他的诗歌有一种“洁癖”，用词俭省奇巧，没有丝毫的臃肿和杂乱，如女子素颜出镜，用平民化语言讲述老百姓自己的故事，以此展现自己诗歌创作的真容颜和真功夫。

《红色手推车》一诗中，wheelbarrow 这一复合词被拆成了两行。手推车本来是一件物品，但在诗人的描写下却成了有着 red wheel（红色车轮）的手推车。在诗人的笔下 wheel（轮子）的作用被突显出来，这就使人联想到农民在日常劳动中使用手推车时的情景。第 3 节中的 rainwater 以两行的形式出现，将 rain（雨）和 water（水）分别写在两行，更加突出了雨水的零落姿态以及成片的雨水使人产生的感觉上的差异。白鸡和红车，这两个并置的意象显而易见。第 4 节中的 white chicken 以两行的形式出现，从而更加突出了 white（白色）这一层意思，同时也与第 2 节中的 red（红色）产生了鲜明的对比，使读者在视觉上感受到一幅色彩鲜明的画面。如此一来，这首诗就是用区区 16 个单词画了两幅明艳艳的画。

图 4.16 《红色手推车》

实践教学中，我们经常直接用世界名画导入英诗，比如用高更在太平洋上的塔希提岛创作的画作导入兰斯顿·休斯的《黑人谈河流》，以梵高的《星夜》导入济慈的《灿烂的星》，以夏加尔的《生日》、洛朗桑的《小舟》和毕加索的《梦》导入克里斯蒂娜·罗塞蒂的《生日》，以夏加尔的《在她身边》导入但丁·罗塞蒂的《静午》。

在讲解美国诗人埃德加·艾伦·坡哀悼早逝妻子的挽歌《安娜贝尔·李》的时候，可先让同学们观看中世纪的哥特式教堂的图片，然后阅读诗歌，总结出诗作风格。坡是恐怖小说的鼻祖，最爱的主题是“美女之死”，而其诗歌集《乌鸦》中的诗作主题均是爱情、死亡、幻灭和伤悼。坡的诗学观和美学观的精神核心是“只有颓废美和忧郁美才能推进灵魂的升华”。只有“永不再”才能实现“永远在”。

这首《安娜贝尔·李》音韵优美，节奏感强，却被一股浓浓的凄伤氛围笼罩着。诗人用一对青梅竹马的恋人间破碎的爱情故事烘托出自己对爱情的忠贞不渝。苍白的月亮、凄凉的夜色和萧萧的寒风，古老的王国和海边的一丘孤坟，黑暗凄凉的场景和阴森恐怖的诗词正是哥特风的标志性元素。

值得一提的是，学生的各种美育作业就像一个个精美绝伦的工艺品。通过几年的积累，教学中的每一首诗都有好几个优秀作品。这满园春色，无论采摘哪一朵都会芬芳我们的课堂，而课堂时间有限，如果将各种美育作业拼盘式地叠加在一堂课中，英诗的艺术化鉴赏势必肤浅和狭隘，空有华丽的噱头。

那么如何在课堂上让美育艺术化赏析和思辨性赏析之间达到平衡呢？如何调整各个教学环节的比例呢？我们把所有优秀的美育作业视频上传至课程的官方网络教学平台，课堂上只播放两个美育作业外加一个优秀作业的合成剪辑，穿插在韵律格律讲解和诗词讲解之后。这样，美育作业就像一道餐后甜点，思政元素、诗歌常识和诗词解析是正餐。

找到了“艺术”的教学入口，却也容易陷在里面。固执于艺术形式上的创新，大有不一鸣惊人就死不罢休的架势，仿佛不在这个点上做出充分的发挥，就不甘心转入下个环节。生活中只要听到好听的歌，便不自觉地想翻唱英诗，为英诗编舞，颇有走火入魔的势头。可是内心深处，也有这样的顾虑，艺术化诗教学是以艺术形式激发学生英诗学习的情感投入，以艺术形式与诗歌学习的契合加深学生对英诗学习内容的体验。如果花太多精力一味追求英诗的艺术性，教学水平难免会原地踏步，甚至会在一个地方打圈圈。学生的思辨能力的提高才是最终目的。唯有这样，艺术化英诗教学才能因英诗与艺术的有机对接而变得更高效。

英诗课程像一部大戏，我和学生们都是总导演，每个环节都要亲力亲为。每节课后，我都会和同学沟通，为每首诗做调查问卷：这首诗，你喜欢哪个教学环节？你觉得哪个教学环节不好？如果你是老师，你怎样上好这个环节？你觉得哪些教学语言需要改进？同学们也都敞开心扉，畅所欲言。英诗课就是我们的大观园，我和同学们一起种花，用各种方法播种，读诗品诗析诗唱诗舞诗画诗演诗，无论何种方式，都注入了我们的心，才迎来这万紫千红的美景。集思广益，群策群力，这门课程是师生共同建设的成品。

艺术是具有共通性的。亚里士多德说过：“所有艺术都起源于对自然界与社会现实的模仿。”无论是音乐、美术还是诗歌，都是人们的审美活动，是人类情感需要的产物，是内心解放的方式，动态或物态地传达审美意识，以教育、净化、情感为最终的审美功能。歌德说过：“艺术要通过一个完整体向世界说话。”（爱克曼，1978：137）诗歌是现实静态的模仿，它述说的是你内心深处最沉默又最敏感的东西。“诗歌启发我们，向我们揭示我们自身的秘密事物，令我们着迷。”（王军，2004：82）对于文学大家来说，诗歌语言的准确性、鲜明性、生动性本身就足以让他们沉吟玩味，畅游在无限宽广的思维空间。诗歌中的空白其实就是文本的未定性，是一个“召唤结构”，是一堆“呼唤读者共鸣”的文字材料，读者被作品感动吸引，便会用视听觉的多种艺术方式，以注意、感知、联想、通感的相互渗透和、挪移为桥梁，对艺术初感反复凝神观照，“精骛八极、心游万仞”地乘着艺术的翅膀蒙太奇般在钢琴上跳舞、在诗海中漫游，从而达到与作品之间物我两忘的境界，实现顿悟、同声相应和同气相求，最终实现审美的升华。通过音乐与美术的双重艺术解析，使诗歌主体透入人心、与之合而为一。“诗歌的力量在于它能用词语来固定形象。”（帕斯，1999:1）音乐与美术的力量在于用美来诠释诗歌。只要是美的东西，人类的内心就无法抗拒。德国 18 世纪美学家莱辛说，“在古希腊人看来，美是造型艺术的最高法律。”

诗歌是形象的艺术。与其空洞地讨论，不如全方位多角度地体会诗歌情趣和理趣的双重美感，“润物细无声”地让诗歌“温柔敦厚”的教育作用深入人心。

正如塞•约翰逊所言：“诗歌的灵魂在于创新，即创造出使人意想不到的、惊叹不已和赏心悦目的东西。”英诗意蕴的艺术性解读就是以创新为灵魂，其简单中暗藏复杂，浅显中隐匿深邃，各种艺术方式多管齐下，鼓励读者用心灵感受、用想象补充、用思考扩展和感受诗歌，收获“横看成岭侧成峰，远近高低各不同”的鉴赏效果。这种多元化的“读可读，非常读”的解读方法强烈地抓住诗歌无形的张力，感受其语言的冲击力。品诗是一种精神大餐，没有互动，则成了白开水一杯。“英语诗歌是一个充满活力、不断发展的有机体系，是一个色彩斑斓，意境深远的文学世界。人天生爱诗，必须靠自己在生活中发现或创造诗意。”（隋刚，1998:18）诗是童话般奇幻色彩的万花筒，用心体会你会看到更多的美景。

第三节
舞势随风散复收，歌声似磬韵还幽
——英诗的舞蹈性教学

上世纪 90 年代后期，一个新的艺术品种——舞蹈诗诞生了。正因为诗有其舞蹈性，舞蹈也具有诗的韵律，富有诗一样的灵性和情怀。“舞蹈中的抒情、写意、模拟、比喻以及舞蹈语言的模糊性、跳跃性，都与诗相通。含意境，孕哲理，是诗的品格。诗情、诗意、格调像诗，形态如诗，则是舞蹈固有的品性。”（王克芬，2004：22）用舞蹈诗诠释英美诗歌的意蕴即把英美诗歌音乐化和舞蹈化，并对此由虚趋实地加以重新构架与解析，用舞蹈特有的肢体语言动态地表现诗中的韵律和意象，用直观可感的舞蹈形象塑造诗歌的境界，以人体的姿态、表情、造型扩展和强化诗的内涵和意蕴，恢复和升华诗歌、音乐、舞蹈的三位一体性。这是诗歌解读的大胆创新和改革，具有高度的审美性、艺术性和哲学性。本文将从舞蹈诗的定义、舞者的职责、舞蹈诗的演绎过程、象形舞演绎诗歌的物象、古典舞演绎诗歌的意境五个方面展开论述。

一、舞蹈诗的定义：动态意象的造境活动

舞蹈诗到底是指“像诗一样的舞蹈”，还是指“按照诗的体式而创造的舞蹈”，还是对诗歌的“动态翻版”？舞蹈和诗歌在表达手法上，一个诉诸肢体，一个诉诸语言，这两者在情感传达和美感塑造上，可谓南辕北辙，而在舞蹈诗的艺术样式中，二者融合得天衣无缝。这种“动态意象的造境活动”能让读者更好地理解诗歌凝练的语言和巧妙的构思，最终完成诗歌意蕴的解读。墨西哥诗人帕斯说：“诗歌是瞬间的决裂，转瞬间愈合，被他人的目光重新打开。”（王军，2004：128）舞蹈诗是舞者主观臆造，更是一种诗化的艺术，为英美诗歌的意蕴传达架起一座“神似”之桥，它在传情达意、抒发情怀之外，还赋予英美诗歌形式的华丽和感官的愉悦。隆荫培先生说：“舞与诗在反映社会生活、塑造人物形象以及艺术表现手法等方面都有许多基本共同点，要提高舞蹈创作的思想和艺术水平，必须向诗歌靠拢，走舞蹈诗化之路。”（隆荫培，1999）由此可见，舞蹈诗这种以舞蹈为载体，具有完整的诗化结构、诗意的舞蹈形象以及与诗歌内容相统一的动态化艺术样式，已受到越来越多的关注，为读者欣赏英美诗歌之美景打开了另一扇窗口，也为未来舞蹈全方位、国际化的发展提供了更高的平台。

舞蹈诗之所以被定义为“动态意象的造境活动”是因为其实质即“运动着的思想”。舞蹈的每一个动作就是一个意象的隐喻，诗意充斥着肢体语言的每一个细节。舞蹈诗是对诗歌意象隐喻的动态建构，它用舞蹈的华丽技巧不断运用隐喻手法隐晦地表达一个个意象，从而为诗歌意蕴的诠释提供了一个全新的角度。正如哲学家尼采所说：“对于真正的诗人来说，隐喻不是修辞手段，而是取代某一观念真实浮现在他面前的形象。”（尼采，2002：361）可见，诗人和舞者在精神和思想上是相通的。

“舞蹈诗是身体、精神、思想、生命”，这种论述把舞蹈诗的内涵提升至哲学的高度。思想不再是某种静止的事物，而是个体主观感知与外部世界之间的一种双向的动态交流过程。舞蹈的载体就是身体的律动，而舞动的身体正是通向精神的最高形式，也是诗歌精神的代表。舞蹈诗是一种造境活动，亦是精神活动，观众从对舞蹈形象（即舞者身躯的律动）的感知开始，激发起记忆中的印象体验，引起情感上的共鸣，进而理解诗歌的主题思想，感受舞者和诗人内心深处那灵魂的颤动。舞者以其手舞足蹈的身体动作表达了诗歌内在的精神情态，展示了生命的力量，而“身体”由此被赋予了近乎于“生命本质”的内涵，从而进一步被转化成形而上学的生命概念。“舞蹈时的动感、自由和轻盈是尼采希望身体达到的理想状态。身体在兴奋时完全胜过了灵魂的思考，‘肉体’就成为了‘生命本质’的同义词。”（陈奇佳，2010:23）动态的意象沿着诗意的走向一路抒发，达到智慧的境界，从而带来精神的净化和救赎。当舞者随心灵的呼唤翩翩起舞时，便与宇宙本体和生命存在合二为一。

生命借由舞蹈诗的形式持续向高一级的形态迸发，这一点赋予了舞蹈诗“展示生命、追求新高度、超越生命”的哲理，更强化了“舞蹈诗是身体、精神、思想、生命”的命题。这种哲学见解印证了尼采的“超越即生命的理想形态”的观点，也与舞蹈家邓肯的“灵魂、肉体、思想浑然一体”的艺术主张息息相关。舞蹈和哲学由此进入一个空前的对话时代，舞蹈诗用思想着的肢体寻求对生命意识的哲学复苏，它也由此成为了生命之精灵，成了诗人与舞者的乐园，亦是哲学家的讲坛和课堂。

舞蹈与哲学的相融即舞之哲韵。舞蹈诗是身体中的思想，其灵魂就是舞蹈之思。一个成熟的舞蹈诗作品是舞者审美心理的外在显现，它反映出舞者在创作过程的思维特征和选材心理，是身体和精神的结合。舞者将动作和造型联缀成意象，让肢体语言在流动的过程中不断地展示情感，于是身体的律动直接变成了诗歌情愫和意蕴的外现。舞蹈、诗歌、心灵三位一体，舞蹈诗就是心灵的直接表现。舞者、诗人、观众的心灵在流动的过程中彼此融合。舞蹈与诗歌，一个是艺术，一个是文学；一个高度形象，一个高度抽象；二者通过哲学的牵线搭桥形成了珠联璧合的战略伙伴关系，也让舞蹈诗学显现于世界人文与科学研究之林。

二、舞者的职责：以外部动作诠释诗歌的内在精神

作为舞蹈诗从诞生到演出整个过程的组织者和领导者，舞者的基本职责是弄清诗歌主题，确定其所反映的社会生活的美丑属性，把静止的诗词转化

为活生生的意象，有效传递诗歌的信息，注情入舞、以舞传情，真实地表现诗歌情感，调动观众的想象，共同完成审美意象的创造。作为舞蹈诗作品的体现者和最后完成者，舞者首先要进行系统、规范、科学的专业技巧训练并熟练掌握各种复杂多变的、具有高度表现能力的舞蹈技能。无论是对生活的简单模仿还是复杂的概括表现，无论是对单一情绪和情节事件的展现还是对人物内心情感世界的深层描绘，都要求舞者自由灵活地运动和控制身体，以外部的不断流动的姿态和表情来深刻诠释诗歌的内在意蕴。

其次，舞者应观察社会，为塑造性格多样的人物形象打下基础，根据本真的体验用舞蹈来表露人生的感知。舞蹈诗是一个不断进行舞蹈和诗歌二度创造的艺术实践过程，这种二度创作是无法“速成”的。只有准确生动、鲜明并富有个性的舞蹈语汇才能描绘出诗中的多彩画面，这就要求舞者储存和积累大量的肢体语言素材。平时储存的材料愈丰富，灵感的火花就愈多。舞者勤于练舞之时要勤于“练心”，勤于思考诗歌和舞蹈的契合点，捕捉和摄取社会生活中的点滴题材，艺术化地建构诗歌主题、编排舞段，完成舞蹈形象的塑造。这种创作的心路历程即“内化”（客观生活—主观感受）到“外化”（主观感受—舞蹈外化）的多次撞击、选择和转化的过程。

再次，大量的阅读和理解才能让舞者对英美诗歌意蕴的解读驾轻就熟，充分发挥丰富的舞蹈想象力和惊人的艺术创造力。除了优美的肢体语言，舞者还要有天赋，即对诗的感悟，甚至包括许多诗歌之外多重知识的积累，比如丰富的社会历史知识、较高的文学艺术鉴赏水平，以增强对诗歌分析、理解和表现的能力。只有这样，舞者才能赋予诗歌以生命和灵性，从诗中读到越来越多的东西，形成“眼看诗歌，脑中就能舞出其大致意境”的能力。舞者在创作时经常会“冥舞”，即凭借长期积累对诗歌的文字符号所产生的感觉事先于脑海中“看到”自己所希望的视觉效果，串联起来便舞出诗歌内容的心理活动。长期的自我培育后，舞者与文字互为主客、渐趋密切，诗歌与舞蹈自然而然地合为一体。

舞蹈诗直接作用于人们的视听觉并给以强烈的情感冲击力，为读者的情感体验留下了更为宽广的空间，让诗歌呈现出美轮美奂的状态。舞者利用舞蹈独特的情感气质，在诗与舞的艺术殿堂里诠释极佳处的出神入化之感，令人惊叹不已，这种情之所至的演绎虽谈不上石破天惊，但其艺术魅力余音绕梁。

三、舞蹈诗的演绎过程：实与虚的十字构架

一个成熟的舞蹈诗作品根据舞蹈与诗歌在内部结构的平衡、对比和呼应

关系，赋予诗歌立体交响、多重色泽的形态美，这是一种具体可感的、饱含诗情并富于乐感的动态艺术美，是诗歌内容和舞蹈形式的完美统一。二者形式上的一实一虚，形成有力的十字架构，使得舞蹈与诗歌的联姻相得益彰。舞动诗歌之法通过整体的艺术形象，显现诗歌的风骨和灵魂，让读者透过语言表象，依仗想象力，思接千载、神游六合、气和八荒、情通万里。其具体过程遵循“析构—解构—重构”的脉络。“析构”就是分析和理解诗歌意境时，分析越细致，表达就越深刻、透彻。舞蹈诗的意境即舞蹈中呈现出的那种情景交融、虚实相生的形象系统，是创作主体和欣赏主体共同创造的整体的、动态的意象，是作者得于心、观者会于意的产物。“解构”即把诗歌意境分为虚实二境。实境是指“如在目前”的“象”；虚境是伴随着由具象（实境）引发的想象而产生的“象外之旨”。“重构”就是用特定的舞蹈来诠释诗歌意境。象形舞用来诠释诗的实境，逼真地再现诗中之景之形。古典舞用来诠释诗的虚境，超脱、空灵地表现出原有形象在联想中的延伸。动作的高度美化和感情的充分抒发使读者超越有限的“实境”，营造无限的“虚境”。

舞者最先演绎的是诗歌的实境，惟妙惟肖的动作使诗歌的真实之境仿佛就在眼前。原先那但闻其声、不见其影，如琼瑶仙境般悠然而现的美景，一下子变得清晰可感。此所造之境引领读者接近潜藏在诗词背后的心境，浮想联翩，穷其遐思而不可终。诗歌犹如一棵树巨大的主干，而舞蹈犹如主干上的一片片枝叶，曲折精巧、缤纷灿烂地演绎出诗歌的气息、气质、气韵和气势。在舞者眼中，诗中的每一个字词都在闪闪律动，他们心中有看不见、摸不着的音乐线条和充满视觉美感的“舞线”，通过其表现诗歌内部的气韵。舞者的每一根“舞线”的起伏都传递着诗歌的每个细节，构筑着整体的完美。诗歌作品由此变得玄虚且美妙，成为字字珠玑、声声动人的精品，同时具有高贵轩昂的气质和扣人心弦的灵感。之所以如此，最根本的原因即“神似”——舞者的传神写照与诗歌的内在意蕴的契合。“气韵”一词出自于南朝画家谢赫《古话名录》中“气韵生动”的命题，是中国传统艺术的最高追求，落实于舞蹈即以神领形，以形传神、神形兼备，此乃“神似”。诗人、舞者和读者形成了三位一体的联盟，三者达到真正意义上的“神通”。舞者在进入传神境界时，实际上经历了一番与诗人的内心对话。诗歌唯有依心，才能动心，于是虚境不虚，虚能生实。如果把诗歌比作乐谱，就像演奏家可从谱面上读出内部张力的增长与消退并决定应当获得的音响与力度一样，舞者能清晰地感知诗句错落有致的多层结构是如何趋向高潮，达到激动人心的顶点，并通过舞姿揭示诗歌内部所蕴含着的丰富变化，使诗歌演绎呈现变化多端、绚丽多彩的魅力。舞者在诗词中把握着藏而不露的“神”，其创作过程经历了“冥想苦思、费尽心机的顿悟——生疏到熟稔的演绎——突飞猛进、翻天覆地的神通”阶段。诗歌已不再被动和客观，而是与舞者、读者融为一体了。正是：乐有心音，未舞先萌；心有所闻，舞有所灵；由心及舞，五彩缤纷；由舞及心，始得乐魂。

四、象形舞演绎诗歌的物象：展现民间舞与英美诗歌相融的绚丽风貌

象形舞，也叫象物类舞蹈，即用生动传神的舞蹈语言塑造出栩栩如生的舞蹈形象，形成一个结构有序的完整体，让诗歌的意蕴完全地隐匿在舞蹈的律动中。象形舞所演绎的舞蹈诗是民族民间舞艺术化技巧的最高体现。舞者通过对某一动物大量动作素材的精心选择、提炼和组织，采用比拟和象征手法，使其元素化、典型化，通过艺术化地夸张与变形，将所写之物的超然灵性进一步升华，使一支支舞蹈独白充溢着恬静的生命和谐感。比如，新疆舞中的各种跪转、夏克转，可表现鹰隼的迎风回旋或传达胜利的喜悦。朝鲜族舞蹈中的旋转则讲求平稳、优雅，可表现诗中悠然自得的情绪。有关马的诗歌可以用踢踏舞来演绎，挺拔矫健的舞姿和潇洒有力的舞步可以渲染盛大的气氛和汹涌澎湃的激情。藏族舞的“顿踏”、蒙古族舞的“马步抖肩跳脚”等牧骑动作可以说是踢踏舞在不同地域不约而同的演绎。舞者的传神展现使马儿神清骨峻的风姿和凛然无畏的气度跃然眼前，读者似见骏马腾空、矫首腾跃之情状，矫健豪放、沉雄隽永的舞蹈意蕴迸发出无比的穿透力和震撼感，四蹄生风、凌厉奔驰的动态雄姿带着无可抵挡之势，使读者不禁发出“快走踏清秋”“骁腾有如此，万里可横行”的感叹，期待自己在广阔的天地间纵横驰骋、大展作为。

柯勒律治的《古舟子咏》一诗以激昂的语调和朴素的语言向人们讲述了充满奇幻之美的航海故事，其主题是罪与赎罪。老水手经受了无数肉体和精神上的折磨后，才逐渐明白“人、鸟和兽类”作为上帝的创造物存在着超自然的联系。最终他虔诚地祈求海蛇消除魔法，才获救得以回家。“每当它们竖起蛇身时，水泡抖落如霜花飞溅”“在那航船的阴影之内，蛇身的颜色是多么浓艳：蔚蓝、碧绿、晶黑；每过一处，留下一簇金色的火焰。”蛇以轻灵的身姿象征着神明对困境中的人的引领，对超越现实的理想境界的向往。诗人通过描写海蛇表现诗人对理想境界的歌颂。诗中叙事者陷入灭顶之灾时，

即他杀死了信天翁之后、船员临死前的目光让老水手焦灼不安、生不如死之时，月亮洒下清光，在那船身的阴影之外，水蛇如白光游动在海面。它超凡脱俗地袅袅现身，美丽又圣洁，给有罪之人带来救赎。读者可从此中体会柯勒律治濒临绝境但临危不乱的精神品格，因为“神在万有之中，万有全在他的心中”。

为了更深入地理解海蛇的意象，再以两首以蛇为主题的诗为例，斯坦利·库尼茨的《九月之蛇》和艾米丽·狄金森的《草丛里的细长家伙》。两首诗均以空灵婉约的手法，即写蛇却通篇无一蛇字，如：“整个夏天我听见它们在灌木丛中沙沙响”“一波波赶过我”“一个悸动的影子”“篱笆边闪烁的信号”“它们美丽干燥的粗砂般的皮肤”“像用梳子被分开的草丛”“赫然出现的斑斓箭标”“然后在你的脚边合拢”“又一路打开向前”，这些诗句生动细致地展示了蛇在草丛中蜿蜒滑行的动态，其用词考究，带 S 即“咝”音的词比比皆是、贯穿全诗，产生了奇妙逼真的声响效果。

这些写蛇之诗最佳的表现形式莫过于埃及肚皮舞中的蛇舞。其蛇手、颈部平移、波浪手加顶胯、上下八字胯、葡萄藤步等舞蹈动作惟妙惟肖地表现出蛇蜿蜒曲折、变化难定的特性，这一个个动作就是些动态的意象。在充满异域风情的音乐中，舞者随着节奏或快或慢，以时而妖娆妩媚、时而热情火爆的舞蹈语言和婀娜身姿，精巧别致地展现出一条千年灵蛇的生动形象。舞者通过自己对诗作的理解进行二度创作，通过精湛和恰到好处的传神表演，将诗歌之美诠释得淋漓尽致。诗句以此种独特的身体语言展现在读者眼前，直接让读者感到令人毛骨悚然的寒气，其视觉冲击力可想而知。完美匹配的文字与动作给诗歌带来具象性，不断强化诗句的内涵。音乐与舞蹈的烘托和渲染，形成多层次交叉糅合的美感效应。充满视觉美感的舞蹈让诗歌更为通俗易懂，观众屏息凝视地欣赏着这动态的艺术盛宴，即便对舞曲一窍不通，也会沉浸其中。

舞者“意在象先、象随意生”，以“肢体语言思考”，创作出具有深厚表现力的舞蹈语言，让舞蹈体现出诗歌的浪漫气质和品格。其诗句的动态化诠释追求时时神似，从而让“舞蹈语汇”得到了脱胎换骨的改造，将诗歌意境的表达带向一个更新的境界。一个成功的舞蹈形象，既能使观众联想到生活中所见到的各种各样的形象，同时又得到美的艺术体验。舞蹈诗在声、光、构图等方面的创新，产生出奇绝曼妙的特殊效果，这种无限大的艺术空间使观众在精神和情感上得到巨大的审美满足感。

五、古典舞演绎诗歌的意境：开拓舞蹈与英美诗歌审美的新天地

诗能达意，舞能传情，诗歌之美，在于意境和韵律。舞蹈诗的意境即作品所展示出的情感和精神世界。“美学家认为，在进行审美体验时，必须抓住最能反映审美对象特定性格和情思的外在形象细节，这种蕴于内而形诸外的形象特征，是审美体验进程中的路标。”（汪流，1986：89）在诗歌中，这路标即“意象”。意象作为诗歌最基本的艺术元素，也是舞蹈诗的最小单位。“舞蹈诗的诗性，在于其随处可见的意象表现。”（于平，1998：2）意象是内在实质，是在物象中注入的丰富意念和情感，它强调与单个物象或事象相系的动态，服从于整体“意境”的营造。“意境”着眼的是整个舞蹈诗的构思和境界，而舞蹈所表现的诗情画意就是诗歌的意境。

中国古典舞用身韵元素诠释意象，让意象领导意境，表达诗歌情感。对于任何诗歌作品，心中之意象愈丰满、清晰，表达之意象则愈明确，其中介是到位、精确的舞蹈动作。诗歌的韵律美、修辞美、意境美，都可以运用各种舞姿来表现。舞蹈强化了语言的节奏、情感和韵律。舞蹈的动态视觉意象正是“实像”与“虚像”的结合体，舞蹈的动作作为造型时是实，作为情感符号是虚，舞蹈诗的过程即“实者虚之、虚者实之”的演绎。舞蹈语汇以“实物运动”创造出“虚”的精神意向，化虚为实，并将心境物化。正如玛丽·魏格曼所言：“空间是舞蹈真正活动的王国。”中国古典舞将意境创造放在首位，是一种典型的“意会”形式，其艺术使命就是创造一个可供唤起想象的空间，于虚处藏神，烘托出幽深浑圆、含蓄蕴藉的境界。可见，舞蹈诗是以诗歌意蕴的灵魂——意象作为核心点，以哲学的思维方式诠释诗歌和舞蹈，它从哲学的高度抓住了中国古典舞这一独特艺术形式之灵魂。这种对中国古典舞蹈中意象的哲学思考，一方面使得舞蹈意蕴完成了从外部动作到内心体验的渗透，由此舞蹈之意境应运而生，另一方面也使得舞蹈和诗歌具有厚重的哲学和美学份量，舞蹈诗由此成了灵魂的哲学，成了用身体默示生命的哲学。

用古典舞通过意象诠释诗歌的意境是中国戏曲的传承和延续，更是国际化的复苏和复兴，即把英美诗歌中国化。中国古典舞融戏曲、芭蕾、武术与现代舞于一体，其精髓是形神劲律，动作圆润，多画圆回环，讲求“心与意合、意与气合、气与力合、力与形合”。核心的“提、沉、冲、靠、含、仰、移”的动律原则诠释了古典舞的特点，亦是中国“舞律”之精奥所在。

水袖舞隶属于古典舞，讲究运用水袖的修长和多变来表现人体形态和思

想感情。乔治·戈登·拜伦的名作《她走在美中》中，威尔莫·霍顿夫人温文尔雅的坐姿和款款轻盈的动态就可以用张艺谋电影《十面埋伏》里章子怡的第二段水袖舞展现她不哗众取宠的高雅气质。舞者边舞边唱我国汉代诗人李延年的《佳人曲》:“北方有佳人，绝世而独立。一顾倾人城，再顾倾人国；宁不知倾城与倾国，佳人难再得。”对于英美诗歌来说，用起源于中国戏曲的水袖舞来诠释其意蕴十分难得。此段舞蹈的音乐采用了古色古香的二胡和琵琶来演奏，反映了中国独特的刚柔并济的文化内涵与审美情趣。

1814 年的一次舞会上，霍顿夫人身穿缀闪着金箔的黑色丧服，她优雅娴静的安详仪态和举止令诗人怦然心动，于是一挥而就这首著名的抒情短诗，用瑰丽的想象精致细腻地塑造出她的完美形象。诗的第一节如下：

She walks in beauty, like the night 她走在美的光彩中，像夜晚
Of cloudless climes and starry skies; 皎洁无云而且繁星满天
And all that’s best of dark and bright 明与暗的最美妙的色泽
Meet in her aspect and her eyes: 在她的仪容和秋波里呈现：
Thus mellowed to that tender light 耀目的白天只嫌光太强，
Which heaven to gaudy day denies. 它比那光亮柔和而幽暗。

舞蹈中，一排琵琶演奏者依次坐下，形成绚烂辉煌的舞台画面，恰似皎洁无云、繁星满天的夜空。初入眼帘的是意象的特写，章子怡饰演的盲女美艳摄人、震惊左右，她闲适舒缓地背朝镜头、低首回眸，其右手横搭着的长水袖倾诉着内心的平和。舞者身着一袭天蓝色且香肩半露的长袍，深蓝色的滚边是点睛之笔，在宏大壮观的背景场面映衬下凸显盲女的高贵和优雅。飘逸潇洒的长袍大袖服装本身就富有一种诗意的美感，华美的裙裾弥漫整个台面是意象的扩放，气势磅礴地突出霍顿夫人那黑礼服上熠熠闪光的小金箔，准确地描绘出“她如夜空一般走在美的光影里，皎洁无云，星光灿烂”“明与暗的最美妙的色泽 在她的仪容和秋波里呈现”。她的美丽似“繁星点缀的静谧夜空”，这一意象的比喻别具一格，不落俗套。“光彩、明与暗、柔和、绚丽”这些色彩之词的层层使用似绘画技巧的一一展示，由远及近地把宛若夜空的“她”推向前台，让观众细赏这幅丰富的立体人物肖像画。

One shade the more, one ray the less, 增加或减少一份明与暗
Had half impaired the nameless grace 就会损害这难言的美

Which waves in every raven tress, 美波动在她乌黑的发上，
Or softly lightens o'er her face; 或者散布淡淡的光辉；
Where thoughts serenely sweet express 在那脸庞，恬静的思绪
How pure, how dear their dwelling-place. 指明它的来处纯洁而珍贵。

在第二诗节中，诗人先后用“少一分则暗，多一分则明”强调她柔和又恰到好处的光线，多一抹阴影，少一缕光线都会减损她的玉容。元音 [eɪ] 在下面两行诗中重复了四次，用来强调那不可名状的美：“One shade the more, one ray the less, Had half impaired the nameless grace.”在影片中，第一个舞蹈动作是一个腰身的反转，左袖缓缓绕过头戴的高冠，之后是双手的绕袖动作，让人联想“美波动于她的每一缕秀发，温柔地映照她的脸颊”。舞者依歌移步、款款徐行，像莲花在地上飘曳，“仙仙徐动何盈盈，玉腕俱凝若云行”“状似明月泣云河，体如清风动流波”。当舞者唱到“绝世而独立”时，她右手一个长长的扬袖袅袅直上，在空中若长虹般纵横缭绕。“刚、脆、寸、韧、柔”之劲的巧妙使用既充分展现出舞者对呼吸和肌肉延绵饱满、轻松自如的控制力，又不断再现出夫人那“温和、平静又脉脉含情的额际和那鲜艳的面颊”。

And on that cheek, and o'er that brow, 呵，那额际，那鲜艳的面颊
So soft, so calm, yet eloquent, 如此温和，平静，而又脉脉含情，
The smiles that win, the tints that glow, 那迷人的微笑，那容颜的光彩，
But tell of days in goodness spent, 都在说明一个善良的生命：
A mind at peace with all below, 她的头脑安于世间的一切，
A heart whose love is innocent! 她的心充溢着真纯的爱情！

诗中的夫人越是恬静、越是温柔，在诗人眼中则越发温存可爱、魅力无限，这一点和徐志摩名句“最是那一低头的温柔，像一朵水莲花不胜凉风的娇羞”有着异曲同工之处，那迷人的微笑让读者仿佛看到了一朵粉颊飞红、垂目掩面的莲花。而舞者在唱到“宁不知倾城与倾国”时，舞者推袖后立刻收袖，唱到“佳人难再得”时，双手搭袖，腰身缓缓下降，恰恰诠释了诗句“如此温和，平静，而又脉脉含情”，恰似霍顿夫人飘忽若神的风姿。

夫人之美欲说还休，令拜伦仰慕且敬畏，仿佛闲暇时都能回忆起“当时明月在，曾照彩云归”的美好时刻。飘逸如飞、婀娜逶迤的长袖延长了人的

肢体，是舞者肢体语言的延伸，也强化了舞蹈情感。

舞者对诗歌中意象和意境的独特诠释使诗歌更为具象，五彩霓裳的服饰装扮和精致细腻的肢体表达使得夫人的卓然气质凸出纸面，变成了多维立体的形象，同时赋予诗歌委婉娴静、风度翩翩的独特魅力。舞者与诗中的女主角通过一扇穿越古今的时空之门不期而遇，完美地演绎了此诗的意境。

六、结语

“诗歌意蕴是指深藏在诗歌中的意味，具有多义性、朦胧性，体现为一种哲理、诗情或神韵，要用全部的激情去领悟。”(彭吉象，2006：327) 作为纯粹的语言艺术，诗歌也是“想象的艺术”，具有间接性。若是读者与诗歌主体之间形成互动，运用多种艺术元素主动创设情境，海纳百川地欣赏诗歌，赋予其多重化的精神气质，原本看不清、摸不着的诗歌形象便会在读者内心悄然唤醒，形成活泼灵动的审美意象。“诗是一种多度的语言，诗在理解度之外，还有感官度、感情度和想象度。”（殷宝书 1985：9~10）况周颐在《惠风词话》中曰：“读诗之法，取前人名句意境绝佳者，将此意境缔构于吾想法中。”舞蹈使诗歌气度恢弘、情深意长，诗歌使舞蹈诗意盎然、耐人寻味，二者同时变得立意高远，所谓“文舞相融，德艺双馨”。“诗无达诂的文学解读原则即赋予读者积极主动地参与作品意义重建的权力。”（龙协涛，2004：300）诗歌中的空白其实就是文本的未定性，是一个“召唤结构”，是用于呼唤读者共鸣的文字材料，读者被作品感动，便会用视听觉的多种艺术方式，以感知、联想、通感的相互渗透和挪移为桥梁，对艺术初感反复沉吟玩味、凝神观照，全方位多角度地体会诗歌情趣和理趣的双重美感，从而达到与作品之间物我两忘的境界。

用舞蹈诠释英美诗歌意蕴不但挑战了内容与形式的极限，还在最大程度上培养了读者的阅读及理解能力。多角度思维模式的理解和构建，多元化解读形式的分析使舞蹈诗的实践意义重大。诗是一扇打开的空门，需要读者去填空。一个舞步、一个身段、一个动作，往往能够说出文字所不能表达的内容。舞蹈诗的灵魂就在于创造出使人意想不到的、惊叹不已和赏心悦目的艺术作品。这种多元化的解读方法强烈地抓住了英美诗歌无形而有力的质感和张力，吸引读者沉醉在艺术天地中流连忘返，获得精神上的愉悦和更高层次的审美体验。舞蹈诗的兴起教会了舞者用哲学、美学、文学的意识去表达现代思维，用灵魂去升华舞蹈，以达到一种超越生命的全新的“舞动诗歌、舞动哲学”高度。“诗歌的力量在于它能用词语来固定形象。”（董继平，1999：30）而舞蹈的力量在于用美来诠释诗歌。

第五章
英诗教学实例

第一节
悠悠天宇旷，切切故乡情
——《海外乡愁》

一、诗人生平

罗伯特·勃朗宁，诗人兼剧作家，同阿尔弗雷德·丁尼生和麦修·阿诺德并称为英国维多利亚时期“诗坛三杰”。长诗《指环与书》是其一夜成名之作。他最大的功绩是戏剧独白，代表作是《我的前伯爵夫人》。他的夫人是伊丽莎白·巴莱特·勃朗宁，著有诗集《葡萄牙人十四行诗集》。

勃朗宁家境阔绰，虽不是世代为官，但也是门庭显赫。他自幼天生聪明，文思过人。他的父母对文学艺术颇有研究，家风优良，读书氛围浓厚，童年时代便开始在父亲的家庭图书馆里自学各种语言和文学。年少的勃朗宁就像我国初唐诗人王勃，10 岁便饱览六经；像北魏的祖莹，8 岁即能咏诗。他爱好广泛、能文能武，音乐、绘画、雕塑、射箭、骑马，无一不精。他简直就是英国的骆宾王和杜甫，“七龄思即壮，开口咏凤凰”。作为文坛新秀，年纪轻轻就“出游翰墨场”。他身材高大，长期的体育锻炼又赋予他精力弥满、神采奕奕的俊朗风姿，真可谓“硕人俣俣”“皎如玉树临风前”。才华横溢的他还有着一颗博爱之心，实乃名满天下的翩翩公子。

图 5.1 丁尼生

图 5.2 阿诺德

图 5.3、图 5.4 勃朗宁夫妇

罗伯特·勃朗宁应该是英美文学史上命运最好的一位诗人，就像中国盛唐诗人贺知章。维多利亚女王统治的时期可以说是盛世的顶峰，国力强盛，四海承平，时代的辉煌与个人的荣耀交相辉映。他生逢盛世，幼年家境阔绰，成年家庭美满，文学创作的前期有点小波折。他的夫人伊丽莎白·巴莱特·勃朗宁出身名门，知书达理，当他初次读到她的诗作时，她早已名满天下，妥妥的诗坛顶级流量，而他则刚刚在诗坛崭露头角，其“戏剧独白”之写作技法迟迟未被文学界认可。可他勤勤恳恳创作，终守得云开见月明，不久凭借两万多行的鸿篇巨制——长诗《指环与书》名动英国。一时间，英国人争相传阅，他也因此声名鹊起。与妻子结婚后事业顺风顺水，春风得意，功成名就，夫妇二人双双名垂青史。

无论是在风华正茂的青年，还是垂垂老矣的暮年，勃朗宁的性格一直是潇洒乐观的。夫妇二人都是人格伟大、境界崇高、诗艺高超的“大诗人”。但是勃朗宁的诗歌风格往往清丽明快，而当时唯一可与他媲美的诗人丁尼生则偏向沉郁顿挫。勃朗宁是一位道德高尚、精力充沛的乐观主义者。勃朗宁与丁尼生“双峰并峙”，被誉为当时诗坛两大代表人物。勃朗宁虽不是桂冠诗人，却也有举足轻重的地位。丁尼生早年受到剑桥大学好友早逝的影响，情绪比较悲观，动辄“念天地之悠悠，独怆然而涕下”，无论自己境遇如何，终生苦吟，诗中一副苦大仇深、忧国忧民的状态。然而勃朗宁相信上帝的慈爱和世界的圆满。他侠义、热情、博爱，向上向善、豪迈自信是他的代言词，圆满的爱情更是让他诗情勃发，才华德行两开花。《海外乡愁》一诗恰恰反映了夫妇二人幸福的生活状态。

二、诗歌赏析

Home Thoughts from Abroad 海外乡愁

—Robert Browning 罗伯特·勃朗宁

Oh, to be in England, now that April’s there, 哦，英格兰此时正值四月
And whoever wakes in England sees, some morning unaware,
清晨醒来无论谁不经意地看到
That the lowest boughs and the brushwood sheaf 那低垂的树枝和浓密的灌木丛
Round the elm-tree bole are in tiny leaf, 环绕在榆树周围，郁郁葱葱
While the chaffinch sings on the orchard bough 燕雀在果园的枝头歌唱
In England—now! 英格兰——就在此刻
And after April, when May follows 四月过去，五月来临
And the white-throat builds, and all the swallows! 白喉雀，还有燕子为筑巢忙碌
Hark, where my blossomed pear-tree in the hedge 篱笆旁我那繁华绽放的梨树
Leans to the field and scatters on the clover 依傍着田野，梨花带露
Blossoms and dewdrops—at the bent spray’s edge 在苜蓿草上飘飘洒洒——在弯曲枝头
That’s the wise thrush: he sings each song twice over

那聪慧的画眉鸟正把每支歌都唱上两遍

Lest you should think he never could recapture 唯恐你误认为，他再也不能

The first fine careless rapture! 捕获到第一次那异常美妙、无忧无虑的欣喜

And, tho' the fields look rough with hoary dew, 原野覆着白露，凄清而苍凉

All will be gay when noontide wakes anew

当正午的太阳重新唤醒金凤花——那孩子们的嫁妆

The buttercups, the little children's dower 一切又重现欢乐的景象

—Far brighter than this gaudy melon-flower! ——远比这绚丽的甜瓜花更明亮

中国的《春江花月夜》孤篇盖全唐，将游子思乡之情表达得淋漓尽致。罗伯特·勃朗宁的《海外乡愁》被誉为英国最美的乡愁诗和春天诗，有深度、有层次、有意象、有情感。说起乡愁二字，读者会自然而然地想起诗人余光中那首亲和自然的诗歌《乡愁》和小提琴家吕思清的小提琴曲《思乡曲》。当宽阔广悠扬又纯净质朴的器乐声响起，感情充沛地朗读此诗，乡愁追随着琴声和诗句跌宕起伏。极致绝伦的音色让人想象演奏者的每一个顿点，每一次挥臂，舒展的表情，紧锁的眉间。那幽远的乡愁、淡淡的追忆，抒情而深沉的意境，尽在纤细精致的弓弦间呈现。朗读终了，乡愁的浓稠之味便席卷而来，就像一粒种子在读者的情思中发芽、生长、开花、结果，轻轻松松撬动了读者的情思。那么在《海外乡愁》一诗中，乡愁的情感高峰的细节如何一一呈现的？

韵律部分，诗歌第 1、第 3 诗行的尾词 England 和 England 押韵，同为韵脚 a。第 2、第 4 诗行的尾词 there 和 unaware 押韵，同为韵脚 b。第 5、第 6 诗行的尾词 sheaf 和 leaf 押韵，同为韵脚 c。第 7、第 8 诗行的尾词 bough 和 now 押韵，同为韵脚 d。第 9、第 10 诗行的尾词 follows 和 swallows 押韵，同为韵脚 e。第 11、第 13 诗行的尾词 hedge 和 edge 押韵，同为韵脚“f”。第 12、第 14 诗行的尾词 clover 和 over 押韵，同为韵脚 g。第 15、第 16 诗行的尾词 recapture 和 rapture 押韵，同为韵脚 h。第 17、第 18 行的尾词 dew 和 anew 押韵，同为韵脚 i。第 19、第 20 诗行的尾词 dower 和 melon-flower 押韵，同为韵脚 j。所以此诗的韵律模式为 *ababccdd eefgfghhiijj*。

该诗格律为扬抑格混合音步或者扬抑格不规则音步。首句 Oh, to / be in / England 的读音模式为“重轻 / 重轻 / 重轻”。

全诗共有两个诗节。诗节就是诗歌中的段落。第 1 诗节中，首句 Oh, to / be in / England 共有 6 个音节，其中 England 一词有 2 个音节，1 个音步等于 2 个音节，所以此句是三音步。以此类推，第 2 句也是 6 个音节，所以仍然是三音步。第 3、第 4 句是 8 个音节，所以是四音步。第 5、第 6、第 7 句是

10个音节，所以是五音步，第8句是4个音节，所以是二音步。第2诗节中，几乎所有诗句都是五音步，除了第16句是四音步。在此诗中，二音步、三音步、四音步、五音步逐一亮相，交叉登场，让诗句呈现波浪般的起伏感，呼应诗人心中澎湃的爱国激情。

诗题中的“海外”指的是意大利，作诗时，勃朗宁身处他乡，看到意大利的明媚春光，情不自禁地想起祖国的春日美景。该诗的诗名经常被译为《海外乡愁》或者《异域相思》，以表达异国的明媚春光让诗人生发出的绵绵思乡情、悠悠思乡意。

诗歌开篇两句“Oh, to be in England，哦，英格兰，now that April’s there，此时正值四月”家常对话似地将时间、地点交待得简单明了、一清二楚，此时正值人间四月天的清晨。

“但愿此身在英格兰”，身处异乡的勃朗宁热切呼喊着他的祖国母亲。之后，勃朗宁像导游一样要带领大家去他的家乡转转，看看那里的春天有多么美。 读者就随之准备一览诗人故乡的大好河山，感受诗人“独在异乡为异客”的袅袅乡愁。接下来两句“And whoever wakes in England sees，some morning，unaware，无论谁都会在不经意间看到”。学生读到此句会情不自禁地想起孟浩然的《春晓》中的诗句:“春眠不觉晓，处处闻啼鸟”。春光懒困倚微风，这是慵懒的春天，这是复活的春天，这是呼之欲出的春天。春天在一丝一缕地苏醒，一点一滴地勃发，一日一夜地绚烂，一分一寸地润泽。诗人云淡风轻地傍着花随着柳，春风送香，花蔓宜春，看着吐绿的大地和萋萋的碧草，乡愁在心中冉冉升起。那么人们会看到什么呢？接下来的诗句是“那低垂的树枝和浓密的灌木丛 / 环绕在榆树周围，郁郁葱葱 / 燕雀在果园的枝头歌唱”。“树枝、灌木丛、榆树”都是视觉意象，也是静态意象，“燕雀”是听觉意象和动态意象。诗人目光之所及是这绿茵扶疏的榆树。郁郁葱葱之态恰似《诗经 · 小雅 · 斯干》中的诗句“如竹苞矣，如松茂矣”。引吭高歌的燕雀正是杜甫《绝句》中那鸣着翠柳的黄鹂，飞上青天的白鹭。乡愁正是通过这些具体的视觉意象和听觉意象，动态意象和静态意象层层递进，让诗歌呈现出一幅动静交融的意境。

第一诗节描绘春色阑珊四月天。春天像个小姑娘，踮着脚尖走进大自然，于是万物复苏了，春光明媚了，她舒展着胳膊，春色便一点点地初露端倪。其笔调纡缓，情味深长。四月的英格兰和三月的中国都像是一个温柔的江南女子，不骄不躁、动作轻柔，让人情不自禁去呵护。第一诗节最后一句“英格兰——就在此刻”呼应首句的“哦，英格兰”，英格兰如此之美，让我怎能不想她。中国读者自然而然想起杜甫《江南逢李龟年》的诗句“正是江南好风景”和杜牧的“江南好，能不忆江南”。诗歌第一节明白晓畅，读者也随着诗人的引领，沐浴其家乡明媚怡人的春风，感受莺花烂漫的春日。第5、第6句中的各种视觉意象如“树枝”“灌木丛”“榆树”“新叶”，就是“春草生兮萋萋”，就是“迟日江山丽，春风花草香”，就是“梅柳渡江春”，就是看不够的柳如烟，花似锦。“燕雀在果园的树枝歌唱”“白喉雀和燕子在筑巢”“画眉在飙高音”，这些鸟儿叫得欢天喜地，蔚然生秀，很有画面感。诗人仅仅用了“歌唱”和“筑巢”指代鸟儿的万千仪态，读者仿佛听见百鸟啼鸣，看见鸟儿将春意闹在枝头的场面。诗句至此，已然如珠似玉。诗人从花写到鸟，从地下写到天上，从视觉写到听觉，一俯一仰，一看一听之间，真是历历如绘。

如此视听觉意象和动静态意象结合的美妙世界在中国古诗中也比比皆是。高骈的《山亭夏日》前两句“绿树阴浓夏日长，楼台倒影入池塘”说的是夏日天长，静水无波。突然水面粼粼波光，莫非水晶帘动起来了，让水里的楼台也随之而动，“水晶帘动微风起”，这不就是起风了吗？这是以视觉写风。无风之时，花香似乎都被锁住了。“满架蔷薇一院香”岂不正是风送花香？以嗅觉表现这一丝不易察觉的微风。绿树阴浓，楼台倒影，池塘水波，满架蔷薇，本就是视觉的罗列，像一幅静物画，一阵风来，水晶帘动，满院花香，让人既觉清凉又陶醉，真可谓夏日之乐，何乐如之！静中有动、动静结合的写作手法真是中西古今，概莫能外。再比如，王昌龄的《采莲曲》：“荷叶罗裙一色裁，芙蓉向脸两边开。乱入池中看不见，闻歌始觉有人来。”前两句为视觉描写，后两句为听觉描写。同类型的诗句还有：王维《鹿柴》“空山不见人，但闻人语响。返景入深林，复照青苔上”。张继《枫桥夜泊》“月落乌啼霜满天，江枫渔火对愁眠。姑苏城外寒山寺，夜半钟声到客船”。王维《鸟鸣涧》“人闲桂花落，夜静春山空。月出惊山鸟，时鸣春涧中”。辛弃疾《西江月·夜行黄沙道中》“明月别枝惊鹊，清风半夜鸣蝉。稻花香里说丰年，听取蛙声一片”。

第二诗节是人间四月芳菲尽，五月飞花轻折柳，姹紫嫣红，鲜艳繁盛，万物欢唱。五月就是“草树知春不久归，百般红紫斗芳菲”。春天一下子变成了活泼好动的小男孩，在草地上跳跃着，翻滚着，一切都变得欣欣向荣，生机勃勃。花鸟草树，轮番登场。第二诗节首句“四月过去，五月来临”再次点明时间。接下来，各种意象再次逐一登场。“白喉雀，还有燕子为筑巢忙碌”。白喉雀和燕子飞来飞去，唱着歌，跳着舞，莺歌燕舞着为新家忙碌。莺语乱，春拍岸。虽然只有两种鸟，他们喧嚷热闹的叫声却将烂漫春光点染得一片淋漓、呼之欲出。读者可以想象那嘈杂的莺语，感受到自在娇莺恰恰啼，百鸟枝头春意闹。这句“白喉雀，还有燕子为筑巢忙碌”和威廉·布雷克的《春天来了》（*Spring is Coming*）中的诗句不谋而合。“春天来了，鸟儿用稻草和羽毛筑着巢，尽职尽责，尽心尽力”。（Spring is coming, spring is coming / Birdies, build your nest / Weave together straw and feather / Doing each your best. ）

不过相比诗人简简单单的“鸟儿在歌唱”，中国古诗词形容鸟儿的诗句不仅丰富多彩，而且技高一筹。比如“万壑树参天，千山响杜鹃”。层峦叠嶂、高耸入云的古树，满耳响彻群山的鹃啼，一个“响”字让一只小鸟瞬间拥有了磅礴的气势。如此欢腾跳跃的千山回响怎能不让人的心胸豁然开朗。这是视觉和听觉的全景描写既阔达又奇丽。“宫殿风微燕雀高”。春风轻拂，宫殿外燕雀盘旋翻飞，越飞越高。各种鸟儿所代表的听觉意象就是“千里莺啼绿映红，水村山郭酒旗风”，就是“两个黄鹂鸣翠柳”，就是“莺啭皇州春色阑”，就是“泥融飞燕子”，就是“添得黄鹂四五声”，就是“时时闻鸟语”，就是“留连戏蝶时时舞，自在娇莺恰恰啼”，就是《诗经》中的“有鸣仓庚”，仿佛鸟鸣声已经铺天盖地，响彻云霄。春天就是这样一种全方位的舒畅，不仅有花鸟，还有鱼虫，“细雨鱼儿出，微风燕子斜”“今夜偏知春气暖，虫声新透绿窗纱”。

“篱笆旁我那繁花绽放的梨树 / 依傍着田野，梨花带露 / 在苜蓿草上飘飘洒洒——在弯曲枝头”。Hark 是指 Look, 看什么呢？看梨树正吐露着芳华，千树万树梨花开，忽如一夜春风来。梨花在何处？依傍着田野。花落谁家？落在苜蓿草上。它像白衣仙女一样，飘洒着什么宝贝？露珠和花瓣。粉融香雪透轻纱，好童话、好雪景的诗句。那繁花满树的梨花正是叶绍翁《游园不值》中那关不住的满园春色，那探出墙来的一枝红杏。声动情动，色显意显，春光仿佛一下子便随着这梨花活了过来，所谓一字之妙，境界全出，大底应如是。这个大长难句属于“连句”，也叫“跨行连续”，读起来语速偏快。英诗中有的诗句一句话就可以完成完整意义的表达，也有好几句诗句联袂合作方能达此目的，后者就是“连句”。此连句结束，紧接着又是一个连句。

梨花绽放，春风拂来，那千枝万蕊、暗香浮动，花枝摇曳絮语。多像贺知章《咏柳》中的“碧玉妆成一树高，万条垂下绿丝绦”。梨树飘瓣，花雨漫天飞扬，其迎风蹁跹、仙女散花的情景恰似“杨花榆荚无才思，惟解漫天作雪飞”。在中国，梨花吐蕊恰逢清明前后，故古人素以梨花说忧情、寄离思。现代人在梨园赏梨花，要么想听一曲缠绵悱恻的《梨花颂》，要么想身着汉服，在袅袅梨园音中一路唱归，亦或于花雨中跳一段中国舞。想必婚姻美满的勃朗宁夫妇应该不会吟孤唱独，但触景生情是自然而然的。

“那聪慧的画眉鸟正把每支歌都唱上两遍 / 唯恐你误认为，他再也不能捕获到第一次那异常美妙、无忧无虑的欣喜”。画眉的歌喉从头至尾都在传达美妙异常、无忧无虑的时刻。诗人的拟人手法用得像画眉一样调皮率真。这“梨树”，这“画眉”就是苏轼《惠崇春江晚景》中的“竹外桃花三两枝，春江水暖鸭先知”，韦应物《滁州西涧》中的“独怜幽草涧边生，上有黄鹂深树鸣”，白居易《钱塘湖春行》中的“几处早莺争暖树，谁家新燕啄春泥”，杜牧《江南春》中的“千里莺啼绿映红，水村山郭酒旗风”，宋祁《玉楼春·春景》中的“绿杨烟外晓寒轻，红杏枝头春意闹”，虞世南《春夜》中的“惊鸟排林度，风花隔水来”。还有那“百啭千声随意移，山花红紫树高低”。“西塞山前白鹭飞，桃花流水鳜鱼肥”。

最后四句“原野覆着白露，凄清而苍凉 / 当正午的太阳重新唤醒金凤花——那孩子们的嫁妆 / 一切又重现欢乐的景象 /——远比这绚丽的甜瓜花更明亮”。那覆盖着白露的原野正是《乐府诗集·长歌行》中的“青青园中葵，朝露待日晞”。时间悄然流逝至正午，一切又重现欢乐的景象。是谁在制造欢乐？金凤花还是孩子们？二者一起。孩子们摘着花追逐打闹，“过着家家”，咯咯笑着，欢天喜地，吹吹打打，准备着嫁妆和婚礼。诗歌贵曲，要把意思隐含得深一些，才是好诗。或许读者已然在心里埋怨：诗人真麻烦，有话就不能直说吗？不能。因为一旦直说，读者就不会有感动。诗人以燕雀、白喉雀、燕子、画眉为声，以榆树、灌木丛、金凤花、甜瓜花为色，渲染出了一副春日的绚丽景象。孩子们在干什么？全诗无一词对孩子们的动作进行细致描绘，可是读者能够通过“嫁妆”一词想象孩子们在嘻嘻哈哈地蹦跳玩耍，一边摘着既是宝物又是嫁妆的金凤花，一边玩着“过家家，娶新娘，花儿做嫁妆”的游戏。此诗在意象的选择上与中国古诗高鼎的《村居》有颇多相似之处。“草长莺飞二月天，拂堤杨柳醉春烟。儿童散学归来早，忙趁东风放纸鸢。”“草”对应“树枝”和“灌木丛”。“莺”对应着四种鸟，“燕雀”“白喉雀”“燕子”“画眉”。“杨柳”对应“梨树”，儿童对应“小孩子”。“放纸鸢”对应“嫁妆”。诗中提到了3种花，白色的梨花、红橙色的金凤花、金黄色的甜瓜花，正是金玉满堂，灿若烟霞。看到了他乡的甜瓜花正是一片金黄，想必家乡的金凤花也该春梦初醒、自理容妆了。

“嫁妆”一词是给艳丽飘香的春花的特写镜头，“风暖鸟声碎，日高花影重”。金凤花和甜瓜花哪个更美丽？有读者觉得金凤花的花蕊都翘上了天，长得跟洗澡花一样普通。甜瓜花有着薛宝钗似的银盆大脸，富贵又团圆，多好看。可是诗人惊呼道：“当然是我老家英格兰的金凤花，美得多了去了，远超俗艳的甜瓜花。”然后诗人笔锋稍转，由记忆回转现实。诗人为什么用贬义词 gaudy 来形容意大利的甜瓜花？因为“金家银家，不如自己的穷家，走亲走岸，不如淮河两岸”，江南月色不及你，北国风光何以及。我爱我家，我家的花就是最美的。此处是全诗高潮之所在，全诗之眼。这种对故乡事物的爱恋和偏袒正是杜甫诗歌《月夜忆舍弟》中的名句“月是故乡明”。尽管勃朗宁夫妇二人在意大利生活得甜蜜幸福，夫妻恩爱，家庭圆满，佳作迭出，如此良辰美景，勃朗宁应该满心欢畅吧？“江山信美，终非吾土”。深居他乡倍思亲，想起故乡便甜蜜，又难免失落惆怅。也许二人私奔之时，就默认了背井离乡和飘蓬随风之苦。如许俗艳的甜瓜花在游子的心头又是如何呢？杜审言在《和晋陵陆丞早春游望》开篇就说：“独有宦游人，偏惊物候新。”游子到了异乡遇上季节的新风景就敏感多情。勃朗宁一看到意大利的甜瓜花就想起了家乡的金凤花。那介乎于柿子红、南瓜橙、胭脂红之间的过渡色系才是他心中不变的春景。这甜瓜花一下子触动了他的乡愁，金凤花和思乡的情丝缠绕在一起，绵绵不绝。他什么都没说，一腔心事，尽在这“金凤花”中。“洛阳城里见秋风，欲作家书意万重”。想说的话太多，不知从哪里写起。他的乡愁不显山不露水，一片天真烂漫，一派流水落花。金凤花让全诗笼罩着一层薄薄的乡愁。这就是所谓“清水出芙蓉，天然去雕饰”。这是含蓄蕴藉，意在言外，他写得深沉感慨，却又波澜不惊，像一颗青橄榄，越嚼越有味道。看似漫不经心的描绘，却掩盖不了他思乡时的沉默忧愁、黯然神伤。这叫什么？背面敷粉，正话反说。不一味地正面刻画所写的形象，与其费力不讨好，不如用四两拨千斤的巧劲儿去写和它相对、甚至相反的形象以映衬主体。“儿童相见不相识，笑问客从何处来”就是一个生动的例子。借儿童的活力和欢笑映衬自己的衰老和悲哀，借儿童的有口无心映衬自己的无言以对。贺知章把儿童无心的一问一笔带过，含蓄隽永，一切尽在不言中。诗人也只是让读者想象娃娃们开心玩耍的情景，而没有直接刻画自己的黯然神伤，这就是诗人的通达。

“小孩子的嫁妆”总是会让中国读者浮想联翩。立春时节，娃娃们抱着甜脆脆的萝卜嘻嘻哈哈地咬春。待字闺中的少女头戴彩绸剪成的春幡，随着东风飘荡。辛弃疾《汉宫春、立春日》词云：“春已归来，看美人头上，袅袅春幡。”此诗中孩子们嬉笑蹦跳摘着花，娶新娘过家家的画面感必定少不了蜂追蝶舞、敲锣打鼓、欢喜一路。虽然没有袅袅的春幡那样旖旎动人、婀娜摇曳，却也别有一番童真童趣，只是这番童趣不如中国古诗词中的那般生动鲜活。

“金凤花，小孩子的嫁妆”让整幅画面充满了儿童的气息和欢乐。这天真无邪的孩子正是骑竹马来，绕床弄青梅的小儿郎；正是那蹑手蹑脚、东张西望撑着小艇，偷采白莲回的顽皮小娃；是那夜深篱落一灯明，挑着促织的儿童；是那未解供耕织，也傍桑阴学种瓜的童孙；是那金盆脱晓冰，彩丝穿取当银钲的稚子；是那收篙停棹坐船中，不是遮头是使风的渔船两小童，还有那学着垂纶、侧坐莓苔草映身，路人借问遥招手，怕得鱼惊不应人的蓬头稚子。孩童独有的机灵劲儿、狡黠劲儿以及天真和率性被表现得活灵活现。那急走追黄蝶的儿童，就是儿时的自己。诗人在畅想金凤花，好嫁妆的画面时是否也忆起了自己的童年旧梦？

这"金凤花"，这"孩子们的嫁妆"恰恰就是"洛阳亲友如相问，一片冰心在玉壶"，就是"日暮乡关何处是，烟波江上使人愁"，就是"忽闻歌古调，归思欲沾巾"，就是"乡书何处达？归雁洛阳边"，就是"独在异乡为异客，每逢佳节倍思亲"，就是"萧萧梧叶送寒声，江上秋风动客情"，就是"春风又绿江南岸，明月何时照我还"，就是"春风一夜吹乡梦，又逐春风到洛城"，就是"此夜曲中闻折柳，何人不起故园情"，就是"夕阳西下，断肠人在天涯"；就是"共看明月应垂泪，一夜乡心五处同"。很多时候，诗意之美就美在蕴藉，所谓蕴藉就是含蓄婉转，意蕴丰富。"寒梅著花未""春来发几枝"风轻云淡地问极小的事儿，但是用的情极深。这就是用淡语写深情。看似随意挥洒，细读才知道全都严丝合缝，"环环相扣"。如此一来，尾句真是流光溢彩，满口生香。看来，乡愁的表达，只要能打动人心，轻描淡写也罢，振臂高呼也好，"淡妆浓抹总相宜"。

诗人的乡愁，非深潜其中不能感受其情深。诗人的文字，质朴如水，平淡无华。这样一篇真性情的诗歌，须由同样性情至纯的心灵去感知，去品味，去领悟。这种主题的呼应和递进使课堂线索分明，走势顺畅，首尾圆合。读者可以用三个"如"字开头的成语形容诗作内容，如数家珍，如痴如醉，如梦方醒。诗人对家乡的景物点兵点将，充满感情地一一历数，自己也陶醉在这种回忆中，最后的"甜瓜花"是一个前景词，把诗人从甜蜜的回忆之梦中拉回现实。一夜乡心五处同。结尾处的点题点得好，点得巧，点得美，点得妙。诗人即景设喻，触景生情，在高潮处，诗歌戛然而止。

祝青云同学创作了一首同名诗歌，顾先艳同学翻译成英文。习作如下：

Home Thoughts From Abroad 异域相思

Colorful branches hanging down, emerald spring is everywhere 琼枝垂垂 春色翠翠

Orioles sing and swallows dart but fast 莺燕飞飞 行色匆匆

The intermittent sound from the thrush 画眉颖颖 啼声阵阵

Endless wildness, all lives contend in fragrance and fascination 旷野苍苍 万物争芳

The fate betroths the beloved darling 天赐美景绝色 缘配良人佳偶

I was still here，and I wish everything's settled down 汝处故地 惟愿诸事安康

Recall the past, and look around 忆昔切切 左右顾盼

Mumble to myself, accompany insect and fish 独语喃喃 虫鱼做伴

But the return date is unknown, I miss you so much 归期遥遥 思之更甚

Vegetation can prove this strong feelings 此情悵悵 草木为证

Heaven and earth together, birds and beasts migrate 天地尚可相连 鸟兽不乏徙迁

I'm still in the foreign country, I just miss you, only you 我在异国 一心只将你念

图 5.5 教师用《黄梅悠悠》演唱此诗

图 5.6 教师讲解学习通词云

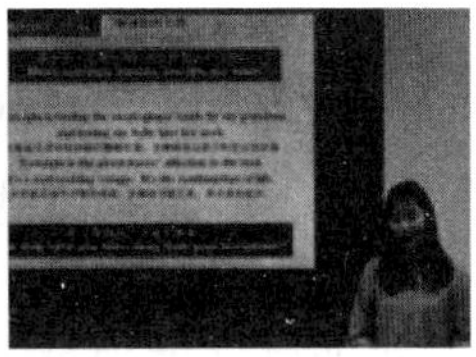

图 5.7 董亚婷同学谈乡愁

图 5.8 范萌同学着汉服用黄梅戏唱诗

图 5.9 师生同唱《念故乡》双语版

三、诗歌中的希腊神话

诗中提到“金凤花是孩子们的嫁妆”，“嫁妆”是为结婚而准备的。实际上，“结婚”一词起源于希腊神话中冥王和冥后的故事。

济慈在诗歌《忧郁颂》中的普罗赛嫔（Proserpina）指的是冥后珀尔塞福涅（Persephone），前者是罗马名，后者是希腊名。她是宙斯与姐姐得墨忒耳所生的女儿，年轻貌美，被冥王哈得斯抢去地狱，成为冥后。

冥王哈得斯（Hades），其罗马名字普路同（Pluto）是众神之王宙斯和海王波赛冬的哥哥，在战胜父亲克罗诺斯后，他和弟弟们进行了分配世界的抽签，他抽到了冥界，掌管着地下世界，被尊称为“地府之神”“审判之灵”和“冥界的统治者”，即冥王。他神秘阴沉，冷静严肃，不苟言笑，是海明威笔下冷峻理智的硬汉形象。他秉公办事，光明磊落，公正无私，既是有着铮铮铁骨的正义之士，又是德高望重的“老大哥”。

他不仅管辖庞大的阴间地府，也掌管地下的矿藏，黄金、宝石、石油都归他管，所以富得流油，是神界的首富。

冥王手持双头戟，身旁站着一只三个头的地狱看门犬刻耳柏洛斯。这只

冥府的哮天犬长着一条龙尾，一见阳光就吐毒涎。大力神赫拉克勒斯的十二项任务之一就是把它从地狱里捉回来，带回阳间。在冥府门口的三头狗看门本事过硬，已死之人休想出去，阳寿未尽者也别想进来。

哈得斯担负着看守提坦族的神命，平日里将冥府事务打理得井井有条，是为数不多对爱情毫无兴趣的神。孰料爱神阿芙罗狄忒暗设柔情网，命令爱子丘比特射出爱情之金箭。在一个阳光明媚的日子里，中了金箭的冥王看着在草地上摘花的外甥女兼侄女珀尔塞福涅。此刻，乌云密布，天色大暗，大地裂成两半，从中驶出一辆由 4 匹黑马拉的黑车，驾车人正是冥王本尊。身形雄伟、戴着头盔的冥王驾驶着黑马战车化身“抢亲大王”登场，少女被舅舅兼大伯横腰抱走，大地再次合二为一。“冥王抢亲”事件发生后，古希腊人便觉得结婚就是新郎把新娘从娘家抢走了。“婚”字的意思就是在黄昏之时抢妻，因为天快黑了，又有冥王的庇佑，所以方便抢婚。卢浮宫里《冥王抢亲》的油画和巴洛克大师贝尔尼尼的伟大雕塑，塑造了冥王和冥后的形象。

想当年在提坦之战中，他使用隐形盔潜入提坦的大本营，毁掉了他们的武器，和两个弟弟打败了父亲。他在这场战役中也算起到了举足轻重的作用，于是兄弟三就通过抽签分享战果，瓜分世界。哈德斯恰恰抽中管理地狱的签。

生死之界在冥河（The Styx），cross the styx 表示“跨越冥河、驾鹤西去”的意思。冥河之水浩浩汤汤，渡神卡戎（Charon）会向渡河者索要金币，不给者则会在半途被扔入冥河，永世不得超生。济慈的《夜莺颂》一诗中有“忘川”一词，就是冥府之河，名“烈溪”(Lethe)，鬼魂饮了此河之水（drink the Lethe）便忘却一切，有点像中国的孟婆汤。英语中 Islands of the Blest、in Charon’s boat、sup with Pluto 都表示“辞世”。

第二节
执子之手，与子偕老
——《我如何爱你》

一、诗人生平

中国有一对著名的文坛佳偶，钱钟书和杨绛夫妇，英国的勃朗宁夫妇也是这样一对文坛伉俪。伊丽莎白·巴雷特·勃朗宁，又称勃朗宁夫人，是十九世纪英国著名的女诗人，《葡萄牙人十四行诗集》是她的代表作。她的诗热烈、真切，具有扣人心弦之力量。

图 5.10 钱钟书夫妇

图 5.11 勃朗宁夫妇

读者读诗，也应了解诗歌背后的悲欢离合。美丽绚烂的诗歌背后总是有一段千回百转的经历。伊丽莎白家境阔绰，兄弟姐妹众多，幼年时父母对她很是偏爱，经常溺爱地唤她的乳名“芭”。拥有黄金般的童年的她敏而谨，慧而谦，兼有咏絮之才、闭月之貌，实在非寻常女子。那时候的她就像仙女，高贵典雅，金枝玉叶，充满灵气。15 岁时的一天，不幸悄然来临。她骑马时不慎坠落，伤了脊椎，失去了行走的能力，从此长期卧病在床，博览群书，醉心于诗歌创作。灾难接踵而至，23 岁时，她的母亲离开人世，当一家人还未从母亲去世的悲痛中恢复过来的时候，她最喜欢的小弟弟溺水身亡。命运就像一个诅咒，她父亲的生意开始走下坡路，父亲也变成了一个脾气暴躁、乖僻的老人。她将希望、痛苦、悲伤和悔恨都写进了她的诗里。

“我一数再数我身上那一圈又一圈的锁链。”这个女孩的心在滴血。读诗、写诗成了她唯一的光明和慰藉。抒生活之情、争取妇女解放、暴露社会弊端一直是她诗歌的主题。她从未想过上帝会派一个年轻的男人来拯救她，他叫罗伯特·布朗宁。此时，她已然是英国诗坛的“大姐大”，广受国民欢迎和爱戴。而诗坛新秀罗伯特·勃朗宁正因他的戏剧独白手法饱受文学界的争议。

有一天，勃朗宁读了她的诗，了解了她的经历后，对这位温婉的文艺少女生出爱慕之心。他已然透过文字爱上了她的灵魂。他抑制不住内心的激动，迫不及待地想表达对她的赞美和爱意，他写道："我全心全意地爱你的诗，亲爱的巴雷特小姐……那清新而奇特的音乐，那丰富的语言，细腻的感伤和崭新的、勇敢的思想……正如我所说的，我真心地爱这些诗——我也爱你。"她收到信后笑了起来，心想，这是一个多么愚蠢而激动的年轻人啊！一直郁郁寡欢的伊丽莎白看到这样的诗句第一次芳心微动，小鹿乱撞。这句话就像回声一样萦绕在她的心头。欣喜之余，不免心锁烟愁，"爱我，爱我什么，真是个淘气的孩子"。家道中落、久卧病榻的她何尝不日夜期盼一个爱恋疼惜她的良人。这位天才诗人第一次渴望爱情，因为那个年轻人给了她生命之光。心情平复之后，她只回了一封谦逊而又亲切友好的长信，她说："心灵的共鸣值得珍惜，尤其是对我来说。"罗伯特·勃朗宁似乎得到了她的鼓励，紧追不舍，继续写信。

二人缘起于诗歌，以诗歌之名连接心灵，以信传情，因诗生情，情定终生。他的情意像春日温柔的风，在她心灵的湖畔泛起涟漪。他们不断地通信，文学和艺术，生和死，爱情和婚姻，4 个月，通信 547 封。灵魂的契合不可多得，举世难逢一知己，谁人解我曲中意。渐渐地，她开始期待来信。她也说不清为何会如此思念一个素未谋面之人。收到来信，欢欣雀跃，反之，心烦意乱，一切都了然无趣。

然后，很自然地，他想见见她。"不行。"她断然拒绝了，泣涕涟涟。她害怕见到她的真命天子，她害怕拖累对方，也疑虑对方是否是一时冲动。她害怕他无法忍受残酷的现实，从她的生活中消失。可是勃朗宁不离不弃地坚持着，第三次请求见面时，她同意了，因为她也无法抗拒想见他的愿望。

1844 年春天，他走进了她的"城堡"。她像一朵娇嫩的花朵，不张扬，不浓郁，散发着淡淡的幽香，因为激动在沙发上轻微地颤抖着。她干净、纯澈不沾半点世俗之气的容颜让勃朗宁更加倾心，他觉得这位年轻女士就像睡在篮子里的婴儿。他起身上前，深深鞠躬，单腿跪膝，握住她的手轻轻地吻了一下。四目相对，心湖悸动荡漾，不需过多的言语，微笑颔首便足矣。他已经穿过了她的心，注定要走进她的生命。"逢君欲语低头笑，碧玉搔头落水中。""子兮子兮，如此良人何！"在他见到她之前，他爱她，因为她的才华和灵魂；现在，他知道他注定是她的爱人。爱着诗词的二人，相见恨晚，翩翩君子爱上了袅袅佳人。

有美人兮，见之不忘，一日不见兮，思之如狂。三天后，信来了，他向她求婚。她看到那封信时哭了，但还是断然拒绝，因为觉得自己没有"倾城倾国的貌"，却只有"多愁多病的身"。她不敢接受这份爱意。殊不知初见他披满阳光的面庞，她的心中已然万顷碧波。“青青子衿，悠悠我心。”他就是文质彬彬、带着一缕淡淡的书卷气的青衿，带着盈盈的笑意和飘飘的衣袂，似一朵白云般降临在她身旁。“有匪君子，终不可谖兮。”那文质彬彬的君子啊，让人如何忘了他。她犹豫不决、徘徊不定，二人能否相濡以沫，相伴余生，将初心一直秉持下去？《葡萄牙人十四行诗》中的《舍下我吧，走吧》，一如以前的《快站远些呀，快走》，善良敏感的她在理智与情感的冲撞里百感交集，她自觉无力偿还爱情的惠赠，于是回避了爱情，然而在诗句中坦率地道出：“从指尖的轻触到两颗相爱的心在她心房里跳动，到日常起居和梦寐里他们休戚与共，爱在理性的喧声里情窦大开，如痴如醉。”因病而多愁善感的她本能地抗拒爱情，一旦接受了爱情，又生怕爱情得而复失，这正是情到深处的自然流露。“I will not soil thy purple with my dust, / Nor breathe my poison on thy Venice-glass”她因为自己的身体残疾而感到自卑和恐惧，她将自己比作是尘土，将自己的呼吸比作毒气，将爱人比作华贵的紫袍和晶莹剔透的水晶杯，以此衬托爱人华美奢侈的爱，同时表现出她渴望着爱和被爱，却因为自卑而只能将这份爱恋深藏起来的复杂心理。

他没有放弃，他选择继续用淡香书笺传情达意，继续痴痴守候，苦苦求索。而每次收到他的信，她轻轻抚摸着，这些文字虽然沉睡着，她却能感知到温暖和情义。他说：“我不是孩子气，我知道你佯装生气，我爱你的木讷寡言，爱你的踌躇不决，爱你所有可爱的小脾气。”杨绛说：“总有人嫌弃你不够好，也总有人觉得你哪里都好。不用踮起脚尖，爱你的人自然会弯下腰。”他就是愿意为她弯腰的人。他鼓励她：“本是姿色美人胚，何须珠翠来点缀。你的才情无人能媲美。”他就像那知时节的好雨，伴随着春天的和风，在静静的夜里飘然而至。陪着她吟风弄月，滋润着她的心田却又无声无息。

他像夏日的一缕清风，吹散她多年以来的苦恼和自卑，像冬日的一束暖阳，照亮她茫然若失的日子，从此，脆弱的心灵有了依靠。勃朗宁一封又一封夹杂着鲜花的亲笔信让她的诗情和心房如绿树成荫。求爱期二人会面 92 次。金风玉露一相逢，便胜却人间无数。原本充满哀怨、色彩黯淡、即将枯萎的生命重新焕发出生机，她的心情和睡眠质量明显好转，饭量也增加，健康状况迅速恢复，生活变得五光十色。在迟来的锦瑟年华，她遇到了此生的挚爱。她含泪写下这首诗：“不是死亡，是爱！”

在爱情的滋养和鼓舞下，最令人震惊的事情发生了：在床上瘫痪了 23 年的她颤抖着站了起来。爱情，真的有这么强大的魔力。那天，当她慢慢走下楼梯时，每个人都惊呆了。“哦，亲爱的，你现在能走路了吗？”勃朗宁先生哭了起来。他们在花园里跳舞，空气里满是甜丝丝的味道。

爱是什么？是光，是力量，是生活的勇气，是幸福的呼唤。在和他相处不到两年的时间里，她可以走下楼梯，踏上阳光灿烂的小径。

在此期间，她将这些感动和欣喜全部写进诗集《葡萄牙人十四行诗》。“就在罗伯特·勃朗宁求婚以后的那一段时间，伊丽莎白·巴雷特悄悄地写下了一组诗，直到结婚移居意大利后才给爱人看。”（方平，1997：18）之所以命名为此，只因她身材娇小，小麦肤色，头发乌黑卷曲，勃朗宁亲昵地爱称她为“我亲爱的小葡萄牙女人”。她热情洋溢地记录了他们的感情发展历程。可以说，他们的爱情孕育和滋养了这组流传至今的“爱情战胜死亡”的情诗集。她用诗歌铸成了黄金的链环，把意大利和英国联结在了一起。

《葡萄牙人十四行诗》绽放着她的如水情思。诗集中有对爱情的真切向往，失意忧伤，绵绵相思和大胆表白。她将对他的爱意写得汪洋肆虐，把长久积郁在心中的块垒和爱情冲动完美地糅合在一起。没有娇饰作伪，却饱蘸欢笑与泪水，真挚的情感让他读来嘴角含香，让读者艳羡，击节三叹，不能自已。想到面对他炽热泛滥的爱意，她宛如受惊的小鹿一般受惊逃离，不禁暗自嗤嗤掩笑。她细细品读着诗里的每一个字，心房撩动出一圈圈涟漪。一波又一波，一直荡漾到她心里的最柔软处，扩展，弥散开来。

这诗一般美好的他给她多年来枯竭的心扉和生命带来绿意、芬芳和柔情万千。让她自母亲和幼弟离去、父亲性情大变之后，心有所依，始知红尘滋味。甜蜜与幸福包裹着她，笔下的词清丽宁静，尽是小女子的娇嗔表白。他在身边，就是春光葳蕤，他不在，即便是蝈蝈鸣琴，蚱蜢掠过，草长莺飞，也终究是毫无生气，漆黑一团。本想收获一缕春风，他却送给她整个春天。一日不见兮，思之如狂。“亦既见止，亦既觏止，我心则降。”思来想去，终于准备欣喜地接受他的求爱。

当勃朗宁第三次向她求婚时，她同意了。勃朗宁的诚信打动了伊丽莎白，终于抱得美人归。所爱隔山海，山海不可平。海有舟可渡，山有路可行。此爱翻山海，山海亦可平。

当她终于勇敢地接受这份爱意，向父亲征求意见之时，却遭遇了决绝的反对。出身望族的巴雷特家族在牙买加拥有种植园，她的爷爷由黑人女奴所生，她的父亲想中止家族的血缘延续，所以禁止其子女恋爱和结婚。爱却不能得，最是入人骨髓，痛彻心扉。她的第 24 首十四行诗中有这样的诗句：“Let the world’s sharpness like a clasping knife / Shut in upon itself and do no harm / In this close hand of Love, now soft and warm, / And let us hear no sound of human strife / After the click of the shutting.”诗人将整个世界比作一把刀子，那锋利的刀刃随时可能伤害到任何人。爱是这把刀子的掌控者，让相爱的人们不再受到外界的打扰。诗歌通过渲染世界的残酷如刀般锋利和爱情“以柔克刚”的伟大来传递一种铿锵有力、掷地有声的交响乐的张力。父亲大声训斥着，咒骂着，反对他们的婚姻并威胁说不允许她继承他的财产。她吓得蜷缩在角落里，然后开始义正词严地理论："父亲，我不是孩子。我 40 岁了，在床上躺了 23 年，终于遇到了我一生的挚爱，这个世界上没有什么能把我们分开，即使是死亡。我信他，爱他，唯愿终身相携，不离不弃。"这是她对身心自主权的双重挣扎和突破。她开始勇敢追求自己的真爱，因为她知道没有他，恐怕她穷极一生，也难有踏出闺阁罗帏之时，而真爱就如茎蔓互相牵缠，永不分开。父也天只！不谅人只！父亲大人啊，上天啊，为何不相信我的眼光。"髧彼两髦，实维我仪。之死矢靡它。"她深深地爱着他，发誓非他不嫁。

爱未断，相思不绝，她放不下自己心中的情。爱情里最怕的是有缘无分，那是蚀骨之痛，令人难以喘息。没有爱的生命是苍白的。她愿意如飞花逐月一般跟随他，于是二人决定私奔。他们在圣马里波恩教堂举行了私人婚礼。

私奔后的二人畅游欧洲，体验了一段浪漫的游学经历，就像中国古代侠客背一把长剑去周游闯荡一样，"仗剑去国，辞亲远游"。他们在巴黎度蜜月，并于 1846 年 9 月移居意大利。她也应有过"低头向暗壁，千唤不一回"的娇羞与可爱，更有长相厮守、相敬如宾的万般柔情。在他眼中，她是"静女其姝""静女其娈"。到了意大利后，他拒绝所有社交活动专心陪伴妻子，二人过着甜蜜浪漫的生活，良辰美景，赏心乐事，而她的身体也比以往任何时候都要强壮。她说："每天我都在外面散步，金色的橘子在墙外看着我……当我累了，勃朗宁和我坐在一块石头上看蜥蜴……两点钟我们在小餐馆吃正餐，还能以不可思议的便宜价钱点了画眉酒和基安蒂红葡萄酒，享用我们最喜欢的正餐……这是一种大陆时尚，我们从未停止称道。"勃朗宁很专情，一辈子对她死心塌地，忠心耿耿，没有丁点"审美疲劳"，"香雾云鬟湿，清辉玉臂寒"，有的是无限的爱意。她嫁给了他，幸福了后半生。

婚后，伊丽莎白娇羞地将诗集《葡萄牙人十四行诗》呈与爱人，而勃朗宁也同样撰写诗集《男男女女》作为回应。在《葡萄牙人十四行诗》中，她为爱情赋诗 44 首，表达对他忠贞的爱情。每一首诗都勾勒出珠圆玉润、幽远静怡的意境。她的诗既是一幅极美的画卷，又是一曲致远的琴音，而女子细腻的心理更是为这画卷琴音平添了一份柔情。

她在第 5 首十四行诗中写道："Lift my heavy heart up solemnly, / As once Electra her sepulchral urn,/And, looking in thine eyes, I overturn / The ashes at thy feet./Behold and see What a great heap of grief lay hid in me."这里，诗人将自己的心比作是希腊少女手中的一坛骨灰，她亲手将灰洒在爱人的脚下，而那心坎里、灰烬中，所埋藏的是无尽的悲哀。生动地表现了自己对爱人的忠诚

和至死不渝的守护，“端、捧、撒、埋藏”等词便是重音所在，像古筝曲中一处紧似一处的“重颤与走吟”，浓浓的哀戚之情强烈地震撼着读者的心灵。

诗集中的第 21 首写道：“Say over again, and yet once over again, / That thou dost love me. / Though the word repeated/Should seem‘a cuckoo-song’, as thou dost treat it. / Remember, never to the hill or plain, / Valley and wood, without her cuckoo-strain / Comes the fresh Spring in all her green completed.”诗人将一遍又一遍的“我爱你”的倾诉比作是 a cuckoo-song，纵然是在春天降临的青山绿林间，如果少了你的爱，百花也黯然失色。作者将情人的爱比作春天的百花，凸显了爱的重要性，通过衬托来表现爱之美胜于世间美景。

“伊丽莎白起初以病残之身不敢奢望爱情的幸福，后来情感如春汛爆发，而身体也因爱情的力量而变好。她违背父命与布朗宁结婚并同赴意大利。她真挚感人的《葡萄牙人十四行诗》便反映这一心路历程。”（王佐良，2003：519）她以诚语写深情，正似“清水无香”，融深情于无香处。诗人的低吟浅唱如此地低回往返、绕指缠绵，满载着恋爱中女子的熏香心语。在这些十四行诗中，“爱情”和“死亡”不断地冲突和较量，最终坚不可摧的“爱情”胜利了，正是“情不知所起，一往而深。生者可以死，死可以生。生而不可以死，死而不可复生者，皆非情之至也”（汤显祖《牡丹亭》）。

婚后的日子甚是甜蜜，二人浅酌对饮，弹琴鼓瑟，琴瑟和鸣，鸳鸯双栖，诗情画意。整日耳鬓厮磨，真情相望，一钵一饭，平淡而实在，感情历久弥坚。相亲相近水中鸥，漫卷诗书喜欲狂，同样聪颖的天资、善良的性格、开阔的眼界，一致的三观，好一对神仙眷侣。勃朗宁夫妇的爱情特别符合中国人对完美爱情的审美。相比一份翻江倒海、一泄如注、以生以死的激情，爱情更是一份细水长流的长情。两个人，一辈子，就这样相爱，相守，相思。

43 岁，正是她婚后的第三年，多次流产的勃朗宁夫人最终生下了他们的独生子，一个“美丽而又奇特聪明的小男孩”——本（罗伯特·维德曼）。

一年后，桂冠诗人威廉·华兹华斯去世，伊丽莎白被提名为新的候选人。然而最终桂冠花落丁尼生。失去阿尔伯特亲王的维多利亚女王似乎更加青睐阿尔弗雷德·丁尼生的《悼念集》。没有获得“桂冠诗人”的称号，她依然容止若思，言辞安定，性静情逸，守真志满，坚持雅操，好爵自縻。坚守自己的清静之心，不被世俗的名利所束缚。相比爱情，她对皇权富贵意兴阑珊，对名利看得风轻云淡。

勃朗宁夫妇携手看过绿柳垂堤，走过繁花似锦。他们青梅煮酒论诗书，时时沉浸书香中。他们月下赏兰，把酒言欢，廊下读诗，楼中对弈。在他俩共度的 15 年羡煞旁人的幸福生活中，勃朗宁细致入微地照顾着伊丽莎白，爱护着她。她浅浅眠，懒懒起，菱花镜前画黛眉，风卷珠帘留残香。他的缱绻柔情，不显山露水，默默地陪伴在身旁，犹如山间明月。“Is it indeed so? / If I lay here dead, Would’st thou miss any life in losing mine? / And would the sun for thee more coldly shine / Because of grave-damps falling round my head?”（第 23 首）她将自己的满腔爱意投注到丈夫身上，身体状况的好坏让她患得患失，她不害怕生命的完结，但怕自己若是离去，将没有人代替自己来爱丈夫。她问道：“若是自己离去，那么爱人是不是会失去一些生趣？即使是在灿烂的阳光之下，依然抵挡不住寒意的侵袭，孤独如冰水般将人淹没。”此段诗充分体现了她对若是自己先爱人离去时所涌起的那份孤独的担忧。

与君相识，相知，相恋，缘从最初便注定了一生相守。他们“交友投分，切磨箴规”。二人志趣相投，在学习上相互切磋，品行方面互相劝诫，共同进步。二人上和下睦，夫唱妇随，正是中国《三字经》所言“夫妇从”。扶持半世，爱早已超越生死。她感谢他的绕指柔肠、如海情深，感谢他为她守住一世深情。

1861 年 6 月 29 日，夫妻俩如往常一样谈心说笑。伊丽莎白突然稍感疲倦地说道：“亲爱的，我在你怀里躺一会儿。”说罢，便轻轻闭上双眼，依偎在他胸前睡去了，容貌像少女一般，嘴角闪耀着幸福的微笑。他温存地看着她的脸，她喃喃细语“真美啊！”再未醒来。生命中的一幕幕划过脑海，留在心底的仍是最初的那份爱意。15 年举案齐眉，15 年相敬如宾，我有多爱你？言语显无力。半生皆是苦，遇你是吾幸。痛病又何妨？陪伴疗我伤。相爱 15 载，此生已无憾。

二、诗歌赏析

How Do I Love Thee 我如何爱你

—Elizabeth Barrett Browning 伊丽莎白·巴雷特·勃朗宁

How do I love thee? Let me count the ways. 吾爱汝深深几许？今且听吾细数之。
I love thee to the depth and breadth and height. 欲言情深深似海，欲状情厚更无垠。
My soul can reach, when feeling out of sight. 此心幽幽不可名，此情切切绕魂灵。
For the ends of Being and ideal Grace. 奉祷三生冀神佑，执手一诺许终生。
I love thee to the level of every day’s 思君不见日难度，柔情入盏饮朝暮。
Most quiet need, by sun and candlelight. 于昼不可无金乌，是夜岂能少龙烛。
I love thee freely, as men strive for Right; 吾心真率无犹疑，坦若君子承浩气。
I love thee purely, as they turn from Praise. 吾爱纯粹无污秽，洁如赞歌携颂回。

I love with a passion put to use 此情灼灼如烈焰，为汝独燃无余烬。
In my old griefs, and with my childhood's faith. 倘若迟暮生悲痛，梦归童乡拾彼心。
I love thee with a love I seemed to lose 曾疑应舍白头意，仿若迷徒失圣心。
With my lost saints, I love thee with the breath, 而今终得汝相惜，一呼一吸两相系。
Smiles, tears, of all my life! and, if God choose, 焕彩重描笑与泪，生生世世不相离。
I shall but love thee better after death. 死后神明若问起，有过之而无不及。

《我如何爱你》一诗选自《葡萄牙人十四行诗》中的第 43 首，为诗集中最负盛名的诗歌。诗人一一细数她爱人的方式，近 10 个排比句 I love thee 贯穿诗歌始终。"我如何爱你"，轻启嘴唇吟读此句，发音清脆悦耳，又曼妙飘逸，绵绵流长，不觉让人向往。

此诗属于意大利式十四行诗，分成两部分，一个八行诗和一个六行诗。在前 8 行中，ways、Grace、day's、Praise 押韵，height、sight、candlelight、Right 押韵。后 6 行是隔行押韵，use、lose、choose 押韵，faith、breath、death 押韵。整首诗的韵式就是 *abbaabbacdcdcd*。诗歌格律为抑扬格五音步，首句的格律分析如下：

How do / I love / thee? Let/ me count / the ways.
轻 重 轻 重　轻　重　轻　重　轻　重

首句10个音节，以抑扬的模式排列。该格律有点相当于中国古诗的"平仄"，比如"家书抵万金"就是"平平仄仄平"。

诗歌的主题是"爱丈夫"。诗词以"我如何爱你"起首，看似朴拙，却颇有一种开门见山的明快之感。女诗人自问自答，从 8 个角度定义爱的内涵，落句用最简练的语言表达无限的爱。诗篇首句仿佛一层薄纱，变幻着各种袅娜妩媚的形态，表达出飘逸缠绵的情思。诗人直抒胸臆地用一连串的对偶晒出自己婚姻的甜蜜。"家常语琐琐屑屑，弥见其真"。情真意切、坚定不悔的誓言和步步递增、层层深入的排比句相得益彰。这种一连串的表述爱意的方式就像伊朗诗人哈菲兹的《不要问我，我所忍受的痛苦的爱情》中用 8 个"不要问"的技法相同。一吐为快的心声和炽烈深情的绵绵情话，是对感情酣畅淋漓的描绘。女诗人以独特的视角、敏锐的心灵感受流露出女性与生俱来的感伤情调，其细腻的情绪赋予作品一种内在的感人力量。

开篇的设问故意卖个关子，其实是娇羞嗔怪、抛砖引玉。如果女诗人这样写"老公啊，你可知道，我好爱你啊"，读者看着就会感觉很肉麻，也容易把诗情写得很实很闷。设问是自己提出问题，然后在后文中给出自己的答案。其目的是引发读者的注意，也激发读者对于问题的思考。济慈《秋颂》的第 3 诗节首句也是设问："啊，春天的歌哪里去了？不要想这些吧，你有你的音乐。”这种设问的手法似曾相识，中国古诗词里一举例一箩筐。贾岛《寻隐者不遇》中的“松下问童子，言师采药去”，这是对答。《我如何爱你》的开篇是自问自答。贺知章的《咏柳》，“不知细叶谁裁出，二月春风似剪刀”，最后两句一问一答，把无形的春风比作有形的剪刀，赞颂了大自然的伟大。再比如，“欲问行人去那边？眉眼盈盈处。”朱熹《观书有感（其一）》中的“问渠那得清如许？为有源头活水来”。汉乐府《长歌行》中的“百川东到海，何时复西归？少壮不努力，老大徒伤悲”。苏轼《浣溪沙·游蕲水清泉寺》中的“难道人生无再少？门前流水尚能西！休将白发唱黄鸡”。再如，“春归何处？寂寞无行路”。“春无踪迹谁知？除非问取黄鹂”。“借问酒家何处有？牧童遥指杏花村”。

反问就是用反问句来加强一句话的感情，答案就在原话中，其目的是加强语气、发人深思。中国古诗词里的反问就不胜枚举。“春风不相识，何事入罗帏？”高适的《别董大》的后两句“莫愁前路无知己，天下谁人不识君？”一改前两句的低沉基调，劝慰和激励友人。曹植《七步诗》“本自同根生，相煎何太急？”豆子和豆秸本来是同一条根上生长出来的，豆秸怎能这样急迫地煎熬豆子呢？孟浩然的《洛中访袁拾遗不遇》“闻说梅花早，何如北地春？”听说那里的梅花开得早，可是怎么能比得上洛阳的春天更美好呢？王翰的《凉州词二首》“醉卧沙场君莫笑，古来征战几人回？”即使醉倒在战场上君也不要笑我，自古以来上战场的有几人能回来呢？龚自珍的《咏史》“田横五百人安在，难道归来尽列侯？”田横壮士今在何处？难道都已封官拜爵、归顺大汉朝廷？杜甫的《赠花卿》“此曲只应天上有，人间哪得几回闻？”如此美妙音乐，只应神仙享受，世间的平民百姓，一生能听几回？白居易的《忆江南三首》“能不忆江南？”“何日更重游？”“早晚复相逢？”怎能叫人不怀念江南？什么时候能够再次去游玩？清晨夜晚总要再次相逢。再比如，林升《题临安邸》的开篇“山外青山楼外楼，西湖歌舞几时休？”王维的《杂诗》“来日绮窗前，寒梅著花未？”李白《秋浦歌》“不知明镜里，何处得秋霜？”李贺《南园十三首（其五）》“请君暂上凌烟阁，若个书生万户侯？”反问。杜甫《江畔独步寻花》“桃花一簇开无主，可爱深红爱浅红？”

“我爱你”重复了8次，这种修辞手法叫做句首重复。句首重复也叫“首语重复”，指的是对一个连续结构开头的第一个词或词组的重复，它有助于在一系列结构中确立一种明显的韵律，让篇章有重点，气势恢宏、增强感染力，因此常用于诗歌、散文及演讲中。如“We shall fight him by land; we shall fight him by sea; we shall fight him in the air.”这也是英国首相丘吉尔演讲中的一个句子，3 个分句均用“We shall fight...”开头，气势连贯，具有感召力。首语重复法与平行结构似有一定的相似之处，或许，可以说，首语重复是一种特殊的平行结构。以中国古诗词为例，《江南·汉乐府》的诗句“江南可采莲，莲叶何田田。鱼戏莲叶间。鱼戏莲叶东，鱼戏莲叶西，鱼戏莲叶南，鱼戏莲叶北。”这个“鱼戏莲叶”就是句首重复，在句首部分回环复沓。王士祯《题秋江独钓图》“一蓑一笠一扁舟，一丈丝纶一寸钩。一曲高歌一樽酒，一人独钓一江秋”。

与句首重复相对应的是句尾重复，也叫“逆转重复”或者“回环”，是指一连串短语、从句或句子结尾相同单词或短语的重复。这种修辞将句子的重心放在句尾上，强化语气。例如，“When I was a child, I spoke as a child, I understood as a child, I thought as a child.”这句话出自 King James 钦定版《圣经》，连续在句尾重复 as a child，突出孩童的思维和行为方式。Lyndon B. Johnson 在“We Shall Overcome”中说：“There is no Negro problem. There is no Southern problem. There is no Northern problem. There is only an American problem.” Problem 重复 4 次，重心显而易见。

第二行 I love thee to the depth and breadth and height/My soul can reach 中的 depth and breadth and height 与第 12 行 love thee with the breath, Smiles, tears, of all my life 中的 breath, Smiles, tears 遥相呼应。“恰似我的灵魂曾飞到了九天与黄泉 / 去探索人生的奥妙，和神灵的恩典” Being 和 Grace 两个单词首字母大写表示上帝的存在和神灵的恩典。你是我的上帝，我像爱上帝一样爱你。我对你的爱是如此真切，如此永恒，如此热烈，就像我爱上帝一样。为什么诗人把她的爱比作上帝？何其有幸，遇见温暖、温柔、诚挚的你。你用纯洁的爱抚慰我受伤的心灵，你的微笑、哭泣融入我的生命。你在我心中就是上帝一般的存在。为什么她用阳光和烛光来形容她的爱情？“无论是白昼还是夜晚，我爱你不息，像我每日必需的食物不能间断。”你的爱就像空气、像水一样是我的生活必需品。你的爱像太阳和烛光一样温暖着我。这里 love 与 level 用了头韵的修辞手法。英诗中的头韵就相当于中文的双声，即声母相同，比如“黄鹤”“复返”。英语中的尾韵就是中文的叠韵，即韵母相同，比如“此地”“江上”。英语中的叠词复句就是中文的叠音词，比如“悠悠”“历历”“萋萋”。有了这些叠音词，诗歌读起来就特别清朗和铿锵。

所谓的爱情长跑，不过是柴米油盐的温情，不过是长相厮守的陪伴，没有惊鸿一瞥，只有细水长流，在你需要我的时候，我就在这里陪着你。勃朗宁多才多艺，品德高尚，热情豪爽。在他的影响下，诗人变得越发乐观和勇敢。在《葡萄牙人十四行诗》第 32 首中，伊丽莎白生动俏皮地把自己比作一把破提琴，爱人是一位技艺高超的琴师，他甚至能用这把破提琴演奏出最美丽的乐音。渴望爱情的她小心翼翼地接受了这份爱，是因为他敢于冲破世俗，勇于去爱，从而奏出最美的爱情乐章。在《爱是火》中，爱似火的意象活龙活现，让全诗喷发出火样的炽热。她写道："爱，只要是爱，就是美的，就值得接受。爱就是火，我不由得倾吐出'我爱你'（Yet love, mere love, is beautiful indeed/And worthy of acceptation./And love is fire. And when I say at need./I love thee ... mark! I love thee）。你鼓励我用力量和激情去奋斗、去战胜生活中的一系列不幸。所以你是我的能量，你是我的力量，你就是我的阳光和烛光。要是没有你，我的心就失去了激情。在相知相守的日子里，我们轰轰烈烈地追爱，不离不弃，细水长流地相爱。年龄的差距，残缺的身体，什么也挡不住灵魂的契合。

为什么我爱你是如此的纯粹和自由？"我纯洁地爱你，不为奉承吹捧迷惑；我勇敢地爱你，如同为正义而奋争。"他们为什么相爱？因为灵魂的共鸣。她写道："如果你一心要爱我，那就别为了什么，只为了爱才爱。""为爱而爱我，你就能继续地爱，让爱永恒"。只有自我更完美，才能找到与自己匹配的另一半。舒婷在《致橡树》中写道："我如果爱你，绝不像攀援的凌霄花，借你的高枝炫耀自己。""我必须是你近旁的一株木棉，作为树的形象和你站在一起。"勃朗宁夫人也就是期盼这样平等的婚姻。她是"高调"的妻子，从未委曲求全，从未顾影自怜，从未低三下四，不攀附不讨好，始终优雅从容、自尊自信自爱，一直努力成为更好的自己。何为平等的爱情？灵魂的平等。就像《简・爱》里那段最经典的台词："你以为我穷，低微，不漂亮，我就没有灵魂、没有心吗？你想错了！我和你一样有灵魂，有一颗完整的心！要是上帝赐予我一点姿色和充足的财富，我会使你难以离开我，就如同我现在难以离开你一样，我现在不是依据习俗、常规，甚至也不是通过血肉之躯同你说话，而是我的灵魂同你的灵魂在对话，就仿佛我们两人穿过坟墓，站在上帝脚下，彼此平等——本来就如此！"爱情不是扶贫，美好的婚姻就是各自成长却又紧密相依。

不管是默默无闻时，还是飞黄腾达时，勃朗宁都给予了妻子所有的温柔与宠爱，理解与信任，他们相亲相爱，相依相伴，相互成全。婚后他们诗作频出，二人均以杰出的才学仰望同一片天空。女生总是期望找一个像勃朗宁那样的"宠妻狂魔"，就能永远幸福。电视剧《我的前半生》中，有这样一句台词："婚姻里，进步快的那个人，总会想甩掉那个原地踏步的人，因为人的本能就是希望能够更多地，探求生命的外延和内涵。"现代社会中，要想让自己的爱情固若金汤，成为对方心中的"勃朗宁夫人"，我们得始终对自己有理想、有追求，奋力前行，不断让自己更加优秀。愿我们都能和所爱的人一起，站在同一高度，成为生活中的勃朗宁夫妇。

伊丽莎白 39 岁时，勃朗宁慕名来访，多年的伤悲因爱情而重获生命，爱情战胜了阴霾，那充满哀怨的生命打开了新的篇章。惊慌与疑虑一去不复返，爱人扶着她一步步走到阳光下，她的世界由灰色变成了彩色。了解了爱人在她生命中的转折意义，就能完全地体会女诗人的深情。爱情是神圣的、纯洁的，不能有一丝杂质。她渴望遇到一个能把她放在心上，爱她、信她、敬她的人，而勃朗宁就是她的天使。张爱玲说的“自己低到尘埃里”，贬低自己，委曲求全，那不是爱情。真爱是基于精神上的平等。自尊、自爱才会被爱，有了全身心的尊重、爱慕和呵护，两情方可相悦，情深似海，二人方可“愿为双鸿鹄，奋翅起高飞”。勃朗宁夫妇二人的情感如花般绚烂，如水晶般清澈无杂。他们私奔时的爱如潮水，激昂猛烈。午后黄昏、三餐四季的爱如甘泉般平淡香甜，如春风般温和舒心。

“爱你，以昔日的剧痛和童年的忠诚。”这里 passion 和 put 用了头韵的修辞手法。“昔日的剧痛”有两层含义，第一层含义是指她悲惨的前半生，15岁骑马坠伤脊椎后灾难接二连三，母亲去世，最爱的弟弟溺死，在悲伤孤寂的日子里，她把命运的辛酸与寂寞融进诗作。第二个含义是耶稣基督为全人类在十字架上所受的难。

全诗之眼，点睛之笔是哪一句呢？最后一句，“在我死后，我必将爱你更深，更深。”爱你，倾己所有，至死不渝。生命不息，爱意不止。细细品读，颇有“莫愁前路无知己，天下谁人不识君”的非凡气势。末句写得龙骧虎步，颇具男儿气质，乃“一篇之警策”，最为别致、最为传神、最为亮眼。这高潮句正是李白《长干行》中的“十五始展眉，愿同尘与灰”。这情感是诗人凝聚笔力写出了浓墨重彩的一笔，此笔也让整首诗矫健起来。天不老，情难绝。天地合，乃敢与君绝。诗句的情意，让读者联想到中国的“钱杨”夫妇：“我考清华，一为读书，二为钟书。”这是杨绛先生对丈夫钱钟书最深沉最炽热的爱，与勃朗宁夫妇无二。这里 but 和 better 用了头韵的修辞手法。因为我爱着你，这世上任何人都走不进我的心里了，爱，非你不可，此爱天地可鉴。正如艾米丽·狄金森专一深情的诗句，“灵魂选择了自己的伴侣，然后关上门，再也不出现。”

此诗不拘一格，以明朗奔放、细腻温存的笔调和曼妙妥帖的音韵倾诉着点滴情思，其温情宛若“糖融于口，雪融于雨”，其情其感，丝丝入扣、地久天长。这不正是“在天愿作比翼鸟，在地愿为连理枝。天长地久有时尽，此恨绵绵无绝期”的爱的誓言么？晚唐女诗人鱼玄机道：“易求无价宝，难得有心郎”，这正是体弱敏感的诗人最需要的，正所谓：我愿与君“琴瑟在御，莫不静好”。读者可以感受到勃朗宁夫人沉浸在温柔之乡，与勃朗宁一起共倚帐帷、齐赏明月，相濡以沫、举案齐眉、恩爱相随、生死契阔的生活画面。黑格尔说：“爱情在女子身上显得最美。”（朱光潜，1981：95）爱是什么？是如痴如狂的涟涟泪水和朗朗笑声，是“镇相随，莫抛躲”，是“长相知，不相疑”，是“夫妻相和好，琴瑟如笙簧”，是“愿得一心人，白首不相离”。二人生死不渝永相依的纯真挚爱让中国读者不禁联想诗经中《桃夭·周南》的诗句，“夭夭桃花”“蓁蓁”桃子，二人的和睦美满有如灼灼花开，充满娇嫩旺盛的喜气。此诗语言铺张，具有典型的维多利亚时代的风格，与讲究收敛克制的现代诗迥异。流畅如水的音乐般的语言吐露着柔情缱绻的恋歌，奏成如水一般柔美的爱的心曲。诗中的比喻上天入地、细腻动人，奔泻而下的情感一韵呵成，见证心心相印、相亲相爱的幸福，朝朝暮暮地细诉着衷肠，让读者也展开心胸、低首俯心地倾听。

女诗人的爱情可以说是完美的，她以最直接的言语表达了对爱情的勇敢追求和对丈夫强烈的爱慕，用她的高兴、悲伤、过去、未来和她的整颗心来诠释爱。西方人对爱的追求犹如飞蛾扑火般热烈，那炽热的情感和爱意在读诗的一瞬间就充满了读者的整个胸腔。相比之下，中国李清照的《武陵春》也表达了她与丈夫生前的深厚爱情，但读来凄婉感人，别是一番滋味。再如宋代·晏几道的《长相思·长相思》。“长相思，长相思。若问相思甚了期，除非相见时。长相思，长相思。欲把相思说似谁，浅情人不知。”（I yearn for you. I yearn for you. When may I end my yearning song? Until you come along, I yearn for you. I yearn for you. To whom may I sing my love song? To none in love not strong.) 勃朗宁夫人在诗中通过生活中常见的事物层层递进的对比来表达爱的深沉、忠诚和纯洁，而晏几道以“浅情”反衬主人公的深情，从而表现其无奈和遗憾。

勃朗宁夫人也是我们励志的榜样，她自学成才，不屈不挠地同命运抗争。她同小说家简·奥斯汀、勃朗特姐妹、乔治·艾略特以及诗人雪莱的第二任妻子玛丽·雪莱并称为 19 世纪英国文坛的女性先锋。在大多数女性以男性笔名或匿名发表作品的时候，她用自己的名字获得了文学上的名气。她用现代的语言和感人的故事将流行趣味从浪漫主义转移到通俗主义。她认为阐明道德和哲学观点并帮助读者理解它们才是诗歌的最高目的。她提倡意大利共和主义，热烈支持废除奴隶制，提倡男女平等，抗议使用童工，她是一位有社会良知的诗人兼女权主义者。她的良知体现在诗歌《卡萨吉迪窗户》《朝圣点的逃亡奴隶》《儿童的呐喊》中。查尔斯·狄更斯，奥斯卡·王尔德，弗吉尼亚·伍尔夫，约翰·罗斯金和艾米丽·狄金森都曾受过她思想的影响。当她在佛罗伦萨去世时，她的第二故乡为她举行了一个英雄般的葬礼。

祝青云同学平日笔耕不辍，佳作迭出，而顾先艳同学酷爱笔译，自告奋勇翻译祝同学的诗作。于是二人联袂呈现了原创双语诗歌，作品风格独具一格，又落落大方。

How Lucky to Meet You

——祝青云、顾先艳

I'm a lonely wandering soul without any vitality. 我本是一具了无生气的孤魂残骸

Walking alone in the cold and gloomy world. 独自在这阴冷灰暗的世间流浪

It's you, my honey, take me away from the worst days. 是你，我的爱人，带我逃离我最难挨的日子

Soothe all my timidity and discomfort. 安抚着我一切一切的胆怯和不安

Words can't express how grateful I am to you. 千言万语道不出我的感激

Every time I think about you, I'm secretly pleased. 每每想起，不由得窃喜

How lucky to meet you，my warmest darling. 要有多幸运，才会遇见你，我最暖心的爱人

I didn't think, I don't dare to think, the love you gave me. 不曾想不敢想，你的爱

makes me stand up again in the rest of my life. 让我有生之年还能再站起来

If I died before you, the corners of my mouth must be high 若我先你而去，嘴角一定是上扬的

Before I meet you, one more day is a torment 遇见你之前，多过一天都是煎熬

After I meet you, one more day is especially blessed 遇见你之后，每多活一天都是上天的眷顾

I don't know how to repay you, my lover 拿什么来回报你 我的爱人

Only a heart that loves you 唯有一颗慕君之心

My heart will go on after death. 至死不休

图 5.12 教师与杜千梦同学录制外景慕课

图 5.13 结合疫情谈真爱，升华主题

图 5.14 韩静茹同学汉服采风

图 5.15 袁保婷和卢舒玙同学采风作品

图 5.16 骆佳慧同学诗歌读后感

图 5.17 常文妍和张颖栋同学的微电影

图 5.18 程晶晶和刘佳佳同学的采访

图 5.19 陈瑞和周游同学的采访

三、诗歌中的希腊神话

勃朗宁夫人前半生受尽苦难，后半生爱情美满，生活幸福。希腊神话中的赫拉是婚姻的保护神。赫拉（Hera）是希腊名，罗马名是（Juno），英语中的六月（June）起源于此名，其名字的原意是“贵妇”，罗马人称她为“使婴儿见到日光”的女神。她代表女性的美德和尊严。赫拉是宙斯的合法妻子。赫拉作为奥林匹斯山名正言顺的“第一夫人”，她拥有仅次于宙斯的权利，是一人之下万人之上的“天后”。

赫拉天性善妒，真实表达自己的不满与愤怒、骄傲与任性。她经常对自己的情敌横加迫害，比如把伊俄变成母牛发配埃及，把卡利斯忒母子变成熊，让暗夜女神勒托临盆时还到处寻找栖身之所，让酒神之母惨遭雷击。她对丈夫宙斯软硬兼施、斗智斗勇以逼走情敌。面对丈夫一次次的移情别恋，她的感情天秤岿然不动。尽管她专权跋扈，可是作为从一而终的女人和忠贞不渝的妻子，她用智慧和手段坚决捍卫一夫一妻制，把情感纠纷上升到女权主义的高度，仿佛“神界波伏娃”。

拜伦在诗作《唐璜》中的《哀希腊》（第 3 章第 13 节）就写过赫拉和赫拉克勒斯的故事。赫拉嫉妒赫拉克勒斯，令他发疯、杀死妻儿后为兄长欧律斯透完成十二件苦差。赫拉克勒斯被半人马涅索斯的毒血所毒死，死后升天，娶了青春女神赫柏为妻。赫拉转变为赫拉克勒斯的“丈母娘”的那一刻，二人才握手言和，重归于好，真正成为一家人。

第三节 柔情似水，佳期如梦
——《静午》

一、诗人生平

有一位男性诗人兼画家用他的女士画像提供了英式美女的标配：金色的卷发，忧郁的双眸，白皙的天鹅脖颈，丰满的嘴唇，如梦似幻的脸庞。无论是画作《冥后与石榴》，还是缪斯女神的母亲摩涅莫辛涅（Mnemosyne），这些美女好像是在不同的场景中复制粘贴了的面孔，这就是他画作的特点——“千人一面”。这位男诗人就是但丁·加百利·罗塞蒂。此但丁非诗作《神曲》的作者意大利诗人但丁。此但丁崇拜文坛巨匠，并以那位但丁为榜样，故给自己命名为但丁。他以身边的女性为原型作画，包括他的妹妹、妻子、情人。

图 5.20 从左至右依次为：《冥后与石榴》《摩涅莫辛涅》《贝娅塔·贝娅特丽丝》《仙女》《在她身边》

图 5.21 从左至右依次为：但丁·加百利·罗塞蒂、威廉·莫里斯、阿尔加侬·查尔斯·斯温伯恩

但丁·加百利·罗塞蒂是维多利亚时期是“诗歌小三杰”之一，他是先拉斐尔派的创始人和先驱。第二位是威廉·莫里斯，他的妻子曾做过但丁短暂的情人兼画作模特。第三位是阿尔加侬·查尔斯·斯温伯恩。但丁、英国诗人威廉·布莱克和美国诗人肯明斯都是诗人中的画家，画家中的诗人。他的文学风格在很大程度上受到了约翰·济慈诗画结合之美学的影响。

和莫奈一样，但丁非常喜欢以妻子伊丽莎白·西德尔为模特作画。画作《贝娅塔·贝娅特丽丝》表达诗人欲追回失去的爱情。画面色彩单纯，红绿相衬，暗示命运的反常。日冕上的时间是9点钟代表了他妻子去世的具体时间。画中女主角左边是爱神，右边是但丁。一只嘴衔白色罂粟花的红鸽正飞入贝娅特丽丝的怀里。此画和夏加尔的《在她身边》很是相似：红绿色系，衔着信物的鸟，安静的女主角。夏加尔家境贫寒，爱人贝拉出身于名门望族，二人相爱时他只是一个前途渺茫的艺术家。女方不顾家人的反对，执意嫁给画家，成为了专属缪斯，画家兼诗人的夏加尔用绚烂的颜色画出了许多充满现代化想象力的传世之作，画中的二人飘浮在家乡维捷布斯克的上空、拥吻在埃菲尔铁塔前、一起听神奇动物的乡村音乐会。在妻子辞世之后，夏加尔一度沉沦、度日如年，他的诗作透露出绝望：“我不知道我是否还活着。我看着天空，我不认识这个世界。”为了纪念亡妻，他出版了贝拉两卷本的回忆录《燃烧的灯火》和《初次见面》。但丁和夏加尔的经历倒是有些相似之处。但丁在妻子死后变得越发沮丧绝望，他把自己未发表的诗歌也埋葬在了她的墓前。多年之后他又把这些诗歌挖掘出来，并将它们编撰成诗集《生命之屋》（*The House of Life*），公开发表出来。其中所有的诗歌都是为了悼念他的亡妻，所以他也被认为是英国的元稹。对于但丁来说，妻子西德尔就是他的缪斯女神，是他画作和诗作的灵感来源。

然而诗人和他妻子身世迥异。但丁出生于一个有声望的大家族，而西德尔出生于一个贫穷的家庭。她一直因家庭背景的巨大差距而感到自卑和抑郁。结婚以后她生了一场大病，同时还染上了鸦片瘾。当她产下一个死去的婴儿后，就因为悲伤过度而自杀了。妻子离世以后，但丁伤心过度，容颜憔悴，被相思折磨得心力交瘁。别离愈久，相思愈烈。有段时间他远离尘嚣，与世隔绝，和小动物们一起生活。晚年的但丁还患有狂躁症和夜游症。长夜漫漫，风凉如水，形单影只，夜不能寐，诗人便起床四处游荡，何其萧索悲凉。“孤灯极尽难成眠。”天人永隔，遥遥相望，恰似“纤云弄巧，飞星传恨，银汉迢迢暗度”，都期盼“金风玉露一相逢”，怎奈天妒人怨，让家不成家，人心念念。正是因为他思维的敏感性，才能够把语言当成他的画笔，描绘爱情中的这种神秘的相思方式。但丁的诗作看似温婉如水，哪里能够想到这是一位多情男士在思恋和回忆妻子的模样。弗洛伊德说：“伟大的诗人和精神病人只有一步之遥。”

曹晓雪同学携全体室友创作了一首古体诗歌来综述诗人的人生经历和情感故事，全诗如下：“笔墨多灵气，空手见丹青。鹏可生对翼，穹亦垂双星。号属天地给，岂为一虚名。晚生非吾志，后进更可期。年少通文趣，画善从古意。发妻阴阳析，俄顷命相逼。此去淡人情，描人摹本心。经年俱往昔，诗乃抒性灵。晚年多怅惘，身心渐愈荒。终为毒相害，不配一诗狂。”

二、诗歌赏析

Silent Noon 静午

—Dante Gabriel Rossetti 但丁·加百列·罗塞蒂

Your hands lie open in the long fresh grass, —你的手伸展在鲜嫩的长草里
The finger-points look through like rosy blooms: 指尖如玫瑰花一样透明：
Your eyes smile peace. The pasture gleams and glooms
你的眼睛恬静地微笑。云海汹涌的长空下，
'Neath billowing skies that scatter and amass. 牧场时而闪烁，时而暗淡。
All round our nest, far as the eye can pass, 在我们的巢穴周围，在我们的视野之内，
Are golden kingcup-fields with silver edge 是镶着银边的、金黄色驴蹄草
Where the cow-parsley skirts the hawthorn-hedge. 和峨参环绕的山毛榉篱笆。
Tis visible silence, still as the hour-glass. 这可见的沉静，沙漏一般的沉静。
Deep in the sun-searched growths the dragonfly—阳光追逐的枝苗深处，挂着一只蜻蜓，
Hangs like a blue-thread loosened from the sky: 像天空撒了手的蓝线；
So this wing' d hour is dropt to us from above. 像这生着翅膀的时光从我们头顶降落。
Oh! Clasp we to our hearts, for deathless dower, 啊！心贴心抱紧吧，为这不朽的馈赠，
This close-companioned inarticulate hour 这亲密相伴的沉默时光，
When two-fold silence was the song of love. 双重的沉默就是一首爱情之歌。

此诗为意大利式十四行诗，但韵式有些独特。诗歌第 1 行尾词 grass、第 4 行尾词 amass、第 5 行尾词 pass 以及第 8 行尾词 glass 押韵，可以用韵脚 a 表示。第 2 行尾词 bloom 和第 3 行尾词 gloom 押韵，用韵脚 b 表示。第 6 行尾词 hedge 和第 7 行尾词 edge 押韵，用 c 表示。 第 9 行尾词 fly 和第 10 行尾词 sky 押韵，用韵脚 d 表示。第 11 行尾词 above 和第 14 行尾词 love 押韵，用 e 表示。第 12 行尾词 dower 和第 13 行尾词 hour 押韵，用 f 表示。整首诗的韵律是 *abbaaccaddeffe*。此诗的格律是五音步抑扬格，一句诗行有 10 个音节，呈轻重排列。诗中有很多诸如 your hands 和 grass 这样的“咝音”

（sibilance）。从诗的第 1 行到第 7 行，诗人通过这些“咝音”渲染出了一种轻松愉悦的情绪。之后的第 8 行是全诗的高潮或者说是“诗眼”所在。dd 韵律的这两句就像是悬在空中的蜻蜓一样，正好悬在前 8 八句和后 4 句中间，属于悬着的对联句，也叫双行句。最后 4 行是完全的静止、安静和超越，让诗歌变得完满，正好也呼应这首诗的名字《静午》，顾名思义，安静的中午时分，爱情的宁静时光。

第 1 句“你的手伸展在鲜嫩的长草里”，这一行最先出现的画面是一双手。第 2 句“指尖如玫瑰花一样透明”，这里采用了明喻的修辞手法。诗人关注的焦点是“手指尖”，此为本体，那么喻体是什么？玫瑰花。诗人在此处将情人的手指尖比作盛开的玫瑰，就仿佛他的妻子也变成了大自然的一部分。第 3 句，“你的眼睛漾着恬静的微笑”，融融爱意，丝丝情义，笑颜甜美，眼神温柔，只有真心相爱的人才会如此真情流露。第 4 句，“云海汹涌的长空下，牧场时而闪烁，时而暗淡。”读者可以想象一下这样的画面：一大片草地在阳光下闪闪发光。Gleam 一词让人想起一些亮晶晶、闪闪发光的东西。Gloom 有“昏暗”、“幽暗”和“忧郁”的含义，它往往与一些消极的事情相关。这个词其实是一个铺垫，预示着令人悲伤的事情，也就是现实生活中妻子年纪轻轻就离开了人世。诗中的情绪是开心愉快的，尽管这对恋人在这首诗中是开心的，但这美好的时光终究会消逝。“昏暗”这个单词其实预兆了一些坏事情的发生。那这件坏事就是他妻子的离世。这里有两个词的意思相差巨大。第一个是“忧郁”，另外一个词是“平静”。虽然“你”笑得如此平静，如此迷人，如此美好，但这平静的时光总会消逝，不是吗？在诗人的画作《仙女》中，天堂里鲜花繁茂，情侣相拥。天上的仙女手持百合，头披闪亮的星星，渴望而忧伤地凝望着她在凡尘的恋人，但是天地相隔不能相聚。诗人是通过诗歌和绘画来表达对妻子的深深的爱恋。这幅场景很容易让人想起月神和情人恩底弥翁的爱恋。接下来“云海汹涌的长空下”，billowing 形容波涛汹涌、云起云涌的场景。“草地”在云起云涌的天空下，天上满是移动的云彩。云一会聚集到一起，一会分离开来，云卷云舒的天空。这里的天空也象征着时间。时间就像云一样，云聚集起来只是为了继续向前，时间也一直在流逝，永不停息。

第 5 行，“在我们的巢穴周围，在我们的视野之内”，这行诗中有一个甜蜜美好的词汇，巢穴（nest）。这两位恋人躺在哪里呢？草地上，他们的“爱巢”旁。诗人将这个地方称之为“巢穴”，而巢穴一般是动物的家。诗的第 1 行，“你的手伸展在鲜嫩的长草里”，“你”成为了大自然的一部分。在这里，“我们”都成为了大自然的一部分，我们躺在大自然的巢穴中。郊游时人们总喜欢躺在草坪上，微微的风吹着，小鸟调皮地叫喳喳，满眼的绿色，令人心旷神怡。对他们来说，此刻，这个地方是完美的，感觉就像在家一样。第 6 行，“是镶着银边的、金黄色的驴蹄草”，这种花是金黄色。花边是银色，金黄色和银色搭配，典型的洛可可风格，金碧辉煌，精巧绝伦。第 7 行，“峨参环绕的山毛榉篱笆”，“山毛榉”是一种植物，《斯卡保罗集市》的歌词中提到过，“您要去斯卡布罗集市吗？芫荽，鼠尾草，迷迭香和百里香”（Are you going to Scarborough fair, parsley, sage, rosemary and thyme）。山毛榉（cow-parsley）、山楂（hawthorn）是“篱笆”。这三种植物构成了他们的花园。他们躺在旁边满是鲜花和大树的“巢穴”里，多么甜蜜，多么自由自在。接下来是全诗之眼，“这可见的沉静，沙漏一般的沉静”。（Tis is visible silence, still as the hour-glass.）“Tis”的意思是“这里”。“沉静”是看得见的吗？看不见。风吹动树叶，树叶是看得见的。但“沉静”是不可见的。因此“可见的沉静”就是矛盾修辞法。而“可见的沉静”有着非常丰富的意蕴，那种安静是静止的，就像沙漏一样。诗歌《红玫瑰》中提过“沙漏”“当生命之沙即将流尽”。沙漏可以停下来吗？不能。只有当时间停止的时候，沙漏才会停下。时间偏偏永远不会停止。于是这个寂静的中午将会继续进入下一个时刻，下午。

“矛盾修饰法”也叫“逆喻”，是指修饰语和被修饰语之间看起来似乎是矛盾的，实则相反相成。它用两种不相调和，甚至截然相反的词语来形容一件事物，起到一种强烈的修辞效果，使得所表达的语义更强烈，在文学作品中的使用频率很高。比如，震耳欲聋的沉默，悲伤地乐观，酸酸甜甜的日子，贫穷的有钱人，千言万语的沉默，默默无声的坦白。该词（oxymoron）源于希腊语，oxy 意为 sharp，moros 为 dull，oxymoron 即 a sharp dullness or a foolish wise（针对性愚蠢）。“矛盾修辞法”由于两部分语义相互矛盾，合并使用有悖常理，所以能够强烈碰撞读者的神经思维，产生出人意料的修辞效果。这种矛盾的冲击会激发读者仔细推敲的好奇心，从而引人入胜。区分“明喻”“暗喻”“逆喻”可见如下的等式：

“明喻”：本体 + 动词 + 连词 + 喻体 (John works like a horse.)

“暗喻”：本体 + 动词 + 喻体 (John is a horse.)

“逆喻”：本体 + 喻体 (burning snow)

第 9 行，“阳光追逐的枝苗深处，挂着一只蜻蜓”，第 10 行，“像天空撒了手的蓝线”。Sun-searched 的意思是“追逐阳光的”，此处省略了“树枝”一词。这个地方用到了明喻的修辞手法，本体是蜻蜓，喻体是蓝色的线。“挂”这个词是镜头的特写，表达蜻蜓是悬浮在空中的意思。至此，诗歌中既有大远景，又出现了近景的聚焦。第 11 行，“生着翅膀的时光”指的就是静午。这段时光过得如此飞快，就像长了翅膀一样。“头顶上”意思是“天堂”。“从头顶降落”意思是我们在一起相处的时间都是上帝给予的馈赠。第12行，“啊！心贴心地抱紧我们吧，为了这不朽的馈赠”，这个“啊”是什么修辞？呼语（apostrophe）。Clasp的意思是拥抱，他俩紧紧地相拥，为了这不朽的馈赠。Dower这个词本意是“自然的馈赠”，还有一层意思是嫁妆，同时它还可以表达人死后的遗产。诗歌中有谁去世了吗？实际上并没有，但这预示他妻子的离世。诗人是如何描述“馈赠”这个词的呢？“永生的”“不朽的”。第13行，“这亲密相伴的沉默时光”，他俩抱得越紧，彼此就越渴望把握这一刻的时光。“这沉默时光”指“这沉默安静的时刻”。这就是静午的含义。第14行，“双重的沉默就是一首爱情之歌”。双重的沉默，谁保持了沉默？情人的沉默。静午是安静的时光。为什么是双重的？因为这段时光既平静又充满活力。时间带来了平静，但同时时间也是活跃的，在不断地流逝着。这个地方用到了过去时态，所以当这首诗结束，沉静的中午也就结束了。因此“绝对的安静”就是指这对恋人相聚的时间已经结束了。

再次回顾全诗，你的双手就像盛开的玫瑰花，你的眼睛呢？荡漾着恬静的微笑。草地时而闪烁，时而黯淡。“巢穴”旁环绕着一些植物，驴蹄草，山毛榉和山楂树篱笆。静午中的“静”是一种可见的静。蜻蜓在树上，像一根蓝线一样。生着翅膀的时光就是静午。我们彼此相拥，而这无言的时光也就是沉静的时光。沉默是一首爱情之歌，沉默的中午，沉默的爱。这绿草如茵的草坪正是“天苍苍，野茫茫”。这根蓝线，这只蜻蜓正是唯有蜻蜓蛱蝶飞，天光云影共徘徊。垂悬的线在风中微颤，一波一波传递着爱情的甜美和静午的美好，恰似“袅晴丝，吹来闲庭院，摇漾春如线”。

爱情的宁静和美丽的沉默在此处有一种更大更广阔的安静。这对看云的恋人应该恨不得把一生的想象和一日的闲情都交付给瞬息万变的流云吧。我和爱人拥着花草躺着，周围荡开芬芳的涟漪，看那深绿的树影蜿蜒着爬满了草地，看那笨重的白云匆匆地追逐着光影。你的笑脸从时光的细碎光影中一次又一次向我闪耀着爱意。在静默的时光中，在柔美的颜色和光线映衬下，两个深爱着对方的人，脉脉含情，就这样静静地注视着对方，情到深处已无语。这静静的中午，这片爱的寂静，这醉眠芳草时的温馨，让这首诗特别的静谧、梦幻和甜美。读者仿佛听到儒雅的诗人在轻声呢喃，亲昵却不失庄重。爱情，在这样的暖色调中渐渐氤氲开来。

诗人在此诗中表达一种梦幻般的、一帘幽梦似的感觉，他仿佛有未卜先知的本领，将前世、今生、来世都融于一个瞬间，这仿佛是诗人的独门秘籍。这种类似第六感的幻觉记忆、这种灵魂漫游在他的另一首诗歌《顿悟》表现得更为明显。《顿悟》，是指顿然醒悟吗？先带着疑问走进这首诗歌。

Sudden Light 顿悟

——Dante Gabriel Rossetti 加百列·但丁·罗塞蒂

I have been here before, 我一定到过此地
But when or how I cannot tell: 何时，何因，却不知详
I know the grass beyond the door, 只记得门外草依依
The sweet keen smell, 阵阵甜香
The sighing sound, the lights around the shore. 围绕岸边的闪光，海的叹息

You have been mine before, — 往昔你曾属于我——
How long ago I may not know: 只不知距今已有多久
But just when at that swallow's soar 飞燕穿梭
Your neck turned so, 然回首
Some veil did fall, — I knew it all of yore. 纱幕落了—— 我早已知晓

Has this been thus before? 时间的飞旋
And shall not thus time's eddying flight 会不会再一次

Still with our lives our love restore 恢复我们的生活与爱情
In death's despite, 超越了死
And day and night yield one delight once more? 日日夜夜再给一次欢欣？

全诗有 3 个诗节，每个诗节有 5 行诗句，所以此诗是五行诗。此诗每个诗节的第 1、3、5 行尾词都是押同样的韵，分别是 before，door，shore，before，soar，yore，before，restore，more。第 1 诗节的第 2 行尾词 tell 和第 4 行尾词 smell 押韵，第 1 诗节的第 2 行尾词 know 和第 4 行尾词 so 押韵，第 1 诗节的第 2 行尾词 flight 和第 4 行尾词 despite 押韵，所以全诗的韵律为 *ababa/acaca/adada*。*abcd* 指的是韵脚的转变。该诗的格律为抑扬格不规则音步，抑扬格是指重音落在第 2 个音节上，一个音步采取“轻重”的读法。不规则音步也叫混合式音步，是指诗行长短句交错，音步也随之变换。比如第 1 诗节第 1 诗行“我一定到过此地”（I have been here before）共 6 个音节，分别是 I，have，been，here，be，fore，其中单词“before”有 2 个音节 be 和 fore，一个音步等于 2 个音节，该诗句 6 个音节就是三音步。第 2 诗行“何时，何因，却不知详”（But when or how I cannot tell）共 8 个音节，分

别是 But，when ，or，how ，I ，can，not ，tell，其中单词 cannot 有 2 个音节 can 和 not，所以此句是四音步。第 3 诗行“只记得门外草依依”（I know the grass beyond the door,）仍然是 8 个音节，分别是 I，know，the，grass，beyond，the，door，其中单词 beyond 有两个音节 be 和 yond，所以此句还是四音步。第 4 诗行“阵阵甜香”（The sweet keen smell,）有 4 个音节，分别是 the，sweet，keen，smell，所以此句还是二音步。第 5 诗行“围绕岸边的闪光，海的叹息”（The sighing sound, the lights around the shore）很长，一共有 10 个音节，分别是 the，sigh，ing，sound，the，lights，a，round，the，shore，其中单词 sighing 有 2 个音节 sigh 和 ing，单词 around 有 2 个音节 a 和 round，所以此句是五音步。

第 1 诗节提到“门外青草的阵阵甜香”，keen 类似于 intense, heart-felt，表示“强烈，浓烈的”。第三诗节的诗句“时间的飞旋会不会再一次”，eddying 近义词为 swirling，whirling，表示“飞快转动的”。第三诗节“超越了死”（In death’s despite），“despite”是“尽管，除此之外”的意思吗？不是，指“敌对，敌视”。

诗人通过精致的遣词造句让我们沉浸在感官世界中。第 1 诗节说“我一定到过此地”“何时，何因，却不知详”，这种似曾相识的感觉让我们想起一句歌词，“我们好像在哪儿见过，你记得吗”。接下来是景物描写，“只记得门外草依依”“阵阵甜香”“围绕岸边的闪光，海的叹息”。甜蜜的爱情，美妙的自然景观，情景交融。

第 2 诗节，“往昔你曾属于我——”“只不知距今已有多久”，前两句是回顾往昔的恋爱好时光，此句类似诗句“两情若是长久时，又岂在朝朝暮暮”，且易让读者心生纳闷：真爱一定是铭记一生，刻骨难忘的，诗人怎么会记不清时间？难道是前世就已经相爱？接下来的“飞燕穿梭，蓦然回首，纱幕落了”就更有点神秘的色彩，“这一切我早就见过”，在哪儿见过，也许在梦里，也许在冥想中，也许在诗人写诗时灵感来临的那个瞬间。这个诗节在说 déjà vu（既视感，幻觉记忆），这个词表示人在清醒时第一次见到某场景时那种似曾相识感，姑且称为“灵魂漫游，前世记忆”。

第3诗节中，诗人感叹，光阴荏苒，时光如梭，死亡是人类最终的归宿，可是时光能够再次恢复生命和生命中的那些爱。“莫非真有过此情此景？”此情此景就是“灵魂漫游，前世记忆”中的那些细节。这些诗句好像一幅幅静物写生，又像电影中的三个特写镜头，再配上肖邦遗作《A 小调圆舞曲》，很容易让人想起初恋的甜美和浪漫。飞燕穿梭，春回大地，纱幕落了，青春散场，蓦然回首，那人就在灯火阑珊处。

最后的诗句，“时间的飞旋会不会再一次”“恢复我们的生活与爱情”“超越了生死”“日日夜夜再给一次欢欣？”和莎士比亚的《我能把你比作夏日吗》有几分相似。“唯有你永恒的夏日常新，你的美貌亦毫发无损。死神也无缘将你幽禁，你在我永恒的诗中长存。只要世间尚有人吟诵我的诗篇，这诗就将不朽，永葆你的芳颜。”任凭山河斗转，心中情怀依旧。你永远在我心中，我一想你就要写诗。无论何时何地，只要想起你，就会想起我们相处的那些难忘瞬间。反复吟诵其诗，总觉得时光倒流，枯木逢春。爱情永远不会沉寂。我吟诵着写你的诗歌就更加想念你，后世读起我的诗歌就会称赞我们的爱情。我们的爱情会在诗歌中世代相随。

题目《顿悟》所勾勒的是朦胧的内心感悟中的一道闪光，这些光就是爱情中刻骨铭心的一幕幕，瞬间照亮又骤然消失，比如崔护《题都城南庄》“人面桃花相映红”。飞燕穿梭，你款款而行，纱幕落了，你回眸一笑，蓦然回首，我俩手牵手向前走。飞燕，纱幕，回首，爱人也曾眼波含情唇带笑，可曾经的岁月飘然而来，戛然而去。相思如水中月，只能远远相隔，两两相照。有同学觉得这三个意象很美，有同学觉得很“哥特”，就像爱伦·坡的诗歌《安娜贝尔·李》给读者的感觉。其实这三个特写就是“庭有枇杷树，吾妻死之年所手植也，而今亭亭如盖也”中的“枇杷树”，是诗人那一寸寸的断愁肠。树长，人亡。物是，人非。借物传情，托物寄情。思念，坚如磐石，又韧如蒲苇，直达人心。爱人已逝，诗人满心寂寞，泪已枯，肠已断。绿杨芳草几时休？每岁春来，水自青青，山亦青青，亭亭枇杷，依然如故。年华流逝，物是人非。前尘旧事，恍惚迷离，仿佛就在眼前，又仿佛遥不可及。如此强烈的对照，即便不着一言，却也足以反衬出诗人此时处境之艰、内心之凄。彼时曾绿水芳榭、暖意融融、生机勃勃、桃李争妍、春色明媚，双蝶绣罗裙，忆得盈盈拾翠侣，共携赏。而此时，薄雾浓云、长夜水寒、池阁倒影、寂静幽寒，片片飞花弄晚，蒙蒙残雨笼晴。十年生死两茫茫，不思量，自难忘。千里孤坟，无处话凄凉。爱人已远行，彼此看不见踪影，却依然一再含情回顾。这默默无语的频频回望中，蕴含着多少曲折不尽的深情啊！

诗人通过这三个意象将实景与幻境巧妙地结合在一起，营造出极其朦胧、唯美的画面，充溢着浪漫主义的气息，令人回味无穷。简简单单三个意象，却如此千回百转。寥寥数字，看似只是追忆，平平淡淡，貌似平白浅显，却极沉痛哀郁，言尽意留，意隽情深。静静品味其盈盈愁思和人世浮沉，不觉为其濡湿青衫，惋叹不绝。记忆的伤口，青苔与蛛丝已晕罩其上，再回首，心里却涌动着别样的波澜，只有“风鬟雾鬓”写愁肠。不言情而情无限，言有尽而意无穷。今后读者在欣赏诗人的画作和诗作时，就能够理解作品中那如梦似幻的神秘感和前世今生的穿越感。

图 5.22 洪玉同学的采风视频

图 5.23 许雪莹、郑喜玲同学的采访视频

三、诗歌中的希腊神话

但丁在妻子辞世后一蹶不振，一度精神恍惚，终日酗酒。希腊神话中的酒神也是如此。酒神的希腊名为狄俄尼索斯（Dionysus），罗马名为巴克斯（Bacchus），是宙斯与凡人公主塞墨勒所生的儿子。西方人经常用 a son of Bacchus 表示“酒鬼”。他既能给人带来欢乐和迷醉，但同时又残忍易怒，像酒一样。酒神在文学上主管戏剧。

酒神的母亲塞墨勒公主与宙斯相爱引起了赫拉的嫉妒，她便心生一计，变成公主的保姆，怂恿公主向宙斯提出想看宙斯真身的请求，以验证宙斯对她的爱情。宙斯最终拗不过她，就现出自己雷神的原形，结果塞墨勒直接被雷火烧死了。Requisition from Semele 就表示“咎由自取”。就在塞墨勒被烧死的那一瞬间，宙斯心碎了，抢救出不足月的儿子狄俄尼索斯，并将他缝在自己的大腿里，直到足月才将他取出，于是酒神就这样神奇地诞生了。

酒神由于童年的不幸经历，长大后成了买醉、狂欢和悲剧的始祖。西方文学有两种精神，一个是太阳神阿波罗所代表的理性精神，另一个就是酒神狄俄尼索斯所代表的狂欢精神。

诗人雪莱在《西风颂》第 2 节中有这样几句诗，“抖落出传送雷雨以及闪电的天使；在你的气体波涛的蔚蓝色的表面，恰似酒神女祭司的头上竖起缕缕亮闪闪的青丝”。迈娜得是（Maenad）酒神的女追随者，常披头散发跳舞，头上有藤条或蛇。济慈在《回旋歌》中提到的森林神萨提尔（Satyr）是半人半羊的森林之神，喜欢追逐仙女。赛利纳斯是森林诸神的领袖，酒神的养父和师傅。酒神教会人类用葡萄酿酒，而常春藤则是古希腊人给酒神的贡礼。所以酒神的经典形象总是头戴着葡萄叶花环。巴洛克时代的绘画大师卡拉瓦乔就曾以这样的装扮创作自画像，并命名为“酒神”。

第四节 人生若只如初见，何事秋风悲画扇——《初见》

一、诗人生平

图 5.24 克里斯蒂娜

“罗家四子皆才俊，擅涂丹青善诗文。最喜幺女玲珑心，笔墨不染世俗尘。二十有四父仙逝，与母长伴形影随。感及教诲情难尽，裙钗献诗报母恩。桃李年华情初盛，愿许良人约为婚。痴情无奈道相异，黛眉颦处愁怨深。三十有二再苦恋，奈何缘浅空余叹。情难解兮沉疴重，皆有诗行代转呈。勿吟悲曲奠此生，更弗林荫蔽孤魂。碧草玉露长相伴，唯余诗作倒乾坤。”这是曹晓雪同学为克里斯帝娜·罗塞蒂赋的诗，我们将结合这首诗讲解诗人的生平。

克里斯蒂娜·罗塞蒂出生于名门贵族，书香门第。父亲是意大利烧炭党人，流亡到伦敦后，在伦敦大学任教。哥哥姐姐在文学和绘画方面各有造诣，她自幼就和姐姐玛利亚写诗。她是家族里最受宠的幺妹，从小被家人视为掌上明珠，备受宠爱。她容颜出众，举手投足间带着天使的魅力。哥哥但丁·加百利·罗塞蒂是先拉斐尔派的先驱，既是诗人也是画家，他多次以妹妹为原型创作圣母玛利亚的画作，比如《天使报喜》中的圣母玛利亚。

图 5.25 从左至右依次为:《天使报喜》、画作人物面部特写、右二均为克里斯蒂娜

克里斯蒂娜与伊丽莎白·巴莱特·勃朗宁以及美国诗人艾米莉·狄金森同时代。伊丽莎白·巴雷特·勃朗宁的诗歌如大家闺秀般优雅端庄；艾米莉·狄金森的诗歌如谜语般淘气，其字里行间的意思需要读者猜来猜去，让读者“搔头苦吟，叹赏良久”；而克里斯蒂娜的诗歌则如小鸟依人般精致可爱。

意识流大师弗吉尼亚·伍尔芙曾夸赞克里斯蒂娜写诗如唱歌，唱得像知更鸟和夜莺一样好听。知更鸟是英格兰的国鸟，擅于保卫自己的家园，也被称作“上帝之鸟”，克里斯蒂娜的人气由此可见一斑。

在遇到爱情之前，克里斯蒂娜的诗歌青春可爱，楚楚动人。她的诗歌《颜色》如同鹅妈妈童谣一样甜美活泼、玲珑剔透、精巧别致、朗朗上口。“什么是粉红？喷泉边的玫瑰是粉红色。什么是艳红色？在大麦床里的罂粟花就是艳红色。什么是蔚蓝色？天空就是蔚蓝色，云朵飘过其间。什么是白色？阳光下嬉水的天鹅就是白色。什么是黄色？梨儿就是黄色，熟透且多汁。什么是绿色？草就是绿色，小花掺杂期间。什么是紫色？夏日夕阳里的彩霞就是紫色。什么是橘色？当然啦！橘子就是橘色！”这类似于狄金森所擅长的谜语诗。谜语诗通常是精巧别致的咏物诗。诗词是谜语，诗名就是谜底。比如《画》，“远看山有色，近听水无声。春去花还在，人来鸟不惊。”比如唐代李峤的《风》，“解落三秋叶，能开二月花。过江千尺浪，入竹万竿斜。”再比如唐寅的《画鸡》，“头上红冠不用裁，满身雪白走将来。平生不敢轻言语，一叫千门万户开。”短短四句，公鸡外形优美、神采奕奕、不鸣则已一鸣惊人的形象展露无遗。

诗歌《我试试》如盆景般精致，小巧耐看，语浅情深，颇有哲学内涵。“那个说‘我试试’的小男孩，终会爬上山顶。那个说‘我不行’的小男孩，终将留在山脚。‘我试试’让人每天都进步，‘我不行’则让人一事无成。你一定要说‘我试试’，让‘我不行’踽踽独行。”能把小场景、小人物、小心情写好，其实需要大本事。

这些俏皮短小的诗歌蕴含着一种皓月初升的活泼灵动，也让她明净清丽，优美纤巧的诗风一览无遗。无忧无虑的生活环境，家庭浓厚的艺术氛围让克里斯蒂娜一天天成长为笔致丰盈、文采飞扬、才华横溢的女缪斯。

“桃李年华情初盛，愿许良人约为婚。痴情无奈道相异，黛眉颦处愁怨深。”信奉圣公会的克里斯蒂娜终身未嫁，却也曾在最美好的年纪遇上了心动之人，有过倾心之恋。只是两次爱情都因为宗教差异而不得完满、无疾而终。她在 18 岁时爱上了一位信奉罗马天主教的画家詹姆斯·科林森，并与他订婚。那是一个初秋的晌午，阳光明媚而温柔地穿过树荫。克里斯蒂娜捧着一本书，她沉醉其中，安静典雅，散发着浓浓的书香气。金灿灿的阳光洒在她的秀发上，不时有微风吹来，吹动着她的发丝也吹动着欣赏者的心。一位一个俊俏的男子正在不远处闲庭信步，戏赏秋色。蓦然抬首，看到了这位端庄美丽的少女。他在远处静静观赏，不忍打破这美好安详的画面。清风飘拂起绵绵情意，他看得心驰神往，爱意汹涌，不觉走上前。也许她察觉到了远处炙热的目光，便微微抬头，惊鸿一瞥，伊人含羞。只见她神情温婉，眉如远山青黛，目若碧水秋波。眼神交汇、四目相对的一刹那，爱情如电光火石，将两人久久吸引，再难分开。邂逅相遇，与子偕臧。他被她的才情吸引，而她被他的温柔俘获，乱了心神。

夜月一帘幽梦，春风十里柔情。他们手拉手在树林间读书、漫步、追逐。克里斯蒂娜为了纪念她们相识、相知、相恋的全过程，写下了许多纪念性的诗篇。当二人被不可救药的爱的漩涡突然裹挟，谁又能清醒冷静地置身于外呢？于是他们就在山水相拥之间立下海誓山盟，从此相守一生，再不分开。热恋时，三千宠爱在一身，从不知何为愁苦。诗歌《生日》恰恰记录下了她对爱情到来时的欢欣雀跃之情。

Birthday 生日

——Christina Georgina Rossetti 克里斯蒂娜·吉奥吉娜·罗塞蒂

My heart is like a singing bird, 我的心像一只歌唱的鸟，
whose nest is in a watered shoot; 它的巢在瀑布边的岩石间；
My heart is like a apple tree 我的心像一株苹果树，
whose boughs are bent with thick-set fruit; 它枝条被稠密果实压弯；
My heart is like a rainbow shell 我的心像一只彩虹色贝壳，
That paddles in a halcyon sea; 它在静海里拍水向前；
My heart is gladder than all these 我的心比这些都更快乐，
Because my love is come to me. 因为我的爱来到了我身边。

Raise me a dais of silk and down 为我设有丝绸羽绒衬垫的高台椅，
Hang it with vair and purple dyes; 把皮毛和紫色的饰物挂上；
Carve it in doves and pomegranates 在椅背等处雕出鸽子和石榴，
And peacocks with a hundred eyes; 还有百翎眼的孔雀的形象，
Work it in gold and silver grapes 再镶上金黄的、银白的葡萄，
In leaves and silver fleurs-de-lys; 叶子，以及银白的鸢尾；
Because the birthday of my life 因为我生命开始的纪念日来到了，
Is come, my love is come to me. 我的爱与我相会了。

《生日》一诗小巧玲珑，精雕细琢，风流旖旎，情思入骨，细腻绵长。此诗共 2 个诗节，每诗节 8 行，抑扬格四音步，其结构工整、匀称、平稳。女诗人沉浸在甜蜜的爱河中，其心满意足、愉悦欢快之情溢于言表。第 1 诗节，3 个排比句层层递进，她在诗节末尾大胆奔放地宣布："我的心比这些都更快乐，因为我的爱情已经来临。"诗句的第一高潮出现。接着诗人在第 2 诗节想象着如何精心装扮自己，以"对镜贴花黄"来迎接爱情。"为我设有丝绸羽绒衬垫的高台椅，把皮毛和紫色的饰物挂上"。紫色是欧洲的富贵色，富丽堂皇的用词彰显着爱情的崇高、神圣和尊贵，也展现着她对爱的重视。第 1 诗节的末行和第 2 诗节的末行遥相呼应，烘托主题——因为爱情的到来，她快乐无比。花前月下，情意绵绵，而这份爱是她生日当天最珍贵的礼物。全诗弥漫着一种快乐的味道，读起来情真意切，精致俏皮，律动感强。轻快流畅的节奏一如托马斯·纳什的《春天》。而这份甜蜜与幸福我们可以从俄国犹太裔画家马克·夏加尔为自己创作的结婚肖像《生日》《埃菲尔铁塔下的新郎与新娘》里体会一二。在画作《生日》中，二人在充满俄罗斯风情的卧室庆祝生日，爱人贝拉飞上了天花板，二人的头转向彼此，耳鬓厮磨，窃窃私语……然后，穿着华丽衣服的夫妻一起飘到房间的上方，飞了起来。

图 5.26 从左到右依次为:《埃菲尔铁塔下的新郎与新娘》《生日》

然而相爱容易，相处太难。热恋的激情冷却后，他们却不得不面对不同

宗教派别的问题。无论初恋是怎样青涩浓烈、甜蜜缠绵，宗教派别的分歧还是横亘在二人之中，日复一日，把她的心思搅成一团乱麻，将她层层缠绕，使她在爱的深渊中艰于呼吸。克里斯蒂娜是英国国教教徒，而科林森是天主教成员，谁也不肯违背自己的宗教信仰。二人愈发水火不容，争吵和冷战渐渐取代了甜蜜和温馨。宗教信仰不遂人愿，你我只好天各一方。一怀愁绪，几年离索。难道二人是陆游和唐婉“莫莫莫”“错错错”的爱情悲剧的翻版？当初的花前月下、情比金坚究竟只是一句空话。原本充满期盼的一颗心逐渐冰冷，最终掉进了绝望的深潭。她 20 岁那年，二人解除婚约。

残阳染上血色，曾经的爱人平静地端坐桌前，将酒一饮而尽，二人皆落下苦泪，千言万语如鲠在喉，终是沉默。许久，克里斯蒂娜心平气和地说:“我爱你，但我更爱我的信仰。”两行清泪从脸上划过，她的笑容勉强又凄惨。此别，敬你岁月无波澜，敬我余生不悲欢。没了你，余生恐怕难以心安。只能淡淡地道一声，各自安好。窗外的那弯残月越升越高，向大地播撒着寒冷的清辉。她退缩到墙角，慢慢舔舐自己的伤痛。

幻想破灭，她独自默默承受相思的煎熬，彻底将情感掩埋封印。“月明如素愁不眠”，月亮明如镜、白如绢，她满怀愁绪、辗转反侧、难以成眠。任凭愁绪袭扰、盘桓，任凭纸静静地等待着笔，笔悄悄地等待着心意的流淌。相爱哪能说忘就忘？当初那份温热的誓言仍在耳畔回响，她在回忆着万千美好，花前月下那说不尽的卿卿我我，那柔软温暖的爱意，她在心中依然坚守着那份永不褪色的爱情。思念愈发玲珑剔透、熠熠生辉，却难耐岁月的风吹雨打。

“三十有二再苦恋，奈何缘浅空余叹。情难解兮沉疴重，皆有诗行代转呈。”她 36 岁又与一位自由主义者兼无神论者查尔斯·卡莱（Charles Cayley）相恋。分手的悲剧再次上演。伍尔夫说，宗教是她一切不幸的根源，是她的毒瘤。守着一份不圆满的爱情，如同坠落黑暗无边的深渊，受尽煎熬，她看不见尽头，更摸不到希望。唯有顾影自怜，写下这儿女情长的诗篇。断肠人做断肠词，词未成，泪失尽。她反复咀嚼着已然幻灭的爱情，无奈“神女生涯原是梦，小姑居处本无郎”。之前短暂的男欢女爱只不过是一场梦而已，她终究还是终身无托。今昔对比，清冷至极。

她开始疯狂地写诗，爱情让她受伤，也让她成长。春日迟迟，独守空闺。鼓瑟弹琴，夜不能寐。心情落寞，行坐不宁，睹物伤怀，百无聊赖只有写诗聊慰岁月和长相思的折磨，聊表寸心。她将胸中的块垒和万千的心结倾吐为锦绣如歌的文字，不经意间开了“闺怨诗”（或“怨妇诗”“思妇诗”）的肇端。“银烛秋光冷画屏”“天阶夜色凉如水，坐看牵牛织女星”“玉阶生白露，夜久侵罗袜。却下水晶帘，玲珑望秋月”。仿佛都是描述她的经历。

她明明知道宗教信仰的不同会让二人一拍两散，也深深知道而今的长相思只会让自己痛苦。她的闺怨只是倾吐心声，既不急着摆脱，更不试着忘记。她知其不可而为之仍旧坦然面对，这种明知故犯的沉溺和不计代价的痴情是何等赤诚，何等执着。“直道相思了无益，未妨惆怅是轻狂”。这份为情所困的女子的“轻狂”又是何等凛然不可轻视，何等峭拔有力，仿佛花朵在风雨中昂起了头。杨绛说：“与独处相安，与万事言和。”她最终将伤痛化为动力，将写诗作为发泄的途径，创作出许多脍炙人口的精彩诗篇。

两次世俗的爱情催生了她的爱情系列诗歌，有对于爱情的眷恋和回忆，即追忆对浪漫爱情的依恋，也有对爱情逝去无尽的落寞以及对往昔岁月无限的追思。她的爱情审美理念充溢着中世纪神性审美思想，如同意大利诗人，《神曲》作者但丁笔下的比阿特丽斯和意大利诗人彼得拉克笔下的劳拉，他们都追求具体的人世间的情爱，又向往爱情的升华，即对上帝的爱。她就是这样实现自己的爱情救赎，成为自己灵魂的摆渡者。

“勿吟悲曲奠此生，更弗林荫蔽孤魂。碧草玉露长相伴，唯余诗作倒乾坤。”她性情孤傲，巾帼不让须眉，又何必执着于男女之事？也许正是她苦苦追寻而不得的爱情才造就了她与众不同的人生。她忧郁过、惆怅过、惋惜过、不甘过。她将真性情付诸笔端，正如她的爱一样真诚。恋爱使她快乐，失恋让她忧伤。爱的甜蜜和悲伤构成了其诗歌的主旋律。

如果说克里斯蒂娜在《生日》中是神采奕奕、容光焕发、喜气洋洋的，那么在《记得》《回声》和《当我死去时》中，她是多愁善感、眉头紧蹙、忧郁哀婉、伤心失望的。情之深，爱之痛。这些诗歌再也没有少女时的清新淡雅，字里行间透露着一股悲凉，寸寸柔肠，盈盈粉泪，宛如杜鹃啼血，声声凄婉。读者能够感受到一股淡淡的忧伤，让人想到林黛玉的“侬今葬花人笑痴，他年葬侬知是谁？”和李清照的“寻寻觅觅，冷冷清清，凄凄惨惨戚戚”。

《当我死去时》又译《歌》，有点像中国的闺怨诗。

When I am Dead 当我死去时

——Christina Georgina Rossetti 克里斯蒂娜·吉奥吉娜·罗塞蒂

When I am dead, my dearest, 当我死去时，我最亲爱的，
Sing no sad songs for me; 别为我悲吟；
Plant thou no roses at my head, 别在我坟头种植玫瑰，
Nor shady cypress tree; 也别种柏树遮荫；

Be the green grass above me 愿我上方的青草,
With showers and dewdrops wet; 被阵雨和露水湿遍;
And if thou wilt, remember, 倘若你愿意,就把我怀念,
And if thou wilt, forget. 倘若你甘心,就将我忘记。

I shall not see the shadows, 我不会看到树荫,
I shall not feel the rain; 不会感到雨淋;
I shall not hear the nightingale 我不会听见夜莺
Sing on as if in pain; 不停地歌唱,彷佛在哀鸣;
And dreaming through the twilight 在梦中度过悠长的黎明
That doth not rise or set, 太阳从不升起,也永不西沉,
Haply I may remember, 或许我会记得,
And haply may forget. 或许我会忘记。

在此诗中,爱既是期待,也是束缚。这首诗一共4个小节,每小节中有4行,所以是四行诗。初读此诗,句式清新,温润秀洁。昨日还是花烂漫,人相好,今日枝上露,溅清泪。天色将晚,薄暮冥冥,花丛在暮色中朦朦胧胧,仿佛笼罩着淡淡的烟雾,让我们的心情也随之迷蒙起来,这就是开篇造镜。给整个诗篇笼罩上一层哀愁的基调。悲伤的歌曲,玫瑰,这些寄托哀思和表达感情的东西都已经是身后浮云,她一概可以不要。她只想野草覆盖其上,为其遮荫,露珠为她解渴。她已经无需他的悲恸和哀伤,因为她的心对他早已经释怀、疏离。诗歌宛如一首凄婉的歌,徘徊迷离,沉入心底,勾起旧时的痛。故事还没有开始,便让人觉得愁绪满怀,诗人为什么说着,别这样别那样,这到底是她内心深处对爱人的寻觅、嗔怪还是痴怨?为何到最后都成了感官麻木的凄惨冷清?那必定是一段沉浸着伤痛的往事。

诗人未提相思二字,可句句血泪,让人惆怅万千。欲问相思处,花开花落时。那堪花满枝,翻作两相思。花开时曾经同观赏,花落时却各自悲伤,相思在何处?都在那花开花落之间。对于诗人来说,“悲伤的歌”“玫瑰”“树”“绿草”“雨和露水”这些意象已经不是单纯的景,而是情。诗人由景入情,不留痕迹,营造出一种幽怨、凄楚的意境,抒发了痴情女子被薄情男子抛弃后的幽怨之情。环境的压抑和暗淡突出了女主人公内心的寂寞和曲折。

她没有以女子口吻控诉男子,痛斥他辜负了心上人的一片痴情,反而大度优雅地说,也许你忘记,也许你记得,我无所谓。这些意象都是自然界的事物,因此诗人从自然中寻求慰藉。后面几句中,诗歌的重点从“你”转到

了“我”。树影、雨和夜莺都是身外之物。她在诗中提到的最多的是她自己的死亡。在死亡后，她可以摆脱所有的折磨和各种各样的疾病，她可以好好休息。

第1诗节的末句“倘若你愿意，就把我怀念，倘若你甘心，就将我忘记”与第二诗节的末句“或许我会记得，或许我会忘记”遥相呼应，前言后语，照应鲜明，下阕承上阕余绪，将感情的抒发进一步推向高潮。一起一落，宕往低回，极有韵味。其抒情之含婉，构思之高妙，大家风致，不外如是。她将最深的思念藏于心底，地老天荒，也无法淹没爱情曾经来过的痕迹。归途路漫漫，从此后，愿君安，愿吾安，愿岁岁年年不相见。她看似对爱人是否想念她无所谓，实则刻骨铭心。她将爱意化为祝福，“愿你三冬暖，愿你春不寒，愿你天黑有灯，下雨有伞。愿你善其身，愿你遇良人，暖色浮余生，有好人相伴。”意象的描写看似倒也一般，然而末句“或许我会记得，或许我会忘记”的抒情越突现灵光。此二句笔锋顿挫，陡然转折，颇令人感到意外。说“不恨”者，实即“有恨”，这是典型的曲笔传情。有爱才有恨，有痴方有怨，有念必有愿，此诗贵在真情呈现，骨子里的“真”字流淌，妙境全出。诗词到这里，哀婉幽怨之情袅袅不断。她将胸中悲悯的感叹，动人的情思，凄楚的波澜化为滔天巨浪，转而用舒卷自如的语气、深婉的情致、自然贴切且铺叙有条的描摹以及和畅的音节表述出来，让读者诵之朗朗上口。两处末句均轻描淡写，笔力看似轻巧，实则遒劲，可见诗人之功力。诗人不写相思，却道尽这些年的相思。“天涯地角有穷时，只有相思无尽处。”词情之幽咽，如泣如诉，如清夜之猿啼，令人不禁怅然。再读此诗，平和淡然之气清晰跃然，其安详宁静、轻盈恬淡的气氛隐约有陶渊明“欲辨已忘言”的超脱。

这首诗其实和中国也有一些特别的渊源。徐志摩是第一位翻译女诗人作品的中国诗人。美国女诗人萨拉·蒂斯黛尔曾根据《当我死去时》创作了相同类型的诗歌《让她忘却》。美国女诗人艾米莉·狄金森也创作了相同类型的诗歌《我不能为死停留》。克里斯蒂娜后半生饱受病痛折磨，疾病苍老了她的容颜，吞噬了她的光彩。正如雨水落到梧桐叶上，那声音碎了人心。她不敢看自己苍老的容颜，在她64岁那年，这个有着书香气的女子再不愿承受光阴在身上的痕迹，与世长辞。也许对她来说，生命终结并非坏事，她可以摆脱长期病痛的折磨，身心得到真正的安息。

她在40~43岁时饱受疾病摧残，同时她深爱的哥哥但丁·罗塞蒂精神崩溃也给她沉重一击。一系列的挫折和变故、失意和打击让她一度在痛苦、煎熬和矛盾中挣扎，她骑虎难下，取舍两难，反复权衡之后，绝弃了俗世的爱情。她对待宗教的态度一贯虔诚，如果说早年偶尔也会浮现似有似无的疑惑和困扰，但晚年宗教给了她安慰和力量，成为了她情感倾泻的渠道，她在其中找到了平静和归宿。

女诗人将自己的生老病死、爱恨情仇都写入了诗歌，她同千千万万的凡夫俗子一样，那么真实，那么亲切。她的诗歌和美国女诗人艾米莉·狄金森的诗歌一样，无关乎哲学思辨或者深刻，但总是以个体的独特经验打动人心。一些评论家指出克里斯蒂娜的诗歌过于简单，因为女诗人未曾接受正式的教育，诗句不够优雅，所以缺少深刻的思想价值。可是如若诗写得艰深晦涩，拗口刺耳，感情虚浮冗长累赘，纵是所谓经典，读诗之乐从何而来？一首好诗一定要打动人心，启迪灵魂。诗以言志，言为心声。克里斯蒂娜，她是一位忧郁恬淡的诗人，她的诗歌就是这样上乘的佳作。用词简单，通俗易懂，清新质朴，音韵优美，真挚动人，给人一种小巧玲珑、小家碧玉的感觉。感情真挚但又克制有度，不失分寸和章法，简单而不事雕琢、绝不恣意张扬的语言，有着极强的心灵抚慰能力。

二、诗词讲解

The First Day 初见

—Christina Georgina Rossetti 克里斯蒂娜·吉奥吉娜·罗塞蒂

I wish I could remember the first day, 但愿我能记住你遇见我的
First hour, first moment of your meeting me. 第一天，第一时，第一瞬。
If bright or dim the season, it might be 可能是明亮或昏暗的季节，
Summer or winter for aught I can say. 是夏天还是冬天我说不准。
So unrecorded did it slip away, 这样无踪无迹无记录，它慢慢溜走，
So blind was I to see and to foresee, 我如此盲目地观看、预测，
So dull to mark the budding of my tree 乏味地标记我树上的苞芽，
That would not blossom yet for many a May. 但多少五月经过却不开花。
If only I could recollect it, such 要是能回忆出来该多好啊！
A day of days! I let it come and go 那一日！我让它来了又走，
As traceless as a thaw of bygone snow; 销声匿迹如昔日冰雪融化。
It seemed to mean so little, meant so much; 此事虽小对从前意义重大！
If only now I could recall that touch, 我真希望能重温那次触碰，
First touch of hand in hand—Did one but know! 第一次手执手！——现在才懂！

听着《当我们还年轻时》这首歌，让人忍不住会想起初恋的第一日。维

多利亚时期女诗人克里斯蒂娜·吉奥尔吉娜·罗塞蒂的《初见》，也翻译成《第一日》。这个题目很容易让人想起纳兰性德的诗句“人生若只如初见，何事秋风悲画扇”。那么克里斯蒂娜是怎样的一种初见呢？“满庭芳，初见悔忘当时，与君初见，却是何月何年？阴晴冬夏，消逝转瞬间。试问何其盲目？犹愚钝，相对无言。岁月过，枝繁叶茂，弹指一挥间。流年，往事去，冰消雪散，似梦如烟。看似不经意，思绪万千。难挡新仇旧恨，不应忘、酥手向牵。悔初见、当时未解、情意两缠绵。”

这是一首感情细腻、哀婉感人的意大利式十四行诗，韵律是*abbaabbacddccd*。《少年维特之烦恼》中第一句话“哪个少女不善怀春”。中文有一句话叫“一日不见兮，我心悄悄”。女孩对初恋的记忆一定是刻骨铭心的，可是粗心大意的女诗人无论怎样努力寻求爱情最初的模样也还是无济于事。此诗描绘了情窦初开之时那种感觉。诗句舒缓、淡然，不过是比兴铺陈、不起波澜，爱而失去的淡淡哀愁弥漫全篇。她渴望找回她和男友初次约会的记忆。她做到了吗？没有。她甘心吗？不甘心。她在诗歌中淋漓尽致地表达了自怨自艾的怅然心态。

诗歌的前四行表达了“我”希望我可以记住相恋的第一日。这个地方用到了哪种修辞语法？虚拟语气。诗人直抒胸臆，表达她多么想记起他们的第一次约会。“第一次”这个单词一共被重复了三次。她对这一天分外重视和珍爱，她想记住“第一日”的每个时刻，每个细节。实际上，这是稀松平常的一天，但对诗人来说这一天尤其宝贵、重要和特殊，因为这一天给她带来了无尽的甜蜜回忆。这样的逻辑表达在《生日》一诗中亦曾用过。“我的心比这些都更快乐，因为我的爱情已经来临。”这第一天的“时”和“刻”指的是他们第一次约会的细节。那时那刻，心里激荡着忐忑不安的期待和朦朦胧胧的欢喜；那时那刻，莫名的情愫悄然滋长；那时那刻早已过去，并且永不再来。这一精确的时间表述恰恰透露了诗人最开始的甜蜜和一些微妙的情绪，她是多么珍惜第一日那甜蜜的回忆。那天天气如何？阳光明媚还是阴雨绵绵？诗人答不上来。Dim 这个单词指“灰白的”或者是“灰暗的”。这里的“灿烂”和“黯淡”是反义词，这种对比就代表着现在和过去之间的差别。接下来的“夏天和冬天”是季节的交替，也代表着时间的流逝和作者内心情感的变化。她最开始的感情是什么样的？甜蜜的。那在夏天的时候她的情感是怎样的呢？懊悔的。这里的天气其实是个铺垫，透露出诗歌的主题是哀怨的，怅然若失的，她追忆不得而心生不甘。

接下来的四行，她开始埋怨自己：“只因我疏忽大意，它悄然流逝不留痕迹，只因我茫然无知，不曾留意亦未能预知，只因我不以为然，未曾看到小树过去了一个又一个五月，花儿都没有绽放。”几行的句子结构是三个以 so + adj. + v. + sub. 并列的强调句构成一个气势磅礴的排比句，这是什么语法？倒装。目的是什么？表达她的遗憾之情，她的疏忽大意，她的茫然无知，她的不以为然。

她直抒胸臆地不断埋怨，懊恼不已，当爱情逼近时自己竟然毫无察觉，竟然懵懂无知。她责怪自己在青葱岁月中芳心不动，心扉不开，迟迟不开窍。她以为自己的花季还姗姗未来，当她终于意识到自己已经陷入爱河时，才发现自己已是花满蹊，千朵万朵压枝低。可是，她何时心动的，她的第一朵花何时萌芽，何时初绽蓓蕾、吐露芬芳的？单词 budding 是“刚开始发芽”的意思。My tree 使用了暗喻的修辞手法，将过去那些难忘的日子的美好比作“未开花的树”。她回首，望向那些逝去的岁月，那些平淡无奇的日子。她使劲回忆着过往，努力想看到爱情最初的模样，可任凭她怎样回忆，也是枉然。此情可待成追忆，只是当时已惘然。她再也无法重现那一天，他的样子，和她的样子。记忆中的美好与苦涩随风飘逝，无影无踪。爱情的降临始于什么？丘比特的金箭？隆重绚烂的一见钟情、一见倾心，初次相遇便相互爱慕？还是在平淡无奇的日子中悄然萌发、日久生情？无论哪种爱情，最初真情告白的那一瞬间应该都是永生难忘的，就像徐志摩的《偶然》的描述：“你我相遇在漆黑的海上 / 你记得也好 / 最好你忘记 / 我们在相会时互放的光亮。”也很像现在的流行语，“确认过眼神，你就是对的人。”偏偏女诗人关于两人最初邂逅的一切记忆都已模糊，爱情不知不觉地降临，而相遇的第一日，这本该隆重纪念的日子也无迹可寻，她不得已才不依不饶地继续搜寻自己的记忆。

诗人在前 8 行中交替运用双元音 /ei/ 和长元音 /i:/，烘托出一种低沉而舒缓的氛围；而后 6 行中辅音的多次使用则表达其焦灼和悔恨的心态。最后这六行用了两个 If only 的虚拟兼感叹句。这句中的 recollect 是“记起”的意思。每个人都有一段关于真爱的难忘回忆。可诗人无从忆起，她甚至连第一次手与手的碰触感觉也早已忘却，如此的马虎大意，自我埋怨和怅然的心绪被抒发得淋漓尽致。读者仿佛在看到女诗人弹着吉他，哼唱着《光阴的故事》。“它现在看似无足轻重，其实当时意味深长。”So little 和 so much，什么修辞手法？矛盾修饰法。这对反义词表达了她内心中的矛盾。虽然这天很平常，但对她来说十分珍贵，可是“健忘粗心”的自己那么残酷地让一切回忆像雪一样消融。词组 slip away 这个词用拟人的修辞手法生动地描写了时间的流逝和不可逆转，也表达出对时间流逝的悔恨之情，创造出一种悲伤的氛围。最后一句话，“多希望我能重温那感觉，第一次牵手的感觉——可我那时不懂啊！”全诗之眼，点睛之笔，高潮之所在。这里的“多希望”已经是第二次出现，它是全诗的综述，也是诗人的一声叹息。它表达出诗人对待“第一日”复杂的情感。女诗人一直在追忆，最终还是无可奈何地发现，那一天已经如冬日最后的积雪一样，在春天的暖阳照耀下消失殆尽。暖暖的冬日阳光照在残雪上，雪慢慢变成水，蒸发至无影无踪。第一日残留的记忆本就无迹可寻，光阴荏苒，那些模糊的影子虚幻为零。青春如此匆忙，且不留痕迹。青葱岁月里那个昭示二人爱情萌芽的日子，静悄悄地来临，她漫不经心未曾丝毫留意，怎么也料不到这个日子竟是第一个爱情纪念日。如此重要的一天在记忆中如此浅淡，被年少的自己如此漫不经心地打发掉了。忘记是一件多么残酷的事情。既然想不起来最初邂逅的日子，那么，第一次牵手是否有过类似触电的感觉呢？可是寻遍记忆的各个角落，依然一点也想不起来第一日的点点滴滴。虽然全诗处处在写追忆不得的苦恼，但读者却能捕捉到女诗人最终放弃了努力，怅然感叹道：可我那时不懂啊！诗人的这首诗究竟是写给谁的，我们不得而知。在这首自然清新、韵味隽永的诗中，她抒发了自己急切地想找回与男友第一次相会的那份记忆，却又不能的痛苦心情。诗人为自己年少无知、不懂得珍惜而懊恼不已。

此诗构思巧致，对比鲜明，语言清丽，细笔白描，情真意挚，悠悠读来，总令人不觉泣涕。此诗有四幅画面，“第一日这一特殊时刻”“盛开的鲜花和开花的树”“正在融化的积雪”“一对恋人牵手”，其中有两个极具表现力的意象：一个是开发的小树，代表爱情的萌芽；一个是积雪的消融，代表青春记忆的了无踪迹。罗塞蒂把自己的爱情比喻成一棵五月的树。五月本是鲜花盛开的时节，而自己的爱情呢？一个又一个的五月来了，她的树却没有开花，她还没有经历爱情，还不懂爱情。直到有一天，她突然意识到自己早已喜欢上一个人，而这个人也爱着自己时，巨大的欣喜降临了，这种热恋的感觉正如她在《生日》中吟唱的那样。热恋中的诗人对自己的爱情是非常明确的，它已经来到，自己像过生日一样欢喜。这时候的爱已经开花结果。那么，爱情这棵树是什么时候开始发芽的呢？什么时候开始开第一朵花？正如恋人之间常常会问的那样：你什么时候开始喜欢我的？是从第一次见到我时吗？诗人也希望自己能清晰地记得一切，好让爱有一个完美的开始。然而，年少时的那段岁月的记忆早已模糊不堪，且无迹可寻。

图 5.27《初见》的国风课程

图 5.28 孙馨宇同学发表读后感

三、诗歌中的希腊神话

克里斯蒂娜的情感经历和小姑独处的生活状态，令人联想到终身不嫁的月神阿提密斯。

月神的希腊名是阿提密斯（Artemis），罗马名是戴安娜（Diana），十二主神之一，第三代月亮女神。她身兼数职，集月神、狩猎女神、助产女神、处女守护神于一体，是宙斯最宠爱的公主。她曾帮助母亲勒托把小弟弟从她肚子里牵了出来。她也因此成为了“助产女神”，保护她所喜爱的女人顺利生产。作为“狩猎女神”，她亦是一位出色的弓箭手。她是个冰美人，对男女之情的看法相当严肃，这点与父亲宙斯的花心截然相反。To be a Diana 表示“小姑独处，独身主义”。其实她也有过情感不堪回首的伤心事。济慈曾在诗歌《诗人颂》中提及月神的情殇故事。当她准备和心上人俄里翁谈婚论嫁时，她的弟弟日神阿波罗设下圈套哄骗并诱导她在不知情的境况下射死了未婚夫。最终俄里翁化为天上的猎户座，永远只能与心仪的人儿遥遥相望。月神得知真相，盛怒之下，与日神结下仇怨，誓与其生生世世，不复相见，于是自然界的太阳和月亮也跟着不复相见了。

济慈于 1818 年 5 月发表长诗《恩底弥翁》，这是献给 18 岁就服用过量鸦片和砒霜而自杀的、向人类传达神旨的青年诗人札特顿的。因诗中采用希腊神话中月神的爱情题材而受到当时保守刊物的谴责。全诗想象丰富、色彩绚丽，诗篇洋溢着对自由的渴望。恩底弥翁是位风度翩翩的青年牧羊人。一个晚上，当月神驾着马车穿越天空时，无意中看到他在山谷中睡觉，便偷吻了一下他的脸。以后每天夜间，她都偷吻熟睡中的牧羊人。女神偶尔一次的失职引起了宙斯的注意，他令恩底弥翁作出选择：任何形式的死亡，或者在永远的梦幻中青春永在。牧羊人选择了后者，于是每晚月亮女神怀着悲哀的心情远远望着他。

希腊神话中还有一位处女神，智慧女神雅典娜（Athena），罗马名字是弥涅耳瓦（Minerva），十二主神之一。她是神界的“穆桂英”，其母亲是海洋女神兼第一代智慧女神墨提斯 (Metis)。因有预言说墨提斯所生的儿女会推翻宙斯，宙斯就狠心将怀孕的墨提斯整个吞入腹中，没曾想头疼欲裂，忍无可忍，便招来火神赫淮斯托斯对准脑袋狠命一劈，说时迟那时快，只见一道金光闪过，雅典娜横空出世。Minerva from Jupiter’s head 就表示“诞生即完美的事物”。

当年她与海神波塞冬争夺雅典城的命名权时进行了对决，结果她以象征和平的橄榄树胜出，她也成了雅典城名副其实的“护城公主”。希腊的帕特农神庙就是她的庙堂，每当黄昏降临，女祭司就会来神庙为其做祷告，由此可见希腊人民对她的崇敬和爱戴。

第五节 愿君多采撷，此物最相思——《我的爱人是一朵红艳艳的玫瑰》

一、诗人生平

图 5.29 从左至右依次为：彭斯、彭斯之夜（1 月 25 日）、彭斯与爱人

“怎能忘记旧日朋友，心中能不怀想。旧日朋友岂能相忘，友谊地久天长。亲爱的朋友，我们的友谊地久天长。让我们举杯痛饮，友谊地久天长。”这首歌曲是《魂断蓝桥》主题曲，也是毕业生必唱曲目。Auld Lang Syne 表示 old long since，很久以前，也指代过去的好时光。这首歌的歌词是谁写的呢？罗伯特 · 彭斯。

罗伯特 · 彭斯，农民诗人的代言人，是苏格兰文坛的“李绅”和“罗伯特 · 弗洛斯特”，深受国民爱戴，他像一颗彗星扫过 18 世纪后期苏格兰的高空。彭斯的诞辰（1 月 25 日）被称为“彭斯之夜”，人们会举办一系列的庆祝活动来纪念他。彭斯崇拜法国大革命，也为苏格兰民歌的复活做出了伟大的贡献。他的母亲是个勤劳朴素的劳动妇女，生得一副好嗓子。诗人从小就一面扶犁，一面哼歌曲，酝酿和孕育诗思，他曾谦虚地自称为“穿粗布衣”的“土才子”。“种地使人快乐”，这一点和中国田园派诗人陶渊明，以及美国诗人罗伯特 · 弗洛斯特倒是不谋而合。彭斯自幼家境贫寒，靠自学获得多方面的知识，以健康、自然的方式和虔诚的感情歌颂大自然及乡村生活，被称为“天才的农夫”。其讽刺诗剑指统治阶级和教会，抒情诗则描写人民的生活和爱情。最优秀的诗歌产生于 1785—1790 年，收录在 1786 年出版的《苏格兰方言主写的诗集》中。

彭斯同情底层劳动人民，关心百姓疾苦。他拿起手中的笔记录下了那个时代底层劳动人民的不幸、贫苦和艰辛，反映了统治阶级腐败剥削的丑陋面目。他的诗歌创作正能量满满，包括对自由的热爱，对暴政的憎恨，对人民和祖国深深的爱意，比如《我的心在高原》《苏格兰人我们有》等。也有以爱情为主的浪漫的小资情怀的作品，比如《琴姑娘》，还有《红玫瑰》。

18 世纪后期的苏格兰承受着双重的灾难——阶级压迫和民族压迫，《苏格兰人，我们有》就是一首以古喻今、慷慨激昂的赴战诗，奔腾咆哮的呼号和嘹亮的钟声般的旋律响彻全诗，短促有力的诗句表现了诗人为民族独立而战的英雄气概，以及对统治阶级强烈的憎恨和对祖国的热爱。诗歌以激昂高亢的格调、催人猛进的激情、铿锵的节律、凌厉的笔势，以及借古讽今的手法，在民族危急的关头发出气壮山河的最强音，号召苏格兰人起来为独立而战：打倒骄横的篡位者！诗人和贫苦的农民血肉相连，他的诗歌用丰富的现实感和幽默感歌颂了农民淳朴敦厚的人生观和恋爱观。在彭斯的《不管他们那一套》中有这样一段："有没有人，为了正大光明的贫穷，而垂头丧气，挺不起腰——这种怯懦的奴才，我们不齿他！我们敢于贫穷，不管他们那一套。"可见百姓疾苦已深入彭斯的内心深处，他用一种不卑不亢的精神支持着底层劳动人民，义无反顾地以人民代言人的姿态歌颂光明和自由，抨击黑暗和权贵。他的诗作打上了时代的深刻印记，有着强大的时空穿透力，正如别林斯基说："诗人比任何时候都应该是自己时代的产儿。"

"彭斯曾游历苏格兰高原地带，并开始收集和整理民歌。由于他的努力，三百多首快要失传的古老民歌保存了下来，这是彭斯在文学上的重大功绩之一。"（王佐良，2003：272）作为 18 世纪苏格兰民族文化的旗帜，彭斯为民族语言的继承和发扬做出了丰功伟绩，因为"维护母语对于维护一个文明具有生死攸关的意义。"（钱冠连 1996:205）彭斯的诗歌自带节奏和旋律，他本人对于保护和推进苏格兰方言方面也功不可没，他的诗歌经常大量使用苏格兰方言，诗句不假雕饰、直抒胸臆，反复吟唱表示主题思想的叠句使全诗摇曳生姿。比如《昔日的时光》，全诗如下：

Auld Lang Syne 昔日的时光

—Robert Burns 罗伯特・彭斯

Should auld acquaintance be forgot. 老朋友怎能遗忘掉，

And never brought to mind? 永不再放心上？

Should auld acquaintance be forgot. 老朋友怎能遗忘掉，

And auld lang syne? 还有过去的好时光？

For auld lang syne, my dear, 为了过去的好时光，亲爱的
For auld lang syne, 为了过去的好时光，
We'll tak'a cup o'kindness yet, 让我们干一杯友谊的酒
And auld lang syne！ 为了过去的好时光。

And surely ye'll be your pint-stowp, 你付你自己的酒钱，
And surely I'll be mine, 我付我的酒钱，
And we'll take a cup o'kindness yet, 让我们干一杯友谊的酒
For auld lang syne! 为了过去的好时光。

Wu twa hae run about the braes, 我们俩曾游遍山岗，
And pou'd the gowans fine, 并把野菊来采摘；
But we've wander'd monie a weary fitt, 我们已历尽艰辛，
Sin, auld lang syne. 远离过去的好时光

We twa hae paidl'd in the burn 我们曾赤脚趟过河流，
Frae moring sun till dine, 水声笑语里将时间忘。
But seas between us braid hae roar'd 如今大海的怒涛把我们隔开，
Sin'auld lang syne. 逝去了往昔的时光！

And there's a hand, my trusty fiere(friend) 老朋友，我已伸出我的手，
And gie'e a hand o'thine, 请你也伸手相握
And we'll tak'a right guid-willie waught, 让我们干一杯友谊的酒，
For auld lang syne. 为了过去的好时光。

这是一首苏格兰民歌，彭斯自称此诗系听了一位老人唱一支古老民歌时当场记录下而成，他说："写这一辉煌的片段的天才诗人应为他埋骨的青山增色。""彭斯在确定一首诗歌的韵律时总是慎之又慎，务必先哼唱如流。先确定诗的感情符合心中的旋律，然后才选择创作主题。有时只选择一些古老诗歌的副歌或合唱部分或只是其中的一个小节予以完善，使之升华为旷世经典。"（刘炳善，2007：201）托麦斯·卡莱尔在《论彭斯》一文中说："毫无疑问，彭斯最完美的、真正出自灵感的作品是他的歌。"这首诗后来被谱了乐曲，成为电影《魂断蓝桥》的经典歌曲，也是英国亲朋好友离别时的仪式歌曲，其曲调深情感人，深得各国人民的喜爱。中国版的歌词是："恨今朝相逢已太迟，今朝又别离，水流呜咽花泪如雨，无限惜别意。白石为凭明月作

证，我心早相许，今后天涯愿常相忆，爱心永不够。”

此诗乃送别诗中别开生面之作，其起句妙绝，诗句语浅情深，情谊似水般平淡悠长，细心涵咏方可体会其精妙。贯穿始终的“昔日的时光”既蕴含着对逝去岁月的深切缅怀又包含着对现实生活的沧桑。“今日送君终须醉，明朝相忆路漫漫”“昔我往矣，杨柳依依”“相聚别离两依依”，一重声音效果，一重视觉效果，各有所长，亦赋亦比，感情深广。诗歌读来徐缓有致，一唱三叹，款接从容，一张一弛，有一种回环往复的音乐节奏。第二诗节的反问自然又新颖，转瞬把人们带入过去的美好时光，第三诗节的举杯畅饮更是直接唤醒儿时遨游山岗的回忆，淡雅皎洁的友情“皑皑如山上雪、皎若云间月”。骊歌响起，几欲愁绝。岁月如梭，光阴荏苒，“如今大海的怒涛把我们隔开”，人世的变迁，今昔的对比怎不让友人感慨万千。诗歌调绝千古，看来情景平常，手法也似无过人处，淡淡的愁绪里饱含着久别重逢的欢乐和地久天长的友谊。无论时空如何变迁，永恒不变的是人的情感，友情在失意落魄的人生频送安慰，对友人牵连不断的丝丝情意让读者读后回肠荡气、经久不忘。

彭斯逝世时有两万名群众自发前来送葬致哀。为了纪念他而成立的群众团体——彭斯联谊会，在苏格兰境内就有几千个之多，年复一年地在“彭斯之夜”进行着纪念诗人的活动。由此可见彭斯对于弘扬苏格兰民族语言和文化所做出的巨大贡献。

二、诗歌赏析

A Red，Red Rose 红玫瑰

—Robert Burns 罗伯特·彭斯

O my luve’s like a red, red rose 吾爱吾爱玫瑰红，
That’s newly spring in June: 六月初开韵晓风；
O my luve’s like the melodie, 吾爱吾爱如管弦，
That’s sweetly play’d tune. 其声悠扬而玲珑。

As fair art thou, my bonnie lass. 吾爱吾爱美而珠，
So deep in luve am I: 我心爱你永不渝，
And I will luve thee still, my dear, 我心爱你永不渝，
Till a’the seas gang dry. 直到四海海水枯；

Till a'the seas gang dry, my dear, 直到四海海水枯，
And the rocks melt wi'the sun; 岩石融化变成泥，
And I will luve thee still, my dear, 只要我还有口气
While the sands o'life shall run. 我心爱你永不渝

And fare thee weel, my only luve! 暂时告别我心肝，
And fare thee weel, a while! 请你不要把心耽！
And I will come again, my luve, 纵使相隔十万里，
Tho'it were ten thousand mile. 踏穿地皮也要还。

一、诗歌赏析

此诗美在何处？就像谢榛《四溟诗话》中写的那样："诵之行云流水，听之金声玉振，观之明霞散绮，讲之独茧抽丝。"他的诗句保存了一份朴素和原真。发乎情，思无邪。诗就是这么认真、朴实，这么让人真心感动。通篇读下来，这热切婉转的口吻和节奏像一首清新明朗的民歌，其实此诗就是民谣诗体。所以此诗的诗风飘逸灵动，诗句运笔流畅轻快，读起来若飞沙走石、行云流水，没有半点人工堆砌的痕迹，给人一种飘然欲飞和自然舒展的审美感受。

此诗 4 个诗节，每个诗节 4 行，所以叫四行诗。其中奇数行有 4 个音节，偶数行有 3 个音节，押韵的单词出现在偶数行中，即奇四偶三。第一句 O my love is like a red, red rose 有八个音节，一个音步等于两个音节，所以这句是四音步。第 2 行 That's newly sprung in June: 有 6 个音节，其中 newly 有两个音节，所以是三音节。偶数行押韵，比如第 2 行尾词 June 和第四行尾词 tune 押韵。诗歌为抑扬格，轻重的读法。此诗的格律可以归纳为"抑扬格三音步和抑扬格四音步"。这首诗中有许多元音，包括长元音和双元音，比如 O，my，like，rose。这样的好处是什么？一种长久持续的感觉，一种圆润饱满温热的爱的气息，就像恋人之间那种缠绵的爱意。诗句中还有很多清辅音，轻柔顺畅的发音可以表现爱人之间的卿卿我我、和谐共处。

结构方面，前两小节的节奏较慢，诗人娓娓道来，用甜言蜜语向爱人献礼。思思爱意，浓浓情稠，你侬我侬，耳鬓厮磨，他真诚的爱意如花儿般绽放。如果说前两个诗节是"浓情蜜意"，后两个诗节就是"海誓山盟"。后两小节节奏较紧凑、强势和激昂，诗人情绪激动地向爱人许下承诺和誓言。"直到四海干竭"是个过渡句，它在一二和三四两个诗节中间，表现了恋人之间甜蜜的情感和忠诚的誓言。长短句的反复交替使得诗行就像海浪一样起伏，形式和内容达到完美结合。

彭斯通过歌颂恋人的美丽来表达他对于爱情的炽热追求和坚定决心。开篇像舒伯特的《小夜曲》，晚风轻轻吹，诗人手拿里拉琴对着爱人的阳台悠悠地唱起情诗，用诗词弹琴鼓瑟。“窈窕淑女，琴瑟友之。”诗歌开头用了一个鲜活的比喻——红红的玫瑰，一下子就将恋人的美丽写得活灵活现。恋人不仅外表醉人、美若天仙，而且心灵柔美灵动宛如乐曲，并散发着玫瑰的幽香。俄国画家列宾说：“色彩就是思想。”红色表热恋，如“红豆生南国，此物最相思”“置莲怀袖中，莲心彻底红”。红红的玫瑰花能产生视觉美，优美的乐曲产生听觉美，而乐曲又是甜蜜地演奏着，带来一种味觉享受。三种不同感官的美相互糅合，使爱人的形象鲜活动人、耳目一新。第1诗节前两句，这里有比喻词 like，所以是明喻。红色代表着活力和青春。诗人将他的爱人描述为一朵玫瑰，以表现爱人的青春活力和美丽动人。此外，红色也代表着他对爱人强烈的，毫无保留的爱。

可以说，第一诗节就是给恋人灌迷魂汤，“爱人像红玫瑰”是否有“秦地罗敷女，采桑绿水边”的既视感，红颜少女的青春气息扑面而来。红艳艳的玫瑰中的“红”字恰恰是一个特写镜头，放大了爱人的娇俏，正是“素手青条上，红妆白日鲜”。彭斯笔下的爱人如红玫瑰般热情似火、灼灼盛开、光彩照人。她的容貌像花儿一样灿烂，“桃之夭夭”“夭夭”两字凸显她那红润的娇颜，如云的墨鬓，袅袅的身姿，即便葛布粗裳，也是一丛“灼灼”的桃花。“艳艳”也好，“夭夭”也罢，都是描述少女在绽放粲然、甜美的容颜。此比喻一出，少女的百媚千娇便跃然眼前。女人如花，女人素来与花有缘，因为二者的风姿有诸多的天性契合。柳永的“有画难描雅态，无花可比芳容”与李清照的“绣面芙蓉一笑开”指出花非花，人胜于花。屈原《离骚》中的香草美人，花与女人成了比德的象征。曹子建笔下“容华如桃李”的南国佳人，顾况的“美人二八面如花，泣向东风畏花落”则写尽爱花人的忧心。

“你美得像玫瑰”这个明喻很像“云想衣裳花想容，春风拂槛露华浓”这句诗。李白通过牡丹花来想象杨贵妃的娇艳、清香和美丽，通过云彩来想象飘飘的衣裳，云彩、衣裳、花、容相互融合，人花一体，一语双关。不过李白的这句诗，写尽大唐风流旖旎、华丽富贵的景象。相比之下，彭斯的“爱人美若玫瑰”简直就是素颜版的“云想衣裳花想容”。“人面桃花相映红”“芙蓉向脸两边开”“美人如花隔云端”“一枝红艳露凝香”都有同样的艺术旨趣。仅此一句，就让读者看到了一位掩面娇笑、巧笑倩兮、袅袅娜娜、如花如蝶的少女。轻轻呼唤一声，她便娇羞地掩袖疾走，留下一抹倩影，让诗人爱意蹁跹。

第1诗节后两句，把爱人比作一支乐曲，美妙地演奏起来。又一个明喻，听觉意象。乐曲代表了爱人甜美的声音和她优雅的举止，也代表着彭斯和恋人之间和谐的关系。六月阳光灿烂，微风拂面，花香如醉，玫瑰娇艳如少女之娇美容颜，让人一见倾心。诗人用诗句素描，云淡风轻的寥寥几笔，就勾勒出玫瑰的绚丽色彩和爱人的姣美姿容。美学大师朱光潜曾在《诗论》中说:“每首诗的境界都必有情趣和意象。”这里的情趣就集中在两个意象中，“一朵玫瑰”和“一支乐曲”。“红红的玫瑰”“甜美的歌曲”，一个鲜明清新、朴实脱俗的姑娘形象便呼之欲出。这种浓墨重彩抒发感情的手法似曾相识，为“逑窈窕淑女”，“辗转反侧，寤寐思服”，只不过比较之下《诗经·关雎》所表述的情感更为内敛。恋人不仅有倾城的容颜，而且拥有着像乐曲一般柔美灵动的心灵。

第 2 诗节，注意 art 和 thou 是古英语。Art 的意思是 are，而 thou 的意思是 you。Bonnie 意思是“美丽的”。这里还用到了倒装的手法，“漂亮的姑娘，我是如此爱你。”As fair as thou 原来的语序是 you are so fair。诗人将“fair”倒装到最前面，用来强调爱人的美丽。可能他已经暗恋了很久。So deep in love am I，I am in deep love with you。我爱你如此之深，想必暗恋了很久，一石二鸟，突出语义重心。“如此美丽的，你是”“如此爱你，我是”，把它正过来理解，就是“你是如此美丽”、“我是如此爱你”。连续的两处倒装让诗句显得起伏跳跃。

《红玫瑰》一诗中最显眼的三种修辞，即明喻、暗喻、夸张。“明喻”是指直接把一物同与其具有同一性质或特点的另一物相比较，常用的比喻词有 as，like，seem，as though 等，其辨认等式为“A 像 B”。比如此诗中的“我的爱人像一朵红艳艳的玫瑰”。再比如，中国古诗词中的“黄河如丝天际来”“天似穹庐，笼盖四野”“天街小雨润如酥”“卷起沙堆似雪堆”“天阶夜色凉如水”“露似真珠月似弓”“大漠沙如雪，燕山月似钩。”

“暗喻”也叫“隐喻”，是指间接地把一物同与其具有某种相似点的另一物相比较，不用比喻词，其辨认等式为“A 是 B”。暗喻可分为显性暗喻和隐性暗喻两种。在显性暗喻中，本体和喻体同时出现，常用的结构形式是“A is B”，如，You are my sunshine。此诗中的“人生之沙漏”就是把“人生”暗喻成“沙漏”。再比如，李白的《古朗月行》，“小时不识月，呼作白玉盘。又疑瑶台镜，飞在青云端。”这“白玉盘”和“瑶台镜”就是暗喻。“碧玉妆成一树高，万条垂下绿丝绦”“遥望洞庭山水翠，白银盘里一青螺”也是暗喻。隐性暗喻又可分为两种情况，一是句子中只出现本体，不出现喻体，二是句中只出现喻体而不出现本体。如培根在《论读书》中的名句“Some books are to be tasted, others to be swallowed, and some few to be chewed and digested.”在这句中，本体是 books, 喻体没有直接说明，但根据相关的动词，读者可以判断出喻体应是 food，将书籍比作食物。暗喻将比喻关系隐含在句意中，以达到更生动、更含蓄地说明事理的效果。同样是关于雪的比喻，谢道韫的“未若柳絮因风起”是明喻，李白的“燕山雪花大如席”是明喻，岑参的“千树万树梨花开”则是暗喻。高崇文的“那个缟 (xiao) 儿射雁落？白毛空里雪纷纷！”将纷纷飘落的雪花比成被射中的大雁的白翎，这是个很有武将风采的暗喻。

下两行这两句是全诗的主题句和全诗之眼。诗人用了夸张，或者说是言过其实的修辞手法。精言不能追其极，壮言可以喻其真。我爱你，爱到海枯石烂，永不变心。我们似火的热情会一直持续下去。

“直至海枯石烂”一句承上启下，反复其二，用了重复的修辞手法，让 1、2 诗节和 3、4 诗节隔行相对，起什么作用呢？衔接并加重语气。读起来会感觉诗歌在结构上环环相扣，但又在不断地转变。

第 3 诗节，A’ 表示 all，gang 表示 gong。彭斯用夸张的手法来表达他对爱人坚贞不渝的爱。

“我会永远爱你，亲爱的，只要生命不绝。”“生命之沙”的意思是生命的尽头。这是一个暗喻，代表着坚定、执着、长久、无止境的爱。诗人借“生命之沙”来描述时光的流逝和容颜的苍老。但“我”会永远爱你，直到生命之沙流尽。这简直就是《上邪 · 汉乐府》中“上邪！我欲与君相知，长命无绝衰。山无陵，江水为竭，冬雷震震，夏雨雪，天地合，乃敢与君绝”的翻版。

夸张可以分为扩大夸张、缩小夸张和超前夸张。扩大夸张就是夸大事实，往大处夸张，也称为积极夸张，相当于 overstatement。如：Thank you a thousand. I will love you until the sky falls and the sea runs dry. 缩小夸张就是缩小事实，将事物往弱的方面来讲，故意使用有节制的措辞陈述事物，化大为小，相当于 understatement。超前夸张是把后出现的事物说成是先出现的，或是跟前者同时出现的。

中国诗人李白就是夸张的鼻祖。《赠汪伦》中的“桃花潭水深千尺”,《望庐山瀑布》中的“飞流直下三千尺”,《秋浦歌》中的“白发三千丈，缘愁似个长”,《夜宿山寺》中的“危楼高百尺，手可摘星辰。不敢高声语，恐惊天上人”。《早发白帝城》中的“朝辞白帝彩云间，千里江陵一日还”。开阔、大气、深沉、宏伟，李白将雄、奇、险写得历历在目。寥寥两句，越读，越想，越好，他随便哪个夸张都是绝顶的漂亮，让诗风像乘船般迅疾、流动、轻快。

明朝胡应麟在《诗薮》言：“太白壮语也！”壮语就是骨力过之。他的夸张至极层出不穷，想象力丰富奇特，诗句那么超凡脱俗、卓尔不群、灵动神飞，又写得全不用力，举重若轻、信手拈来。好像他眼珠一转，轻咳一声，就能口吐锦绣，而且不可重复，无法模仿，这就叫天籁，豪迈、奔放、乐观语言脱口而出，读者看到李白那颗自由奔放的心，也跟着他在空中飞，在云中飘。

第 4 诗节首句，“我唯一的爱人，我向你告别，我和你小别片刻”，如泣如诉，依依不舍。A while 指一段很短的时间。Farewell 是告别的意思。最后两句，“我要回来的，亲爱的，即使万里相隔”，万里的相隔只会是暂时的别离。纵使山川相隔，爱意也不减。诗人用虚拟语气许下了天长地久的承诺，用 were 来强调他忠诚的爱。即使相隔很长一段距离，也无法让他和他的爱人分离。此处是诗歌的高潮，这个高潮一气呵成，一点都不感觉累赘。侯维瑞曾说：“用空间的广大和时间的长远可以进一步讴歌爱情的永恒和坚贞。”“海”指的是爱情的终止，“生命之沙”指的是爱情的永恒。最后一句“我还会回来的，即使远在千里万里”把对爱人的切切思念与缠绵情意表露无遗，与拜伦《致雅典少女》的结尾有着异曲同工之处。“心上人你永远不用担心，我依然会像今天这样爱你。”亦如托马斯·摩尔的诗句，“真爱始终如一，真心爱过的心儿不会将爱遗忘”。诗人最后那信誓旦旦的诺言表明他是执意要执子之手、与子偕老的。中国人的爱不仅仅是《诗经》中的“一日不见，如三月兮”，是《一剪梅》中的“此情无处可消除，才下眉头，却上心头”，于拘谨中透着浓情蜜意。亦不乏热烈奔放的诗句，如明朝的《民歌·挂枝儿·分离》，“要分离，除非是天做了地！要分离，除非是东作了西！要分离，除非是官作了吏！你要分时分不得我，我要离时离不得你；就死在黄泉，也做不得分离鬼！”这同样是直抒胸臆的坚定的爱的誓言，展示了饱含纯真、炽热感情的内心世界。“纵然远在千里万里”一句读来清新怡人，清朗空远的意境有如“望夫处，江悠悠，化为石，不回头”。全诗着色不多，结语语尽却情长，温情萦绕不绝，超越了地域界限，引发读者无限遐想。正如南宋沈义父在《乐府指迷》中所说：“结句须要放开，含有余不尽之意，以景结情最好。”不怕不相逢，最怕不相爱，若爱还在，海角天涯又何妨！这思无邪的《红玫瑰》让读者真切地看到了诗人内心对爱的呼喊和灼灼的情愫。

此诗语言自然大方，浅白轻快，甜美如歌，毫无忸怩作态之感，沉甸甸的爱情誓言撞击着读者的心灵，让人痛快淋漓地感悟诗中无限膨胀的幸福。这正是《诗经·柏舟》中的“之死矢靡它”，即爱到死也不变心，这正是生命毁灭也不悔改的坚贞爱情的诠释，正是《诗经·木瓜》中尾句的“永以为好”的相慕相爱之情。

值得一提的是，诗人用到了多种重复、排比和迭词复句等修辞手法，大大增强了诗歌的感情力度。诗人爱得真切、深情又热烈，在这首仅仅 16 句的诗中，涉及“爱”的词语竟有十几处之多，然而并不使人感到累赘，反而强化了诗人对恋人情感的浓郁程度。Luve 这个词是苏格兰方言，表示 love，在诗中既作名词，也作动词，一共重复了 6 遍。Red 重复了两遍。My dear 在句尾重复了 3 遍，属于句尾重复。Thee 也重复了 3 遍。这一类的重复和排比是为了强调对爱人深深的爱意。“亲爱的”和“我的爱人”这两个词反复出现，回环往复，一唱三叹，跌宕起伏，就像是波浪一样拍打着读者的心灵，也和主题交相辉映，谱出了一首和谐的旋律。奔放欢乐的山地曲调赋予诗歌牧歌般的纯朴风格，而重唱句和合唱句的反复吟唱（起源于表达集体劳动的歌谣中群众载歌载舞参加演唱的部分）则大大强化了主题思想和提升了抒情气氛，产生了余音绕梁的效果。

此诗首句的“红红的玫瑰”就是叠词复句，类似于中文的叠音词，比如“杨柳青青江水平”“客舍青青柳色新”“溪上青青草”“青青园中葵”“半江瑟瑟半江红”。当然叠音词也不局限于颜色，比如“粒粒皆辛苦”“念天地之悠悠”“微微风簇浪”“千门万户曈曈日”“清明时节雨纷纷”“苍苍竹林寺，杳杳钟声晚”“潇潇暮雨子规啼”。

诗人将自然界恒久不变的形象如大海、岩石、高山、江水作喻体，使诗歌意境宏大庄严且古朴，于是爱情在更为广阔的空间中得到深化和升华。英语文学大师王佐良说，这首诗从玫瑰开始，以天涯海角作结，其间有转折，有深化，显出对爱情的高度洞察力。

此诗像一幅清新雅致的山水画，优美的旋律和美丽的爱人深深浅浅地相互辉映。它的语言明白如话，可旋律优美，打动人心。什么样的诗才是好诗呢？华丽的辞藻？非也，是真情的流露。诗人独特的人生经历以及感情上的波折都反映在他的诗歌中。此诗用流畅悦耳的音调、质朴无华的词语和热烈真挚的情感打动了千百万恋人的心。坚贞的爱的誓言，纯真强烈的情感和自然流畅的语言成为了此诗最大的写作特色。

品读此诗，总是会不自觉地想起白居易，他的爱情诗则与他的青梅竹马湘灵有着密切的关系。他为湘灵写诗甚多，包括《寄湘灵》《长相思》《冬至夜怀湘灵》等，其中的名句有“人言人有愿，愿至天必成”“愿做远方兽，步步比肩行。愿做深山木，枝枝连理生”“何堪最长夜，俱作独眠人”。白居易重情，但在那个封建婚姻家长制的禁锢下，对爱情执著专一的白居易也逃不过宿命的安排，一对有情人终不能成眷属。然而，值得欣慰的是，他那真实纯朴而又热烈的爱恋被永远地写进了他的诗集，也写进了他追求真爱的一生。

再来看彭斯的《琴》，又译《天风来自四面八方》，诗人描绘心上人的手法和《红玫瑰》如出一辙。

Jean 琴

——Robert Burns 罗伯特·彭斯

OF a' the airts the wind can blaw, 天风来自四面八方，
I dearly like the west, 其中我最爱西方。
For there the bonnie lassie lives, 西方有个好姑娘，
The lassie I lo'e best: 我最爱的姑娘。
There's wild woods grow, and rivers row, 那儿树林深，水流长，
And many a hill between; 还有不断的山岗，
but day and night may fancy's flight 但是我日夜的狂想，
Is ever wi'my Jean. 只想我的琴姑娘。

I see her in the dewy flowers, 鲜花滴露开眼前，
I see her sweet and fair; 我看见她美丽的甜脸；
I hear her in the tunefu'birds, 小鸟婉转在枝头，
I hear her charm the air; 我听见她迷人的歌喉；
There's not a bonnie flower that springs 只要是天生的好花，
By fountain, shaw, or green; 不管长在泉边林间哪一家，
There's not a bonnie bird that sings, 只要是小鸟会歌唱，
But minds me o'my Jean. 都叫我想到我的琴姑娘！

在此诗中，彭斯同样通过歌颂恋人之美丽表达自己的炽热感情和对爱情的坚定决心。“鲜花滴露开眼前，我看见她美丽的甜脸”不直说你的容颜有多么娇美，而是以花喻人，化实为虚，避实就虚。不是花有情，是人有情，故而给无情的花朵注入了空灵的感情色彩，让读者在恍惚有无之间，引发无限联想。“小鸟婉转在枝头，我听见她迷人的歌喉。”恰恰对应着《红玫瑰》第一诗节中的第二个明喻——“你美得像首歌”。这种“平中见奇”的艺术处理让少女“美丽的甜脸”和“迷人的歌喉”呼之欲出。这不能不说是诗人诗艺高超的体现。

本诗两节句数相等，均是 8 句，所以叫八行诗。《琴》中之景，有远有近、有高有低，错落有致、层层示现，景少而不散，情深而不浮，其节奏明快、朗朗上口。诗歌上阕以四面八方的天风突现“最爱的西方”，以“西方”聚焦于“日夜狂想”的“琴姑娘”。下阕赞扬姑娘“甜美的面庞”如花，“迷人的歌喉”如燕燕轻盈、莺莺娇软的小鸟，心中真情一片。最后一句的“通

感”用声音之美唤起无限的思念，其意蕴恰似“如此桀者何”，多么美丽可爱的人啊！

诗歌开头便直抒胸臆，点明姑娘来自西方，how pure, how dear her dwelling place，尽管西方景色优美，但作者只对姑娘情有独钟，这种表达方式与诗经中《出其东门·郑风》上阕相似。“出其东门，有女如云。虽则如云，匪我思存，缟衣綦巾，聊乐我员。”东边城外美女如云，我都不动心，意中人虽白衣素衫，仍是我心动之人。下阕中，虽城外美女肤如芦花白，可只有与心上人一起，才欢快无比，此情之专一与彭斯无二，真可谓“衣带渐宽终不悔，为伊消得人憔悴”。“我日夜的狂想，只想我的琴姑娘”一句则表达了诗人的忠贞，正是“适我愿兮，与子偕臧”，你实在符合我的心意，真想永在你身旁。I see her in the dewy flowers“鲜花滴露开眼前”，晶莹剔透、光彩奕奕的“零露”滴于美丽的花蕊，带露的花朵饱满丰硕，一如少女之美让人心神荡漾，花瓣上那颤颤的水珠中闪烁着姑娘甜美的笑脸，在这美好的画面中，读者能想象那湿润的嫩蕊的娇羞，能想象诗人凝视着，突然眼前一亮，姑娘就像花儿般不胜娇羞地微笑。这种“宁拙毋巧，宁朴勿华”的自然美，尽管发语自然，却也深得一咏三叹、婉转蕴藉之妙。句式结构相近、只变换一二词语的精巧细致的运思强化了如痴如醉的爱慕与思念，无尽回荡的余韵对读者产生了摄魂夺魄的感染力。“不知歌谣妙，声势出口心”说的就是诗歌如民谣般有着轻云萦绕的清妙和兰花般的清新秀雅，品后其幽香仍旖旎地缭绕心中，情意绵绵、无比舒畅。好诗的高明之处就是于语句结尾处再现诗意之萦回环绕感和诗韵之袅袅不绝感，少女的“内怀冰清，外涵玉润”之美淡而有味，耐人咀嚼。此诗就像一个朦胧遥远又晴朗的梦，坐落于山温水软的清词丽句中。

三、诗歌中的希腊神话

世上本没有红玫瑰，是美神的鲜血染红了白玫瑰。红玫瑰的传说起源于希腊神话中美神与美少男阿多尼斯的故事。爱与美之神阿佛罗狄忒（Aphrodite），罗马名字维纳斯（Venus），十二主神之一。

神界造化的奇迹在她身上展现得淋漓尽致。莎士比亚为之创作《维纳斯和阿多尼斯》。《阿多尼斯》是雪莱为悼念济慈的早亡而创作的诗歌。雪莱这样评价济慈："像他那样的诗人无须从世界的蹂躏者借来不朽的荣誉，他已居于思想领域的帝王之列了，济慈用他的诗歌使他的生命得到了延续和永生。”雪莱将希腊神话中的美少年阿多尼斯的故事与济慈的遭遇相互交织。诗中还将幽兰尼作为阿多尼斯（济慈）的母亲来哭泣和悼念，渲染了诗篇的悲凄感，意味着济慈是爱和美的后代。美男子阿多尼斯只喜欢驰骋于山林之间打猎，对恋爱没有丝毫兴趣。偏偏阿芙罗狄忒对他一见倾心，但阿多尼斯不愿接近异性。阿多尼斯打猎时被箭猪咬死，美神闻此噩耗，悲恸欲绝，随即光着脚一路狂奔，她的脚被白玫瑰刺伤，一丛丛鲜红色的玫瑰花从她血液滴落的地方长了出来。此后，红玫瑰就成了爱的象征。

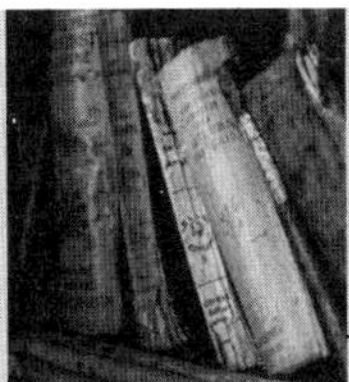

第六节 荷风送香气，竹露滴清响——《我能把你比作夏日吗？》

一、诗人生平

图 5.30 从左至右依次为：莎士比亚、伊丽莎白一世女王、莎翁生卒日

威廉·莎士比亚是一代文学巨匠。他是英国文艺复兴时期最杰出的剧作家和诗人，在历史剧、喜剧、悲剧、传奇剧各方面都写出了杰作。他所塑造的性格鲜明、丰满逼真的人物形象，展现了封建制度和资本主义制度交替时期波澜壮阔的历史画面，宣扬了人文主义和个性解放。他将英语的丰富表现力推向极致，当之无愧地享有“语言大师”的美誉。他在 4 月 23 日这一天出生，也在这一天去世。世人为了纪念他，将 4 月 23 日作为莎士比亚日和世界读书日。

中国读者都熟悉莎士比亚的四大悲剧《哈姆雷特》《李尔王》《麦克白》和《奥赛罗》。他的三大爱情悲剧是《罗密欧与朱丽叶》《安东尼与克利奥佩特拉》及《奥赛罗》。他一共写了 37 部戏剧，2 首叙事长诗和 154 首十四行诗。Sonnet 这个词是指一首有十四行的诗歌，其格律是五音步抑扬格。这些十四行诗见证了莎翁情感的波澜起伏，也是通往他心灵的一面镜子。他从赞颂贵族青年的美好到歌颂自己与他的友情，然后到歌颂“黑肤女士”，再到青年与“黑肤女士”相恋背叛诗人，诗人与他们的隔阂，最后到诗人与青年和好。第1到126首十四行诗是写给一位英俊的W.H.先生的，据说他是威廉·莎士比亚的保护人或者赞助人。此保护人类似于现在的经纪人，给诗人做文学点评或者经济后盾的贵族，这也算是古人的一种炒作方式。其主题是纯洁的友谊，以及对诗人心灵的滋养，从而表现对生命的热爱和他所赞美的人文主义思想。第127到第154首十四行诗是献给一位神秘的“黑肤女士”的，据说是莎士比亚的理想型女人。诗歌主题从对“黑肤女士”的爱恋转到憎恨，展现诗人“由爱到痛”的心路历程，“由爱及恨”的彷徨痛苦，以及求爱不成的恼羞成怒。莎士比亚之前写下这句话来表达他对这位神秘的“黑肤女士”的爱：“黑是美的继承人”。贵族青年与她相恋后，莎翁又“恨屋及乌”，批评起她的肤色。莎翁在诗中痛快淋漓地倾诉自己的压抑、狂躁和绝望。这些十四行诗中，《第18首十四行诗》是最著名的一首。

西方把十四行诗视为诗人的试金石，正如我们把绝句、律诗视为诗人最基本的功底一样。十四行诗作为英语抒情诗的主力军，是英语诗歌中最长的传统诗节，但也是格律最严格的一种诗体，通常有两种形式：皮特拉克体十四行诗或意大利体十四行诗，英国十四行诗或莎士比亚体十四行诗或伊丽莎白式十四行诗。前者由前8行和后6行两部分组成，前8行描写一种经历或提出某思想，后6行阐述前8行的内容并得出结论，韵律是*abba*，*abba*，*cde*，*cde*。之所以称之为皮特拉克体，主要是因为意大利诗人皮特拉克是第一个用此诗体写了关于他和罗拉的爱情诗，从而奠定了此诗体的形式和主题。而莎士比亚154首十四行诗的结构为3个四行组加2行对偶句结尾，韵律是*abab*，*cdcd*，*efef*，*gg*。诗人通常在3个四行组中提出一个问题或描写几种情景，然后在最后两行对偶句采用英雄双韵体诗行给以警句式的、诙谐的或矛盾的总结或“解决方案”。这种3个四行诗和一个对联的莎士比亚式十四行诗有助于逐步发展理念和形象。英诗中双行押韵的诗行也称“对句”，格律是五步抑扬格就称之为英雄双韵体诗行，以表现庄重、严肃和肯定的效果。德莱顿和蒲柏二人使用这种诗行的技巧已经达到了尽善尽美的地步。

莎士比亚生活在英国的文艺复兴时期。文艺复兴是指13世纪末起源于意大利的佛罗伦萨并于16世纪在欧洲盛行的一场思想文化运动。其核心是人文主义，即提倡个性解放，反对愚昧迷信的神学思想。“Humanism is an approach in study, philosophy, or practice that focuses on human values and concerns.”“文学三杰”指但丁、彼特拉克和薄伽丘。“美术三杰”指达·芬奇、拉斐尔和米开朗基罗。

“大学才子”是16世纪后期在英国出现的一批人文主义剧作家，大多受过大学教育，具有人文主义思想。享有“诗剧的晨星”“英国悲剧之父”美誉的克里斯托夫·马洛是大学才子中最有才华的一个，也是英国文艺复兴戏剧的真正创始人。《浮士德博士的悲剧》是马洛最杰出的作品，《多情的牧羊人致情人》是千古流传的抒情诗。克里斯托弗·马洛，托马斯·纳什，这些大文豪都是从牛津大学或者剑桥大学毕业，所以享有“大学才子”的美誉。他们的语言富丽堂皇，奢侈华丽。此时期，埃德蒙·斯宾塞创造性地发明了斯宾塞九行诗体，并用此诗体创作了《仙后》，也翻译成《漂亮王后》，献给当时的伊丽莎白一世女王。

文艺复兴时期是终身未嫁的“童贞女王”伊丽莎白执政期间。伊丽莎白女王在位期间，英国打败西班牙的无敌舰队，成为手握海上霸权的日不落帝国。此后，英国经济迅猛发展，文学佳作迭出，伊丽莎白迎来了统治的全盛时期。表面看来她身披荣光，事实上她从小失去母亲，童年在风雨中飘摇。宫廷的腥风血雨告诉她，要想安稳地长大成年，就必须学会隐忍、收敛情绪。她的父亲亨利八世娶了六个妻子。因为第一任妻子西班牙公主凯瑟琳没有生下儿子，所以他执意离婚。未经教皇同意，他就娶了凯瑟琳的女仆波琳，并且立她为后，二人生有一女即伊丽莎白女王。电影《另一个波琳家的女孩》和《都铎王朝》都反映了亨利八世的情感故事。《至尊法案》和《王位继承法》的颁布确保了把王位传给伊丽莎白女王。亨利八世开始了宗教改革，而在伊丽莎白统治初期，新教愈演愈烈，她知道上任之初，当务之急是平稳宗教争端以安定民心，所以不同于同父异母的姐姐血腥玛丽，她对宗教的态度是比较宽容的。她巩固了新教的地位，用和睦和团结重振都铎王朝荣光，创造了熠熠生辉的黄金时代，并且让人文主义焕发出璀璨的光芒。

伊丽莎白一世女王既有倾国倾城之貌，亦有满腹的经纶和横溢的才华。欧洲王子慕名求婚者接踵而至，但是她坚决拒绝联姻。因为那时的英国军力薄弱，人心涣散，选择任何一位王子都有可能给英国带来潜在危机，落选者会联合起来对抗英国，政权会被欧洲列强控制。为了英国的长治久安，伟大而圣洁的“童贞女王”将自己嫁给大英帝国，她说：“英国就是我的丈夫。”

二、诗歌赏析

Shall I Compare Thee to a Summer’s Day? 我能把你比作夏日吗

—William Shakespeare 威廉·莎士比亚

Shall I compare thee to a summer’s day? 我能否将你比作夏日？

Thou art more lovely and more temperate. 你比夏日更美丽温婉。
Rough winds do shake the darling buds of May, 狂风将五月的蓓蕾凋残，
And summer's lease hath all too short a date. 夏日的勾留何其短暂。
Sometime too hot the eye of heaven shines, 休恋那丽日当空，
And often is his gold complexion dimm'd; 转眼会云雾迷蒙。
And every fair from fair sometime declines, 休叹那百花飘零，
By chance or nature's changing course untrimm'd, 摧折于无常的天命。
But thy eternal summer shall not fade, 唯有你永恒的夏日常新，
Nor lose possession of that fair thou ow'st; 你的美貌亦毫发无损。
Nor shall Death brag thou wander'st in his shade, 死神也无缘将你幽禁，
When in eternal lines to time thou growest. 你在我永恒的诗中长存。
So long as men can breathe or eyes can see, 只要世间尚有人吟诵我的诗篇，
So long lives this and this gives life to thee. 这诗就将不朽，永葆你的芳颜。

这首诗是莎翁的第 18 首十四行诗，其韵式是 *ababcdcdefefgg*，格律是五音步抑扬格。第一行"我能否将你比作夏日？"总共有 10 个音节。一个音步等于 2 个音节，10 个音节等于 5 个音步。抑扬格是指重音落在第 2 个音节上。韵律和格律的完美结合让诗歌犹如轻重相间、有缓有急、曲折跌宕的音乐，犹如潺潺流水般婉转动听。

分析诗歌之前，可以考虑几个问题。这首诗的戏剧性情境是什么？谁和谁在说话？为什么说话者心爱之人比夏日更可爱？他欣赏心爱之人哪些品质？哪一行描述主题和语气的转变？第 3 个四行诗（第 9 到第 13 行）是如何否定和呼应前面 2 个四行诗的主题的？最后两行和这首诗的其余部分有什么关系？第 14 行 this 是什么意思？莎士比亚在这首十四行诗中歌颂了不朽吗？

莎翁在诗中对这位好友不惜笔墨，不吝赞美。爱友仿佛是他的情感源泉。首行"我能否将你比作夏日？"用的是哪种修辞？反问。这句话需要答案吗？不，诗人提出问题，然后自己回答。开篇的设问与明喻合二为一，一箭双雕，别出心裁。

Thee 是什么意思？你。请注意，thou 是相当于第二人称的单数代词（16、17 世纪，thou 作主格，其宾格是 thee，所有格是 thy 或 thine，物主代词绝对形式是 thine，分别相当于今天的第二人称单数代词 you，your，和 yours 与 thou 相应的第二人称单数动词变化形式为 -est，-st，或 -t）。莎士比亚把他的朋友比作夏日，那么谁更可爱、更温和呢？你。Thou art 指"你是"。这个问题听起来温柔轻盈、天真悦耳，它的回答听起来也很抒情。英国的夏天温暖而不炎热，舒适宜人，但是他的朋友比夏日更可爱、更温和。夏天是英国最

好的季节，但夏天的日子既不是完美的，也不是永恒的。夏日的有限性，与“你”相比，相形见绌。

然后在接下来的几行里，莎士比亚例举了夏天的缺点。夏天有哪些不尽如人意之处？第 3 行到第 8 行都包含一个理由，说明为什么夏季不是一个理想的季节的基础。初夏的暴风雨带来了严酷的阴天，剩下的季节似乎都过得很快，尤其是在英国。“狂风将五月的蓓蕾凋残。”即使可爱的蓓蕾留在树枝上，只是摇晃，还没有折断。“夏日的勾留何其短暂。”诗人如何形容夏季短暂的？他用了“租约”这个词。夏天在这里被拟人化为一个租客接受了“租约”，这是一个“太短的日期”。日期指期限，一段有限的时间。“休恋那丽日当空。”那么这个表达“天上的眼睛”是什么意思呢？太阳，过于灼人的太阳，炎热的气候。“天空之眼”这个暗喻瞬间让读者感受那轰轰烈烈、热得无处躲的酷暑和“锄禾日当午、汗滴禾下土”的艰辛。“金光闪闪的面容转眼会云雾迷蒙。”为什么云雾迷蒙？夏天的阳光变化无常，难以预测。有时它来得太猛，有时又被云遮住了。因此，太阳的美丽不是每天都能欣赏的。Every fair from fair sometimes declines=Every beauty sometimes declines from beauty=Every beauty sometimes loses its beauty. 美与美相比，都有衰落的时候。每一个美丽的事物或人的美丽在未来的某个时候都会褪色。两个“美”（fair），意义不同，像玩文字游戏，这就是双关。第 1 个意为“美的人或物”，第 2 个指的是美本身。

“双关”是指巧妙利用同音异义或同形异义的现象，使同一个词或同一个句子表达出两种不同的含义，以达到含蓄幽默、诙谐机智的效果。双关可分为“语音双关”和“语义双关”，而语音双关又可分为“同音双关”和“近音双关”。就同音双关来说，比如莎士比亚的戏剧《哈姆雷特》中，哈姆雷特在与他叔父的对话中有这么一句：“Not so, my Lord, I'm too much in the sun.”这里的 sun 与 son 同音，因为前文哈姆雷特的叔父称他为 my son，所以哈姆雷特如此回答，一方面是说接受的日晒太多，另一方面是想表明受不了叔父的残暴王权统治。

近音双关是将两个发音相近的单词联系在一起。如 Money makes the mayor (mare) go。mayor 与 mare 近音，所以这句可以有两个意思：金钱能让市长诚服；有钱能使鬼推磨。语义双关主要是利用一词多义或同形异义的现象。如 We must all hang together, or we shall all hang separately. 第一个 hang 是团结一致的意思，第二个 hang 则表示绞死、灭亡，这句话巧妙地利用了一词多义现象，显得睿智、机敏。

“摧折于无常的天命。”机遇（chance）是指命运，自然的变化是指季节的更替，自然的变化过程（指四季的变化）。“被剥夺”意味着不漂亮的，缺乏优雅或装饰的，因偶然或自然的变化而被剥夺。因为你在时间的长河中永存。美在物质世界中慢慢腐烂。而“你”拥有一种深刻而持久的美，它不会受到时间和年龄的不利影响。“你的永恒的夏日”是夸张，即言过其实的陈述。你的美艳压群芳，连死神也不敢夸口，因为智慧的美是最有力量的美，美与爱紧密相连。而这种爱与人的价值也休戚相关。人类作为万物主宰，情感丰富、理性高贵，拥有无尽的智慧与爱。难怪莎翁在《哈姆雷特》中写道：“人类是一件多么了不起的杰作！在理性上多么高贵！在才能上多么无限！多么文雅的举动！在行为上多么像一个天使！在智慧上多么像一个天神！宇宙的精华！万物的灵长！”这正是人文主义的精髓。

“只要世间尚有人吟诵我的诗篇，这诗就将不朽，永葆你的芳颜。”（So long as men can breathe, or eyes can see/So long lives this, and this gives life to thee）“只要人类能呼吸，眼睛能看见，这就会长久存在，这就给了你生命。”那么 this 是什么意思呢？这首诗以及艺术和文学。所以诗歌、艺术、文学会给你永恒和青春，你将永远活在我的诗里。诗人想通过创作一件永垂不朽的艺术品使他的爱人不朽。人的美貌可以巧夺天工，但毕竟会随着时间的流逝而消失，只有将其寄托在不朽的诗篇中才能亘古长存。最后两句，似警世格言般点明主旨，画龙点睛。“我的诗不朽，你即永生。”我们的友谊矢志不移，历久弥坚。爱征服一切，美常驻人间。这是一首歌咏璀璨夏日和珍贵友谊的诗歌，生命和自然都是永恒、和谐、美好的存在，世人均应热爱生命、热爱生活。这种贮藏于心灵的永恒之美与世之真爱，应该为全人类所共同拥有，永世传唱。

提到夏天，你会想到什么？高骈的“绿树阴浓夏日长”“满架蔷薇一院香”，《红楼梦》中的诗词“赤日当空，树阴合地，满耳蝉声，静无人语。”赵师秀的“黄梅时节家家雨，青草池塘处处蛙”，杨万里的“接天莲叶无穷碧，映日荷花别样红”或者“小荷才露尖尖角，早有蜻蜓立上头”，还是王昌龄的“荷叶罗裙一色裁，芙蓉向脸两边开”？古人说：“孟夏之日，天地始交，万物并秀。”夏日就是卉木萋萋，百草丰茂。夏天就是蝉鸣柳荫莲初醒，浅梦独舟逐蜻蜓，就是绿云河畔亭亭花，醉合闲人听蛙唱。中国人则喜欢在炎热和湿闷中追求一份清凉和清淡的禅意，所以就有了这样的诗句。“冰肌玉骨，自清凉无汗。水殿风来暗香满。”

孟浩然在《夏日南亭怀辛大》中写道：“山光忽西落，池月渐东上。散发乘夕凉，开轩卧闲敞。荷风送香气，竹露滴清响。欲取鸣琴弹，恨无知音赏。感此怀故人，中宵劳梦想。”夏日的骄阳让人烦躁不安，而夏夜的朗月却给人带来一丝喜悦。“荷风送香气，竹露滴清响。”风带着荷花的清香，风过竹林，竹叶上的露水滴滴答答地摇晃落下，发出清幽的声响。竹露荷风，这样淡淡的香气、幽幽的声响怎会不让人神清气爽，忧虑全消？冷冷的琴声，一如这清净的环境和心情。孟浩然虽然“欲取鸣琴弹”，但终究没有拿，因为“恨无知音赏”。于是乎，孟浩然的知音辛大便从诗人的心里生了出来。他希望二人此时能共赏明月，琴瑟和鸣。“感此怀故人，中宵劳梦想。”触景生情，见而不得，不如在梦中相会。莎翁诗中的“你”不正是此诗中的辛大，而这份梦境中的相遇岂不正对应着诗句“你在我的诗中得到永生”？孟浩然的“竹露荷风”不也是莎士比亚的淡泊宁静和悠然自得？“青春在文学艺术中永生”恰恰就是他的心静自然凉，他的一份大自在。

图 5.31 此诗的教师外景慕课

图 5.32 刘洁同学演唱此诗

图 5.33 李晨雪同学演唱此诗

图 5.34 陈思航和王慧渝同学的采访视频

三、诗歌中的希腊神话

诗句中 Rough winds do shake the darling buds of May，五月（May）源自出自风雨女神迈亚（Maia），她和宙斯生子，即神使赫尔墨斯（Herms），罗马名叫墨丘利（Mercury），十二主神之一。水星和汞元素的名字都衍生于他的罗马名。

他脚生双翼，疾走如飞，是一个面无胡须、玉质金相、犀颅玉颊的英俊小生。他在宙斯统一奥林匹斯山后成为畜牧之神，也是宙斯的信使，深受信赖，平日里忠心耿耿地给众神传令，同时深谙外交手段，因而广受众神的认可和喜爱。连一向对宙斯的情妇和私生子嫉恶如仇的天后赫拉见他工作热情高、服务态度好，加上情商高，也让他当上了“大内总管”。作为宙斯最信任的儿子和行政助理，他精力充沛、日理万机，忙得热火朝天。他还是个田径高手、最灵敏的掷铁饼者和拳击手，是神界最强悍的运动健将，还是各种竞技比赛的发明人，运动员的保护神，因此被尊为“体育运动之神”。

赫尔墨斯之子就是雪莱在诗歌《潘之歌》中所描绘的潘（Pan）是山林荒野之神，牧羊人的保护神。他的头上长着一对山羊角，下半身长着羊尾巴和羊腿，是爱热闹、喜玩乐的神，也是一位出色的音乐家，能用芦笛吹奏出美妙的曲子，吸引山林中的仙女倾听。由于他的外貌，他所追求的每一位仙女都逃避他，常常造成悲剧。

第七节 情不知所起，一往而深——《当你老了》

一、诗人生平

诗人威廉·巴特勒·叶芝是爱尔兰人，他和意识流大师詹姆斯·乔伊斯同属于爱尔兰的文学大咖。1923 年，他被授予诺贝尔文学奖，颁奖词是：“他那永远充满灵感的诗用高度的艺术形式展现了整个民族的精神。”

《当你老了》这首诗是叶芝写给他钟爱一生的一位女士，而这位女士因拒绝叶芝的追求出名，她曾说：“我拒绝了他，将他还给了世界。”她是谁？莫德·冈，一位美丽的女孩，爱尔兰女演员，爱尔兰民族运动的领袖之一。叶芝对她一见钟情，并为二人的初见写下了下面的诗句：“她站在那里，周围放着一簇苹果花。她是如此美丽，就像一片阳光灿烂的花瓣。”他就是这样邂逅了他一生的梦。她，花信年华的窈窕淑女，美若桃李。虽不是倾国倾城之貌，可一颦一笑都是那般美好，如春日的微风，拂过他的心上，暖暖的，生出灼灼其华的繁花，让他忍不住为她停留。此情此景，读者不禁想起，纳兰容若与表妹的初次相逢，她拾起一片沾着尘土的花瓣，怜惜地放在帕子中，转身，朝着他嫣然一笑。

图 5.35 叶芝与莫德·冈

叶芝随即开始第一次求婚，结果没有成功。莫德·冈爱上了另外一位爱尔兰民族运动的领袖，他们志同道合、情投意合，二人一起走进婚姻的殿堂。在她 38 岁的时候，她的丈夫为国家的民族运动牺牲，她成了寡妇。叶芝随即第二次求婚。他拼尽了全力，但仍然无济于事。光阴荏苒，时光飞逝。多年以后，51 岁的叶芝第三次也是最后一次求婚，结果一如既往地被拒绝。

世人皆说精诚所至、金石为开，叶芝爱了莫德·冈一生，可是换来的只是她的铁心决绝。叶芝去世时，她甚至拒绝参加他的葬礼。叶芝连她的一点感动和温情都没得到，繁华落尽，哪怕叶芝感动了整个世界，可最终还是成了她不要的回忆。无论叶芝先生多么纸短情长，冈小姐都实在无感——欣赏你的文采是一回事，愿意和你白头到老又是另一回事。彼时，谁都认为叶芝爱得一点都不值得。但又能如何？正如张爱玲所说："爱就是不问值得不值得。"祝青云同学根据叶芝生平写了首诗歌《我还在这里，等风也等你》："人人皆爱卿，缘起曼妙姿。唯有痴男儿，独慕朝圣心。纵使娇颜老，惜缘亦惜痕。凄然低语语，悲怆常恨恨。湖心小岛上有你绝世的倩影，莎莉花园里有你不二的娇容。月晴月缺，人往人来，我还在这里，等风也等你。"

二、诗歌赏析

When You Are Old 当你老了

——William Butler Yeats 威廉·巴特勒·叶芝

When you are old and gray and full of sleep，当你老了，头发花白，睡意沉沉，
And nodding by the fire，take down this book，倦坐在炉边，取下这本书来，
And slowly read，and dream of the soft look，慢慢读着，追梦当年的眼神，
Your eyes had once，and of their shadows deep；你那柔美的神采与深幽的晕影；

How many loved your moments of glad grace，多少人爱过你昙花一现的身影，

And loved your beauty with love false or true，爱过你的美貌，以虚伪或真情，
But one man loved the pilgrim Soul in you，惟独一人曾爱你那朝圣者的心，
And loved the sorrows of your changing face；爱你哀戚的脸上岁月的留痕；

And bending down beside the glowing bars，在炉灶边低眉弯腰，
Murmur，a little sadly，how Love fled; 忧戚沉思，喃喃而语，
And paced upon the mountains overhead, 爱情是怎样逝去，又怎样步上群山，

And hid his face amid a crowd of stars. 怎样在繁星之间藏住了脸。

有一首歌这样唱道：“当你老了，头发白了，睡意昏沉。”这首歌的歌词就是叶芝的这首诗《当你老了》，可以说，歌曲是诗歌的音乐译本。此诗诗句不长，诗词也很简单，既没有华丽的辞藻，也没有复杂的言语，但却触动了无数读者的心。好诗总是在寥寥词句中蕴涵一种博大的精神内容。接下来我们从诗歌情感之美，音律之美和意象之美来分析这首抒情诗，看看这朴实的诗句是如何展现诗人那哀伤无望却又矢志无悔的真挚感情。

诗歌共 3 个诗节，第 1 诗节 sleep 和 deep 押韵，它们有相同的韵脚 a。Book 和 look 押韵，它们的韵脚为 b。接下来 grace 和 face，true 和 you，bars 和 stars，fled 和 overhead 押韵。整首诗的押韵模式是 *abba*，*cddc*，*effe*，这种押韵形式叫“抱韵”。格律方面，此诗属于传统的抑扬格五音步。抑扬格，简单地说就是轻重格，非重音和重音的排列形式，比如单词 adore（崇拜），excite（激发），重音落在第 2 音节。以第 1 行诗句为例，When you are old and grey and full of sleep，1 个音步等于 2 个音节，这句有 10 个音节，所以是五音步。10 个音节以轻重的模式排列就是抑扬格五音步。

叶芝 3 次求婚，3 次遭拒，将失恋的伤心和痛苦化作诗歌。当威廉·巴特勒·叶芝写这首诗时，莫德·冈是年轻的还是年老的？正是青春年少，风华正茂。所以这首诗是关于现实还是想象？想象。那么叶芝为什么要穿越时空的隧道来描绘她的晚年呢？他为什么要写这首诗？是报复吗？得不到你的爱，就把你写得垂垂老矣。就像法国女性主义大师波伏娃，她作品中的角色很多以终身伴侣——存在主义大师萨特的情人们为原型。她把她们的结局都写得很惨，以此来疯狂报复情敌。得不到的东西，就在文艺作品中疯狂解气，也许这是文艺青年一贯的套路或者一种解脱。但这首诗里，表达的是：我将永远爱你，无论你多大年纪，也无论你是否爱我。即使你年华垂暮，两鬓斑白，银发婆娑，仍是我今生之最爱，毕生之信仰。

读者读到第 1 诗节，会在心里悄悄纳闷，自己有没有偷偷地爱过一个

人？当时的自己愿意和对方坦白爱意吗？爱是大声唱，还是把它憋在心里让它发霉？说还是不说，这真是个问题。如果你被拒绝了，你会怎么办呢？叶芝失恋了就写诗，他把所有的孤独、忧郁和痛苦都写进这首诗里。正因为他没有得到对等的爱，才造就了这部杰作，写下了这首感动过所有人就是没有感动诗中人的情诗。本诗与其说是诗人在想象中讲述少女的暮年，不如说是诗人在向少女、向流逝的岁月剖白自己天地可鉴的真情。也许打动我们的正是诗中流溢出的那股哀伤无望却又矢志无悔的真挚情感。

第 1 诗节描绘了诗人爱的对象。“当你老了，头发花白，睡意沉沉，倦坐在炉边，取下这本书来，慢慢读着，追梦当年的眼神，你那柔美的神采与深幽的晕影。”前两句纯粹是白描，老妇人的形象已经跃然纸上。“当你老了”，轻柔而朴实的句子犹如两双不再清澈的眼睛在暮年相望，淡淡的忧伤让诗境显得庄重成熟。一位饱经风霜的老人静坐在温馨的壁炉旁，缓缓翻开了一首诗，思绪回溯到青春年华。请注意诗句“在炉火旁打盹”，表面看似昏昏欲睡，实则意味着人生的终点将至。Book 指的是这首诗《当你老了》和这首诗里的爱。而 the soft look your eyes once had 也有很多种翻译版本，但最令人印象深刻的一个是“眼神柔柔，倒影深深”。百花盛放，姹紫嫣红，却也不及你眼波里的温柔。这个情景很像电影《泰坦尼克号》中老年女主角露丝的双眼从年轻到年老悄然转变的特写镜头。也很像诗句“长干吴儿女，眉目艳星月”。“艳星月”用来形容光彩照人的女孩即便不化妆，也是那么天然、质朴、明丽。

第二诗节说的是爱的本质，这里有三种对比，年轻与年老，别人的爱和“我”的爱，虚伪与真情。“多少人爱过你昙花一现的身影，爱过你的美貌，以虚伪或真情，惟独一人曾爱你那朝圣者的心，爱你哀戚的脸上岁月的留痕。”诗人爱莫德·冈少女时的巧笑倩兮，爱她“优雅欢乐的韶华”，即便她脸上布满皱纹，这份爱也矢志不渝。“一个人”指的是谁？是叶芝。莫德·冈的身份是什么？她是一名演员，也是爱尔兰民族运动的领袖，所以她不但颜值高，还拥有高尚的心灵。别人爱你什么？你的高雅的气质，你美丽的外表。那我爱你什么？爱你朝圣般的灵魂，还有你布满皱纹的面容。我爱你高贵的心灵，我爱你年老的样子。杜拉斯说：“和你的青春美貌相比，我更爱你现在备受摧残的容颜。”世人爱你姣美的容颜，也许假意，也许真心，而我是实实在在爱你，爱你布满皱纹的面容，爱你朝圣般的灵魂。即使老去，即使清澈的眼眸不像往昔般灵动，俏丽的容颜有了岁月的痕迹，曼妙的身姿已不再，但爱依然在。年岁变迁，容颜易逝。多少人仅是驻足一时，成为生命篇章中一页。而仅有一人的出现，无关风华，触及灵魂，有意与你携手谱写篇章。她不仅貌美如花，还道德高尚，令叶芝刮目相看。青春易逝，容颜扛不住岁月的蹉跎。可流转的是岁月，恒久的是爱情。爱你的那个人无论你在哪个阶段都爱着你，爱你的前天，昨天，也爱你的今天、明天、未来每一天。因为爱你的灵魂，你的内在，你的一切。这句话与周敦颐《爱莲说》中的“予独爱莲之出淤泥而不染，濯清涟而不妖”有异曲同工之妙。第二诗节会让人想起沈从文致张兆和情书中的那一句，在青山绿水之间，我想牵着你的手走过这座桥，桥上是绿叶红花，桥下是流水人家，桥的那头是青丝，桥的这头是白发，或许爱情就是陪他变老吧。

第三诗节说的是爱的恒久性。“在炉灶边低眉弯腰，忧戚沉思，喃喃而语，爱情是怎样逝去，又怎样步上群山，怎样在繁星之间藏住了脸。”此诗中有三种象征，温暖的炉火，坚定的星星，坚韧的高山，叶芝的爱就像这三样事物一样永恒不变。群星闪耀间，逝去的爱留存于夜空中，点缀了老人的心。莫德·冈是谁？叶芝思慕的人。她在这里做什么？在发光的炉火旁弯着腰。其实，她是在寻求温暖，渴望着曾经拒绝的爱。那么，她为什么有点伤心地咕哝着呢？因为她在后悔，当初拒绝叶芝是多么愚蠢啊。这一句与“求我庶士，迨其吉兮！”（《召南·摽有梅》）又何尝不是异曲同工？那些追求我的人哪，劝你不要错过良辰吉日！当年叶芝将爱就大声说出来，她却偏偏不懂珍惜，直到年老体弱时才惋惜不已。当中国读者读到这句话时会不由自主地想到《金缕衣》：“有花堪折直须折，莫待无花空折枝。”英诗也有《致少女》：“及时采撷你的玫瑰花蕾。一旦你的黄金时代过去，你可能会永远停留。”莫负年华，莫忘折花。在最美的年华里错过了最好的人，回首往事，皆是叹息。在青春年少时，若是遇到花开，便要去折，不要等到花谢之时，空折树枝。此花非花，而是指人。倘若遇到，便不可错过。一是惜时，二是惜人，唯有在对的时间，遇上对的人，才能不负青春。

全诗没有跌宕起伏的激动和宣泄，只有朴素的语言、舒缓的调子、淡淡的感伤，娓娓道来的平静倾诉，却让人感到异常的亲切与温馨。叶芝对莫德·冈的一往情深像极了元稹的“曾经沧海难为水，除却巫山不是云”，一见即是一生。诗人幻想着能和自己心爱的人一起白头到老，依偎在火炉旁打盹儿，漫步在山间回忆青春。诗的结尾让人感到一种圣洁的悲剧美，犹如情感经过了岁月沧桑的洗礼，向着纯净和崇高的境界升华。

冈小姐的性格强硬，是一个可以为了理想抛头颅洒热血的革命家，叶芝是典型的阴柔型诗人，也许两人根本就不在一个频道。每个人都渴望在最好的年龄找到对的人，谁不想在垂垂老矣时对爱人说“我爱你”？愿你年老之时，有个人还爱着你的一切，尤其是你那颗朝圣者的心。

此诗是叶芝一个人的心灵独舞。也许单恋者的最高境界就是表白无果，便不去刻意打扰对方的生活，只是默默地关注。叶芝明知注定不会得到对方

“江水为竭”的山盟海誓，仍然选择这样纯粹、不求回报地爱她。

图 5.36《当你老了》外景课程

图 5.37 陈玉婷同学录制外景课程

图 5.38 张睿同学说“妈妈，我爱你”

图 5.39 陈其越和庄明煜同学的采访视频

三、诗歌中的希腊神话

叶芝对心爱之人孜孜不倦的追爱之路和执着到底单相思的情感历程和希腊神话中火神的经历十分相似。火神赫淮斯托斯（Hephaestus）是爱神的丈夫，其罗马名字伏尔坎（Vulcan），十二主神之一。火神是赫拉和宙斯的孩子，由于宙斯总是婚外情不断，惹得赫拉争风吃醋，一时急火攻心，影响了腹中正在发育的火神。结果孩子生下来面容丑陋，不受父母待见。深感不安的赫拉把他从奥林匹斯山抛入大海中，幸亏两位海洋女神收留了这位被遗弃的皇子。

火神的神祇之路走得颇为艰难，为了对抗母亲的歧视，他灵机一动，计上心头，锻造了一个金碧辉煌的宝座献给赫拉，不知情的天后坐上去就站不起来了，火神顺势逼迫她认子归宗。与母亲和解后，他官居高位，但凡父母吵架，他就保护母亲。宙斯为了惩罚他的不敬，又把他从空中抛下，飘了九天九夜才落地，这回摔瘸了他的腿。

火神只得勤学苦练，从曾经的弃婴逐渐成长为一代技艺高超的铁匠大师和手艺精湛的锻造、砌石、雕塑之神。他拼命打铁，而每次敲打铁器都会引起地震和火山喷发。“火山”一词即来源于他的罗马名字，由此他又获得了“地震神”的称谓。他对妻子爱神宠爱有加，百依百顺。爱神让火神给她在人间的私生子埃涅阿斯打造一兵器，火神二话不说，火速投入打铁工作，越打越憋屈。火神虽然面貌丑陋，但内心充满正能量，坦然接受生活中的苦难与不公正，对自己不抛弃、不放弃，恪忠职守，毫无怨言地为诸神服务。

火神的妻子爱神，“出轨”的对象是战神阿瑞斯（Ares），罗马名玛尔斯（Mars），十二主神之一。作为奥林匹斯山的“第一武士”，他体态魁梧、孔武有力、英勇好斗，最爱刀光剑影。他从小立志称霸神界，既是力量与权力的象征，又是嗜杀与战争的化身。他平时总是一身盔甲，手持铜矛咄咄逼人，兀鹰和猎犬追随左右。

喜欢四处征战、开疆拓土的罗马人崇尚战争，所以最崇拜骁勇善战的阿瑞斯。传说最早建立罗马城的孪生兄弟是被狼奶喂大的罗慕路斯和雷穆斯，都是战神的儿子，所以罗马人自称是战神的后代。

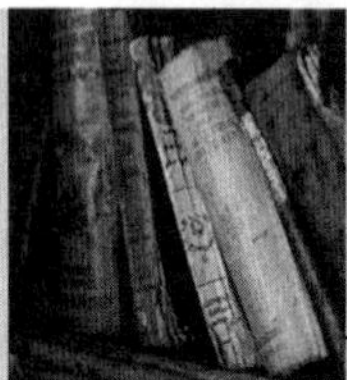

第八节 愿我如星君如月，夜夜流光相皎洁
——《明亮的星》

一、诗人生平

约翰·济慈被誉为“英格兰的夜莺”，是第二代浪漫主义诗人中出生最晚却逝世最早的。他生于18世纪末的伦敦，父亲是马厩的雇工领班。在英国的大诗人中，几乎没有一个人比济慈的出身更为卑微。他像韩愈一样身世凄苦，在诗人中是出了名的穷困潦倒，像李贺一般命运坎坷、爱写死亡、爱用天马行空的想象力将诗词和神话相结合。幼年的他像一位“雾都孤儿”。15岁时父母已先后去世，他和两弟一妹在亲戚和监护人的看管下成长起来。由于家境窘困，不满16岁就离校学医。家境困窘的济慈，只有头悬梁、锥刺股地读书，努力践行《三字经》所言：彼不教，自勤苦。家虽贫，学不辍。身虽劳，犹苦卓。济慈很早就尝试诗歌创作，疾病与经济上的问题一直困扰着他，但他却令人惊讶地写出了大量的优秀作品，赢得了巨大声誉。

22岁，他的第一部诗集出版，没有主流的任何引荐，有的只是评论界的恶意中伤。他所遭受的好像一直都是孤立无援和世态炎凉。第二年《恩底弥翁》诗集的出版更是让保守派乱了阵脚，因为诗集所迸发出的天赋和进步思想让他们羡慕嫉妒恨。文学界看不惯他的“香艳绽放”，恶意粗暴地对他进行人身攻击，让他的诗词一度成为恶评的热搜榜，结果导致他微薄的稿酬被彻底断绝。他的人生，除了诗歌，就是苦难。诗歌成了他的唯一寄托，接引他的灵魂短暂超脱这黑色的人间。从某种程度上说，他的早逝是和当时的社会制度和反动派对他的直接和间接的打击分不开的。他离世时，同为第二代浪漫主义诗人的雪莱和拜伦都伤心不已，并为他打抱不平。雪莱为他所作《阿多尼斯》，以阿多尼斯被野猪所伤比喻济慈生前所受的伤害。拜伦也作诗谴责那些曾经中伤济慈的批评家。相比二人的熠熠闪光，济慈一直安静地写着诗。什么也阻挡不了他对于“真”和“美”的向往，他执着于自己阳光雨露般的梦幻风格。也许他知道，他总有一天会光耀诗坛，因为“但凡他再多活几年，他的成就可以和莎士比亚媲美”，在文学天赋上，他确实是可以继承莎翁衣钵的天才，在英美诗坛，他像一颗惊艳的流星绝美绽放。

他的主要作品是两首十四行诗:《初读贾浦曼译荷马有感》《蝈蝈和蛐蛐》和五首颂诗，分别是:《夜莺颂》《秋颂》《忧郁颂》《希腊古瓮颂》和《塞吉颂》，每首诗都是上乘之作。出生凄惨、生活坎坷的济慈期待早日出人头地，改善境遇，施展抱负。苏轼最好的书法《寒食帖》写就于黄州的凄风苦雨中。苦难、悲观和绝望有时造就名篇，好诗有时候就是在穷困和厄运中创作的。1818 至 1819 年是诗人生活最痛苦，同时也是创作力最旺盛和趋于成熟的时期。他最著称的三大颂诗《夜莺颂》《希腊古瓮颂》《秋颂》以及很多优美的十四行诗都是在这期间写成。济慈的创作生涯不过短短 5 年，却给世界文学宝库留下了珍贵的遗产。“当他 24 岁停笔时，他对诗坛的贡献已大大超越了同一年龄的乔叟、莎士比亚和弥尔顿。”济慈生前衣衫褴褛，去世后人气暴涨。

济慈偏居一隅，就像鸟困笼中。于他，现实中的潦倒和窝囊是一份沉甸甸的痛苦，他只有在诗句间奔放豪迈，飞沙走石。济慈笑对人生的成败，笑饮生命的苦酒。相比在诗坛已经大名鼎鼎、赫赫有名然而私生活高调自由、锋芒毕露的雪莱和拜伦，性情温和、待人宽厚、安静儒雅、言辞有度的谦谦君子济慈在以诗为歌，像一位横刀立马的英雄，单枪匹马地在心灵的王国中纵横驰骋。

1818 年夏天，23 岁的济慈照顾患肺结核的弟弟汤姆时，搬到一个朋友在汉普斯泰德的房子里，也就是现在的“济慈之家”。在那里，济慈认识了一位年轻的女邻居，18 岁的芳妮・布劳恩小姐。布劳恩小姐让他重新燃起了生活的热望。芳妮的母亲是皇亲贵族的遗孀，膝下只有这么一个女儿。这个刚满 18 岁的贵族小姐性格天真活泼；说不上天生丽质，却很任性、高傲。一开始，他不愿意在芳妮身上花时间，因为他更喜欢孤独，喜欢沉浸在想象和美的世界。偶然的一次机会，芳妮看到了隔壁沉默内敛又彬彬有礼的诗人济慈，也读到了当时诗人那并不畅销的诗集。她瞬间被那些字句吸引，于是便寻找一切机会接近那个忧郁的男人。对于芳妮而言，济慈的翩翩风度仿佛增加了一点欲说还休的诱惑，唯有她能够感受他彬彬有礼之下的激情澎湃，和那压抑的狂热心灵。活泼开朗的芳妮像是济慈阴郁生活中的一缕阳光，腼腆木讷的济慈的生活中有了怦然心动的感觉。尽管对芳妮有好感，但是济慈出生卑微，经济拮据，空负才华却无处施展，困顿和疾病也一直困扰着他。所以对待感情，他一直犹豫着，挣扎着，他不得不辗转反侧，小心翼翼。落魄的才子，慧眼识英雄的佳人，两个人明明相爱，济慈因自己的籍籍无名而不敢给对方任何承诺。没曾想芳妮小姐自顾自的坚持给了他莫大的信心和鼓励。

图 5.40 左上二图为济慈与芳妮、其他均为电影《明亮的星》剧照

爱情在二人心里悄无声息地滋长，渐渐地，他们深陷情网。太多的人反对这段感情，因为当时的济慈不仅贫穷，而且还负债，没有能力承担结婚的费用。可是两人在各种各样反对的声音中继续坚守着这份爱情。疾病缠身的济慈曾说过："疾病是怎样在你我之间设立障碍啊！"（傅修延，2012:71）"无视一切，但我不能停止爱你。"（傅修延，2012:384）"爱情就是我的宗教——我可以为它捐躯——我可以为你而死。爱一直是我的欢乐和痛苦。"（傅修延，2012:464）在和芳妮恋爱的几年中，济慈迸发出了很多灵感，进入创作高峰期，写出了大量的传世佳作，这些诗句蕴含了诗人对大自然的强烈热爱，同时也为他赢得巨大声誉。雪莱称他是"一颗露珠培养出来的鲜花"，在病痛中依然能写出如此优美灿烂的诗句。

济慈心怀鸿鹄之志，却无法与命运对抗，只能接受苟且的生活，化笔为武器，诉说内心的不甘与悲伤。为了挣钱，济慈需要不停地写诗，还要辗转伦敦和别处。聚少离多的日子里，一对恋人通过书信传达彼此的爱恋。才子佳人，鸿雁传书，这丝毫没有消磨掉彼此的热情，双方都期盼着对方的来信，毫不隐讳地表达爱意。“如果我变成一只蝴蝶，我也想在你身边飞舞。”他们向往爱，追求爱，愿成蝴蝶双宿双飞。庭院深深一墙隔，耳濡目染心暗许。归来的济慈，送给芳妮订情的戒指，二人于 1819 年 12 月订婚。二人订婚后，济慈在唯一好友查尔斯·布朗的后院中听着夜莺的歌声发呆，然后回到屋子里，快速写下了去世前最美的诗作《夜莺颂》，献给匆匆经过这个世界的自己。

图 5.41 电影《明亮的星》剧照

就在他们期待着婚后的甜蜜与美好时，1820 年 2 月的一天晚上，英伦三岛依旧潮湿阴冷，济慈剧烈咳嗽，痰中带血。他惊恐万分，愤怒不已，深叹一口气后，一滴清泪从苍白的脸庞滑落：上天为何久久不愿垂怜于他？他闭上双眼，平静下来。目睹过三位亲人的离世，他清楚自己的病，也知道自己已经时日无多。看着焦虑不已的芳妮，他心如刀绞，他爱她，而又必须离开她，不让她受牵连。1820 年 9 月济慈病重，为了躲避英格兰寒冷的气候，医生建议济慈去气候温和的意大利养病。或许离开是他对芳妮最深的爱，因为他不想她因他而病。他不顾芳妮和好友的强烈反对，毅然前往意大利，而这一去很可能就是客死他乡。离别之际，他们紧握着彼此的手，眼中含泪，依依不舍，怎么也不愿放手。千言万语梗在喉中。此时，哪怕说一个字，便会泪如雨下。而这一去竟是永别。这样一段刻骨铭心的爱情最终也没能逃脱残酷的命运。

图 5.42 电影《明亮的星》剧照

1821 年 2 月 23 日，济慈在罗马病重，他安静地躺着那里，脸上带着孩子般纯洁干净的微笑，缓缓吟诵自己的诗词：“我感觉雏菊在我身旁开放。”

他辞世前没能再见芳妮一眼，身边没有亲人，只有年轻而忠诚的朋友画家塞文陪伴着他，甚是凄凉。而在之前，他早已为自己写下了墓志铭："此地长眠者，声名水上书。"济慈就像他诗作中的夜莺一样喋血歌唱，用生命唱出了最美的诗歌，却也在最美的夜晚溘然长逝。他被葬在靠近罗马皇帝盖乌斯·塞斯提乌斯坟墓旁边的新教徒墓园。消息传回伦敦，芳妮悲痛欲绝。她连续3年穿着黑衣为济慈守寡，每天在房中重温济慈写给她的书信，为济慈服丧长达7年。直到1833年才开始新的生活，余生一直戴着济慈求婚时送给她的戒指，她以这样的方式与济慈的爱相伴终生。

济慈这一生短暂却饱满，如夜空中转瞬即逝的烟花一般精彩。他有走进他内心的爱人，有大量传世的经典诗歌，可惜当时的诗人自己并不知晓，直到他去世，仍旧以为自己这一生一事无成。济慈写给芳妮的十四行诗有3首：《致芳妮》《白天消逝了，甜蜜的一切已失去！》及《明亮的星》。这3首14行诗韵式都是莎士比亚式，《致芳妮》中的诗句"但愿你整个属于我，整个身体、灵魂，为了疼我，全给我"，表达了济慈专一坦诚的爱情。"济慈的爱，决不卖弄，是毫不游移的、坦诚的爱，没有任何伪装，透明纯洁"。（屠岸，1997:125）

《明亮的星》是济慈在1818年写给芳妮的另一首情诗，此诗是他在湖区旅游时写下的。他说湖区朴素的环境"让一个人的感官凝结成一颗北极星，它永远张开着双眼，永远坚定地挂在自然之力所创造的奇观之上"。这一想法也促使他写下了此诗。1818年5月3日，济慈在给芳妮的信中写道："我爱你，我能给予你的只有我对你痴迷的爱恋。你不由自主地吞噬我。只要你在，我不渴求任何在世间稳定下来的快乐。如果这能让你更开心的话，我宁愿死都不会做那件事。哦，这样我就能同时拥有它们了。我讨厌这个世界：我任性的翅膀在狠狠地拍打我，我想从你的双唇中取得一味甜美的毒药，让我离开这个世界。我不会从其他人那里索取它。我十分惊奇地发现除了你的魅力，我什么都不关心。今晚，我会把你想象成维纳斯，像异教徒一样在你的星星下祷告、祷告、祷告。"曾凭《钢琴课》斩获金棕榈大奖的导演简·坎皮恩把济慈的爱情故事拍成了电影《明亮的星》。唯美的景色和感人的爱情使得该片入选了第62届戛纳国际电影节，被提名为第82届奥斯卡最佳服装设计奖。影片中，芳妮身着黑色连衣外套，在雪地里一边哭泣着吟诵《明亮的星》，一边走进树林的场面令人动容。在芳妮心中，济慈好似一颗明亮的星，她永远也无法将爱人忘怀。济慈望着天上的星，希望自己的爱能够像它们一样坚定执着。星星目不转睛地俯视着大地，"永恒地睁着眼睛"。他希望自己也能够永远注视自己心爱的爱人，"像自然界耐心的、不眠的隐士"。这个比喻既浪漫又凄凉，这样的爱又有几分酸楚。两者相隔万里，只能够遥遥相望，让人联想到中国神话中的牛郎与织女。济慈和芳妮跨越贫富和世俗差异的鸿沟，即使一方远去，仍然将对方的爱留存心中。

二、诗歌赏析

Bright star 明亮的星

—John Keats 约翰·济慈

Bright star, would I were steadfast as thou art — 明亮的星！我祈求像你那样坚定——
Not in lone splendor hung aloft the night 但我不愿意高悬夜空，独自辉映，
And watching, with eternal lids apart, 并且永恒地睁着眼睛，
Like nature's patient, sleepless Eremite, 像自然间耐心的、不眠的隐士，
The moving waters at their priest like task 不断望着海滔，那大地的神父，
Of pure ablution round earth's human shores, 用圣水冲洗人所卜居的岸沿，
Or gazing on the new soft-fallen mask 或者注视飘飞的白雪，像面幕，
Of snow upon the mountains and the moors— 灿烂、轻盈，覆盖着洼地和高山——
No—yet still stedfast, still unchangeable, 不——我只愿坚定不移地
Pillowed upon my fair love's ripening breast, 把头枕在爱人酥软的胸脯上，
To feel for ever its soft fall and swell, 永远感到它舒缓地降落、升起；
Awake for ever in a sweet unrest, 而醒来，心里充满甜蜜的激荡，
Still, still to hear her tender-taken breath, 不断，不断听着她细腻的呼吸，
And so live ever—or else swoon to death. 就这样活着——或昏迷地死去。

济慈诗才横溢，他遗留下的诗篇誉满人间。而他和爱人芳妮的爱情冲破了一切桎梏，如星星一般永恒坚定，是英美文学史上的一段佳话。她是他灵感的源泉和生活的动力，是他生命中明媚的阳光和灿烂的星辰。他们在风华正茂的年华里深情热烈地爱过，哪怕相隔千里，哪怕济慈病痛缠身。对待爱情，他们至死不渝。即便济慈生命已逝，二人的爱情之花也如诗作《明亮的星》一样永不凋零。

诗作《明亮的星》让济慈与芳妮成为英美文学史上的一对璧人，作为佳话流芳百世。题目“明亮的星”就是一个象征，它象征着天体的永恒特性，也象征着爱情永恒的力量。关于星星，华兹华斯曾写过一首诗叫《她栖居在人迹罕至的小道边》。诗中有一行是“美丽如星，孑然闪耀在中天”。华兹华斯将他的爱人比作诗歌，而星星象征着美丽。德国哲学家康德，在他的一本著作《实践理性批判》中说：“有两样东西，我越不断思索，越觉得钦佩与敬

畏。这两样东西便是我头顶的星空和我心中的道德律。”梵高也曾经画了一幅画叫《星空》。星空总意味着诗意和辉煌。

济慈辞世以后，星星陪伴芳妮渡过灰暗的日子。她时常回忆起相爱的点点滴滴。想起两人追逐落日，直到星光漫天。在芳妮看来，星星虽然璀璨，然而朴素低调、毫不张扬，这无所不包的光辉正像济慈的君子之德。她无数次地仰头望着那夜空中闪烁着的点点繁星，星河入她眼眸，泪光泛在她的眼睛。明代心学大师王阳明的《中秋》一诗：“吾心自有光明月，千古团圆永无缺”。世人看着月亮，期盼家和事顺，人丁兴旺。而芳妮望着星星哭泣：“我的爱人济慈，你是否听到了我的呼喊？你是否在我看不到的角落里默默注视着我？你是否幻化成这光华烁露的星辰？你可知道我的心整日披星戴月地漂流？你何时点亮我的浩瀚星河？”天地辽阔，被星光照耀的她宛如一尊望夫石，久久伫立。

这起首一句是脱口而出的倾心呼喊，一上来就是神来之笔，妙不可言，妙在哪里？立意与众不同，直接点题，将整个诗情全部融汇在星星中，气象浑厚不凡。明星高悬，清辉洒遍大地，这诗情画意多像张九龄的“海上生明月，天涯共此时”。星星那睁大的双眼仿佛让全诗都光彩焕发、情思摇曳。济慈希望自己与芳妮的爱情也像日月星一样坚如磐石、永恒坚守、长久不移。人生代代无穷已，人生代代更迭绵延，而星星一直孤悬天空，照耀人间，永恒不变。济慈多么希望能追着这星光，走到芳妮身边。“亲爱的芳妮，与你别离，痛苦无尽，你的倩影永刻我心。永恒的繁星将替我告诉你我从未改意，我对你相思无尽。”

诗歌开篇就振臂高唱：“明亮的星！我祈求像你那样坚定。”此修辞方式是“呼语”，指对想象中或不在场的人或事物的称呼，它呼吁的对象可以是人，也可以是物，甚至是一个抽象的概念，实际上是“拟人”的一种方式。惠特曼在他的名诗《噢，船长！我的船长！》中一声声真切地呼唤“我的船长！我的船长！”这里的“船长”实指林肯总统，而林肯此时已遇刺被害，不可能再回应。另外一个著名的例子是约翰·邓恩的十四行诗《死神，你莫骄傲》，诗人以对话的口气喊着死神，似乎在与它对峙，而对于读者来说，死神更多的是一个抽象的概念，而不是具体的实体。

天上的星星，千年百代，高挂夜空，总是俯视人间，细看大地。Art 在古英语中是 are 的意思，而 thou 在古英语中是第二人称代词“you”的意思。这里诗人用“但愿”的虚拟语气表达他希望像星星一样坚定的心愿。这里的星星指的是北极星，它永恒地睁着双眼，一眼万千。恣肆的想象和磅礴的气势以及诗人的满腔热情充溢全篇，正如莎士比亚在第 116 首十四行诗里的诗句：“爱是一颗星，一切迷途的船只靠它引路，把它当无价之宝。”诗人先将星星拟人，然后又用“stedfast”一词将自己对“爱”的忠贞不二与星星类比。“爱人芳妮就是我心中的星星，我对她的爱也如星星一样坚贞笃定、深沉永恒、亘古不变。”诗歌的生命力在于想象，月亮星星皆可拟人。“坚定”是这首诗的关键词。“坚定”有“笃定、踏实、永久、永恒”的内涵和外延。“但我不愿意高悬夜空，独自辉映”中，“独自”一词把星星拟人化了，同时也暗指多年来他的生活状态。Splendour 意味着星星的灿烂光辉。纵然星星很华丽，但它却是孤独的。“高悬”暗含视觉的苍茫和空旷，虽然有星星的辉映，读者仍可感受到无限的寒意夹杂着诗人丝丝的孤独和惆怅侵袭而来。

“并且永恒地睁着眼睛”，此处星星睁大着双眼，“像自然间耐心的、不眠的隐士”。星星被比作隐士。地球不眠，星星也因此充满了生命，永远存在。彻夜无眠暗指永生和不活跃的状态，比如死亡。Lids 的意思是“眼睑”。星星不会睡觉，因为它的眼睑总是打开的。诗人将星星想象成一个人，它总在凝视着，这让读者可以感受到星星存在期间所度过的漫长岁月。“星星睁眼”是拟人的修辞手法，把人的特点赋予事物或某种抽象概念，用本来只适用于人的名词、形容词或动词来描写事物，使其具有人的某些属性。拟人可分为名词性拟人、动词性拟人、形容词性拟人和副词性拟人。拟人包括生物拟人、非生物拟人和抽象概念拟人。生物拟人是把有生命的动植物当作人来描写，非生物拟人是把无生命的事物当作人描写，抽象概念拟人是把抽象概念当做人描写。杨万里《小池》中的诗句，“泉眼无声惜细流，树阴照水爱晴柔。”这个“惜”和“爱”就是拟人。“萁在釜下燃，豆在釜中泣。”这个“燃”和“泣”也是拟人。再比如，“云破月来花弄影”“红杏枝头春意闹”“春风又绿江南岸”。

诗歌的视角上至天空，下至地球，然后又潜入海水。“不断望着海滔，那大地的神父，用圣水冲洗人所卜居的岸沿。”“隐士”“似教士般的”“洗礼”，这三个词都有宗教的涵义，突显了爱情的崇高和神圣。即使是诗中的宗教意象也被赋予了寒冷与孤独的气息。“移动的海水”指的是海浪，它是充满动态感的。因为流动的海水像执行教士的任务那样冲刷着岩石，冲刷着尘世的岸崖，它也是永无止境的，就像星星永远睁大双眼，这都属于人类无法寻求的“非人类”部分。流动的海上与星星的静态凝视形成鲜明对比。“或者注视飘飞的白雪，像面幕，灿烂、轻盈，覆盖着洼地和高山”。“白雪”和前一句的“海水冲洗岸沿”“神父的洗礼”相互呼应，强调爱情的“净化”功能和纯粹性。“圣水”和“雪”，这两个画面象征着纯洁。这两行诉诸视觉的诗句飘逸灵动。银装素裹、洁白无瑕的世界有如济慈纯洁的爱情。新下的雪柔软、崭新，给人一种愉悦的感觉。虽然雪是美的，但它却是易逝的，雪融化时会带来失望和悲伤。Mountains 和 moors 押头韵。面具由雪做成，雪在哪里？

在山上和荒原上。谁在看？星星。明星灿烂，海水翻滚、水波熠熠闪光，白雪皑皑、银装素裹，星星、海水和白雪三个意象都具有亮晶晶的品质，三者合，展现了一个洁白无瑕、辉煌与光明交织的世界。雪照亮了我们的眼睛，揭示了人类世界上所有的丑陋和不公，同时净化了人类的灵魂，让我们在这个宁静、洁白、美丽的世界里找到安宁。济慈在这几句层层铺叙，明亮的星，飘飞的白雪冲洗岸沿的海涛，三个意象一脉相承，自然浑融，又气象高华。雪，唤醒沉睡的灵魂，激活蜷曲的童心，将读者归置于“落了片白茫茫大地真干净”的雪景和空灵、空旷、空茫的诗境中。这雪正是谢灵运的“明月照积雪”，这海涛可以和谢朓的“大江流日夜”相提并论。有星必有月，天上冰轮涌出，群星环绕，海上海浪翻滚，地上白茫茫一片，清润如沁的光泽和银辉闪耀的力量相互辉映，显示出一种雄浑壮阔的张力。这是一个广阔的天地世界以及诗人最广远的思绪。

雪后的天地仿佛被洗刷了一遍，“别有天地非人间”连空气都是透明的，林木历历，格外清晰。想象一下，望着清澈的白茫茫一片，感觉自己的心灵也像被涤荡过滤净化一番。一句天上，一句地下，整个天地都被明星和白雪浸染和净化了。济慈寓星托雪以寄相思，云之上的群星、天之下那莽莽苍苍的群山和清空舒卷的云雪，济慈用如此大手笔写柔情，把相思的柔情写得如此莽苍开阔。

在那雪后初霁和皎皎星月之下，济慈仿佛和清风朗月白雪融为一体，隐逸在诗歌所刻画的氤氲水墨画之中。读者仿佛看见济慈正“独坐幽篁里，弹琴复长啸。深林人不知，明月来相照”。他的一腔宁静安详、清幽绝俗的心曲，一番“清华其外，淡泊其中”的幽情，和这群星璀璨，高悬月夜的景色是如此空明澄澈，一尘不染，皓月当空，“星临万户动，月傍九霄多”。雪花飘洒在天空，济慈与芳妮的爱情在读者心中回荡。面对茫茫大地，皎皎星月，读者的心胸也一下子开阔，思绪也跟着飘飞。读着此诗，不觉人心寂静，尘虑皆空，禅意飘然而至。

诗歌前八行中纷繁的意象渲染出一种高贵、寂寥的情调，而此时笔锋一转：“不，我只愿坚定不移地把头枕在爱人酥软的胸脯上，永远感到它舒缓的降落、升起。”Still stedfast, still unchangeable 是对称结构，“不变的”这个词的意思又和“坚定”的意思相近。“永远感受，永远清醒”又是对称结构，同样的语法结构，一模一样的语法排列方式。“对称”又称为“排比”“平行结构”，是指把结构相同、意义并重、语气一致的词组或句子排列成串，形成一个整体，具有结构上整齐匀称、读起来铿锵有力的特点。它可分为单词的平行、短语的平行、从句的平行及句子的平行。单词的平行，如 Galileo studied, thought, and experimented. 连用了 3 个动词构成并列谓语。 The young actor was tall, dark, and handsome. 连用 3 个形容词构成并列表语。短语的平行，如 ...and that government of the people, by the people, for the people shall not perish from the earth. 连用 3 个介词短语修饰 the government, 达到在读音、语气和语义上均连贯、一气呵成的效果。从句的平行，如 A father who spends time with his son and who thoughtfully answers his son's question will be respected and loved. 这个句子中包含了两个并列的定语从句，均修饰主语 a father。句子的平行，如 That is our policy and that is our declaration. 这句是英国首相丘吉尔在一次演讲中的讲话。将两句并列，突出强调，振奋人心。

Feel 和 for 以及 fall 押头韵，soft 和 swell 也押头韵。Its soft fall and swell 几个单词发音环环相扣、层层递进，仿佛浑然天成，读起来也是行云流水。亲密爱人相依相偎、沉醉于浓浓爱意的唯美图画瞬间跃然眼前。“永远能感到它的轻轻的起伏”一句富于动态感。“永远清醒，在甜蜜的不安中”一句又回归静态，“而醒来，心里充满甜蜜的激荡，不断，不断听着她细腻的呼吸，就这样活着——或昏迷地死去。”诗人将读者带到了一个永恒的世界，他和爱人紧紧相拥，聆听彼此心跳和呼吸的永恒世界，这也是他们最后的幸福时光，是济慈一直梦想的最幸福的生活状态。这里的 still 连续使用了两次，第一次表示“永恒”，第二次表示“静止”。在第 12 行，济慈通过使用“甜蜜的不安”这一矛盾修辞法，来强调自己对“永恒”的强烈渴望。

结尾部分两人相爱瞬间的细节描绘缠绵蕴藉，让人心醉神痴。读者正是从这些全景的广角镜头和近景的特写镜头走进深邃的情感和层次丰富的诗境。此诗歌咏的是星星的情，诗人的情和天地之间的一片深情。济慈以星星为中心点将全诗推到了一个更为广阔的有情世界。人生的节拍和自然的节拍一起律动，这是天人合一。

细致入微的笔触让这动人的爱的乐章高雅又和谐，优美又流畅。诗人与芳妮的凄美爱情让读者不禁掩卷沉思，抬头长叹。Still 和 ever 这两个词反复出现，强调了时间和爱情的永恒。“就这样活着，或昏迷的死去”，这句话表明作者愿意在这种欢愉中死去。“死亡”这个词被放在了诗的最后位置，从而营造出强大的痛苦感。此时此地诗人就能找到欢愉和满足感，他不需要更多了，他会平静地死去，因为他的爱是永恒的。至此，读者可以理解为何济慈生活在这个充满变化的世界，却始终向往着永恒，向往一个不受时间限制的永恒的世界。

这是一篇反思爱情、死亡、时间和自然的佳作。“年矢每催，曦晖朗曜。璇玑悬斡，晦魄环照。”光阴似箭催人老，太阳的光辉永远朗照。高悬的北斗七星随着四季的变化而转动，夜晚的月光洒遍人间。一面是寒星高照，遗世独立；一面是人间爱侣，幸福相依。济慈以豪迈的气概表达了对宇宙自然的赞美，对爱人的依恋有如灿烂的星一样永恒，而这种坚定如恒星的信念使他超越了尘世的痛苦和困扰，在诗意中永生。

济慈相信美，美是他终身追求的东西。“从他最早的孩童时期，他就对美有一种强烈的觉察力，不论是从一朵花、一棵树还是天空或者动物世界。在他的脑海中，它是如何将美好的感受自然而然地绘成画，并将感情很好地表达出来？一定是‘妖精女王’唤醒了他的天赋。在斯宾塞的童话世界中，他被迷住了，他在新的世界里呼吸，他变成了另一个人。”由此可见，济慈把关注点放在美上面，这首诗也是济慈美的归宿。

诗句中有很多长元音和双元音，让此诗读起来像白云一样慢慢飘动。Art 与 apart 押韵，night 与 Eremite 押韵，task 与 mask 押韵，shore 与 moors 押韵，breast 与 unrest 押韵，unchangeble 与 swell 押韵，breath 和 death 押韵。这首诗是英国莎士比亚式十四行诗，3 个四行诗加上一个对偶句，韵律格式为 *ababcdcdededgg*。格律为五音步抑扬格。

归而总之，此诗首先表达对自然的热爱，因为崇尚自然是浪漫主义时期最典型的特点。其次是永生的幻想和梦想。诗人自知生命即将走向尽头，于是想成为星星，像星星一样坚定、永恒、不朽，这样就可以永远看着他的爱人，于是短暂的生命和永恒的生命之间有了对比。星星也因此被赋予了新的象征，爱、灵魂、生命、死亡、永生。

图 5.43 常文妍、张颍栋、蒲新宇、李裕翔同学的微电影

图 5.44 谭皓宇和谭旭东同学的情景剧

三、诗歌中的希腊神话

济慈擅长写颂诗，他的《塞吉颂》就是取自希腊神话中小爱神丘比特

与妻子塞吉（Psyche）的故事。塞吉是心灵女神，人类灵魂的化身，貌若天仙。由她的名字演变成单词 Psychology，表示心理学。

丘比特（Cupid）是爱与美的女神阿芙罗狄忒与战神阿瑞斯的儿子，和母亲一起主管神、人的爱情和婚姻。他是一个裸体的长着翅膀的小男孩，自幼生得一副小巧可爱、萌态十足的顽童样，是大家心目中的爱情小天使。他整日拿着弓箭飞去来兮，让有情人千里来相会，缔造了无数段让冤家变佳偶的美好姻缘。他有两幅箭，金箭和铅箭。被铅箭射中的人永远都是铁石心肠，无论追求者多么热情，都不为所动；而被金箭射中的人则会不可救药地坠入爱河。都说爱情是盲目的，原来因为爱神是个调皮的小孩，所以爱情才会如此扑朔迷离，甚至不可理喻。

丘比特长大后，成了一位英俊潇洒、风度翩翩的美少年。此时，古罗马人膜拜绝色的公主赛吉，并一致夸赞她貌比美神。阿芙罗狄忒一听醋意顿生，要求儿子给这位美女射上一箭，让她爱上一介莽夫。没成想在履行母亲大人布置的任务时，少女的天姿国色迷倒了丘比特，他们一见钟情。

作为婆婆的美神怎能容得下美貌的凡间女子来夺取儿子的爱，于是对塞吉百般刁难，设下重重关卡以阻碍二人的感情之路。塞吉为了再次见到丘比特，跨越了重重阻碍。最后，她让赛吉在揭开金色的睡匣之后沉沉睡去，难以醒来。专一体贴、深情款款的丘比特难舍初恋情结。他上天下地，辗转腾挪，不断打通人脉，最后感动了母亲阿芙罗狄忒，终于唤醒了女友。最后二人于逆境中蝶恋，爱情铁树终开花。丘比特带塞吉去见父王宙斯，宙斯祝福了他们的婚姻，还封赛吉为心灵女神，赐予她不朽和永生。从此，这对神仙眷侣过上了快乐无边的幸福生活。

第九节 一年好景君须记，最是橙黄橘绿时 ——《秋颂》

一、诗人生平

济慈经常被与拜伦和雪莱相提并论。他们是第二代浪漫主义诗人，三位诗人的诗歌技艺各有千秋。雪莱说“诗是想象的表现”，其诗作中新奇的意境、细腻的感情、直率的语言反映了他独特的驾驭语言的能力。济慈则强调情感的自然性，他说：“如果诗之写成不能像树叶发芽那样自然，倒也不如不写为妙。”拜伦亦强调情感的强烈与真切：“诗是激情和心灵的直接表现。”诗歌的音乐美方面，拜伦的《唐璜》就像军队交响乐，而雪莱的诗歌很空灵。他早年年少轻狂、无忧无虑，是一个吃穿不愁的公子哥，逍遥奔放，仙气外露，而后来诗作胸怀家国天下，忧国忧民。

拜伦早年作诗时就像一位愤世嫉俗的小愤青，诗作很有阳刚之气。后期变得有点悲观，如杜甫般沉郁顿挫。雪莱就总是非常乐观，像李白一样自信、豪放，总是憧憬着美好新世纪。而济慈则对世俗生活的兴趣表现出一种超然。他不随波逐流，独来独往，他的贫穷和孤傲也让他不易于融入这个世俗的世界。于是他总是一个人幻想，在梦想的理想主义世界中寻求庇护。保守派浪漫主义诗人柯勒律治是抽了鸦片以后幻想；济慈是看到一些美好的事物，花草树木、虫鱼鸟兽，就开始幻想和憧憬，然后就创作了《夜莺颂》《希腊古瓮颂》等。

拜伦和雪莱要么写壮志凌云，要么写天下大事、百姓疾苦，场景宏大，思想深刻，诗词充满了正能量，颇具汉魏时期建安文学的神韵。雪莱有高超的艺术掌控力。他的《西风颂》铿锵有力，如黄河之水天上来，而《爱的哲理》《我怕你的吻》这样富于童话色彩的小诗，他也写得有声有色、津津有味。拜伦的《唐璜》和《恰尔德·哈罗德游记》意境浩大、场景宏大、笔力宕阔、雄范豪迈、思想深刻，影响力非凡。“拜伦式英雄”的“英雄之词”，驰骋百家、横绝六合、汪洋恣肆、豪情壮志。可见雪莱和拜伦多大气磅礴、壮丽跌宕的篇章，但铮铮铁骨之下也尚有柔情，二人也并非一直激昂壮烈，一些温婉如玉、清新别致、情趣盎然的抒情诗也有可圈可点之处。济慈是诗歌的集大成者，各种类型的诗歌都信手拈来，是最好的工匠人和多面手。他用词精湛，极为考究，大笔振迅，意境开阔，思想和言语达到了高度的统一。著名翻译家兼学者王佐良先生说：“华兹华斯和柯勒律治是浪漫主义的创始者，拜伦使浪漫主义的影响遍及全世界，雪莱通过浪漫主义宣传大同世界，但他们在吸收前人精华和影响后人诗艺方面，影响都不及济慈。”他不仅是诗人，还是文学理论家，他的美学评论也非常了不起，他推崇“美就是真，真就是美。”他说：“世上的鲜花会相继盛开，壮丽而不朽的事物会接踵而来。”

“他出生中下层人家，学过医，候诊室里的凄惨景象是他所熟悉的。也许诗歌是作为一种补偿，他特别地向往‘美’——美丽的人、夜莺、花草、田园、古诗、艺术品，整个想象世界。他自己写下的诗行也美：意境、音韵、形象，无一不美——有时美得有点艳丽了。因此他的诗曾被人看成‘唯美’，甚至是‘颓废’。”（王佐良，2003：471）被誉为“浪漫主义复兴的旗手”和“纯粹的诗人”的济慈提出“消极性能”的审美标准，即为了追求“纯美”，审美主体要排除一切外在因素，使审美客体处于“含糊”状态，避免寻根究底，寓美于含蓄之中，这与中国汤显祖的“以若有若无为美”、庄子的“万物与我为一”的超功利态度、司空图的“味在酸咸之外”、严羽的“空中之音，相中之色，水中之月，镜中之像，言有尽而意无穷”等一系列诗论贯通。“无味”就是“至味”的观点和中国源远流长的意境说一脉相承、一线贯通，外在越是无味无形、含蓄内敛，内在就越是香气袭人、丰富多彩。作为歌颂自然的隐逸诗人，华兹华斯与陶渊明十分相似。陶渊明旨在歌颂自然本身，但华兹华斯多了一层思想，即歌颂主宰大自然的神秘力量，而济慈的“消极性能”就更接近陶渊明的“意在言外”说。济慈企求超然物外，从尘世中解脱，同时又不是彻头彻尾的消极逃避，而是通过限制自我与自然融合获得更高境界的自我。“生活在工业化侵蚀着英国的历史背景下，济慈勇于继承和创新。”（王佐良，1991：295）

济慈是具有类似中国古典气质的诗人，其作品寓形象美于沉默含蓄中，诗境含糊有弦外之音以达到美与真的统一，相似于庄子的“意在言外说”和钟嵘的“文已尽而意无穷”。济慈崇尚自然天成，“清水出芙蓉，天然去雕饰”，他曾说“我憎恶带有明显意图的诗”“诗应当以美好的夸张夺人，而不是以古怪离奇自炫”“如果诗之写成不能像树叶发芽那样自然，倒不如不写为妙”，可见美是自然。我国老子的“大音希声，大象无形”，庄子的“天地有大美而不言”也提倡自然之美。在《致泰勒》一诗中，济慈写道：“如果花儿拥上大街来，大叫大喊，欣赏我吧，我叫紫罗兰，迷恋我吧，我叫樱草花，它们将要丧失多少美啊。”可见美是低调、含蓄。在《希腊古瓮颂》中，古希腊人通过陶塑雕刻表达对生活的热爱和对美好事物的向往。希腊陶艺文明辉煌灿烂，其“克里特工匠制”的标签一度是高级艺术品的象征。本诗咏叹的希腊古瓮历经漫漫岁月仍保持完好，其图案栩栩如生，其艳丽明快的色彩、浓厚的生活气息、多重美感的融合深深打动了济慈。音乐的流动美、浮雕的静止美凝固在图绘上，歌声、爱情、树叶都凝于一瞬间，而瞬间即为不朽，人世变幻无常，只有美才最真实可靠，美要靠艺术去捕捉，这样的真情实感才能永恒。济慈把希腊古瓮比作“平静还未曾失身的新娘”“沉静和悠久抱养的女孩”，诗人得出“听见”的乐调固然美，无从听见的却更美，沉寂美胜过喧嚣美，诗中“美既是真，真即是美”，美、真浑然为一，超越理性达到“纯美境界”，艺术美等同于自然美，都是永恒之美。没有听见的音乐更美，想象中的一切比现实更美，不朽的美之后是一个永恒的虚空。正是因为对英国现实的不满，济慈才陶醉于大自然和古希腊艺术，一心追求自然之真美、全美，向往悠游于一个“永恒的美的世界”，而诗歌就是展现这个绝好境界的绝佳方式。

二、诗歌赏析

To Autumn 秋颂

—John Keats 约翰·济慈

Season of mists and mellow fruitfulness, 雾气洋溢、果实圆熟的秋，
Close bosom-friend of the maturing sun, 你和成熟的太阳成为友伴；
Conspiring with him how to load and bless 你们密谋用累累的珠球，
With fruit the vines that round the thatch-eves run. 缀满茅屋檐下的葡萄藤蔓；
To bend with apples the mossed cottage-trees, 使屋前的老树背负着苹果，
And fill all fruit with ripeness to the core; 让熟味透进果实的心中，
To swell the gourd, and plump the hazel shells 使葫芦胀大，鼓起了榛子壳
With a sweet kernel; to set budding more, 好塞进甜核；
And still more, later flowers for the bees, 为了蜜蜂，一次又一次开放过迟的花朵，
Until they think warm days will never cease, 使它们以为日子将永远暖和，
For summer has o'er-brimmed their clammy cells. 因为夏季早填满它们的粘巢。

Who hath not seen thee oft amid thy store? 谁不经常看见你伴着谷仓？
Sometimes whoever seeks abroad may find 在田野里也可以把你找到
Thee sitting careless on a granary floor, 你有时随意坐在打麦场上，
Thy hair soft-lifted by the winnowing wind; 让发丝随着簸谷的风轻飘；
Or on a half-reap'd furrow sound asleep, 有时候，为罂粟花香所沉迷
Drows'd with the fume of poppies, while thy hook 你倒卧在收割一半的田垄，
Spares the next swath and all its twined flowers: 让镰刀歇在下一畦的花旁
And sometimes like a gleaner thou dost keep 或者像拾穗人越过小溪，
Steady thy laden head across a brook; 你昂首背着谷袋，投下倒影，
Or by a cyder-press, with patient look, 就在榨果架下一坐就是几小时，
Thou watchest the last oozings hours by hours. 你耐心地瞧着徐徐滴下的酒浆。

Where are the songs of Spring? Ay, where are they? 啊，春日的歌哪里去了？
Think not of them, thou hast thy music too— 不要想这些吧，你也有你的音乐——
While barred clouds bloom the soft-dying day, 当波状的云把将逝的一天映照

And touch the stubble-plains with rosy hue; 以胭脂红抹上残梗散碎的田野
Then in a wailful choir the small gnats mourn 这时河柳下的一群小飞虫就同奏哀音
Among the river sallows, borne aloft 它们忽而飞高，忽而下落，
Or sinking as the light wind lives or dies; 随着微风的起灭；
And full-grown lambs loud bleat from hilly bourn; 而群羊在山圈里高声地咩叫；
Hedge-crickets sing; and now with treble soft 篱下的蟋蟀在歌唱，
The red-breast whistles from a garden-croft; 在园中，红胸的知更鸟就群起呼哨
And gathering swallows twitter in the skies. 丛飞的燕子在天空呢喃不歇。

说到秋天，中国人出口成诗。“桂子月中落，天香云外飘”“人烟寒橘柚，秋色老梧桐”“西风鸣络纬，不许愁人睡”“络纬秋啼金井阑，微霜凄凄簟色寒”，这是秋天的气韵。屈原的“袅袅兮秋风，洞庭波兮木叶下”，曹丕的“秋风萧瑟天气凉，草木摇落露为霜”，杜甫的“无边落木萧下，不尽长江滚滚来”，难道伤春悲秋就是文人的本色和情怀？

“《秋颂》被不少评论者认为是几首颂歌里最完美的一首，他的主题是秋季的温暖和丰硕。人们皆颂春天的美丽，而济慈则感到成熟的秋天更可爱。1819 年 9 月的一个星期天，诗人漫游乡野，感到空气清爽，收割过的田地也显得特别温暖，边走边吟，回来写就此诗。”（王佐良，2003：473）“自古逢秋悲寂寥”“萧瑟兮草木摇落”“昨夜西风凋碧树”“山山黄叶飞”“飒飒秋风生，愁人愁离别”，秋日飞舞的枯叶正是羁旅乡愁、萧瑟飘零之心境的写照。从古至今，写秋的诗文层出不穷。济慈的这首《秋颂》表现的是秋天最平常的特征——成熟与收获，而他在写法上推陈出新，正对应了自己的名言：“创造力是诗的北斗星。”在此诗中，诗人用词流利圆美、深情摇曳，思路清晰、毫不拖沓，秋之景象浑融一体。其优美的文辞声调，清新可人又生动逼真的形象，细密地缝织于诗句中，明朗又充满梦幻，藏深情于字里行间。

创作此诗时，诗人的身体每况愈下，他的灵感在一次秋日散步的途中不约而至，于是他用生花的妙笔展开丰富的想象，抒发这个阳光温煦、果实飘香的美好季节。

诗人使用了抑扬格五音步，每节分两部分，前半部分为 4 行，后半部分为 7 行。前半部分为 *abab* 的韵式，后半部分为 *cdedcce* 或 *cdecdde* 的韵式，通过这种稳中有变的韵律结构展现出一种变化美。诗歌的第一诗节韵律为 *ababcdedcce*，第二诗节和第三诗节韵律是 *ababcdecdde*。在《秋颂》中，济慈改变了以往的颂歌创作习惯，使用叠音重奏的十一行诗节表达诗人对秋天的依恋之情。《秋颂》中的头韵运用相当广泛，例如：season—sun，mists—mellow—maturing，fruitfulness—friend（Line 1-2），sometimes—

seeks—sitting，find—floor（Line 13-14）。此外还有腹韵，也叫谐元音，例如，music—too—bloom—hue，clouds—touch—stubble（Line 24-26），cricket—sing—with—whistles—twitter（Line 31-33）。还有尾韵，如 still—until—will，shells—cells（Line 7-11），soft—croft（Line 31-32)。

首节以拟人手法点出狡猾的秋与太阳密谋，联袂创作出喜人的景象，情无声息地带给人们丰饶的收获。秋日是上天展开无限悲怀、赐予人们丰收与果实的节日。济慈把时间定格在秋天的早晨，因为清晨的雾气尚未散去，望眼望去，万物一派成熟之象，让人心生愉悦。开篇首句“雾气洋溢、果实圆熟的秋”与王维的诗句“空山新雨后，天气晚来秋”的意境如出一辙。诗歌一开篇就满纸秋气，露白霜重，晨曦微露，雾色迷蒙，秋色空濛，氤氲缭绕的满纸云烟，真是既浑厚又苍凉。这飞舞的云烟，这轻薄的云雾，恍若神仙世界。东方见白，日头熹微，旭日冉冉初升，晨雾渐隐，雾气散尽。太阳一出来就亮了，气象就高华了。接下来从远景拉回近景，聚焦秋日和太阳的种种场景，展现开阔而又生机勃勃的秋景。

接下来读者看到了一幅成熟、丰硕的秋景图，葡萄缀满了藤蔓，苹果沉甸甸地缀满枝头、压弯老树，葫芦和榛子日益丰满滚圆，水果在秋霜一天天的酝酿中日益成熟，读者不知不觉已经轻柔地走进了电影《漫步云端》中葡萄成熟的醉人画卷。这幅成熟圆润、丰收喜悦的秋景图是色彩斑斓的、白色的晨雾、火红的朝阳、紫色的葡萄、红艳艳的苹果、黄澄澄的葫芦、土黄色的茅屋、淡褐色的玉米、黏糊糊的蜂蜜，如此众多五彩缤纷的果实以及姹紫嫣红的花朵。第一诗节多像是开着庆丰收的喜乐会。柿子高挂灯笼，栗子咧嘴嬉笑。尽管诗中并未出现对颜色进行描述的字眼，瑰丽奇妙的想象已经让读者饱览了秋天这色彩纷呈、暖气洋溢、灿烂缤纷的丰硕景象。充满生机的颜色搭配，让读者能够闻到初秋清晨那清新的空气，那四溢的花香，那圆熟的果香，让读者想到李白的“人烟寒橘柚，秋色老梧桐”，杜甫的“高鸟黄云暮，寒蝉碧树秋”。

晨雾与果实彼此呼应，前者散发出丝丝的愁绪，后者又带来了圆润、温润和愉悦。蜜蜂也忙得一刻不停，因为花开遍地，不得不忙着采蜜。蜜蜂夏天采的蜜已经要溢满蜂房了，秋天的花又在不断地开，让蜜蜂产生了一种错觉，以为暖和的光景要常驻。蜜蜂和花朵仿佛变成了一对情侣。这菊花竟也如此多情，为了与“采得百花成蜜后，为谁辛苦为谁甜”的蜜蜂缠绵，一而再、再而三地延期开放，一次又一次开放过迟的花朵，忙碌的蜜蜂与不知疲倦、奋力绽放的花朵瞬间升华了整首诗的语境，让这温暖丰硕的静态图灵动起来，于是动静态意象和视听觉意象完美交融。第一节末行 For summer has o’er-brimm’d their clammy cell 中 [m] 音节的重复运用给人一种乐滋滋、甜蜜蜜的美好感觉，把蜂房里充满了黏糊糊、甜丝丝的蜂蜜的景象烘托得尽善尽美。

济慈把这些场景有序地展开，好像秋天在低吟，在歌唱。他以这样一种娓娓道来的方式酣畅淋漓地呈现秋天的景象。第一诗节设色绚丽优美，传达出人们在接受大自然丰厚的馈赠时所满怀的感恩和欣喜之情。丹麦著名评论家勃兰克斯说：“跟随着济慈，我们走进一间温室：一种柔和湿润的温暖融化了我们；我们的眼睛为颜色鲜明的花与多汁的果实所吸引。”济慈的诗总能带给我们一种温暖。尽管父母早逝，自幼身体弱多病，济慈的诗歌却充满亮丽的色彩，行文流畅而不浮华，富于活力与生气，他对生活、对大自然、对一切美的事物是发自内心的热爱。

第二诗节，“治本于农，务兹稼穑”，中西概莫能外。如果说第一诗节是秋景图，那么第二诗节就是一幅丰收喜悦的“秋人图”。首句是设问句，“谁不曾遇见你，经常在粮仓的中央”。仿佛我们都在和秋天对话。那答案呢？任何有田野经验的人都会发现你时而漫不经心地坐在粮仓的地板上，时而在收割了一半的犁沟里酣睡，时而拾了麦穗、跨过溪水，时而傍着榨汁机、一刻又一刻的仔细地瞧着那徐徐滴落的酒浆。秋神化身为四个不同劳作者的形象，或是随意坐在打麦场上的打麦者，或是熟睡在田垄上的收割者，或是缓步跨越溪水的拾穗者，或是耐心看着酒酿架下的酿酒者，所以这 4 个劳动形象，他们分别是什么样的一种动作呢？坐、卧、走、站。这好像是农神的 4 尊雕像，而济慈正是通过描写这四尊雕像来反映秋农忙碌时的不同形态。读者好像也化身为诗中的打麦者，发丝随风飘扬，一会儿变成收割者，为这罂粟花所沉迷，一会儿成了拾穗者跨越溪水，最后成了酿酒者，看着榨出的一滴滴酒浆。Across the brook 让读者仿佛能听到流水的潺湲。至此，通过秋神的各种忙碌画面，读者可以猜出这是秋收时分，秋神睡卧在收割一半的田垄上（Asleep on the half-reap’d furrow, they are sound asleep），秋神和农夫们忙碌过后，正在午憩。田野、谷仓、小溪、打麦场，处处都有着秋神健朗的身影。秋风送爽，丰收的喜悦溢满每个人的心房。所以这农夫们的形象就是“秋神”的形象，而“秋神”的形象就是劳动者的形象。读者跟着诗人一起，在劳动过后休憩时的恬静之中感受到这种丰收的喜悦。在第 2 节中，秋从端庄成熟的模样摇身一变成调皮捣蛋的形象，熟睡在未割完的庄稼里，醒后，馋嘴的秋又花上几个小时守候在榨汁机旁，直到挤出最后一滴果浆，其憨态可掬的模样让人忍俊不禁。果粮丰收，秋神横卧田垄，半醉半醒享自在。诗人从日常生活中营造出巧妙的诗意，用笔轻细，仿佛生怕惊动劳动的场景。

诗人在第 3 诗节中勾勒出了一副“萧萧秋声图”。第 3 诗节缥缈的云霞，妩媚的夕阳，红日西斜，落日熔金，暮云合璧，霞光万丈，络纬秋啼，秋日和鸣，真乃亦虚亦幻的世外桃源。此处与开篇雾气迷蒙的描绘前后呼应。首句又是一个设问句，“啊，春日的歌哪里去了”？诗人怀着这种深蕴的匠心在问秋天，等着秋天的回答。他正在和秋日窃窃私语，倾诉着对秋即将离去的不舍。别想它了，你有你的音乐。这是鼓励性的自问自答。蚂蚱飞，蝈蝈叫，春歌哪里去了？殊不知金无足赤，人无完人。与其追随他人的脚步，何妨自成一家、别开一路，何愁没有自己的高光时刻。当夕阳映照在虽收割完但仍留存麦茬的大地时，洒下玫瑰般的余晖。好一幅落日熔金、云蒸霞蔚、温暖人心的绝美画面，芳草斜阳、余情无限、意蕴深遥、境界高远，飞虫和鸟儿在绮霞中妙舞轻盈。尽管有无数脍炙人口的春之歌，可是你却拥有属于自己的独一无二的交响乐。秋天你别羡慕别人，你有你的好。秋天是另一个春天，秋天的每一片叶子都是一朵小花。诗人的喜悦之情达到高潮，情不自禁想要为秋天这残梗散碎的田野高歌一曲。这意境不正是刘禹锡的“自古逢秋悲寂寥，我言秋日胜春朝。晴空一鹤排云上，便引诗情到碧霄”？不正是范仲淹的“碧云天，黄叶地。秋色连波，波上寒烟翠。山映斜阳天接水。芳草无情，更在斜阳外”？

胭红状的暖阳伴着各种小动物的歌声弥漫着，春日的欢语已远去无声，冬日的脚步在静静伺机。接着人格化的秋就像是一名乐队指挥官，在落日如金的壮观场面指挥着秋之交响乐，各种小嘉宾在动情合唱，深深浅浅地衬托出浓艳秋景的高远沉静。诗人有效地运用 mourn，bleat，whistle，twitter 等一系列的拟声词来增强音乐效果，使意象更加鲜活，同时秋天欢乐的气氛也更加浓厚。“拟声法”也叫“象声法”，是指对声音的模拟，包括对自然界声音的模拟、对动物声音的模拟及对人声的模拟，其目的是突出人或物的动作声响并使之生动。比如，用 murmur 形容小溪流过的淙淙声，用 pitter-patter 形容雨点敲击窗子时的啪嗒声，用 hiss 模拟蛇的嘶嘶声，用 giggle 形容女孩的咯咯笑声，形象而又生动，使读者仿佛身临其境地听到了这些回声，赋予句子动态、悦耳的美感。小飞虫哀乐似地高低扑动，蟋蟀躲在篱下歌唱，羊群高声咩咩，知更鸟群起呼哨，乐声如此动听，连妩媚的晚霞也静默不语，用它那温柔的胭脂红慢慢地抚摸刚刚收割过的田野。燕子也不忍心打破这和谐的氛围，只是一声声温柔悠远地呢喃着、和着拍伴着奏。秋天瞬间变得动静相宜、有声有色。飞虫、蛐蛐、燕子等都被赋予了灵性，会唱歌，会低吟。末行的诗句“丛飞的燕子在天空呢喃不歇”正是秋风起，雁燕南飞。

拟人化的手法让原本安谧的秋天变得聒噪有趣起来。众多动物在秋日的阳光中聚集、鸣叫，勾勒出一幅热闹的秋声图。And full-grown lambs loud bleat from hilly bourn 这行中 [l] 音重复了 5 次，[n] 有 3 次，[m] 有 2 次，鼻音发音的厚重更加强了上面的 full-grown 等字所引起的成熟收获的意味，可以说是声义相生。诗中的 barred clouds、rosy hue 色彩鲜明，营造了一个具有色彩美和意境美的秋天景色，使人身临其境。从“将逝的一天”中，读者可以看出已是傍晚时分，农夫们辛勤忙碌了一天，在这专属于秋天的音乐会中感受别样的秋日之美。

济慈像画家莫奈一样，不动声色又华丽唯美地运用色彩和光影，讲究虚实、冷暖、动静的结合，寄托感情于浓浓的秋色之中。他像王维一样用诗词画画。他的这种诗画结合的风格深深影响了维多利亚诗歌小三杰之一的但丁·加百列·罗塞蒂。在秋景图、秋人图和秋声图这三场视听盛宴中，刻画秋景的一个个瞬间，他时而与谷物女神对话，时而对秋天发问，等待其回答，流露出对秋的钟爱和痴迷，字字处处都彰显着济慈诗歌的最大特色——对自然情真意切的礼赞、崇拜和热爱。济慈最喜欢与大地耳鬓厮磨，与大自然灵犀相通。电影《明亮的星》中就有一个很美的画面，他躺在树上看着鸟儿飞来飞去，闭着眼睛品读大自然字里行间的诗句。品读《秋颂》，就像观看济慈用诗句拍的电影。

图 5.45 电影《明亮的星》剧照

《秋颂》是画面、声音和禅意三合一的艺术品，是济慈收获的最后一捆金色的麦穗，是济慈的谢幕之作。诗人虽未言明，但退场的姿态在诗句中呼之欲出。此后的几首颂诗和十四行诗都是写给爱人芳妮的。秋日在济慈的笔下流光溢彩，熠熠生辉。视觉意象、听觉意象、嗅觉意象、触觉意象、味觉意象交叉密集，让诗歌摇曳多姿，也难怪评价家点评济慈的诗歌“极具感官享受”。济慈“美即是真”的美学观点让此诗焕发出宁静而温暖的光芒，带给读者无尽的审美享受。

整首诗其实也是四季的一场轮回。第一诗节末行，诗人提到了夏天，第三诗节的开篇提到了春天，结尾又暗示了冬天的来临。秋日的早晨是这样的：阳光和微凉的空气、鸟鸣和静谧的氛围，这是一年的尾声却又是一天的开始。诗歌的段落结构也和季节的循环重叠着。

第一诗节诗人用“密谋”来形容太阳和秋天“联袂使坏”，他用这种贬义词来暗示美景易逝，美丽的秋之后就是接踵而至的严寒和阴霾。在第二诗节，诗人又提到“时间不断流逝”，他希望通过秋农们的忙碌暂且忘却这秋之将末的无奈之情。Oozings 一词则不经意间描绘了一种细水长流、时光缓缓流逝的宁静味道。第三诗节中，“春日的歌哪里去了？”其实这个发问有一点点的忧伤，春日的欢乐不复存在，冬日的清寞正在袭来，每个季节都要逝去。催落百花、赶走秋天的寒冬其实就在文本之外候场。这既充满生机又危机蛰伏的秋声图意味着严冬即将到来。“飞虫同奏哀音”，小动物们合唱时那美妙的乐曲之音中也夹杂着对秋天已逝的悲鸣和哀叹。诗人提到的“阵阵悲歌”既是感叹自己的肺病愈发严重和生命的愈发可贵，也是哀叹秋日之短暂和寒冬日益临近。他一方面闲适地欣赏秋景的温暖和丰足，一方面又因秋之短暂而焦灼不安，昭示秋天带来的巨大孤独感和人类生存中无法摆脱的忧郁感，从而进一步表达对秋天已逝的无限眷恋和缅怀之情。良辰如是，本应欢欣欣赏，然零星散落诗篇的暗含“时光流逝”的词语将济慈对生命的留恋刻画得入木三分。两相对比，丽景哀情，更平添孤凄之意。济慈以景语诉情语，想到自己的病情，心中的萧瑟、哀凉、忧戚难平。虽是寥寥数词，凄清之意却已刻骨。最后燕群的呢喃余音袅袅、缠绵不绝，既让人留恋这温暖明媚的秋景，又让读者能够想象到梧桐凋零、槛菊萧瑟、残英遍地之后，便是空寂凄冷的寒冬，想象茫茫冬水、漠漠寒林，以及天地间笼罩着的一种无处不在的愁怨和寂寞之感。

诗歌日历上的 1819 年是属于济慈的。这一年是济慈的高产之年，他写了《致灵魂女神赛吉》《希腊古翁颂》《夜莺颂》《秋颂》等。在生命的最后关头，他创作出如此众多的杰出作品，就像一条高速运转的流水线，笔下源源不断。1819 年 9 月下旬，这种创作激情就突然停止了。他的退场并非是鞠躬作别，而是和秋天一起卧睡田垄。拥有如此众多的一流作品，济慈有权利沉醉于秋风，在秋景中舒展筋骨，所以《秋颂》中弥漫全篇的是一种懒洋洋又得意洋洋的情意，金秋收获的满足正好对应了休养生息的自然节令。济慈、华兹华斯，还有泰德・休斯（英国现代派诗人），他们都是自然诗人，也是环保主义者、生态主义者。尤其是锦心绣口的济慈，他在写诗的时候，我们都能够感觉到这种热切的焦渴，这种眼角的湿润，都好像听到他神采飞扬的吟哦，都愿意跟他一起诗意地栖居在人世间。

济慈在诗词的构图和着色方面实属个中翘楚，不遑多让。他是诗歌界的莫奈，写诗重在性情和声色，即内容和感情，韵律感和音乐美，画面感和颜色美。声色俱美，诗读起来就铿锵。《秋颂》是“纵情声色”的杰作。所谓：“表情达意之兴尽矣，声色之娱极矣！”中国诗人也有几位色彩学大师。就拿杜甫的《秋兴》来说，“玉露凋伤枫树林，巫山巫峡气萧森”。开篇就是一幅大全景，一幅泼墨山水：黑的山，白的玉露，红叶满山。高山深谷之间，层林尽染。再比如“琉璃世界白雪红梅”中的红白相间，“接天莲叶无穷碧，映日荷花别样红”中的红花绿叶和蓝天艳阳，“两个黄鹂鸣翠柳，一行白鹭上青天”中的黄翠白青四色，“日出江花红胜火，春来江水绿如蓝”中的三原色，“梅子黄时日日晴，麦花雪白菜花稀”，金黄雪白，洛可可风格的代表色系。“黑云翻墨未遮山，白雨跳珠乱入船”，经典的黑白配。王维的《积雨辋川庄作》中有诗词“漠漠水田飞白鹭，阴阴夏木啭黄鹂”。白鹭在广阔的水田上翩然飞起，让人眼前一亮，黄鹂在浓密的树林里婉转欢唱，让人陶醉其中。白色和黄色，多清爽、多亮眼、多明媚。这水田和树林又能让读者自动脑补深深浅浅的绿。

自知时日不多的济慈坚守着一颗清心和禅心，让诗词意蕴以如此宁静和谐又开阔舒展的方式呈现，既有鲜明的色彩，又不失闲雅的风度。他的诗，仿佛就是透出云彩的一轮明月，穿过竹林的一缕清风。《秋颂》虽语句色彩斑斓，然其思想精髓清新优美，一如王维的五律《山居秋暝》:“空山新雨后，天气晚来秋。明月松间照，清泉石上流。竹喧归浣女，莲动下渔舟。随意春芳歇，王孙自可留。”“空山”远离尘嚣、自带禅意，是王维的世外桃源和心头至爱。“新雨”涤荡，诗人的内心也更加简净空明澄澈。颔联 :“明月松间照，清泉石上流。”高处的明月和中间的松树都是与世无争的高洁君子，不招摇曼妙，不招蜂引蝶。无论春夏秋冬，月亮都守着初心，温润地普照万物。即便红消翠减之时松树却依然青翠如盖。而底下是什么？“清泉石上流”，清净绝伦，清洁脱俗。这层次分明的景物描写正是《秋颂》中的各种视听觉意象。该律诗讲究起承转合。首联起，写整个秋山。颔联承，写具体景致。颈联转，景转人，静转动。“竹喧归浣女，莲动下渔舟。”竹林里浣女的欢声笑语，渔父的小船顺流而下，让田田的蓬叶向两边分开。这不正是《秋颂》第 2 节中秋神的 4 种劳动形象，不正是一首至善至美的田园牧歌吗？淳朴快乐的山民呼应着高洁的月与松、清洁的泉与石，呼应着摆脱九重宫阙和万丈红尘、抛开功名利禄的诗人。尾联“随意春芳歇，王孙自可留”。春芳虽美，却不及秋的简净，春芳歇了又何妨，“在山泉水清”，贤士隐士自可向往山中的清静无为，所以“王孙自可留”。

《秋颂》将自然之美、人格之美与社会风情之美高度统一，让读者都和济慈一起产生了出尘之想。天人合一，是中国人推崇的理想境界，在《秋颂》中也展现得淋漓尽致。

图 5.46 王振鑫同学吟诵《秋颂》

图 5.47 方妍同学吟诵《秋颂》

图 5.48 丁梦瑶同学吟诵《秋颂》

三、诗歌中的希腊神话

丰收之神在西方也称为农林女神、丰饶女神，她是欧洲的“神农”，希腊名为墨特耳（Demeter），罗马名为刻瑞斯（Ceres）。她头戴谷穗编成的花冠，手执火炬和果篮，气度高雅，温和热情，为世人带来好收成。她是冥后的母亲，也是冥王的丈母娘兼二妹。

农神是宙斯的二姐与第四位妻子。他们爱的结晶就是冥后珀尔塞福涅，她视女儿为掌上明珠，疼爱有加。如花似玉的女儿被自己的兄长，冥王哈迪斯抢至冥界做了妻子，对冥王这位大哥兼姑爷恨得咬牙切齿，气不打一处来，可却敢怒不敢言。思女心切的农神心如刀绞，伤心欲绝，义愤填膺，终日以泪洗面，向宙斯求救。宙斯先是不理不睬，农神索性再也不过问农事，任凭万物凋零，颗粒无收，饥荒接踵而至。众神得不到祭品，这才乱了方寸。宙斯见大地一片荒芜，方知大事不妙，赶紧充当和事佬。冥王开始松口，愿意放了冥后，可是对小娇妻百般不舍，于是心生一计，引诱冥后吞下 3 颗石榴籽，于是今后每年中有 3 个月她会回到冥界与哈迪斯一同居住，剩下 9 个月与她的母亲团聚。

母女二人久别重逢，抱头痛哭，互诉相思之苦。女儿归来后，农神心情愉悦，于是万物复苏，百花齐放，五谷丰登，春夏接踵而至。而女儿回冥府陪伴哈德斯时，农神便郁郁寡欢，万物也跟着凋零，秋冬纷至沓来。四季就是这样悄然变幻和更迭的。

农神和宙斯的大姐赫斯提亚（Hestia），罗马人叫灶神维斯塔（Vesta）。她是家室女神，也是十二主神之一。她同智慧女神雅典娜、月亮女神阿提密斯并称为神界的三位处女神。她谦和恭敬，给世人“润物细无声”的柔美温馨之感。用诗人拜伦《她走在美之中》的诗句“一颗平和对待万物众生的头脑”恰如其分地突出了她的纯洁心灵。

灶神也是家的保护神，执掌万民家事，工作尽心尽责。其他神对她敬重有加。在西方，孩子结婚时，父亲会拿炭火点燃新的火炉，以祈求社神的祝福和保护。

后记

Postscript

记得 2009 年的那个元旦，一位叫郎小燕的女生微笑着送给我一张贺卡，上面那一句话让我的心瞬间一颤，铭记终生。“老师您知道吗，我如此努力，就是想获得您一个肯定的眼神！”教学的道路上，我一直提醒自己，要关爱学生，不辜负每一位学生对课程的期待。

这些年，英语专业的课程上了一轮又一轮，《精读》《听力》《写作》《英语国家概况》《西方文明史》《英美文学选读》《英语诗歌欣赏》《文学理论导论》等。每次备新课时总是战战兢兢、如履薄冰，上课前总要提前进教室静静心，捋一捋思绪。上课就像邀请学生们来做客，每个教学环节就是教师为学生奉上的各种美食，而学生的互动就是一个个精彩的节目。教师希望学生能大快朵颐，学生则期待教师对自己的表现赞叹有加。

几乎每一位为英诗课添砖加瓦、增光添彩的同学我都如数家珍，查王龙同学开启了以校级大学生科技创新基金项目为基础发表学术论文的先河。第一次把英国史诗《贝尔武甫》演绎成话剧是汤忠镇和陶伟同学，杨蒙和李楚翘同学第一次用多首英诗编纂话剧《罗密欧与朱丽叶》台词并公演数场。刘彩君同学是翻唱英诗第一人，法语系刘璐同学紧随其后，佳作迭出。吴欣悦同学呈献第一个舞蹈诗作品，张露程和张颍栋同学提供大量的视频制作技术支持，还有创意十足的王笑晨、张睿同学，热情满满、陪伴我录制课程次数最多的叶夕同学，组织好纪律、协调全班同学参与录制的各位班长，提议将希腊神话与英诗课程进行整合的王作剩同学，一次又一次友情客串的法语系赵秉昆同学，以及众多在课程中引吭高歌的校园歌手们。这些年，英诗课在英语专业、商务英语专业、普本、专升本、辅修、公选、成教等各种班级授课数轮。我由衷地对每一位同学说一声感谢，感谢你们对英诗课程的支持与配合。课下，我像大星探似的寻找同学们的特长和闪光点。每次课结束，都会及时调查问卷，感谢同学们每一份流光溢彩的作品和每一个发自肺腑的建议，你们的智慧在其中熠熠闪光。你们的采风视频、美育作业、读后感、原创诗歌都是在通过自己的经验、情感、想象与知性的参与对英诗进行独家的“跟进品读”，很多时候，是你们自己开启了英诗诗艺与诗美的大门。

诗歌赏析，诗歌课的重头戏，倘若只是讲解分析未免流于表面，触及学生的心灵、启迪学生的心智，才能真正让英诗课程内容充实，受益匪浅，深入人心。所以英诗课的最后一个授课环节是师生共同分享结合诗歌主题的心灵鸡汤，鲜而不腻，滋润身心。如果说英诗的艺术性赏析是将英诗文本细读的水磨功夫与诗无达诂的多维艺术性视角紧密结合，那么心灵鸡汤环节就是把诗意说得通透，又和当下的生活相连。

英诗的课堂，我在教室里品嚼字词，眉飞色舞地讲解基本知识点，孩子们在笔记上奋笔疾书。我将心灵鸡汤娓娓道来时，他们睁大双眼用心聆听，眼神澄澈，因为他们年轻的心灵与诗人的心灵有了交流。深刻和睿智，其实都是在满是光彩的眼里和纯真的心里。我喜欢凝视她们光洁的额头和智慧的双眸，我提醒自己，英诗课堂应该怎样坚守逡巡才能不辜负这样纯澈的眼睛？如何在英诗课堂上承担一语点醒梦中人的重任，点破学生的迷惘，点亮我们那颗向上向善的心？究竟怎样才能做好英诗课的思政教学，寥寥数语便激发真善美的种子，给他们系好人生第一粒扣子？究竟要把孩子们带向什么样的远方？

于是，我们给每一首诗歌定了一个真善美的基调，让课堂充满生命之美、爱情之美和道德之美，用所学诗歌主题传达生活道理。培根说“读诗使人聪慧”，而我们的英诗课程触及心灵，启示未来的人生与选择。所以，诗歌让人独立思考，诗歌使人向善。我们在英歌的世界中徜徉，在英诗旅程中体会身心摇曳的喜乐与满足，共鸣着已有过的感受，感受到那些身边无时不在无处不在但却被我们无视或者习以为常的世俗的感动。教师从学生忽略的生活感悟切入，让平淡的生活点滴与英诗的思想产生共鸣。浅浅地教英诗，教韵律格律，教诗词解析，教主题思想，教我们能感受到的也应该要感受的思想。诗意飞扬的课堂呈现出浓郁的诗情诗性。

从春秋到冬夏，几年来，我不停地阅读、研究、分析、写作，笔耕不辍。有时候灵感喷薄而出，滔滔不绝。有时候，灯静静地照着纸，纸静静地等着笔，笔静静地等着我发力，摸头发，转笔杆，苦思冥想、咬牙切齿，恨不得将图书饱餐一顿，然后输出千军万马的文字。多少次为授课内容和书稿辗转反侧、夜不能寐，试图让每一个教学设计和每一首诗歌的讲解达到最好。写书耗时一年，而真正完成这本书，却依靠十年脚踏实地的教学与积累。

在被手机占据大部分时间、生活节奏飞快的当下，大家很少能有闲情逸致放下手头的事情，以平和的心境去细细品读诗歌，体会诗词中的喜怒哀乐。大三、大四之时，同学们都有些疲乏，有些懈怠，因为生活的重心被考研牢牢占据。学生备战考研极其认真严肃，这是他们人生的第二次高考。他们为了自己的梦想和理想全力以赴，一心只读考研书，两耳不闻窗外事，根本无须家长和教师督促。这样的生活和学习状态往往容易对周围的事物熟视无睹。而高年级才开设的英诗课恰恰为他们繁忙疲惫的考研生活注入了一丝活力，让他们在为考研埋头苦干之余能够抬头看看蓝天白云，适当慢下来，享受生命的从容和宁静，感受美丽温情的校园生活，回味温馨亲情的家庭生活，体会五光十色的社会生活。

教师是课堂教学资源的开发者和研究者，教师的目光必须贴着学生，贴着生活，与生活的诸多空间接轨。学到哪首诗，我们就顺势结合生活谈谈对主题的理解。师生共同分享心灵鸡汤，说自己的故事，说身边亲朋好友的故事，说让同学们感同身受的故事，说的时候温情脉脉，任凭这温情在我们心里沸腾。“为什么感动？”这既是一句发问，也是一句点拨，更重要的它能触及学生内心柔软之所在，引其动情深思。此时让同学们写下内心最真实的感受，此时学生会觉得有什么东西梗着，不写不行。于是，他们拿起了笔。学生在文字的汪洋里与自己的思考感悟相遇，慢慢将之渗透到自己的写作思维中，达到诗与心的交融。让心灵感知与文字表达同步，注意文字的摇曳节奏感、长短句的参差交错、语言的冗余与简洁，使表达的文字有一定的厚度和感染力。

英诗教学的着力角度是培养学生的诗心感受力，教师要火候正好的探寻人性、解读人心，在学生的灵魂深处默默地掀起风暴，而不是简单粗暴地进入诗人的“内心世界”。如此，就给课堂定个温柔的调子，赋予其温情的质地。

在英诗看似“孩子般的语言”里读出“成人的寻找”，让简单的文字接地气，有人情味，我选择了让学生喝鸡汤，讲述老百姓自己的故事，聆听身边的人和事物。英诗课堂传递着一种不可言说的温情，让原本因为备战考研日夜苦读而烦躁不已的心气蓦然就柔软起来。诗歌既有诗意，又有情意。温暖的诗句会让学生有怦然心动的感觉。这样的课，孕育着浓厚的生活烟火，彰显生活中所蕴含的巨大的诗歌价值。这样的课，教着舒心，学着开心。生活，是更广阔的诗歌世界。

有了英诗课，每天有空就想读诗，诵诗，评诗，唱诗，舞诗，译诗。“诗有别趣，非关理也”。闲暇时，自己在手机中选择喜欢的歌曲演唱英诗，用中国舞和拉丁舞的动作诠释和演绎英诗，提神醒脑，怡情惬意，回味无穷，给平淡的生活增添了一点情趣与意趣。每次在自然美景中录课都是有生活仪式感的大事件。为了保证最佳的录制状态，自己前期会反复背讲课稿直至滚瓜烂熟，镜头前的自己笑脸盈盈，谁也看不穿我眉梢眼角的温柔与憔悴。每一个教学环节都有各自的风采，朴素简约的诗歌常识、理性克制的思维训练、浪漫文艺的美育作业。英诗的翻唱、伴舞环节像音乐欣赏课，为诗歌泼墨作画又像美术鉴赏课。中西诗学对比的教学环节能激发学生对中国文学的热爱，实现文学互鉴，更能整合多语种的资源与优势。

优秀的课堂指挥家，温和而智慧，教学成了浸润心灵的行为，课堂成了情感共鸣的磁场，真诚、温情、智慧而有诗歌味。一首英诗能够刻骨铭心，震撼学生的心灵，打动心灵深处的一隅，必定是对真善美的讴歌，是人类精神文明的礼赞。

英诗有朗朗上口的韵律，有跳跃的词汇，朗读时抑扬顿挫，似在音韵中舞蹈，妙趣横生。英诗各家风格不同，有的是触景生情，有的是感物言志，有的是沉思冥想。课堂上，我和同学们一起恭恭敬敬地大声读书，读每个单词，每个标点，读着读着，我们找到了通往英诗幽深处的曲径。对阅读敷衍，就是对教学敷衍。教学是相通的，都是面对学生，面对文字，面对我们需要填补的心灵。

讲授《海外乡愁》时，师生互谈自己的乡愁；讲授《当你老了》时，我们朗读给父母和恩师写的诗；讲授《我如何爱你》时，我们分享身边人的各种爱情故事；讲授《秋颂》时，我们谈论人生理想奋斗的艰辛。每个人都感情丰沛，声情并茂，句句肺腑，字字戳心窝，我们的心灵都受到了强烈的震撼和洗礼，动情之处流下眼泪。这些诗歌音美、形美、意美兼备，而这些身边无时无处不在却总被我们忽视的人生感悟和心灵鸡汤不是单纯地在教授诗歌，而是通过诗歌传达人生真理。我们的分享阅读那么亲民，那么接地气，那么与时俱进。这一首首本应如阳春白雪般的英诗仿佛被施加了魔力，让诗歌的颜值和内涵双双在线，变得耀眼夺目。英诗再也不是那么的晦涩难懂，而是把我们带入了另一个甜蜜的世界，满是生命之美、爱情之美和道德之美。培根说："读诗使人灵秀。"正是，学诗启迪灵魂，让人思考，使人善良，激发真善美的种子。中诗如此，英诗亦然。

15 级、16 级英语专业的学生陪伴着我们课程组在智慧教室全程录制课堂实录教学视频，建立课程网站。录课现场，我们屏息凝视、聚精会神，大气都不敢出，师生全力配合，录制好每一堂课，大家虽然紧张却也乐在其中。

录课可以说是我们生活中的仪式感。录课前我和同学们会一一在卫生间的镜子前“对镜贴花黄”，把自己弄得整洁、大方。每次录课，我表面看起来气定神闲地站在讲台上，目光温和，笑意融融，其实心里是紧张的。学生从头至尾也是紧张的，他们整节课都全神贯注，眼神紧紧跟随着我，每一个问题都及时地给予回应。每一次录课结束，我和同学们都会相视而笑，因为圆满完成了录制任务。

我就像参加教学比赛一样对待每一堂课，参考资料堆成小山，备课资料看到眼冒金星，绞尽脑汁、千方百计用新奇有趣的方式让学生接近诗人、了解诗歌。一首诗就有厚厚一沓手写的讲课台词，满是工工整整、密密麻麻的字迹还有红蓝笔交叉画出的各种思维导图。为了让电子课件从背景、排版到文字都精益求精，手指发麻、颈椎疼痛。师生绞尽脑汁将诗歌教学同音乐、绘画、舞蹈等多种艺术形式相结合，用尽十八般武艺，通过精彩纷呈的课堂传递正能量，让课堂充满了艺术之美和人文之光。

课堂上，我带领着同学们在诗歌的世界中徜徉，在字里行间体会着人与人之间最真挚的感情。我们为勃朗宁夫人早年的经历心疼不已，为勃朗宁夫妇“金风玉露一相逢，便胜却人间无数”的甜蜜爱情欢欣鼓舞，为叶芝穷尽一生爱而不得的凄凉而唏嘘，随克里斯蒂娜的甜美小品诗歌追忆初次相遇的情景。有同学说：“老师呀，您怎么知道这些题材的诗歌是我们这些二十出头的丫头小伙喜欢的呢。”

“授之以鱼不如授之以渔”，为了让学生更好掌握英语诗歌的学习技巧，我放手让学生讲诗。诗人生平、韵律格律、诗词讲解、主题升华、课件制作，全班总动员，分组完成各个环节。“台上十分钟，台下十年功”，只有设身处地去做，亲身去体验，才知道备课的艰辛。我邀请 15 英语陈瑞和陆晓敏同学负责制作制作《夜会》和《海浪喧哗》的创作背景微课，事后采访他备课是否辛苦，他说：“痛苦不堪。在文稿写作期间，我先是毫无头绪，在老师的耐心指导下，几番查找资料，硬着头皮吭哧吭哧勉强写好，前前后后改了七八遍文稿才终于成型。我一旦决心去做，绝不能马虎敷衍。音频部分，由于自身声线不符，无法表现出预期中的感觉和效果，我邀请语音纯正洋气的周游和陆晓敏同学合作完成。视频制作的过程让我这个技术盲焦头烂额，苦苦摸索良久，几番波折才终于成型。当我的微课作品在课堂上播放给大家欣赏和学习的时候，我的内心洋溢着深深的自豪感。这无疑给了我一种自信，只要愿意学，就没有什么可以难倒我的。至此，我们才深刻了解到每一节课、每一个课件、每一个短视频、每一段音频都饱含着泪水。”

2021 年，18 英语和 18 商务英语的英诗课程采取网上授课的方式。为了有效避免网络滞后和卡顿现象，我课前用 EV 录屏软件把每一首英诗的每一个知识点都录制成小视频。播放视频时，在关键处随时暂停，请学生在弹幕上回答。如果有难以理解的细节，课下可以到课程的省级和校级网络教学平台反复观看教学实录视频。实践证明，上网课，师生也可以高度集中、密切配合。16级、17级、18级英语专业的学生以及20和21级辅修英语的学生和我一起建设课程时，为课程网站贡献了很多高质量的学生采风视频、采访视频和美育作业。

每次看课程的宣传片，我都会被学生那蓬勃的朝气和迎面而来的书卷气感动。看着可爱的学生，我想起自己的葱茏岁月。昨日，芳华正茂，而今日，十几年的高校教龄一晃而逝。可是英诗课上，我仿佛和同学们年龄相仿。我和女生们说："学习英诗，性情中人的我们就更加可爱俏皮，成了活到一百岁都少女心爆棚的小仙女。"每节课，我都要和同学们一起感动一起嗨、一起大喊"爱生活、爱诗歌"。上课时经常幽学生一默，逗大家开怀，要么大肆煽情，让男生都忍不住流几滴清泪，让女生泣不成声，以至于同学们评价英诗课"好笑又好哭，我的眼泪在英诗课上不值钱"。我们一起在一首首英诗中探索生命的价值，感受生命的美好。也许在诗歌面前，我们就得有一颗年轻的心。

读英诗的乐趣，应该体现为一种伴随终生的幸福。在我们课堂，经常能看到同学们眼眸深处的光辉——那是一种天真的目光。那一刻，没有课业成绩带来的压力，也没有疯狂刷题的辛苦，甚至也没有了师生之别，只有对知识更广博、生命更丰盛、灵魂更有趣的纯粹渴望。

每学期最后一次课难免有些不舍和伤感。叶夕同学把我们学院摄影大师沈家平老师拍的校园四季之景的照片和安徽农业大学毕业生原创的歌曲《这里是安农大》放在一起做了一个视频，中间穿插了师生录制英诗课的各种花絮，比如我们一起在图书馆门前背诗，三位同时穿着深驼色大衣的女生站在一起说台词，我和个别同学交流感想。这段视频播放的时候，教室里特别安静，同学们都情不自禁地跟着哼唱："这里有我可爱的人，这里有我敬爱的人。"不知不觉我们都红了眼眶。视频播放结束时，我们都久久没有说话，只是安静地看着屏幕上的字"记得常回来看看母校，老师想你们"。师生都静默着，哽咽着，有时候不说话，就是最好的心与心的交流。"老师啊，视频结束的时候，心中隐隐有些失落，原谅我没出息地哭了。哦，原来自己已经大四了，我们不久就会离开学校了，离开这个待了四年的校园，离开这群可爱的小伙伴和可爱可敬的老师。我们的相处时光可能就该告一段落了，可是录课的紧张与甜蜜，英诗课程带给我的感动和成长注定是我人生中最美好的回忆之一。我记得那些丰富有趣的知识，记得我们炽热的师生情，记得我们在课堂上为诗歌翻唱的歌，那旋律到现在还在我的脑海中徘徊。英歌课带给我的感动和对生活的热爱会让我信心满满地不断前行。"

“英诗课程，趣味繁多。好看的 PPT，好听的歌，充满人文情怀的诗。抑扬顿挫的语调，眉飞色舞的神态，调皮可爱的语言。同学们自己做的小视频很是精彩，看着自己的劳动成果，就是在品尝自制的饕餮大餐。”

“有时候视频作业会弄好久，反反复复地拍摄、剪辑，但在课堂上看到自己的成果，那感觉，特带劲。”

“老师，我真的要感谢这门课。期末考试后不久的教师资格证的面试中，我的考题为：设计一堂分析华兹华斯的《我孤独地漫步，像一朵云》的课。我欣喜若狂，扎扎实实学了一学期的英诗课，我太擅长分析英诗了。我洋洋洒洒地侃侃而谈，评委频频微笑点头。真是让人意想不到，那些你一开始认为学了也没有用武之地的知识，真的有一天变成了你的考题。”

“老师，考研成功了，我第一个把喜讯告诉您，我以后也要继续研究英诗。我想我是真的爱上了诗歌，更爱上了生活。”

一节节英诗课就像是一趟趟爱与美的旅程，学浪漫的英诗，听温柔的音乐，想动人的故事，让生活中的一切变得风和日丽，春和景明。英诗将这些美好的景象和情感从文字中带给现实中的我们，不正是在架起诗歌与生活的桥梁，不正是在践行和秉持“爱生活，爱诗歌”这一宗旨吗？在学习和欣赏英诗的同时发现生活的美好，怀着一颗滚烫的心去热爱这个世界，带着爱去读诗，去生活，以此抵挡岁月沧桑和时光流逝。英诗课是一个五彩斑斓的万花筒，用心体会，你会看到人生路上更多的美景。

美国诗人弗罗斯特说：“诗歌始于乐趣，终于智慧。”英诗课，我们不负遇见，一切都很值得。生活明朗，万物美好，因为与英诗的邂逅，我们越来越爱生活。我和同学们有一个理想，就是把每一节英诗课上好，学生喜欢，自己热爱，未来的日子里，我们还会一起好好努力。

郎琴芳
2022 年 4 月 27 日于安徽农业大学

参考文献

Reference

Ashton, R. *Taylor Coleridge: A Critical Biography* [C]. London: Blackwell, 1996.

Barnes, E.M. *Myths and Legends of Ancient Greece and Rome* [M]. Create Space Independent Publishing Platform, 2011.

Bourdieu, P. *Handbook of Theory and Research for the Sociology of Education* [C]. New York: Greenwood Press, 1986.

Coleridge,T. *Biographia Litereraria* [M]. Oxford: Oxford University Press, 1907.

Coleridge, T. *Letters of Samuel Taylor Coleridge* [M]. Oxford: Oxford University Press, 1957.

Drabble, M. *The Oxford Companion to English Literature* [M]. Oxford: Oxford University Press, 1985.

Lefevere, A. *The Translatability of Cultures*[C]. Suttgart: Metzler, 1999.

Vygotsky, L. *The Collected Works of L. S Vygotsky(Vol 1): Problems of General Psychological* [C]. In R. W. Reiber & A. S. Carton(eds). New York: New York Plrnum Press, 1987.

Wordsworth, W., and Wordsworth, D. *The Letters of William and Dorothy Wordsworth* [M]. Oxford: The Clarendon press, 1937.

拜伦著，王佐良译 . 唐璜 [M]. 北京：人民文学出版社，1980.

常耀信 . 英国文学大花园 [M]. 武汉：湖北教育出版社，2007.

陈奇佳 . 尼采的形而上学批判问题 [M]. 北京：人民出版社，2010.

戴炜栋，刘春燕 . 学习理论的新发展与外语教学模式的嬗变 [J]. 外国语，

2004(4)：10-17.

恩格斯 . 马克思恩格斯选集第三卷 [C]. 北京：人民出版社，1995.

傅修延 . 济慈书信集 [M]. 北京：东方出版社，2012.

方平 . 白朗宁夫人爱情诗十四行诗集 [M]. 上海：上海译文出版社，1997.

哈罗德・布鲁姆著 . 吴琼译 . 批评、正典结构与预言 [M]. 北京：中国社会科学出版社，2000.

鹤见祐辅著，陈秋凡译 . 明月中天拜伦传 [M]. 长沙：湖南文艺出版社，1995.

弗雷德里克・佩吉 . 约翰・济慈书信集 [C]. 牛津出版社，1954.

弗里德里希・施勒格尔著，李伯杰译 . 浪漫派风格——施勒格尔批评文集 [C]. 北京：华夏出版社，2005.

辜正坤 . 中西式比较鉴赏与翻译理论 [M]. 北京：清华大学出版社，2004.

侯维瑞 . 英国文学通史 [M]. 上海：上海外语教育出版社，2002

黄源深，周立人 . 外国文学欣赏与批评 [M]. 上海：上海外语教育出版社，2004.

黄宗英 . 英美诗歌名篇选读 [M]. 北京，高等教育出版社，2014.11.

胡家峦 . 英国名诗详注 [M]. 北京：外语教学与研究出版社，2003.

胡经之 . 西方文艺理论名著教程 [M]. 北京：北京大学出版社，1988.

江家骏 . 外国抒情诗名作欣赏 [M]. 四川：四川人民出版社，1983.

姜琳，陈锦 . 读后续写对英语写作外语准确性、复杂性和流利性发展、影响 [J]. 现代外语，2015（3）：366-375.

教育部高等学校外国语言文学类专业教学指导委员会、英语专业教学指导分委员会 . 普通高等学校本科外国语言文学类专业教学指南（上）——英语类教学指南 [M]. 上海：上海外语教育出版社，2020.

劳・坡林著，殷宝书编译 . 怎样欣赏英美诗歌 [M]. 北京：北京大学出版社，1985.

理查德・霍姆斯著，彭淮栋译 . 柯立芝 [M]. 台北：联经出版事业公司，1983.

李锦盛 . 中国画山水 [M]. 合肥：安徽美术出版社，2002.

李卫华 . 价值评判与文本细读：“新批评”之文学批评理论研究 [M]. 北京：中国社会科学出版社，2006.

约翰・格里菲斯佩・德利著，李冰清译 . 希腊艺术与考古学 [M]. 桂林：广西师范大学出版社，2005.

莎士比亚等著，李启云译 . 英诗赏读与美感再植 [M]. 北京：人民出版社，2007.

乔纳森·卡勒著，李平译 . 文学理论入门 [M]. 南京：译林出版社，2013.1.

廖七一 . 当代西方翻译理论探索 [M]. 南京：译林出版社，2000.

刘炳善著 . 英国文学简史 [M]. 河南人民出版社，2007.

威尔肯斯，帕杰特著，刘平译 . 基督教与西方思想（卷二）[C]. 北京：北京大学出版社，2005.

刘连青 . 希腊罗马神话故事 [M]. 成都：四川文艺出版社，2002.

刘守兰 . 英美名诗解读 [M]. 上海：上海外语教育出版社，2003.

刘小枫选编，林克译，卡尔·巴特著 . 论诺瓦利斯 [M]. 香港：香港道风书社、汉语基督文化研究所，2003.

刘意青 . 英国 18 世纪文学史 [M]. 北京：外语教学与研究出版社，2006.

刘文荣 . 英美诗歌名篇研读 [M]. 上海：上海教育出版社，2011.

龙协涛 . 文学阅读学 [M]. 北京：北京大学出版社，2004.

隆荫培 . 关于舞剧、舞蹈诗的两则思考 [J]. 舞蹈，1999(5).

逯阳 . 英美诗歌名篇赏析 [M]. 大连：大连理工大学出版社，2013.

罗德·霍特，文特·霍珀著，房炜等译 . 欧洲文学背景 [M]. 北京：人民文学出版社，1992.

吕梁等译，以赛亚·伯林著 . 浪漫主义的根源 [M]. 南京：译林出版社，2008.

罗良功 . 英诗概论 [M]. 武汉：武汉大学出版社，2005.

马新国 . 西方文论史 [M]. 北京：高等教育出版社，2002.

马克思 . 马克思恩格斯选集第二卷：政治经济学批判导言 [C]. 北京：人民出版社，1995.

孟昭毅，曾艳兵 . 外国文化史 [M]. 北京：北京大学出版社，2008.

孟庆楠，郑君 . 基于“课程思政”的高校课程转化：价值、目标与路径 [J]. 北华大学学报 (社会科学版)，2018，19(03)：139-14.

米家路 . 城市、乡村与西方田园诗：对一种文类现象语境的“考占学”描述 [J]. 四川外语学院学报，1992(1).

H.R. 寄亚科诺娃著，聂锦坡，海龙河译 . 英国浪漫主义文学 [M]. 沈阳：辽宁大学出版社，1990.

倪卫国，刘小枫 . 尼采在西方 [M]. 上海：上海三联书店，2002.

帕斯著，董继平译 . 批评的激情 [M]. 黑龙江：北方文艺出版社，1999.

彭吉象 . 艺术学概论 [M]. 北京：北京大学出版社，2006.

钱冠连 . 语言：人类最后的家园 [M]. 北京：商务印书馆，1996.

钱钟书，舒展 . 钱钟书论学文选（第六卷）[C]. 广州：花城出版社，1990.

秦秀白 . 英语语体和文体要略 [M]. 上海：上海外语教育出版社，2002.

裘禾敏 . 典籍音译与东方情调翻译倾向 [J]. 西安外国语大学学报，2019（1）：87-90.

索恩博罗等 . 语言模式：文体学入门 [M]. 北京：外语教学与研究出版社，2000.

斯威布 . 古希腊的神话与传说 [M]. 北京：燕山出版社，2001.

屠岸 . 英国历代诗歌选 [M]. 南京：译林出版社，2006.

屠岸 . 济慈诗选 [M]. 北京：人民文学出版社，1997.

瓦肯罗德著，谷裕译 . 一个热爱艺术的修士的内心倾诉 [M]. 北京：生活 · 读书 · 新知三联书店，2002.

王承露 . 英诗汉译的体裁选择 [J]. 中南民族大学学报，2002(5)：91-93.

王军 . 诗与思的激情对话——论奥克塔维奥 . 帕斯的诗歌 [M]. 北京：北京大学出版社，2004.

王克芬 . 中国舞蹈发展史 [M]. 上海：上海人民出版社，2004.

王佐良 . 英国浪漫主义诗歌史 [M]. 北京：人民文学出版社，1991.

王佐良，丁往道 . 英语文体学引论 [M]. 北京：外语教学与研究出版社，1987.

王佐良主编，金立群注释 . 英国诗选注释本 [M]. 上海：上海译文出版社，2003.

王以欣 . 理性、人性和美——希腊神话拟人特征剖析 [J]. 南开学报（哲学社会科学版），2003(5)：38.

汪流 . 艺术特征论 [M]. 北京：文化艺术出版社，1986.

王磊 . 希腊罗马神话欣赏 . 上海：上海外语教育出版社，2008.

魏家海 . 希腊神话典故与英美文化 [J]. 北京：北京第二外国语学院学报，2000(2)：24.

吴笛 . 世界名诗欣赏 [M]. 杭州：浙江大学出版社，2008.

伍蠡甫，翁义钦 . 欧洲文学简史 [M]. 北京：人民文学出版社，2004.

徐葆耕 . 西方文学——心灵的历史 [M]. 北京：清华大学出版社，2002.

勃兰兑斯著，徐式谷等译 . 十九世纪文学主流（第四分册）[C]. 北京：人民文学出版社，1997.

杨德豫 . 拜伦抒情诗七十首 [M]. 长沙：湖南人民出版社，1981.

杨江柱，胡正学 . 西方浪漫主义文学史 [M]. 武汉：武汉出版社，1989.

杨金才 . 新时代外语教育课程思政建设的几点思考 [J]. 外语教学，2020(6)：11-14.

杨金才 . 英美诗歌：作业与评论 [M]. 上海：上海外语教育出版社，2013.

叶秀山 . 前苏格拉底哲学研究 [M]. 北京：人民出版社，1998.

于平 . 诗歌意象与戏剧行动——舞蹈诗与舞剧的形态学研究 [J]，北京舞蹈学院学报，1998(2)：13-16.

袁行霈 . 中国诗学通论 [M]. 合肥：安徽教育出版社，1994.

雷内・韦勒克著，张金言译 . 批评的概念 [M]. 北京：中国美术学院出版社，1999.

张旭春 . 政治的审美化与审美的政治化 [M]. 北京：人民出版社，2004.

张保红 . 中外诗人共灵犀：英美诗歌比读与翻译研究 [M]. 上海：上海外语教育出版社，2012.

张剑，赵冬，王文丽 . 英美诗歌选读 [M]. 北京：外语教学与研究出版社，2008.

周新华 . 声乐基础教程 [M]. 长沙：湖南文艺出版社，2002.

黑格尔著，朱光潜译 . 美学 (二) [C]. 北京：商务印书馆，1981.

朱徽 . 中英诗艺比较研究 [M]. 成都：四川大学出版社，2010.

宗白华 . 美学散步 [M]. 上海：上海人民出版社，1981.

赵林 . 古希腊文明的光芒 [M]. 北京：人民邮电出版社，2020.

附录一 课程心灵鸡汤

1.《海外乡愁》心灵鸡汤——大美乡思

图 6.1 学生互谈自己的乡愁

图 6.2 教师分享自己的乡愁

图 6.3 杨进老师谈乡愁

图 6.4 王玉明教授谈乡愁

乡愁人叹不知因，幼时夜观满天星。少壮离家夜归时，一轮寒月照孤影。漂泊在外的孩子总想着功成名就、衣锦还乡，殊不知待你归乡之时，还有一句“客从何处来”。落叶归根处是乡，落叶归根处有愁。人到中年就越来越能理解“归乡”于人的存在感。人离乡越远，乡愁也随着人的行程绵绵不断，就像那迢迢不断的溪水一样，横亘在游子心中。“还乡须断肠”，痛煞人心，情真意切。“乡音无改鬓毛衰”，这乡音，就是故乡的胎记。当年离开还是“玄鬓影”，如今回来已是“白头吟”。无论你走多久，走多远，不还乡，灵魂都是无依无靠地漂泊。何处积乡愁，天涯聚乱流。

百年祖宅，永沐党辉

这里是我的家乡，安徽省铜陵市郊区大通镇金华村郎村，安徽省首批社会主义新农村“美好乡村”试点。这里有着我童年最美好的记忆，也有着我对于共产党员最原初和最永恒的认识。

我的家乡郎村，全村人都姓“郎”，家家户户都有八九十岁的老人，也不知是水土养人，还是老人们早姜晚蒜的饮食习惯，老人们都没有老年斑，也少有高血压、糖尿病，所以郎村也叫“长寿村”“美容村”。村口的古井水冬暖夏凉，浣洗水塘清澈见底。村里最著名的景点是嘉庆年间的徽派建筑，旁边有门楼、祠堂、牌坊、青石板路、一人巷。近年来旅游人数不断攀升，正应了十九大报告中的“绿水青山就是金山银山”。

我们家的百年老房子位于村子正中央，是郎村的第二大景点——郎氏祖宅。祖屋占地四百多平方，前有晒谷场，左边是竹林和果园。祖屋里面是木质结构，外面是砖墙结构，每块砖上都有个手印，其实就是当时合格品的商标，就是这些神秘手印让祖屋一夜成名。《合肥晚报》的记者于 2012 年 6 月 7 日采访并刊登了一篇《民间惊现神秘手印古宅》的新闻稿，安徽电视台在次日的《第一时间》栏目报到后，采访者就络绎不绝了。地方电视台有事没事就去郎村采访我爷爷奶奶的生活。爷爷镜头感十足，每次第一句话都是：“共产党的政策好啊，我们的日子越过越红火啊。”

2016 年 12 月 24 日，我成为了预备党员，院党委领导问我：“你为什么想入党？”我至今记得自己的回答，当时感动了在座的好多入党积极分子。

我想入党，因为我爷爷和我爸爸都是老党员。爷爷是退休老干部，老中医，善良、勤劳、朴实，倍受村民的信赖和尊敬。爷爷家兄弟三人，他排行

古韵郎村

2017-05-24 过仕宁 忠实记录

老二，因为幼年家境贫寒，只有大哥跟着亲生父母生活，他和弟弟都被过继给了其他人家。我上幼儿园前一直由爷爷奶奶带着，从小就耳濡目染他们对“太太”（太奶奶）的种种孝顺。太太八十岁时摔断了腿，考虑到年龄大了，不能轻易动手术，就一直卧床。吃饭时，奶奶总是先把太太的饭菜端过去，刚摘下的水果也先给太太尝尝鲜。天气好的时候，爷爷就把太太抱到门口晒晒太阳，我就围着太太玩。直到成家了，我们孙辈的才知道这一段“过继”的历史，然而在我们心中，太太、太公就是我们的亲人。这种情感根深蒂固地如基因般地存在着，应该是与爷爷奶奶言传身教如何孝敬长辈分不开的。

爷爷在铜陵的董店供销社当厂长，有一年连续几天总发现一个小女孩在门口坐着，神情黯然、眼泪汪汪，爷爷上去询问才知道，女孩父母和亲人都不在了。爷爷看着心疼，之后每天上班都给女孩带上一天的干粮，尽管那时爷爷奶奶已经有五个孩子了，经济条件也不好。一个月后，女孩说：“伯伯，您收我做养女吧。”女孩就这样成了我的大姑。大姑来后，承担起大姐的职责，照顾弟妹，和他们一起读书。而今大姑的孙子，也就是我的侄子，都要结婚了。他就小我几岁。

爷爷的“老中医”称号是父老乡亲们封的。太公对中草药颇有研究，便教给爷爷一些行医之道。古道热肠的爷爷长大后，本着救死扶伤的精神，只看病，从不收费。小时候家里经常会有村民来看疑难杂症，爷爷先把脉、看眼睛和舌头，然后用一些自己种的中草药教他们如何吃。遇到病情重的，就说一句话："看不好，去市里的医院。"不出一个星期，总会有看好病的老乡们拎着一篮子蔬菜水果和糕点来感谢爷爷，若是有烟酒和红包，爷爷便怒斥他们带走。老乡们过年时总还会来拜年，几十年了，一到正月爷爷家就热闹非凡。

爷爷是村里龙狮队的队长，也是村里各项工作的领头羊。为了好开展工作，村长总是先来我家和爷爷说政策。爷爷的弟弟参加了抗美援朝战争，复员后在安徽省技工学院当校长和党委书记。每年清明回来祭祖时，几大家子的人都欢聚一堂，长辈们高谈阔论，小辈们嬉戏玩耍。在爷爷和小爷爷的鼓励下，我的爸爸于 1991 年入了党，由于工作认真负责，1993 年被评为"铜陵市劳模"。1998 年铜陵市遭遇了百年罕见的洪水，郊区市区险情不断。爸爸也主动要求去抗洪抢险。当时市政府提出"和灾区人民心连心"，号召未受灾的村子收留受灾村民。爷爷主动报名，邀请了两位老人带着孩子来老屋住了两个星期。等到洪水退去，家里人来接时，老人们老泪纵横，双手紧紧握住爷爷奶奶的手，泣不成声。十年后，那个孩子考上了大学，还特地回郎村拜访我的爷爷奶奶，以表感恩之情。

罗伯特·勃朗宁的《海外乡愁》陪伴着我多次参赛，而每一次比赛或者上课我都会真情流露。前半场我以浪漫唯美的教学方法诠释这首诗，后半场我满含着热泪谈及自己的乡愁，把评委们和同学们感动得潸然泪下。

每一次我谈及我对家乡的思念和对爷爷奶奶的怀念，学生们都深受启发。"同学们，我像你们这么大的时候啊，完全没有乡愁，回老家只是完成任务似的看看爷爷奶奶。等到硕士毕业了，还一度怕回老家，因为没有读大学的兄弟姐妹们都早早结婚生子。一回去，就被催着问个人问题，着实尴尬。直到成家了，逢年过节和父母老公一起风尘仆仆赶回老家，看到亲人们亲切的笑脸时才懂得乡愁的甜蜜。"

回老家，就是和爷爷坐在一个火筒里，吃奶奶用大锅烧饭才独有的劲道锅巴，吃奶奶用莲蓬卤的元宝鸡蛋，配上奶奶做的老姜豆豉腌大蒜。这就是家乡的味道。爷爷准备了一大堆土特产，花生、黄豆、芝麻、梅干菜、山芋、老母鸡、鸭子，满满几大手提袋。我兴高采烈地全都要："爷爷，这可是纯天然无污染的，你种的东西都是好东西，我都爱吃。""好嘛好嘛，以后爷爷多种点。"

我特别爱我的爷爷，作为一个老党员，他教给我的做人道理让我受益终身。是爷爷让我的童年变成五彩缤纷的童话，是爷爷的爱伴着幼年的我愉快地成长。

爷爷家的果园里，杏子、柿子、枣子、桃子、花红（小苹果）争相吐蕊、繁花满天，到了成熟的季节便硕果累累。我的小叔身手矫健，总是爬树给我摘水果。杏子树是个例外，长得太高，根本摘不到。不用着急，风儿会把果儿们吹下来，小姑拿着旧床单在果树下铺好，一个上午会接不少果子。我就迫不及待地坐在床单上吃，偶尔还会被掉下的杏子砸到背上，每当我"啊哟"叫的时候，爷爷便赶紧把我抱起来。

春天，爷爷便带我到山间看潺潺的流水，采漫山遍野的映山红。那时所认得的许多植物，至今我还没全忘。夏日，爷爷带着我在小溪中戏水、捉虾子，山谷中时时回荡起我和爷爷的笑声。秋天，爷爷的自留地里，花生落了，葵花籽熟了，我会提着个小篮子佯称"帮"爷爷秋收，然后"理所当然"地享受"劳动的硕果"。乡下的雪天是一片银白的世界，爷爷带着我堆雪人，去冰冻着的河边钓鱼：敲开一块冰，放入鱼饵，小半天便可满载而归。

爷爷在田间劳作回来，总会带点小"玩具"，比如拿根草绳把稻田边的大龙虾系起来，让我没事像遛狗一样遛龙虾。别人家小孩有鸡毛毽子踢，我急着找爷爷要，爷爷抓起大公鸡的尾巴就活拔，我兴奋得和公鸡一起尖叫。隆冬时节，爷爷会挖很多荸荠洗干净带回来，爷爷看我吃得香，总会慈祥地笑，用冻得通红的凉冰冰的手摸摸我："可好吃？"过年时，爷爷家特别喜庆。鱼塘高产，鱼儿在网里活蹦乱跳，我在爷爷的身边手舞足蹈。晒谷场变成了杀猪的战场，听着猪的嚎叫，我躲在爷爷身后也嗷嗷地叫，想看又不敢看。

凉风习习的夏夜，我躺在爷爷身边，指着天上的小星星问："爷爷，你说，这颗小星星为什么那么亮啊？""因为这颗小星星就是爷爷心中的小芳芳呀！"爷爷微笑着说。"爷爷逗我的。我是人，不是星星。星星那儿是没有氧气的。妈妈说，人没了氧气就活不了，你也是！"我执拗地说。"爷爷可以不要氧气，爷爷只要我的小芳芳。"

光阴似箭，转眼间就到了上幼儿园的年龄。记得刚上幼儿园时，我一口乡下话，和老师同学们沟通相当困难，我没事就总是趴在铁门那里等着爸妈接我回家。有一天正趴着黯然神伤时，看见爷爷和小姑来了，爷孙俩隔着铁栅栏哭得那个稀里哗啦哟，把老师可吓坏了，我紧紧地搂着爷爷，说什么也不放开。我清楚地记得，爷爷的泪水滴在我的脸上，我舔了舔，是咸的……小姑拿出奶奶做的包子哄我，我这才停住抽泣，开始啃包子。待到我完全适应了幼儿园生活，回到老家，在大桌子上用清楚流利的普通话背着儿歌的时候，爷爷奶奶笑得真开心："诺诺诺，出息得很。"

上学以后，爷爷每周都会挑着一大筐蔬菜水果送来，每次到我家里那栋楼便喊着："芳芳，爷爷来了。"整栋楼都在颤抖，因为所有的小伙伴都跟着喊："芳芳，爷爷来了。"每逢节假日，我便欢天喜地跟着爷爷回老家。

爷爷一辈子大嗓门，最后一次和我通电话却那么有气无力："芳芳，你要好好的。"爷爷离开人世的时候，我怀孕 7 个月，作为大龄产妇，家里所有亲戚都担心我，都不让我回老家参加爷爷的葬礼。这是我一生的痛。而今，我每次回老家，都要去爷爷的墓前："爹爹，我带宝宝来给您磕头了。望您一切都好。想您！"

"同学们，乡愁是什么啊？是和亲朋好友聚个会、吃个大餐。是摘一束映山红，给老祖宗多叩几个头。乡愁是尝尝奶奶做的糖醋生姜，乡愁就是让孩子和老太亲亲抱抱。乡愁就是绿叶对根的情谊。是寻根之旅、是生命的延续。"

同学们，你们有多久没有回老家了？故乡的山水花草、风土人情是否让你魂牵梦萦？我们真的那么忙吗？说过了多少次"再等等吧""下次吧"。一年那么多天，真的不能多回几次老家吗？大美乡思，乡思最美。学完了这首诗歌，你的乡思之情是否挥之不去、拂之还来？我看到很多同学都流下了眼泪，你们一定想起了自己的故乡，亲人们都还好吗？多年之后，你们可能记不住这些诗句，但一定会记住我们共同的感动，记住我们在课堂中共同营造的家国情怀。希望以后我们一起爱上诗歌，爱上生活。

2017 年 11 月 4 日，我的奶奶突然辞世，离她九十大寿还有两个月。那种痛，深入我们每一个小辈的骨髓。从此以后，我们连个落脚点都没有了，再也看不到奶奶踮着小脚端一大碗元宝鸡蛋和大锅烧的锅巴给我们品尝。恐怕家乡自此再无春秋冬夏，只余清明。我噙着热泪的双眼抚摸老屋的每一个角落，仿佛看见年幼的我还在穿梭奔跑。回首当年，宛如隔世。春不播，秋不收，乡愁在发酵。悠长的田埂小道前，谁家慈母又升起袅袅炊烟；草长莺飞的二月天里，哪位放牛郎婉转低吟。穿过记忆的长廊，一颗思乡的种子，在荒凉的心田，滋生一片盈盈的绿意。我亲爱的爷爷，端坐着竹凳在门槛前，等候我回家的消息；奶奶做的糯米粑粑里塞满的不是青菜，是久违的温柔与慈祥。我热爱那一片热土，那一泓古井，那如画的老屋，我想念那鸟语花香里金灿灿的油菜花的芬芳，那稻穗饱满时爷爷脸上喜悦的皱纹。记忆入怀，岁月有情。最浓不过思乡酒，最美不过故乡月。今日我举茶回望，翼南风送往，愿家乡十里安康。

办理奶奶丧事的时候正值十九大刚结束，省政府正在郎村建设美好乡村。中央美院的画师在村里靠近马路的围墙上画了各式各样的风景画，村口的绿化带中央建起了社区广场。郎村古井和浣洗塘作为景区也被包围起来。市政府在村长的要求下，特意在百年祖屋旁的竹林边装了太阳能反射灯，我们的百年老宅就这样在十九大的光辉中静静地伫立着。

深夜的灯下，惊觉花未眠，一座老宅陪伴着党的政策在青山绿水中吐露芳华。此间的岁月，尽是老百姓对明天无穷无尽的憧憬，尽是父老乡亲为未来孜孜不倦的努力，尽是村民们青春无声绽放后最美的瞬间。花未眠，是那美好生活的种子在村里发芽；花未眠，这是属于我的童年，我的老家。她的绿意、诗意、情意，令我心醉。老家的岁月是我一辈子的美好回忆，永不褪色。我愿这一段回忆，永存心间，时光荏苒，爱你依然。

大美安农（春）

三月中旬的海棠季，校园的“颜值”巅峰期。每次看到校园里蔚为壮观的一大片大一片垂丝海棠，就被那满眼的粉花深深吸引。如果能在这美景中背诵英诗并拍摄下来，该有多美。于是，说做就做，我在课下带领同学们开展了为期一周的海棠采风课——师生一起在海棠之景中用英语吟诵多篇春天的诗歌。采风视频一经推出，便大受欢迎，让大家耳目一新，精神一振。

满屏的粉花和朝气蓬勃的面庞交相辉映，镜头里的一切是那么清新脱俗。齐声的背诵让场景壮观大气。这是大自然送给我们的礼物，叫人不负春光。

最爱勤学楼和勤政楼前的垂丝海棠。昨日还是满树的花苞，一日后便欣欣然张开了眼，变得明媚动人。

初绽时的花蕾像一个个身着粉色蕾丝裙的小仙女，再隔几日，海棠佳人们便已然开至最绚烂，蜜蜂也纷纷来赏景，嗡嗡声不绝于耳。我和叶夕同学到此取景，刚要开口背诗，便被一只只黑色大蜜蜂吓得抱头鼠窜、仓皇而逃，边喊着“救命啊”边哈哈大笑。

“九重春色醉海棠”，让在海棠树下背诵英诗的学生们耳目一新。我们沐浴在如烟似海的飞花中，也沐浴在诗词的光辉里。

为了拍摄采风视频，我们每天都在过“三月三”。读诗赏花并作一处，共赏花开，同享生趣。拍摄时，我们在香风习习中唱英诗，和着歌曲起舞，“歌舞宴集”，“矫手顿足，悦豫且康”，“于花里听笙歌”。同学们各司其职、各展技艺，“鳞潜羽翔”“布射僚丸，嵇康阮潇。恬笔伦纸，钧巧任钓”。

摄入镜头的不仅仅是我们，校园里不起眼的小花小草也都翩然入镜。还有路过的牵手的老人，蹒跚学步的幼儿，不知名的阿猫阿狗，捉迷藏的鸟儿，不停转圈溜达、缠着你想与你唠唠家常的蜜蜂。在花下录课时总是会出现摇头晃脑、左躲右闪避免被蜜蜂袭击的滑稽花絮，你越是拿手驱赶它们，它们就愈发爱凑热闹，要求出个镜。你若不依，它们便越发起劲，仿佛觉得自己才是地主，要袭击你。为避开蜜蜂，我们只好绕道拍摄。只有那乖巧温顺的校园小猫任人逗引，百般配合。

待春意阑珊之时，我们更体会到韶光之宝贵。海棠得知春要归去，也飘下点点花瓣送春。“夜来风雨匆匆，故园定是花无几”，“夜来风雨声，花落知多少”“东风又作无情计，艳粉娇红吹满地”。我们感叹好时光转瞬即逝，要珍惜时光努力学习。“犬守夜，鸡司晨。苟不学，曷为人。蚕吐丝，蜂酿蜜。人不学，不如物”“尺璧非宝，寸阴是竞”“笃初诚美，慎终宜令”。

时光荏苒，十年、二十年之后，昔日青春今在否？当我们再回首，那海棠树下的浪漫记忆是会变得朦朦胧胧，还是依然清晰？未来的岁月中，恐怕你们一看到满树嫣红的海棠，就会想背英诗，那水灵鲜活的岁月仿佛又回到眼前。

2.《秋颂》心灵鸡汤——秋日寄语

秋日虽是凋零的季节，但也是丰收的季节，象征着我们前期努力付出的汗水，最终都会得到回报。我们要为挑战做好准备。那么同学们都为考研和毕业做好哪些准备了？接下来，笔者撰写了一系列的反映大学生活日常的散文，这些习作以第一人称视角全方位多角度，生动活泼地描述大学生最关心的问题，比如“大学”是指“大量地学”，还是“大家一起学”，还是“很大的学校”？大学是高中时支持你苦读三年的动力吗？大学教育的意义是什么？大学是工作前帮助你获取知识和技能的地方还是对未来事业的投资？大学是否承担着文化传承、形成强大的社会批判体系的职责？大学为何要学习历史和文学？大学于你意味着什么？如何让大学生活变得有意义？这些心灵鸡汤既诙谐幽默地吐露了学生的心声，又启迪了他们的思维，振奋他们的精神，为他们的人生和未来指明了努力的方向，真正做到了英诗课程思政教学的意义——为学生系好人生的第一粒扣子。

我亲爱的大学

很多同学曾经以为，大学就是很大的学校。果然，初次到校，突然发现自己是路痴一个，根本分不清东西南北，和父母一起拎着、拖着大箱小包的行李，从学院报名处走到寝室，像刘姥姥进大观园。

大学到处绿树如荫，高龄大树比比皆是，仿佛原始森林。你会瞬间爱上这个被称为“氧吧”的宝地，爱上这里不知名的古树，爱上古色古香的正大门，爱上一幢幢被岁月刻上痕迹的教学楼。

刚进入大学就是新生军训，太阳热情如火、毒辣无比。在烈日炎炎、炙热如火的操场上沐浴太阳的“恩泽”，汗水直直地往下流，啪嗒啪嗒地滴落。

教官完全不善解人意，用沙哑的嗓音把同学们训得服服帖帖。一天下来，黑得像刚从炭洞出来一样，惨不忍睹，大笑只见牙齿，看着镜子里的“黑牡丹”，自己都觉得眼前一黑。如果天降大雨，全体变成“落汤鸡”，心花怒放准备撤退，孰料瞬间雨过天晴。

终于，挥洒的汗水结出了美丽的果实。军歌嘹亮，正步变得有模有样。即便没有成为一名真正的军人，但至少有了军人的样子。军训，痛并快乐着，让同学们学会了坚持、勤勉与严谨。

军训后，无数次憧憬的大学生活终于开始了。大学是不是每天课很少？没有作业？老师从不拖堂？每天睡到自然醒？可以肆无忌惮地逃课？该吃吃，该喝喝，该睡睡，大学应该就是如此随意吧。事实证明，美好的憧憬被彻底颠覆，原来的那些荒唐可笑的想法仅仅是“我以为”。大学所谓的闲暇时间，其实不过是自己“特赦”的。满满的课程，做不完的幻灯片，准备不完的课堂演讲，堆积如山的作业、令人眼花缭乱的活动。现实与幻想的巨大反差，让同学们唏嘘不已。

高中老师说：“大学好呀，你的时间你做主，上了大学就解放了。”同学们被彻头彻尾地欺骗了，没有一丝防备。大学就是高中生活的翻版，节奏更快，信息量更大。知识的广度和深度大幅度增加，容不得悠闲。他们终于明白了高中老师的善意谎言，枯燥乏味的高中，只有“大学”一词才能让他们奋勇前进。

他们以为大学生活会清闲得要命，其实忙得很不像话。只有亲身经历后才会发现大学生活的忙碌和“盲”碌。以为上课可以“打酱油”、不听课，结果就是挂科；以为可以通宵上网，其实校内晚上 11 点就熄灯或断电。他们以为大学老师会像高中老师那样声色俱厉、耳提面命，一如既往地如“全职保姆”般，整天“穷追猛打”地盯着他们；班主任仍然三令五申地严厉约束，苦口婆心、喋喋不休地说教。没想到同样是传道授业解惑，教学方法却如此“民主”。老师布置任务，他们课下查阅相关资料去探索。学与不学全在于他们自己。秉烛夜读、埋头苦读、整日在学海里沉浮的“学霸”一抓一大把。大学注重主动学习和引导式学习，竞争是隐形的。学会有效地分配时间、充实自己，这便是“大学”。你稍有松懈也没人会管你，一切靠的是自控力。你可以逃课，只要你不怕老师点名、扣分。你可以不学习，只要你不怕补考。到时没有任何人骂你，但内心的谴责足以让你闷闷不乐很久。要想在大学崭露头角，仅靠课堂听讲、课后温习完全不够，更要靠自己去探索，去延伸。大学就是博大精深地学，学习就是大学的精华。从书本学，向老师学，向优秀的人学。大学，是梦开始的地方，只要做到了步步为营，就能天天进步。

老师常说："你将来想做什么，你此刻又在做些什么？"大学四年，转瞬即逝。韶华珍贵，请君珍惜，勿留遗憾。紧抓手中的资本，不让青春荒芜。你不能让秒针停止转动，但你可以改变自己，认真过好每一天。你们要为自己的大学生活描绘一幅最美的图画，而不是四年后呈交一张毫无印记的白纸。你们要扬起风帆、全速前进，祝你们好运，圆梦四年后。

大一新生寄语

当桂花清雅的香气弥漫和浸润着九月的时候，你们的大学生活终于开始了。再也没有数不清的小测验，没有表现不好"叫家长来"的"恫吓"，没有班主任语重心长的千叮咛万嘱咐。人生所有束缚的枷锁突然被打开，你们好像牢笼中飞出的小鸟，全身的每个细胞都在叫嚣和渴望着自由，渴望在大学里尽情释放自己。

大学是你们实现梦想的又一片沃土，是人生旅途中的另一个"起跳板"和"加油站"。那么，推开大学的门，你们看到了什么？大学的英语是university，其谐音是"由你玩四年"，果真如此吗？你们适应了大学生活吗？好像还没有。

很快，也许一周，也许一个月，最初的激动和热情就会随风飘散、消失殆尽，感觉整日惶惶无事，始终处在飘忽不定而又渴望进步的状态。好像特别忙，但又不像高中那样有目的地忙，而是漫无目的地乱忙。你们开始对大学轻描淡写的生活感到不满，无所适从。

面对全英语的课程，脑袋发懵想发疯。上课时老师把英语说得那个漂亮、舌灿莲花、天花乱坠，同学们回答问题那个争先恐后、那个流畅自如、那个滔滔不绝，有的同学真是自惭形秽，可就是听不懂，连问题是啥都没搞清楚。有时同学们听着笑了，看着别人笑，自己一头雾水，于是也跟着稀里糊涂地"呵呵"，内心却莫名其妙地悲催起来。

班主任总是说十八九岁的你们，天资聪颖、勤奋好学，正是风华正茂、年轻气盛之时。青春和知识是你们最大的资本，所以你们必须骄傲和自信。可是有同学总是在身份危机中喘不过气。高中虽然累但却目标清晰，所以生活简单快乐又充实。高中老师经常说："大学是天堂，考上大学就解放了。"大学里这种"突然的自由"单调得让人不知所措，各种课程和素质拓展活动也让人忙碌得不可开交，可就是找不到目标。因为再没有老师逼着你们努力再努力，一切的学习计划由自己制定。在大学这个学习的"黄金期"，必须有自己独特而高效的自主学习方法，从而挖掘自我的创造力，为将来的工作打下坚实的理论框架和知识基础。在享受美好青春的同时兼顾学业，这才是大学不变的主旋律。原来大学还是要学习的呀，于是大家开始惊呼“上当”，开始无病呻吟，开始成天喊着“无聊啊”。

真的“无聊”吗？你们有没有用心感受校园里鸟语花香的静谧、书声琅琅的气氛、生龙活虎的活力以及多姿多彩的校园文化呢？你们还记得自己的理想吗？你们高中时风发的意气和昂扬的斗志哪里去了？当年为什么考大学？是为了“中华民族之崛起”，还是想要通过知识改变自己的命运？大学毕业了，你是想读研还是出国进修，是找份好工作还是嫁个好人家？你想做什么工作，你有什么能力和资本胜任它？你有没有在校园参天的古树和斑驳的树影下晨读？有没有在自习教室一如既往、脚踏实地地学习？你的电脑更多地是用来看电影、打游戏、聊 QQ 还是用来学习平面设计、文字编辑、系统操作和写论文、做幻灯片？答案在你心中。

回忆一下前三年的难忘岁月吧。高中苦不苦？苦！起床时满天星，睡觉时也是满天星。高中时陪伴你们最多的是什么？是父母和老师的督促吗？不是。是哗哗的翻书声和沙沙的落笔声。应届生也好，复读生也罢，这其中的艰辛与痛苦一言难尽。

三年来，你们一直不分昼夜、不论寒暑地苦读，挥洒汗水。多少个万籁俱静的夜晚，你们努力地睁着疲惫不堪的双眼，在漫无边际的“小题突破”“大题冲关”中沉浮，与没完没了的作业苦拼。多少次睡意正浓时却不得不从温暖的被窝里挣扎着起来背书。多少次仰望星空感叹苦日子何时到头。这一切真的很苦、很烦，可是总有办法说服自己：再坚持一下，大学的门正缓缓而开。

当接到录取通知书时，那鲜红的颜色是否刺痛了你们的双眼？大学究竟是什么啊？是支撑我们苦读高中三年的动力！

高三时拼命地幻想着大学，而今却疯狂地怀念高三。当初那令我们无比痛恨的高中生活成了珍贵的记忆。

大学生活怎么能够如此无趣？而我们还如此年轻！我们要向苍白的生活宣战，向枯燥的时日报仇！考研、出国、双学位、好工作，我们要为未来而忙碌。人只要忙起来，发呆和发牢骚的时间就少了。

唐三藏取得真经时 27 岁，孔明出山才 26 岁，青春岁月，稍纵即逝。时不我待，不可再慢慢来矣。大学学习的责任你们必须承担！

大学是一个大熔炉，有人成为不锈钢，有人成为废铜。那么你想成为哪一种？志得意满只会蹉跎岁月。如果一直逃避学习，浑浑噩噩、得过且过，四年的大学生活会如一潭死水。一场场期末考试就是一个个放大镜，不理想的分数就像一个个真实的耳光打在脸上，那时喊疼已毫无意义。

男孩女孩们，大学是生命历程中最浓墨重彩的一笔，是值得用一生来回味的岁月。我们的目标就是以四载韶华，以最朴素的奋斗，把大学生活装扮得有滋有味、光彩夺目。这样毕业时，你们的气质才会美如兰，才华才会馥比仙。

天道酬勤，大学生活如此多娇！

赶作业与备战考试

临近期末，老师们好像约好了似的同时布置各式作业和论文。作业没做完，老师不会找你谈话，而是直接扣平时分。没有平时分就被判不及格，必须补考。这是致命一击。

交作业的前一晚，室友们相顾无言，惟有泪千行。寝室气氛骤然下降到冰点，不幸成为拖延症患者的同学在日夜颠倒地拼着命赶作业。

同学们突然间领悟到“自觉”的重要性，明白了，做在当下！只要按照当天布置当天写完的习惯来做，生活肯定就不会那么手忙脚乱、茫然无措。只是大家都有一个“好习惯”，就是对老师布置的那些少有的作业又拖又拉、一拖再拖：“反正还有几天，不着急。”永远不要把今天的事推到明天来做，因为你永远不知道下一刻又会冒出什么作业。如果再坚持这些陈规陋习，一推再推，倒霉吃苦受罪的总是你自己。

考试临近，风雨欲来，自习室每日爆满，人人都如梦初醒，从学渣变成了学霸，晚自习至最后一刻才拖着疲惫的身体回寝。已是隆冬时节，平安夜、圣诞节、元旦，原本欢乐的节日接踵而至，而一场场的考试让人不敢过节。整夜地辗转反侧、难以入眠。满脑子都在为怎样顺利地及格发愁。

看着那些好学生，原本骨子里流淌着的勤奋好学的血液再次沸腾。与其自惭形秽，不如痛下决心头悬梁、锥刺股。与其埋怨考试的痛苦，不如点亮心中的明灯。绝不能让惰性泛滥成灾，绝不可让浑浑噩噩的状态成为主宰。要想拿评优奖学金，要想将来成为精英，就得为自己打拼，但想他日有一番作为，辛勤的耕耘是必须。天上不会掉馅饼，学期成绩是王道，要不然，以后考研就是个神话。所以，每场考试绝不可怠慢。

陶行知说：“滴自己的汗，吃自己的饭，自己事自己干，靠人靠天靠祖上，不算是好汉。”人生就像篮球赛，需突破层层防守方能上篮得分。奋斗在行进，再多的学业负担都是小事。路还长，最重要的是认真对待每一场考试，踏实迈出学业的每一步，继续向着阳光和未来挺进。

又是一年考研时

听，战斗的号角已经吹响！看，考研大军正阔步走来！圣诞前后，考研之时，无数考生翘首企盼的日子终于来了。现在已是隆冬时节，户外天寒地冻。自习室里的学子拿着热水袋，拼命看书、背书。亲爱的同学们，还记得第一堂课我给大家的建议吗？如果想在学业上继续深造、在一个更大的环境中体验不同的人生经历，那就考研吧！

去年的此时，有同学信誓旦旦地说："选择考研，我中途绝不许放弃，这个决定是经过深思熟虑的。千军万马过独木桥，我可不是凑热闹的份。明年的此时，等着我的好消息。"拥着坚定的信念和火热的激情，你们已经义无反顾地投入了艰苦卓绝的备战中。这一年坚持得很痛苦吧。

起初的几个月越学越有劲，越学越觉得自己的水平亟待提高。可不久，火热的劲头无影无踪，雄心壮志也变成了六神无主、心烦意乱，尤其是历年试题做得一塌糊涂时。

考研永远是说起来容易做起来难。考研需要一年的早起自习、晚睡背书。在最后的冲刺阶段，一天十个小时用来看书都很正常。考研之路只能自己一个人走下去，没有人可以替自己去背书，去考试。

考研，意味着极大的恒心和毅力。考研者要战胜学习一天的疲劳和困倦，继续挑灯夜战；要耐住性子，守住寂寞和甘苦；要坚定目标、百折不挠地前进，专注才是成功之道。

暑假里，很多同学选择留校复习，此时正值学业上的分水岭。面对如此众多且愈发繁杂的课程体系，面对潮水般的需要有意识记的知识点，整个人又烦又闷，只有机械麻木地、硬着头皮前进。

有同学偶尔放纵，但会饱受良心的谴责。也许你放松之时，别人正"头悬梁，锥刺股"地苦干。你看到的永远是别人光鲜的现在，谁都不是轻易成功的啊！

考研，不是一蹴而就的，是细水长流的，是所有学习方法和习惯的总和，也是衡量一个人整体素质的一张 X 光片。只有通过自己的努力才能给生命一份实的承诺！只有自己拼搏，才能彻底改变命运！

考研，如同在沙漠中行走，虽然苦不堪言，但因为不忘初心，知道困难是暂时的，付出是有意义的，相信在那遥远的地方，定有绿洲在等待！

大美安农（秋）

下半年，校园里虽无花朵盛开，但树木色彩斑斓。

芳莲坠粉，疏桐吹绿，到了秋天。银杏叶率先呈现出了新嫩的黄绿色。当秋意渐浓，风霜渐染了枝头，银杏大道渐渐被红叶和黄叶所覆盖，树木都披上了美丽的外衣，俨然成为了富丽堂皇的童话世界。高大挺拔的杉树悄悄完成了从翠绿到金黄、橘红、褐红的变装。银杏则把自己渲染成金黄的女王，缱绻的秋风吹着，她金光闪闪、洋洋自得地与蓝天白云对着话。

各种树木穿着独特的秋装，在阳光下熠熠生辉，在校园的怀抱中笔挺地站立着。杉树一袭红褐色的外衣格外雍容华贵，叶片渐次凋零，反倒露出平日难得一见的清爽。梧桐十分高大，繁杂的叶片密密麻麻。银杏和石榴树金灿灿、明晃晃一片，色系最为一致。枫树、桂花树、海桐则不按套路出牌。桂花树苍翠欲滴，海桐圆胖，全身上下点缀着红艳艳的小果子。枫叶艳如红樱。那“枝头色艳嫩于霞”的栾树，还有那红叶的前三甲，斑斓夺目的乌桕、丹枫、黄栌也很上镜，个个都是造景的高手。微风吹过，叶片时而聚集，时而散开。若是雨过天晴，婆娑的叶影更加耀眼夺目，毫无衰飒之感。

12 月上旬，枫树渲染出一丈红，银杏的叶片一点点变黄此乃秋景最盛、秋意最浓之时，正与济慈的《秋颂》、雪莱的《西风颂》相得益彰。此情此景，品味秋之颂歌，文字中的美好感情和生活中的实景合二为一，应景应心。

我们在银杏大道上迎着秋风，踩着落叶，踱着缓慢的步子，边走边吟英诗，感受秋天和诗意的美。我们感觉自己就是诗人，诵读秋带来的美好景象，毫无悲凉萧瑟之意，满目都是秋天的欢喜。当初雪来临，银杏披一身金黄镶白色毛领的斗篷，焕发出夺目光彩。通往外院的银杏大道就像我们的英诗课堂，铺垫在我们脚下的是文字，是思考，是课堂上的磕磕绊绊，更是看似与英诗课堂无甚关联的生活中的点点滴滴……

有时候，感觉自己是教着英语诗歌的语文老师。解读英诗一如解析中国古诗词，需要不吝时间的、耐心的慢速诵读。英诗教学，是诵读中的教学。在反复诵读中，我们会思考诗歌的主题是什么，主题是如何通过韵律、格律、修辞意象逐一展开的。如此，每一次诵读都有着新鲜的感觉，提升对诗歌的理解，带来扎实充分的个人阅读体验。这个过程引导我们不知不觉地在诗歌文本里来来回回地穿梭游走，细细咂摸这些鲜活生动的文字。在反复诵读中，我们时而研究诗歌结构，时而欣赏精彩诗句。任何一首诗歌的影响，莫过于使我们开始做内心的反思。读诗，是心与世界的碰撞。

校园的一切都是那么美好：清新的空气，吹皱的池水，葱绿的灌木丛，纯净的心思，纯真的年华。勤学楼前用功读书的们，足球场上生龙活虎、挥汗如雨的“运动员”们，小树林里懵懂青涩、单纯俏皮的小情侣们。录课时我们的内心常泛起涟漪，不管未来怎么样，一定热爱生活，时时处处找寻生活的美好。

就这样，渠荷的历，园莽抽条。枇杷晚翠，梧桐蚤凋。春华秋实，四季相推，又成新岁。拍摄采风视频就像师生身体力行且满怀深情地赴一场百花盛宴，一个个单词仿佛有了生命，从诗中悄然起身，翩然旋转，变成了花儿朵朵。

附录二 学生课程感言

写这篇感想的时候，我正在准备明天早上的考试，很明显，我的心情是慌张的。我努力地回忆我在英诗课上学到了什么。我想，我收获了很多无法用文字来表达和衡量的东西。

有时候，回想一下这么多年所接受的教育，更觉得我们像一个个产品，学校像一个工厂。成绩优异的同学是优质产品，更能得到社会的认可。每个学校都渴望生产出受社会欢迎的产品。我们也经常以产品来衡量学校，根据产品的好坏来判断学校。但想来想去，觉得这种方式是有问题的。我们不是冷冰冰的螺丝钉，老师也不是冷冰冰的机器装配工人，学校更不是没有人文气息的、嘈杂的工厂。可以说，您的诗歌课似乎让我看到了活力和人情味。在课上，同学们都参与其中，有的当助教，有的唱歌跳舞，有的器乐演奏，有的配乐诗朗诵，有的写诗，有的写论文，有的剪辑自拍自导的视频。各有各的活干，人人都是英诗课的主人。

——张露程

英诗课，我们与“美”共生，循着诗人的笔墨，在教师的解读分析中去发现诗人每一处落笔精巧的构思，每一段撰写时绚丽的奇想。发现“美”的过程是愉悦又惊喜的，每一个意象和修辞都是“美”的使者，每一种解读和再创造都是“美”的化身。当生活与英诗美美相融，共同激发读者的“崇高”感，使得每一个历经心灵洗涤的灵魂对天地万物以及自身都生发更深远的思考与惊叹，“爱生活，爱诗歌”的课程宣言便是如此落到实处又启发惠及同学们的。

英诗课总是不遗漏每一处诗人所要传达的“美”的讯息。即便线上教学有所限制，我们也能感受到老师授课时满屏的敬业与热情，而精妙的课堂安排总是让同学们格外期待一周一次的“美”的探索之旅！

于我而言，欣赏同学们对诗歌作品的巧妙加工创作是审美的莫大满足。老师的细致解说也十分扣人心弦：清脆的声音总能抓住同学们的思绪，而音调与情感也随诗行不断调整变化，让每一个美的探索者都受益匪浅。每一次课堂互动又精准地回顾总结了知识点，把精华提炼出来的同时又活跃了课堂氛围，减少同学们线上课程“溜号”的机会。

美的探索旅程愉悦又短暂，一个学期的线上教学转眼就到了尾声，我们就要告别这门“宝藏课程”。我们亲历过宝藏的美，也热切希望更多的同学来一起体验诗歌之美的盛宴；我们体会到诗歌之于生活的不可缺少，也期待课程内容与形式的更多升级：期待老师激发同学们对诗人与诗作的深度探索与体悟。

“爱生活，爱诗歌”是我们的态度，“循诗、寻美——循着诗歌发现美，创作美”也是我们的课程宗旨。期待发现“美”的旅途上，曼妙生长，一路向阳……

——范萌

听，那秋叶落下的声音，是世界在深夜的低语，是生活荡漾起的涟漪，亦是诗意的美、是对生命的爱。大学里的时光总是那么短暂又漫长，英诗欣赏让我们放慢了步调，静下心来感受生活。我们在校园里吟诗歌词，听夏日的蝉鸣虫吟，赏秋日的枫林霜叶，等冬日的暮雪寒梅。数码时代，我们用千万像素放大生活的每一个细节、校园的每一个角落、诗意世界里的每一处欢声笑语。

诗歌是美好的，温柔的，亦是深刻的。诗歌的深刻是生命的深刻，它源于生命的内部，又位于生命之巅。当我们轻启诗篇，沿着一行行诗句走进诗人的生命里，诗人的形象便不再是浪漫才子、吟游者、寻梦者，而是夜行人、孤独者、精神意义上的游荡拾荒者。

但对诗而言，生命的深刻才是诗歌意义上的深刻。一首诗的深度，体现在它是否承载着从话语的语义中拓展的空间，使我们瞬间被吸引、被改变。

——丁苏皖

开学第一课，郎老师温柔甜蜜地翻唱了彭斯的诗歌《红玫瑰》，在一片欢呼声中，浪漫的英诗课就在这优美的旋律中拉开了帷幕。那时候的我还不知道这是多么有笑有泪的一门课。

课上，我们跟随老师的步伐，在笑泪交织中，欣赏诗歌的独特魅力，了解诗人的让人捧腹大笑的风流趣事，体会诗歌背后令人潸然泪下的爱情故事。课下，老师鼓励同学相互合作，大胆与诗歌互动。同学们用独特的想法和新奇的点子对诗歌进行再创作，以活灵活现的方式让诗歌更加贴近生活。感谢老师的“少女心”给予我们的力量，愿我们师生间的情谊也能地久天长。

——郑喜玲

我一直觉得诗歌太无趣、太枯燥，可第一次英诗课我就爱不释手，最后一次课，我是那样依依不舍。

郎老师说一定会让我们在英诗课上掉几滴清泪，您做到了。第一滴泪落在《海外乡愁》的乡愁分享，您向我们讲述了关于老家童年的记忆，您笑容甜美，字字温情，我们潸然泪下。第二滴泪落在《海浪喧哗》的怀念恩师，您面对我们回忆往事时似乎在强忍泪水，而在播放视频时，我看到您站在多媒体旁，偷偷地抹眼泪。第三滴泪落在《当你老了》，我们一起朗读同学写给父母的诗歌，一起观看同学们给爸爸妈妈打电话说“爸爸妈妈，我爱你”的视频。想起自己渐老的父母，这节课让我们感动得稀里哗啦。

从课堂到生活，我们懂得了什么是“爱诗歌，爱生活”，也正是这样一门有温度的课，使得爱诗歌的同学更爱诗歌，也让像我们这样原本对诗歌无感的人更愿意去探索诗歌。言语贫乏，难抒胸臆，千言万语汇成一句话：爱生活，爱诗歌！

——许雪莹

这些采风作业不仅丰富了我们的生活，同时也让我们更加热爱校园生活。这是我们给老师送上的一份大礼包。比起把这些视频叫做作业，我倒更乐意称之为作品。因为这些视频的意义绝不仅仅是作业而已。除却锻炼了我们的口语，让我们对诗歌有了进一步的了解之外，视频采访更为可贵和意义非凡之处在于我们收获了大量的机会和益处，让我们享受美景，融入自然，感受鸟语花香，清风轻拂，体验所有一切被我们所忽视的令人惊叹的生命之美。

同学们丰富多彩的作品展，让我看到了不一样的课堂，也让我看到了同学们的无尽潜能。丰子恺先生曾说“所谓艺术的生活，就是把创作艺术、鉴赏艺术的态度应用在人生中，在日常生活中看出艺术的情味”，而诗歌课仿佛正在生动地为我们诠释着所谓“艺术的生活”。

老师给了我们这样的契机，去体验了一把艺术的生活，录制《红玫瑰》的情景仍历历在目。那天化了美美的妆，借了美美的小裙子，以尽可能美的姿态，将自己置身于这首充溢满浓浓爱意的诗歌里，从诗句分配到取景摆动作，背诗，录制，剪辑，整个流程完成下来并不容易，但种种不易都在那天的细雨绵延，桂花的沁人芳香，以及我们的欢声笑语里消失殆尽，仿佛只余红墙青砖，遍野群花，梧桐落叶以及诗歌美艺术和生活……赠予给我们的是大学生活里最难忘美好又珍贵的回忆之一，实地取景将诗歌、校园、同学三者自然又巧妙地融合到一起，让我们意外收获了平日里忽视的校园一隅里的天然之美。

——孙馨宇

诗歌课使我们有机会放慢脚步，睁开眼睛去探寻，发现隐藏在我们脚边和眼前的种种美，有时为了拍一张好看的图片，等一缕恰到好处的阳光，我们会在校园里游荡很久，只为拍出心中最理想的美景，而这种游荡绝不是浪费时间，反而会让我感到舒心和宁静。在智慧广场那条铺满藤蔓植物的走廊下，在红房子旁那片小树林里阳光穿过枝叶的光影交错中，在博学楼门前笔直宽阔的大道上拍出一帧帧动人的画面，留下一幕幕珍贵的记忆。

——谭可昕

一个风和日丽，海棠盛开的日子，在勤政楼前的海棠树下，一群朝气蓬勃的青年男女，井然有序，热情洋溢地展示英文诗歌，或朗诵、或歌唱，引往来游人驻足欣赏。老师采用这一种形式，让每一位同学出镜，让每一位同学都有很强的参与感，从而加深对诗歌的理解和感悟。可以用学到的诗情诗美去滋润自己的内心，去抚平内心的焦虑。而这正是我们热爱生活所需要做到的，爱生活爱诗歌，诗歌是感受，生活是实践，知行合一，生命才能不息，对于生活的热爱才能永不停止。

——方应卓

在拍摄《春天组诗》海棠采风视频时，我觉得自己像一只百灵鸟，唱着春天的赞歌，而同学们优美的歌声与英诗交融，让我感受到了生活的美好。

——徐迎华

拍过采风视频后我发现自己变得感性了。有时候我会一个人在校园里看看天、看看树，看看水、看看人。看到携手的老爷爷老奶奶会充满羡慕，看到奔跑的孩童和紧跟的家长会充满回忆，看着飞鸟腾空、遮天梧桐、碧池石路会充满宁静。

——陈芹

英诗课让我受益匪浅，它把我对于专业课佶屈聱牙的刻板印象彻底扭转。我们在老师的带领下在广博的宇宙中与勃朗宁夫人探讨爱的深浅；在昏暗的炉火前陪叶芝历数过往的浪漫；在清新的野外与勃朗宁先生怀念远方的故乡。

老师在设计课程的时候，各个方面考虑的都很细致，展现的形式千变万化，有通过希腊神话来和近代作者引起共鸣；有用现代知识，古代成语来诠释英文专业释义；更不要讲那包罗万象，五光十色的 PPT，图片与视频齐飞，知识与趣味一色。

如果说只是老师在网络的一端指点江山，那我们也未必能感同身受，更重要的是，老师指导我们对诗歌进行挖掘与再创作。同学们真可谓是八仙过海，各显神通，只有你想不到的，没有同学们做不到的。同学们的各种作品就像一个个形态各异的音符，在老师的编排下，让英诗课迸发出前所未有的生机。

——钱家琦

我也许从未上过如此特别的诗歌课。作为接受过九年义务教育的中国学生，浸染于充斥着中国古诗词笔墨的书页里，对于中国的古典诗词已经能够本能地性通幽微，辨别好坏，感受古人那诗情画意的美丽。然而对于英文诗歌，我原先以为，也许是我修为尚浅，又或许是英文粗糙，我难以体会到外国诗歌之美，但现在我只想说，原来是我年少不懂事，错怪了它——如今我想感谢英诗课，让我有幸能够领略这份独一无二的美丽，更让我知晓，诗歌，原是一门世界的语言。

春天，我们在朵朵垂丝海棠、声声婉转鸟啼的环绕下，背诵春之歌；秋天，我们在银杏飘黄的金色大道上，细细揣摩那一曲喜悦欢快的秋颂。诗歌之美，是身临其境的自然力量，是精妙绝伦的音律磨合，更是被带动起来的、一颗被放飞的感受之心。

——康辰

余光中的一首《乡愁》，表达了诗人客居海外对祖国日日夜夜的思念，诗人勃朗宁的《海外乡愁》也充分表现出他对英国故土的一片深情。

诚然，每个人都有乡愁，无论是对亲人的追思、对家乡的感怀，还是对故国的心向往之，都是我们每个人心中最柔软的部分。

我自小由外婆带大。在遥远而清晰的记忆中，每天早晨，我端着一只小木凳到院里，挺直腰板坐下。外婆用一把木梳耐心地为我编织麻花辫，戴上蝴蝶结。每天傍晚下课铃声响起，外婆早已笑吟吟地在学校门口，等我放学。现如今，光阴辗转，眨眼间十几个年头过去，外婆的额头上早已爬满了密密的皱纹，头发也已经变得花白，而我也从不谙世事懵懂无知迈向独立自主勇敢坚强，而养育了我十多年的外婆却独自一人在乡下过着清贫寂静的生活。她说唯一期待的就是我们能常回去看看。

记得今年端午节，我背着沉甸甸的行囊，买了外婆最爱吃的绿豆糕，坐了三个小时的车去看望外婆，从外婆的眼中我看到了兴奋和激动。在陪伴她的短暂的三天时间里，我陪外婆去采艾叶包粽子，择菜烧饭，晚上和父母视频，开心的笑声久久回荡在小屋里。

三天的时间眨眼而过，幸福的时光总是那么短暂，分别的场面总是充满着不舍。外婆为我采了栀子花，摘了油桃放在我的包里，目送着我上车……不管以后何时何地，每逢节假日我都会抽出时间回去看望外婆。常言道：子欲养而亲不待，世界上唯有孝顺，不能等待。外婆给我的疼爱是我一生中享受不尽的财富，而她就是我的乡愁。

——董亚婷

我永远不会忘记那个我在电脑前边听网课边不停流眼泪的上午，听了老师的故乡情，我又一次深刻地认识了我自己。故乡永远是我们思念的地方，故乡的人永远是我们内心最柔软的地方，他们是我不断前行的动力和牵挂。“爱生活，爱诗歌。”这句话也深深地刻在了我的心上，因为热爱，所以步履不停。

——陈晓洁

回想起 20 年前的光阴，一直没有离开过家乡的我，大学的生活似乎是人生的另一个开始，绿皮火车穿梭的人群熙熙攘攘，陌生的城市高楼耸立，钢筋混凝土仿佛都印证了我是外来者的身份。独在异乡为异客，难见家乡熟悉的街道，夜夜梦里都是家乡的味道。即使合肥高楼林立，我还是钟情于家乡的土楼和一望无垠的原野，我始终无法忘怀雨后田埂的馨香和春天黄绿交融的油菜花，我一直不能忘记小卖部五毛钱一本的英语作业本，我久久无法忘却斑驳黑板上一个个白色粉笔字，和老师十年如一日讲台上挺拔的身躯，这些是关于家乡的回忆。

——徐迎华

他是个多么浪漫又充满责任感的绅士！正如中国一位著名作家所言——“我余光中都是你”，我相信，成为自己另一半的全世界是每个女孩梦寐以求的愿望。这种义无反顾的爱已经超越了生命的极限，上升到了灵魂的层面。

"也许有一天我会死去，但我的爱将永存于世"，伊丽莎白一定是这样想的。爱是一棵小树，每天都需要爱人们用心中的爱浇灌和呵护。有一天，这棵小树会长成一棵参天大树，这对爱人就可以在坐在树下，享受树荫下的宁静与祥和。但是不要忘了，在寻爱的路上，持续的给予和坚持不懈是必不可少的，就像勃朗宁在他的爱情故事里那样不轻易言弃，矢志不渝。最终，每个人都会找到那个对的人，然后执子之手，与子偕老。

——骆佳慧

这段经历确实凄惨又美丽，她是一个坚强且伟大的女人，即使瘫痪在家，24 年间她始终坚持创作并出版了两卷本的诗集。由她的故事，我能想到海伦·凯勒，她们都有一颗强大的心。她们没有被困难打倒，反而更积极努力地生活，为人们带来很多优秀的作品。优秀的人总是相互吸引。你看，勃朗宁和伊丽莎白两人都是非常出名的诗人，相似的水平、相当的地位减少了两人的阻碍。你想要寻找什么样的人，自己就得先成为什么样的人。其实我们都在寻找带给内心力量的东西，但是打铁还需自身硬，想要获得真爱和志同道合的另一半，最重要的还是自己本身变得优秀。爱情的滋润和她对自由的渴望让她的病情好转。看起来，爱情真的有某种起死回生的力量。二人的婚姻可能也会有生活中的种种不如意，但爱情从来不是完美的童话，而是我愿意和你一起共同面对生活的坎坷。

伟大的人往往都历经各种磨难，最终才能取得成就。"天将降大任于斯人也，必先苦其心志，劳其筋骨，饿其体肤，空乏其身，行拂乱其所为，所以动心忍性，曾益其所不能。"当我遇到困难时，想到这些，就会不轻易放弃，拥有坚持下去的勇气。没有人会一夜成名，大家都是百炼成钢。我们活在世上，一定要有信念，那会是照亮我们暗淡生活的灯塔，同时也为我们指引前行的方向。前几天我看了电视剧《功勋》，如果屠呦呦没有强大的信念，又怎么能够数十年如一日地反复研究，最终发现拯救世上超过百万民众性命的青蒿素呢？是屠呦呦的坚持与中医的伟大造就了这一奇迹。所以我认为有信念的人能够创造奇迹。

——李裕翔

早在 2010 年由合肥工业大学主办的安徽省高校英语话剧比赛中，我校的英文话剧《罗密欧与朱丽叶》以绝对的高分获得了第一名。当时郎老师作为指导教师带领同学们反复排练和公演。我们把剧目的全篇台词用诗歌语言和歌舞元素进行演绎，让传统莎翁剧目呈现出现代时尚、唯美、惊艳的效果。剧中朱丽叶就是用《你是我内心的一首歌》的曲调唱着彭斯的《红玫瑰》登场亮相，在舞会上与罗密欧一见钟情，一群女生在旁边伴舞，舞蹈动作有大量的新疆舞和肚皮舞元素，以衬托爱情的甜蜜与欢乐。阳台之景中，朱丽叶纠结于罗密欧的姓氏，喃喃自语“我们叫做玫瑰的这一种花，要是换了个名字，它的香味还是同样的芬芳”。此处的台词忠于原文，让观众感受古英语的魅力。阳台上终得一见而又不得不别离，男主角先是唱着经过改编的《歌剧魅影》中的经典唱段，然后演绎经典老歌“温柔地爱我”，与心上人依依惜别。朱丽叶假死前背诵勃朗宁夫人的《我如何爱你》。二人为爱殉身后，男配角余群和女配角王旭在小提琴手楚雨露同学演奏的《梁祝》的旋律中背诵莎士比亚的《我能把你比作夏日吗》，同时有女生跳中国舞。

我作为本剧的男主角，本科毕业后在暨南大学读研读博。几年前我在面试公派留学时，向评委提到了自己曾出演罗密欧并得奖的事，其中一位女教授当场说“那英国应该很适合你”。之后便在英国联培。在利兹大学举办中世纪学术大会期间，我认识了一位在纽约大学研究莎士比亚的教授，二人相谈甚欢。感谢那次的话剧表演，此后的余生，我都会一直读诗，不管是雨露或晨光，不管是风雪或朝阳。

——杨蒙

我是话剧《罗密欧与朱丽叶》的女主角，也在暨南大学读研读博。于我，《红玫瑰》一诗有着特别的意义，不仅为我打开了英美诗歌的一扇窗，更是我的灵感源泉。考研时，笔试《英美文学》科目的最后一大题考察的便是诗歌分析。往昔课堂英诗常识的点滴灌输和积累，以及自己对诗歌的一番热情瞬间点燃了那个冬天里笔试的小女孩。十几年过去，我已不是当初那个青涩的小姑娘，但回想起来这段经历，仍然感到心潮澎湃。硕士毕业后，我在佛山一所知名中学执教。在我的英语课堂中，我也常常如郎老师一般向学生介绍英语诗歌，并尝试着引导他们写一些小诗。我期待着有些许学生能爱上英语诗歌。现在，我有了两个可爱的宝宝。琐碎的生活并没有压制我对诗歌的热情，我毅然重返暨大读博。这次，我的研究方向依旧与诗歌有关——亚裔美国诗歌。如今，在撰写博士论文的日日夜夜，诗歌便是我遨游的星辰大海。诗歌是我们生命的必需品，借用黑人女性诗人奥迪·罗德的一首小诗《诗歌并非奢侈品》来阐释：“诗歌并非只是梦境和远方；它是我们生活的骨架。它为不断变化的未来打下根基承载着我们对于未知远方的恐惧”。

——李楚翘

常文妍和张颖栋同学为《我如何爱你》拍摄微电影的台词。

张：我仍记得那个下午，我不想写新诗了。所以我决定休息一下，读一读别的诗。就是那天，我读到了伊丽莎白的诗。我深深地被她真挚的感情打动，我渴望立马见到她。我开始给她写信。仅仅几个月，我们总共写了500多封信。我给她写得越多，我就越发想亲自见到她。我一见到她，便下定决心用余生来照顾她，不仅仅是因为她的动人美貌，更是因为她的款款柔情。不久，我知晓了她的过往。15岁时，她摔坏了脊椎。23岁时，她的母亲和弟弟也相继离世。为什么一个女孩子要承受这么多苦难？深思熟虑之后，我写了一封求婚信。

常：今天我收到了他的求婚信，当我看到那些文字，我深受震撼。这是第一次有男人向我表明心意。谁会想要娶一个身体残疾的女人呢？最终我拒绝了他。然而，我对他的所有苛刻和无情的话，看起来都毫无作用。他仿佛什么都没有发生一样，继续写信、求见。那些日子，他与我交谈，为我读诗，给我说了许多有趣的事。我怎么能那样伤害他？

张：令人难以置信的是，她竟然康复了，而且甚至可以外出散步，这真是一个奇迹！我鼓起所有的勇气再次向她求婚。谢天谢地，她终于答应了。

常：尽管我比他大6岁，我们仍深爱彼此，然后结婚了。我们有诗歌，有共同的爱好，还有了一个孩子。

张：《你终将爱我！——我会等待》等待你慢慢长大的爱：你手捧的那束花，就是四月播种，六月开放，现在我把满心的种子栽下。

张：我的妻子伊丽莎白·巴雷特·勃朗宁在她55岁时离开了人世。我同我深爱的妻子共同度过的这15年，是我生命中最宝贵的时光。

勃朗宁夫妇的爱情故事，简直满足了我对爱情最美的向往。真挚的爱情可以治愈一个人，爱情让布朗宁夫人重新站起来，让她重获新生。我觉得很荣幸，能够作为女主角参演勃朗宁夫妇感人的爱情故事。原先在纸张上单调的几行英文，瞬间就化作一个个有趣的灵魂，在我们的表演中熠熠生辉。这次难得的经历让我对生活产生新的思考，继而更加热爱生活、尊重生命、珍惜家人、朋友以及热爱文学。

——常文研

他们那超越年龄、时间、空间的爱，并没有随着他们的离去而消逝，而是被世人所传颂。动人的爱情，真情的演绎，这次诗人生平的微视频拍摄也是我们灵魂的升华，精神的洗涤，令我永生难忘。英诗带给我的宝藏太多，一时竟说不完全，是我求学路上不可多得的闪光点。

——张颖栋

《当你老了》这节课的最后环节，郎老师问有没有哪位同学愿意给自己的父母打一个电话、说一声我爱你，我们现场全程录像。同学们都只是嘿嘿笑，无人举手。老师说那我随机点两位同学来试试。可能是第一排的缘故，我“有幸”作为幸运观众给我妈妈打了一个电话。我的心跳声随着拨号声一起律动。电话接通后，所有的不好意思都烟消云散，我和妈妈如平时那般有一句没一句地闲聊。聊到最后来一句，“妈，我爱你。”妈妈也热情回应：“我也爱你。”“妈妈，你爱我什么？”“我爱你那一身的肉。”

——张睿

当你老了，青春逝去，你是否找到最真的自己？是否记得年轻时的那些岁月？无论是挑灯夜读，还是偷懒打盹，都是回忆起来珍贵的时光。你是否满意现状？你是否自信依然，无畏岁月在你脸上留下的痕迹？期盼在你可以捕捉到的时光里熠熠生辉。

——张念兹

当你老了，照片旧了，树叶枯黄，而我紧握你的双手，轻声细语，让你品味那时光的浓酒。当你老了，头发白了，眼中泛泪，而我守护在你的身旁，轻轻聆听，听你诉说那光阴的故事。当你老了，皱纹洒满，嘴角上扬，而我紧紧拥抱着你，欢声笑语，带你游遍祖国大好河山。小时候，我在前面走，你在后面小心看护，为我撑起一片天。而现在，你走不动了，我在身旁紧紧相随，我们一起走过那逝去的年华。人都说，陪伴是最长情的告白，你陪我慢慢长大，我陪你慢慢变老。

——徐芳

当你老了，两鬓泛白，双眼蒙蒙，斜坐睡椅，炉火打盹，睡意迷蒙，忽闻铃声，今晚来访，

拖儿伴女，提菜端盘，厨房热闹，叮当作响，一家老小，天伦之乐。

——徐曼

中国诗人写秋，或言秋风萧瑟，如李清照“莫道不消魂，帘卷西风，人比黄花瘦”；秋雨淅沥，是“高楼目尽欲黄昏，梧桐叶上潇潇雨”；秋色动人，是“停车坐爱枫林晚，霜叶红于二月花”。无论是济慈还是中国诗人，都为秋色心动，也为秋日过后的荒芜心碎。这不仅是对秋的伤感，又何尝不是对自己的叹息呢？

——倪晴

蒲新宇和李裕翔同学为《秋颂》拍摄微电影的台词。

蒲：刘禹锡在《秋词》写道："自古逢秋悲寂寥，我言秋日胜春朝。晴空一鹤排云上，便引诗情到碧霄。"诗人用宽阔的胸襟非凡地溶解了被贬朗州的不幸。这不也是他和济慈一样热爱生活的表现吗？刘禹锡也曾经提过："巴山楚水凄凉地，二十三年弃置身。"一个被贬到荒凉偏僻、不毛之地的人，在看到萧瑟的秋季之景后，居然不为之所动，反而认为胜过春天，这样豁达的人生态度实在让我们敬佩。在大学阶段，看着优秀的同学绩点高，获奖无数，保研有望，你的内心是否百感交集过？望着缓缓落下的秋叶，难道你还要继续蹉跎岁月，浑浑噩噩度过大三大四？如果你已经觉醒，就得为未来努力奋斗，亡羊补牢，为时未晚。秋季是承上启下的季节，我们应该为不远的冬季做好准备，防患于未然。

在生活中，我们会遇到无数个秋季萧瑟之景，那是人生中最惨淡，最看不到任何希望的时刻，但任何苦难都是对自己的磨砺，只管乐观勇敢往前走。秋季虽然百花凋零，但是菊花却傲然挺立，在秋风中一枝独秀。其实苦难中的人们何尝不是菊花，在黯淡无光的日子里，没有人与你并肩前行，没有人与你欢声笑语，没有人与你排忧解难，有的只是孤独、无助、嘲笑，但是你不能就此泯灭，你要在最困难的环境里成长，胜利之光终究会照在你身上。

李：是啊，谁说秋一定代表着悲伤？难道它不代表着成功与收获吗？在大学，有很多同学勤勉用功，为自己的未来争取更多筹码。但同时，也有少部分同学，把大学当成养老院，而不是象牙塔。在这里，没有父母和老师的约束，也没有太多社会压力，他们把心思从学习移到别处，荒废年华、虚度青春。秋，是收获的季节。但是，任何成果从来不可能凭空而降，而是历经辛勤的灌溉与岁月的积累。如果我们没有花精力、花时间去投入，又怎么能够有产出？怎么能够在秋季到来之时得到累累硕果呢？恐怕等待我们的将是颗粒无收，到那时，后悔已无济于事。退休后的老人们过着悠闲恬淡的生活，那是因为他们在年轻时奋斗拼搏过，实现了自己的价值，也积攒了足够的资本在此刻享受，此时对于他们来说便是丰收的季节。但是我们正值芳华，此刻更应该做的是努力让自己成长，在未来投身于社会工作与国家建设中实现个人价值。这样，才能够在数年后回望之时不留遗憾。人生的苦难总量是恒定的，如果年轻时贪图安逸的话，待我们老去，又将何去何从？

所以，让我们像济慈与刘禹锡那般，热爱生活、拥抱当下，让我们为生命欢呼、为未来奋斗吧！

——蒲新宇、李裕翔

感谢郎老师的课，以诗为媒，探索并记录下校园四季景色，鼓励我们善于发现身边的美，发现大自然的美，发现诗歌的美。

——郁珊珊

学习《秋颂》时，刚好是我考研的瓶颈期，曾经一度以为自己快要放弃了，听完《秋颂》的心灵鸡汤环节，回到图书馆后猛学 4 个小时政治，且效率极高。这节课对我的鼓励，是我这辈子的珍贵记忆。

——江姣姣

秋姑娘是个从远方来的女郎，她的头发特别多，金色的头发在阳光下闪闪发光。她的弟弟是冬先生，但不幸的是，这位弟弟是个秃头。

——孙何悦

大雁南飞，落木金黄，秋高气爽，偏是好风光。更待佳人，十指相扣，漫步其中，携手共遨游。

——刘松鑫

《卜算子·银杏》：微雨送暑归，凉风迎秋到。已是瑟瑟叶落时，犹有银杏傲。傲也不怨冬，只把冬来报。待到白雪覆陇时，她在泥中笑。

——俞拾悦

我为啥这么爱听诗歌中的希腊神话？因为自己看得晕头转向，前面看，后面忘，老师讲得时尚又幽默，听得耳目一新，很带劲。聊不完的希腊神话，聊下去没个完。英诗，浪漫得不行，有趣得要命。

——白鹭

听《海浪喧哗》的心灵鸡汤，我被您对恩师的敬重之情深深打动了。当您播放回忆导师那段英文视频时，每句话中都包含着对导师的怀念，我听得热泪盈眶。谁的成长未曾有过一位值得自己终生铭记和感恩的老师呢？

——王慧瑜

《我如何爱你》鼓励我积极面对生活，耐心等待属于我的勃朗宁先生。嫁给勃朗宁真好，心怀感恩与希望，生活就会充满诗意和美好。

——许晨

此课主走感情路线，让我顿觉眼前一亮。上您的课仿佛在体验另一种江湖，快意恩仇。不同派别、不同时代的诗人争相展示自己的诗歌。他们不像江湖侠客那般决胜于刀光剑影，他们用诗歌斗出另一片爱意融融的有情天地。

——昂赵东

趣味英诗课，尽享人生百态。有种课，唱着歌，听着音乐；有种课，带着甜甜的笑容，又有苦涩的泪水；有种课，从教室走向了自然；有种课，从春天到寒冬，走过四季。这种课，大一到大三就遇到这回，或许今后再也不会再遇到，但是它给我的印记是抹不去的，教会我的东西更是令我难以忘却。

——文单

我喜欢看同学们做的五花八门的美育作品。身怀绝技的宝藏男孩女孩真不少啊。每次听到同学们优美的歌声，我都希望五音不全的自己能够歌神附体。课上所学的每一首诗歌都有深深地打动我，让我有了有生以来第一次当诗人的愿望。

——刘梦凡

英诗让我从窝在寝室、足不出户的宅女变成了喜欢户外采风的阳光少女。希望这些采风作品能把快乐和美好传递给学弟学妹，大家一起爱生活、爱诗歌。

——胡伊娃

我喜欢听诗人的人生经历，感觉听别人的故事也能更好地感悟自己的人生。

——张亚莉

英诗课像一只突然闯入我生活的精灵，课堂形式节奏明快，曲调动人，互动十足，真是让人一刻都挪不开眼。

——冯程林

能够为国家一流课程做出一点小小的贡献，尽我的一份绵薄之力，很是荣幸。

——陈晓

优雅而富有朝气的英诗课给我们繁忙紧凑的学习带来一份赏心悦目和心旷神怡。《秋颂》的心灵鸡汤激励我趁着青春，以梦为马，不负韶华。愿一生有诗有梦有远方！

——方梦

看着同学们的各种作品，真有一种饱览群芳的感觉。记得老师找我商量适合《秋颂》的选曲的时候，语气一直很温和，就像两个朋友在聊天。我从来没想象过，有一天我也能用别人的旋律唱出我自己的歌，很感谢老师赋予我的创造力。

老师说课堂就像是一个小派对，“招待不周处，还请见谅”，可我却是“乘兴而来，尽兴而归”，想对您说“谢谢招待，您辛苦了”。

——王梦雪

无诗歌，不生活。一个不爱生活的人，既无法写诗也无法读诗。

——奚家玮

生活即是一首诗。生活如诗，诗如生活。

——蔡强

多年之后，我会牵着我孩子的手，带他走过母校铺满银杏叶的小径，宛如穿过时间的长廊去回首大学四年的春夏秋冬。我会领着他看一看外语楼，看一看那个我们曾一起大喊“爱生活，爱诗歌”，那个充满回忆，且温馨美好的地方。

——戈慧娴

在这仲夏的傍晚，风不缓不急，不燥不凉，我要在此，向诗歌鉴赏课致谢。在这短短的四个月里，我们却走过了数个世纪。这是诗意的课堂，这是诗意的时光，这是诗意的人生。我们与时光作伴，听世纪回响。一起品味和传唱经典。我感恩这些诗作，因为它们让我相遇了人世间那些美好的时刻。在这短短的一学期，我有幸走过无数人的人生。读诗，就是在每个音符中，感受过往的记忆与留香的深情。

——崔丹阳

英诗课像一颗珍珠，圆润且温柔的光芒，总从方方面面给人以独特的慰藉和鼓励。拍着采风视频，英诗就像天边的云卷云舒。生活中的琐碎、甜蜜、争吵、困难、失望、希望都在英诗的字里行间。每每读到，总有种说不出的释然和自由，一种被认同和被理解的畅快。原来早已有人和我一样对着炉火，对着四月天，对着墙边燕子的呢喃，发出满意轻松的感叹。这感动能穿越时间，透过诗歌，汇聚成人类共有的爱与美。

——周航

虽然我写的英语诗歌很粗糙，但是看着一个个绞尽脑汁押出来的韵脚，凑在一起竟如此可爱，自己是如此幸福和快乐。写诗不是为了炫耀文学功底，不是为了赚钱，而是给想象力插上腾飞的翅膀。这十多年来，在一张张试卷的重压下，它早已不堪重负，贴地蜗行了。未来我可能不会从事英语相关的职业，可能不再需要为考试而看书。但我希望能在空闲时静下心来，读读诗，写写诗，纯粹地享受生活。

——张恒

我的文学知识曾经像补丁一样散落在书本的各个角落，看了前面却又忘了后面。英诗课一学期系统全面、井井有条的教学安排将散落的知识串成瑰丽的文学“项链”，我自己仿佛成了文学小公主。知识点讲解细腻清晰，一听就懂，我一点也不怕考研复试时的诗歌常识啦。

——刘洁

英诗课就像清晨的百灵鸟，抖落一身的露珠，朝气蓬勃地飞入教室，用婉转悠扬的歌声带我们进入爱与美的世界。

——刘佳

每次听老师讲解诗人生平，我们都全神贯注、屏息凝神，深深沉醉其中。这种散文式的讲解，我们真的很爱。英诗不是遥不可及的，它让你陶醉和感动。上完济慈的《明亮的星》，放学后我迫不及待看了同名电影。之后，每每看到里面的文字，无论是对话还是书信都会热泪盈眶，仿佛自己亲眼见证了这段爱情，为之震撼又深感惋惜。

——张倩倩

学期伊始，我很恐惧视频采风作业，毕竟有那么多学姐学长的作业珠玉在前。真正拍摄时，我才发现了生活有多美妙，相机拍下的每一帧都是风景，每一个画面都令人动容，叶子的轻轻颤动、蝴蝶的微微翕动、小孩的自在跑动，都是值得记忆的瞬间。借诗之口，歌我所爱。愿我们都能用诗歌来歌唱，唱我所思所爱所感所求！

——盛柏林

上完济慈的《灿烂的星》，我想起聂鲁达在《我喜欢你是寂静的》中的那句，“你就像黑夜，拥有寂静和群星；你沉默宛若星辰，遥远而明亮……你就是忧郁本身。”英诗，在时间的细缝里跳舞，流芳百世，永恒而不朽。

——洪玉

校园里哪里有花，哪里就有英诗课的学生们，哪里就有青春和教育的真正模样。我总是会被英诗课歌舞齐全的模样打动。不禁感叹，如果不是热爱，怎么会这样用心演绎英诗之美？

——叶鑫宇

秋风，该走到故乡了吧？想必，桂花散落，银杏挂在枝头；鸿雁南飞，掠过一抹黄昏；笛声慢慢，隐入落日余晖。阿姐家的灰猫，慵懒地沐浴阳光；阿弟养的黑狗，亲切地叫唤不停；而故乡的伙伴，是否还相互记得？矮房前的秋千摇摇晃晃，从故乡荡进了我的心房。我们扛起行囊，背井离乡，愈行愈远，却未真正抵达远方。大城里的高楼，熙熙攘攘；而我的心，久久不能平静。长夜漫漫，浓挚思念闯入心间。夜色旖旎，泪滑落心底，悄然而逝；睡梦里也是那片黄壤、那间红房，还有年迈的高堂。小时候，眺望远方；长大后，回望故乡。原来去了远方，才有了故乡。

——丁华美

附录三 课堂情景剧照

潘淑婷和欧彩云同学的情景剧

俞悦和李雅婷同学的情景剧

王笑晨和张睿同学的情景剧

赵奔、孙文硕、刘天鑫同学的情景剧

刘欣欣、杨慕一、刘飞月、唐棠、汪莹、陈武珑等同学的情景剧

汪颖同学的情景剧

马原媛同学的情景剧

龚桂之、杨钧婷同学的情景剧

徐茂莹同学的情景剧

班级集体情景剧

班级集体情景剧

成纳、周昌瑞、郜言凤、白鹭同学的情景剧

同学们的集体班级情景剧

同学们的集体班级情景剧

同学们的集体采风情景剧

徐钰、王梦媛同学的情景剧

张宗巧、顾婕同学的情景剧

钱雪寒、祝丽、丁苏皖同学的情景剧

陈晓洁同学的音乐剧

范萌同学的音乐剧

董婷同学的情景剧

吴思潜同学的情景剧

骆佳慧同学的情景剧

林如馨同学的情景剧

王泽和顾小龙同学的情景剧

潘晔和冯阿娇同学的情景剧